JN111914

自由主義作家と出陣学徒

二関 文宏

東京図書出版

これは主人公Sの人格（本文）に敬意を表す私の個性（まえがき）との融合

まえがき

攻め込む戦争というものは権力者の都合で始めるものである。日本も例外ではなかった。先の大戦は陸軍の都合で始めたものだ。陸軍の権力が大きくなりすぎて引っ込みがつかなくなって原爆投下そして天皇の無条件降伏の受諾に至った。権力保持のエゴイズムは戦争を遂行する理由意義などは探してもない。ただ大本営は勝利の戦局を伝えるだけで国民は熱狂した。満州事変、支那事変、真珠湾攻撃まではそうだった。その半年後のミッドウェー海戦の敗北からは大本営は真実を伝えることがなくなった。戦争の意義があれば真実を伝えて国民を鼓舞した筈が虚偽を発表するしか能がなかった。その姿勢は戦後も続く。それは8月15日を終戦の日と呼ぶことから始まっている。昭和20年8月15日の玉音放送で、天皇がポツダム宣言の無条件降伏を受け入れたことを国民に表明した。日本の敗北を認めたのである。終戦の主体は無条件降伏を日本に迫った連合国にある。日本はそれを受け入れ完全に敗戦したのである。それを終戦という云い方はまだあの戦争に未練がある者たち向けのものである。

8月15日に「国に殉じた英霊の御霊」に祈りを捧げると云って靖国を訪れる国会議員にそれを感じる。生還した兵士の方々は戦争体験を語らないのが普通である。人生の取り返しのつかない苦い体験を口にしないのは当然である。それでも重い口を開く人は悲惨な戦争体験の風化を恐れてのことである。亡くなった兵士は生還者以上に自分の死に納得できずに悔やんでいる筈である。英霊とかの言葉は大本営が亡き兵士が自ら望んでお国のために亡くなった響きを持たせるため使った偽善である。それを彼らは戦死者の前で臆面もなく破廉恥に使い続けている。玉砕とかの言葉もそうである。アッツ島の守備隊はアメリカ軍との兵力差から援軍を要請していた。大本営はそれには応えず全滅をした結果、玉砕という言葉を贈ったのである。戦場に散った兵士の心情を思い致すことなく英霊とか玉砕とかの言葉を造り上げた彼らは霊を侮辱してきたことを胸に刻むべきである。戦後日本人が戦争を反省して平和憲法をものにしたことが戦死の犠牲者に捧げる唯一の慰霊である。犠牲を強いた戦前と変わらぬ〝お国のために〟は「お母さん」と叫んで死んでいった彼らの気持ちを全く汲んでいない。それを分からぬ政治家の参拝に彼らは草葉の陰で吐き気を催しているに違いない。

一方、日本では戦争への反省から毎年8月に戦争の映像とともに戦争の悲惨な体験の声が国中に届けられるが虚しさを覚えている。毎年同じような儀式で代わり映えがしない。核抑止から核廃絶へと云ってもインパクトがなく念仏を聞いているようだ。

戦後、日本は実質アメリカの従属国になった。云いたいことが云えなくなった。それは世界にとって日本にとってまたアメリカにとっても良いことであろうか？　アメリカは国民に「早期に戦争を終わらせるために原爆を投下した」と言い訳している。ならばもっと早期に戦争を終わらせることがアメリカにはできたのだと云いたい。暗号解読で真珠湾攻撃を前もって察知していたルーズベルト大統領は日本海軍の奇襲を返り討ちにできた筈だ。日本との交戦でドイツにも参戦できた筈だ。しかし彼はそれをせずにやったことと云えば各地の司令部に日本軍の攻撃に備えるよう通達を出したが肝心のハワイ司令部には出さなかった。そのため日本海軍は無防備の真珠湾を攻撃できたのである。もし返り討ちにあっていれば、日本は戦闘遂行能力を大幅に失いそれを隠し続けることもできずに国民の戦意も喪失し、南方での緒戦の勝利も直ぐに反撃を許し、早期の降伏が考えられた。原爆の投下は勿論ない。日本はルーズベルトに嵌められたのである。彼の頭は日本の中国侵略よりヒットラーのヨーロッパ侵略に関心があり、そこに参戦するために真珠湾で日本にぼろ負けして戦争に反対する勢力を完全に黙らせて英雄的演説で国民の戦意を高揚させることに重きを置いたのである。戦争は長期化したが日本は負けるべくして負けた。おまけに原爆まで落とされた。日本の為政者は原爆投下の事実から逃げないで、まず率先してルーズベルトの行為を調査し事実を明らかにすることだ。真珠湾攻撃がルーズベルトに嵌められたことになれば、日本人は「リメンバー・パールハーバー」の呪いから解放されるし、日本がこうした活動をすれば核廃絶の先頭に立てる。

でも6年8カ月に及ぶGHQの占領統治は概ね善政だったと云える。GHQのリードによって軍部は解体され新憲法で日本は戦争を放棄した。日本は戦争で負けたが新憲法で勝ったと云える。日本の政治家ではできない民主化が断行されたと云える。一方で公職追放を無条件に解いたため戦前の実力政治家たちが権力の中枢に返り咲き、マッカーサーが敷いた民主化の道を主体的に歩もうとしないでアメリカに媚びを売ることで少しでも戦前に近づけようとした。これが日本がアメリカに腑抜けになっている理由である。安全保障条約を結びアメリカの傘の中に入ってしまって独立国としての自覚がなくなってしまった。アメリカはベトナム戦争に介入して日本の基地を自由勝手に使いながら、結局アメリカは国内の反戦運動を抑えきれずベトナムに負けた。日本はアメリカが負けるお膳立てをしたようなものだ。日本がアメリカに沖縄の基地を使わせなかったらアメリカはベトナムに介入しなかっただろう。それが同盟という対等な立場だ。もしアメリカが拒否すれば同盟解消。そしてすべての周辺国と平和条約を結ぶと云えばアメリカは日本に同意した筈だ。腑抜けな日本は何の意見も云えずにアメリカの傍若無人を傍観するだけだった。以後この調子である。

GHQ総司令官マッカーサーは1951年4月米国議会で退任演説を行った。有名な「老兵は死なず、ただ消え去るのみ」と語ったときで、彼はそのなかで日本人の気質を称え更に「日本人は将来人類の〝進歩〟に最も貢献する民族である」と期待を述べた。この進歩の意味だが、当時科学技術に実績のない日本にそれを期待したとは思えないし、また経済で世界を引っ張る国になることを期待したとも思えない。平和憲法を手に入れた日本が国際平和に貢献すること、それを彼は人類の進歩という言葉で平和への期待を込めた、と思う。日本はこの道を進むこともできたが、勝手にアメリカに媚びて従属国になってしまった。

日本が国際舞台で目立った平和活動がないままに戦後80年が経つ。時代は動いてアメリカの力は落ちていることで地域紛争を引き起こす独裁化が進行する事態になった。実際、ロシアはウクライナへ侵攻した。これも権力者プーチン個人の都合で始めた戦争で自らの権力保全のためと云える。中国の台湾侵攻も習近平は核心政策と憚らないがこれも自らの権力保持が目的。二人に共通なところは気の小さいことで目に見えないコロナに慌てたことだ。国民より自己を優先したツケは天の配剤が遠からずやって来る。アメリカも力が無くなったのでファーストではなく各国の意見に耳を貸すことである。

日本はウクライナへの武器供与をしないことで体裁を保って、喜んでいる場合ではない。本来なら首相はモスクワに出掛けプーチンに兵を引くように談判すべきで結果が出なくても日本は平和憲法の国、誰に配慮することなく活動すべし。そうした活動が国際社会からアメリカよりも期待される国になれる。いま世界が必要としている国は軍事力のアメリカよりも平和憲法の日本だ。小賢しい腑抜けな日本からおさらばすることが世界にとってもアメリカにとっても良いことだ。

今地球上のエネルギー量は太陽エネルギーよりも人類の活動エネルギーが勝っているという。これは地球に自然の状態から人間の欲望エネルギーが影響を与えていることを意味する。これを認める誰もがこの先を心配している。しかし誰も心配を解消する手立てがなく成るに任せている。

近代において資本主義が人間の欲望を解放した結果なのだ。キリストは金に拘る人間を嫌っていた。金に拘る資本主義をイギリス人は造り上げた。イギリスはプロテスタントとは云えキリスト教国である。大きな矛盾ではないのか？　今や資本家が世界を支配している。真面目なキリスト教徒はその矛盾の中で半信半疑で生きている。

近世においてローマ教会の権威に反発するような動きがヨーロッパ各地で起こった。イタリアではルネサンスが、ドイツでは宗教改革が、イギリスでは科学的精神が。特にイギリスではローマ帝国の辺境の地であった所為か反発は当初から強かった。そのため帝国は北限のイングランドとスコットランドの近くに城壁を造らねばならなかった。それはケルト人からアングロ・サクソン人に代わってもその伝統は維持された。彼らは、宇宙を創造した神の存在は認めるが、キリスト教などの宗教は人間が造ったもので認めないという新しい神学「理神論」を表明するようになった。「近代科学の父」ニュートンは理神論の立場からローマ・カトリックの理屈に合わぬ権威を徹底的に批判している。彼のような非キリスト者は知識人に多く少数派である。多数派の大衆はキリスト教と資本主義の両立を突き詰めて考えようとしない。なぜか？　彼らは「キリストは人間の罪を背負って十字架にかかった」と信じているから欲望の資本主義だろうが罪には感じない。ローマの学僧辺りが発した言葉を有難く権威づけている。しかしこれは間違っている。地域宗教ユダヤ教を世界宗教にするためにキリストは十字架にかかったのである。聖書を読めば分かる。兄カインが弟アベルを殺した原罪は近代において欲望の資本主義として花開いている。キリストがこの状態を認めるわけがない。天国でキリストは神とともに資本主義を何とかしようと考えている筈だ。なぜならこれ以上放置できないほど地球は傷ついている。

資本主義は人間の欲望を解放したが、地球の表面積は一定で人間の欲望行動を続けると地球はパンクしてしまうことは誰もが認識し始めている。実際、二度の世界大戦は狭い地球での植民地争いであり、世界恐慌・リーマンショックは欲望を預ける市場に能力を超えた金が流れ込んだからである。世界大戦はヨーロッパに、恐慌・リーマンはアメリカに責任がある。そして欧米を最も真似た日本にもその一端はある。リーマンのときは中国の土地住宅政策と国際的ＩＴ産業の成長で凌いだが各国借金財政は悪化した。ケインズ経済学が壁にぶち当たっていることを意味している。つまり財政出動の余力はない。それでも各国の為政者はバブルを恐れながらも経済成長で広がった格差を経済成長で是正しようと努めている。これは矛盾である。経済成長の主体は資本家で大衆はそれに従属するだけであるから格差問題は解決しない。

　更に今度バブルが弾ければ立ち直る方策は見当たらない。中国もアメリカも日本も借金財政はパンクするだろうし国際的な新産業も見当たらない。だからポスト資本主義を今から考えることが肝要だ。一つの答えは株式市場の閉鎖。一人ひとりが資本の論理からできる限り独立意識を持ち、省エネルギーで生きる方策を考えることだ。人生は社会への依存度を減らし自立を目指せば被害も減少する。

　西洋キリスト教徒の原罪は欲望である。欲望とは客観に働きかける意識、社会への依存度を表す。アダムとイブは生まれたばかりで未熟な状態でこれを身に付け神の怒りを買ってしまった。詳しくは本文小説に譲る。

第一章

日中戦争の膠着状態から抜け出せずにいた日本は昭和16年12月8日に米英との戦争拡大に踏み切った。それは昭和6年の満州事変を契機に日本が軍事優先で問題解決を図ろうとする方向の延長にあった。つまるところ陸軍は彼らの権力保持の至上命題を優先させたと云える。それは遡って明治から築き上げてきた富国強兵の延長上でもあった。

真珠湾の急襲並びに南方への進撃は功を奏したものの僅か半年後にはミッドウェー海戦でアメリカに敗北したことで形勢は逆の流れになってしまった。軍部はその認識を意図的に表にしなかったためずるずると長期戦の泥沼にはまっていった。そして緒戦で獲得した南方の領土、諸島も奪い返され、制空制海権も奪われて本土空襲も現実の事態となった。そうした苦しい状況に追い込まれた東条内閣は苦肉の策として昭和18年10月、徴兵を猶予してきた大学生および徴兵年齢の引き下げによる高等学校生、専門学校生も戦場へ送ることを決めた。

作家Sは、作品を通して慕って訪れる大学生、一高生のことを思うと心が穏やかではなかった。これから彼らの気持ちにどのように向かい、どのような言葉をかけたらいいものか、考え続けた。

遡って、昭和12年7月に日支事変がはじまったとき、Sは戦争の実態を知るために中国大陸に渡ることを決意した。彼は作品の出版社の一つに話を持ちかけ、特派員の肩書を得ることができた。結核上がりのSに世話係として社員1名が付いてくれた。Sの目的は、大陸で戦地を目の当たりにすることとフランス留学時代に知り合って現在北京大学で教鞭をとっているRに会って話を聞くことであった。日支事変の実情、中国の実態もRから聞いて、自分の戦地での行動の参考にするつもりだった。

それは翌昭和13年4月から7月までの雑誌社の特派として実現した。華北の前線、北京および上海、南京等日本軍が占領した地域を視察した。無政府主義者のRの姿は北京のアパートにはすでになく、日本軍の北京占領後は身を隠したようだった。Sはアパートの家主に、帰りにまた寄るので彼の連絡先を調べるよう頼んでおいた。帰国直前に訪れたが彼の行方は分からなかった。

Sのフランス留学は大正末期から昭和の初め。勤めていた役所に退職届を提出したが上司が休職扱いにしてくれたり、親しい周辺の人たちの援助激励によって学生時代から憧れていたフランスに旅立つことが実現した。

少年時代のSは貧しく上級学校への進学についてはおぼつかぬ状況であったが、それを誰だか分からぬ有徳の人の援助で中学に進学、また船成金からの奨学金、更に家庭教師等で一高から大学まで進学できて何とか卒業にもこぎつけた。振り返れば大学では文学部を希望したが、成金に役に立たぬことには援助できぬと云われ、やむなく経済学部を進んだ。そして自分を省みて貧しい人の力になるためにはと農商務省の役人になった。当時は労働争議、小作争議が盛んで、彼は小作争議担当になって法案を課全員で汗を掻いて作成した。ところが貴族院で地主議員たちに骨抜きにされ、努力が報われず厳しい現実を思い知らされた。思い描いていた役人生活とは程遠く僅か3年でやる気を失った。退職して、一から学業に専念するため憧れのフランスに留学することにしたのだった。

１９２５年（大正14年）、留学を契機に養父に薦められて慌ただしく結婚もした。6月に発って新婚の二人が1カ月の船中でフランスでの生活について話し合ったり、フランス語も手ほどきしたりした。新妻は素直にSのいうことに従っていた。Sにはそれが不満だった。彼女の意見も聞きたかった。その白山丸には画家の佐伯祐三さんの弟さんも同船していて船中で親しく話した。マルセイユでは佐伯氏夫妻が出迎えていた。マルセイユからパリまで同じ汽車で夫妻と親密となり、そこで再会を約束して別れた。

パリのアパート群の中では珍しい一軒家に下宿できた。裕福な家庭のボングラン未亡人の邸宅で、文芸評論家のベルソール氏も寄宿していた。夕食時には彼の友人も加わり期せずして文化サロンの雰囲気があった。Sにはフランスの地理、歴史、文学について勉強になった。新妻はまだフランス語ができないということで会話に参加しないで済んだ。

ソルボンヌ大学で2年間の留学期間、学業に専念するばかりでなく音楽会、劇場にも足を運び、Sはベルソール氏の友人である脚本家、演出家ルイ・ジューベ、有名な舞台女優マリー・ベルと知り合うことができた。しかし卒業論文の執筆中、Sは高熱で倒れる。肺炎で高熱が続き生死の境を彷徨った。熱は下がったものの、子供の時に肋膜炎を患ったことは知らなかったがその後遺症で結核を発症した。卒業は見合わせ、帰国もできずに空気の良いフランスのオートビルの高原療養所で、当時は治療薬もないので自然療法で闘病生活を送ることを余儀なくされた。3カ月後、スイスのレーザンの高原療養所に移り本格的な闘病に入る。

そこでの規則正しい生活は修行僧のような厳しさを感じた。慣れてくると自由時間にやることに事欠かなかった。心に浮かぶ言葉をフランス語で書き溜めたり、患者仲間とは本の貸し借り、下山（治癒）したときにやりたいことなどを話し合い励まし合った。特に親しい四人の仲間のなかに天才と呼ばれるフランス人科学者がいて、彼にはいろいろと影響を受けた。彼の病室に遊びに行くと机の上に限らず床にも計算した用紙が散らかっていて、闘病中でも研究に没頭していることがよく分かった。彼は世界中を旅した叔父から聞いた日本のことで日本人のSに興味を示してくれていた。彼の求めに応じて書き溜めてきたものを見せたところ、数日後、君は経済学者になるより作家になるべきだと有難い忠告を受けた。彼の励ましもあって若いころからの憧れであった作家への道も考えるようになった。

Sは仲間と一緒に下山することができたが、卒業試験を終えたら再発し、また1928年春にレーザンに逆戻りした。帰国を迫る妻の意向で、主治医に相談して11月にした。

帰国後、新聞広告で雑誌社の懸賞小説を知って、早速これに応募するため20日ぐらいで「ブルジョア」を書き上げ応募した。幸い一等で当選して作家への道も開くことができた。高校時代からの作家への夢は紆余曲折を経てようやく叶ったが、当時は昭和の初期、不安定な世相の中で作家魂を鍛えなければならないとSは決意したものだ。それは作品を書くだけを意味しなかった。言論も徐々に不自由になってきたので原稿用紙に向かっている時間以外を有効に活用するにはどうすればいいか、考えた。

日本の戦争状態は今に始まったことではなく、明治以来戦争を繰り返してきた結果である。大正時代は小康を得たが昭和に入ってからの軍関係者の起こすテロ事件、クーデターの数々、どうしてこのような事態に至ったのか、Sはまずそれを知らねばと思い日本の近代史を学び直そうと決めた。

歴史についてSは学校で皇国史観の教科書を学んだ程度で、暗記中心で好きではなかった。フランス留学時代友人となった無政府主義者R宅で、ルイ・ジューベ、マリー・ベルともまた会った。更にそこに出入りする中国青年に日中関係を質問されても答えられず苦い経験をしたものだった。そのとき歴史を学んだことがないと自覚した。それゆえSは自分が納得しかつ筋の通った歴史観の構築を求めて精を出して仕事の合間に時間を決めて勉強することにした。

そのためフランスで知り合い意気投合し義兄弟の契りを結んだ海軍の高官にも資料の世話になったり、国会図書館にも何回も足を運んだ。そして歴史を学ぶことは、事実と事実を結びつけるに当たって矛盾しない洞察力、創造的論理力が必要なことが分かった。その結果、Sの認識は日本の明治維新以降の近代を批判せざるを得ない結論に至った。

こうした戦時体制の時代であるからそれらを文章にすることはもとより無暗に口外もできないが、信頼できるものには敢えて口を閉ざすこともないと腹を据えていた。

学徒出陣の前年（昭和17年）は婦人雑誌に1年間連載の仕事「巴里に死す」と歴史の学習で余裕もなかった

が、それらも一段落して、言論弾圧も進行して今年は仕事も確実に減るだろうから、訪れる学生たちのためにも時間を空けて彼らに少しでも有為な時間にしようとSは考えた。そこでSの中学の後輩のT大生のW田らに相談したところ、仏文で詩か何かを読む会を立ち上げたらよかろうということになった。

Sが学生時代に有島武郎の「草の葉会」に通ってホイットニーの詩集を読んでいたことを、W田は彼の作品から知っていて薦めてくれたのだが、Sも尊敬する有島武郎の会に真似するのに異論はなかった。

教材の選択はいろいろ当たったがアランの「幸福論」を読むことにして、18年4月から隔週土曜日午後に2時間程度で始めた。教材はSがタイプで打ち、注も添えた。会はSがまず通して読み、そのあと学生一人ひとりにそれぞれフレーズを読んでもらい、そして概略を説明する。その後全般的に質問を受けて皆で考え、そして雑談に移り三々五々学生は帰って行った。

家中の椅子をSの書斎に集めて席をつくったが14～15名は常に出席して間に合っていた。これを6月いっぱいまで続け、夏休みの後9月に再開した。

10月に東条内閣が学徒出陣を発表してからは、会に訪れる学生たちの出席率は徐々に減った。11月も末に会を閉じることにした。Sは学生たちが出陣を前にしても努めて平静を装っていることが分かった。表向きには将来を悲観するのではなく現在の日常を今まで通り大切にしている彼らをSは察して、変わりなく会を進めていた。

ただ雑談の中で内容とは別にSの個人的なことへの質問が飛び出すようになった。今までは遠慮していたものが堰を切ったようにそれぞれがSについての質問が開始された。Sの作品の行間から窺える彼の人柄に彼らは興味があったようだった。

アランを読む会を日常に加えながらもSの一日も規則正しく毎日が同じリズムで繰り返されていた。午前は仕事か散歩、午後は庭で仰臥の後、書斎で本を読む時間に「幸福論」のタイプを叩くやりくりが新たに加わった。10月上旬のある日の午後、2階の書斎でSがタイプライターに向かっていると妻がIの来訪を告げた。日焼けした顔でフィリピンからの帰還だった。

S：I君、随分逞しくなったな。無事で良かった。

　Iは背広は着ているが顔は浅黒く無精髭で雑誌の特派員とはいえ戦地での苦闘を偲ばせていた。SはIにソファを薦めた。まもなくして最近では貴重になったコーヒーと茶菓子を妻が運んできた。平客のもてなし方はS家ではこれに決まっていた。まもなくお茶と煎餅に代わったが。

I：先生はお元気そうで安心しました。戦争は先生には最も似合わない事態ですから、日本の戦況も悪くなって先生の心痛を察して案じていました。

S：それは有難う、でも私のことより君は君自身を心配しないと。君は中国に渡って兵隊と同じ行動をしてきたから危ない目にも遭ったと思うが、日本では学生が出陣するようになって大本営の発表とは別に戦況の悪いことは察することはできた。戦地では実際のところどうなの。

I：従軍記者でも実態を書いて送れませんでしたから、帰国して会社でも大本営の発表は信用できないからと云って私に戦地の戦況を求めてますが、私に聞くまでもなく日本の負け戦です。中国では国民党軍は重慶に逃げ込んで英米の援助で抵抗しているので降伏の兆しは見えませんし、華北では陸軍が匪賊と共産軍に悩まされているという話です。またフィリピンではアメリカの攻勢が間近に迫っていてそれに対抗する日本の支援体制は難しくなっています。ルソン島でもアメリカから援助されているゲリラにさえ手を焼いているくらいですから先は見えています。

S：そうですか。そうならばこれからの国民への直接の被害を考えると降伏するのが一番の筈が、学生まで戦場へ送り込む大本営は依怙地になっているね。

I：6月に山本長官が戦死し、これは戦争の行方を象徴していると思います。それから9月にはイタリアが降伏しました。軍部としてはドイツが頼りなのでしょうが、ドイツの対ソ連戦も初めの勢いはどうなったのでしょうか。大本営は都合の悪いことは発表しませんが、今年の2月にスターリングラード戦でドイツはソ連に敗れて流れが変わったようです。

S：そうですか。戦況は随分悪いですな。想像以上かもしれません。

I：こんな調子ですから帰国するにも命がけでした。いろいろと迂回して帰ってきました。実は赤紙が来ての帰国でした。まず会社の生還歓迎会、また友人知人との再会と慌ただしい毎日でした。それから実家に帰って最後になるかもしれない顔を合わせてきました。そして10日目に先生の家にようやく伺うことができた次第です。

S：君は従軍記者から軍人になるのか。それなら帰国しても慌ただしかった筈だ。命がけということでしたがフィリピンから直接帰国されたのではないとしたら大変でしたね。

I：飛行機でマニラから上海、そして陸上で青島そして船で長崎の土を踏みました。とにかく海上ルートでは今は危険すぎます。日本の輸送船は米潜水艦の標的になっているので避けました。ですから台湾、沖縄にも立ち寄りたかったのですが断念しました。

S：そうですか。それは日本近海で制海権が奪われている状態ですか。

I：まもなくそうなるでしょう、先生、戦況はいまや兵士を人間扱いにしていません、動物以下です。それぐらい戦局は悪化しています。物資の補給、兵士の補充のため輸送船団を日本から送り出しても台湾、フィリピンに着くまでに、7～8割方アメリカの潜水艦に沈められています。無事に着くのは10のうち2～3隻です。船底には兵士が寿司詰め状態でそのまま海の藻屑となって消えています。まさに犬死にです。これらのことは大本営は発表していませんから、先生もこのことは話す相手には気を付けてください。

S：輸送船のことは初めて聞いたが若い命の大半を犬死にさせるとは酷い話だ。これから戦場に向かう学生もそうした扱いになる、ということか。そのほか国民に隠されていることはどんなことがあるのですか。

I：去年のガダルカナル戦では内地では転進という発表だったようですが、実際は撤退で敗退に近いものでした。転進という言葉に注意してください。その復讐戦のつもりで、日本の南方の拠点の防衛のためソロモン海域に大量の戦艦、空母、戦闘員を投入したにもかかわらず、アメリカのそれらは遥かにまさっていて結局ソロモン海域の制空権、制海権も失いました。それは日本の暗号がアメリカに解読されているようで物量の違いだけでなく日本軍の動きが察知されています。負けるべくして負けている感じです。

S：物量の差は当初から分かっていた筈なのに、それを日本人の大和魂で対抗したようなもの、負け戦は必然だった気がします。問題は負けるにしてもどのような形で負けを認めるか、それが問題です。

I：そうですね、どこまでやる気なのでしょうか。今はサイパン島が時間の問題になっています。サイパンが落ちれば日本の最後の生命線が破られたことになります。本土への攻撃、空襲が始まります。それも国民に覚悟せよ、ということでしょうか。

S：明治以来日本を戦争で導いてきたことに軍部には自負があるのが問題です。それに軍部が始めた戦争ですから、自ら敗北を認めることは責任の重大さからできないのでしょう。だから今では本土決戦まで云いだしている。

I：ということは今後も日本は負け続けても戦いはなかなか終わらないということですか。

S：残念ながらそう思う。軍部の発言力が無くなるまでは続くと思います。

I：それは兵隊がほとんど死んで戦えなくなるまで続くということですか？

S：そんなことは考えたくないが。

I：こんな大本営の方針のもとで、これから戦地に行く実状を知らない学生は本当に気の毒です。

S：本土決戦などということは銃後のわれわれにも犬死にを覚悟せよ、ということでしょう。権力を握っている軍部からすれば、彼らにとっては権力保持が至上命題で国や国民は二の次なんです。つまり、彼らは自分たちの組織のために国民を支配して戦争に巻き込んできたのです。

I：そう考えれば分かり易いですね。天皇はどうですか、期待できませんか。

S：統帥権は天皇の大権といわれるが、実際は軍が輔弼、帷幄上奏権で大権を実質的にコントロールしているのが実態だ。大権は軍の手中にある。明治以来、戦争に勝利することで軍の権力は拡大して、同時に天皇を祀り上げることで国民を支配してきました。昭和天皇もそのことは分かっていて悩まれてきたと考えられるが、御前会議でこの戦争を裁可していますから天皇も責任上自ら打開することはないでしょう。

I：そうですか。戊辰戦争では薩長が御旗を掲げて官軍を名乗って徳川慶喜を黙らせました。今は首相が陸軍大臣と参謀総長を兼ねて、天皇の大権を独り占めして万能のように振る舞っています。どこからも文句を云わせない体制が敷かれていますが、戦争は無限に続くことはないので、どういう形で戦いを止めるのか、私には考えが及びませんが。

S：軍部が敗北を認めて戦争を止めれば彼らは権力の座からの転落は必至です。軍は自身の存在のためこの戦争を始めたようなものですからそれはしないでしょう。また軍の首に鈴をつけるものはいないでしょう。そこまで日本国は彼らに乗っ取られてきたと云えます。日本国が停戦できなければ国が消えることも覚悟しなければと思います。

I：先生はそこまで考えているんですか。

S：私もそうならないことを祈っていますが。明治以来の戦争を繰り返し勝利することで国連理事国にもなって日本は国民が一等国と名乗って大国意識も生まれました。表向きそれを築いた軍部と天皇は一体でした。昭和天皇は明治天皇を尊敬されているそうですから彼個人の意見で栄光の歴史の幕を引くのは躊躇するでしょう。

Ｉ：先生がそのように言われるのは、この戦争だけでなく明治の日清日露戦争も含めて日本の戦争の歴史を批判されるということでしょうか？

Ｓ：そうです。振り返れば、岩倉欧米使節団が帰国して列強を見習って富国強兵策が推進されます。列強の帝国主義の真似ですから、日本の場合、近隣の国しか植民地の対象は有りません。ターゲットは当然朝鮮、清国です。それを目指して殖産興業を推進および軍事力の充実を図り日本は富国強兵に動き出しました。

Ｉ：列強を見習った富国強兵策が良くなかったのですか。

Ｓ：そう思います。台湾出兵、江華島事件で清国、朝鮮に軍事的に圧力をかけます。これらが清国との争いの元となり日清戦争へと突き進みます。つまり日本は欧米の帝国主義国に強引に不平等に開国を強いられたことの代償を清国、朝鮮に求めたことになりました。

Ｉ：富国強兵路線が日清戦争からこの大東亜戦争までの歴史を造ったと先生は認識されているんですか。

Ｓ：そうです。その根底には明治政府が大日本帝国憲法をイギリスではなくドイツの帝政憲法を参考にしたことがあります。そのため日露戦争のときから英米を頼りにしてきた日本が第一次大戦後米英主導の国際連盟、民族自決の国際民主主義に対応するように舵を切れなかったのです。つまり国際民主主義の流れと大日本帝国憲法のもと戦争で力をつけた軍部の考えとは相容れなかったということです。その結果、満州事変を起こし国際連盟を脱退しました。そして日本は中国問題で米英と対立し、そのうえ英国と戦争状態のドイツと軍事同盟を結んで無謀な大東亜戦争に至りました。

Ｉ：そうすると大日本帝国憲法がいけなかったのですか。

Ｓ：私はそう考えます。明治政府は下級武士が権力を握ったため政治力の無いことがアキレス腱でした。それをカバーするため彼らは天皇を必要以上に祀りたて天皇主権の憲法を作ったと考えます。

Ｉ：確かに日本は天皇主権のもと戦争立国となりましたが、どうしてその舵を切るのが難しかったのですか。

S：第一次大戦で敗れた枢軸国ドイツ、オーストリア、オスマントルコはいずれも帝政、帝国でした。これらの国の体制は戦後崩壊し東欧に独立国が多数誕生しました。連合国側に参加したロシアでも革命が起き帝政は廃止されソ連になりました。残る帝国は皮肉にも連合国側で戦った大日本帝国だけになったのです。

I：成程、天皇主権の大日本帝国が舵が切れないのは分かる気がします。当時、そのことを意識していた日本人はいたのですか。

S：満州の植民地を考えていた陸軍の佐官クラスはアメリカと対立することは分かっていました。彼らが満州事変を起こしているんです。だからアメリカも大日本帝国との対立を予期してイギリスに日英同盟を解消させたと思います。

I：整理しますと、天皇主権のもと軍国主義では日本が国際民主化への舵が切れなかった。だから昭和初期の経済不況を武力で解決しようとしたのが満州事変となるわけですか。当然、国際非難が強くなり国際連盟から理事国日本は脱退せざるを得なかった。そのうえ中国国民の反日非買運動に対して武力に訴えての日支事変へ拡大しました。中国を支持する米英との対立も深刻になり大東亜戦争へ突入も避けられなかったことになるわけですか。

S：私はそう考えています。

I：そうなると先生の近代認識からすれば、最初の日清戦争から間違っていたというより下級武士が実権を握った鳥羽伏見の戦いが間違っていたことになりませんか。

S：話は飛躍するようですが、私はそう思っています。

I：明治の初めから間違っていたとなると、身も蓋もないですね。現状も考えようがないです。

S：最早軍は無い方がいいのですが、実際には彼らは戦いを止めようとしない。私たちも戦争を真正面から受け止めながらも自分で自分をどう守るか、生きるために対処しなければなりません。

Ｉ：日本の戦争史が分かりましたけど国民がそれを支持してきたことも事実ですね。だから僕もこの戦争から逃げるわけにはいきませんので戦争に行って死をも覚悟していましたが、馬鹿らしくもなりました。先生の云われる通り簡単には死んではいけませんね。

Ｓ：君がそう云ってくれて良かった。学徒出陣で学生が死を覚悟するのは当たり前のような風潮で、それが死に急ぐようで私には納得がいかなかった。

Ｉ：でも考えれば軍国日本は長い間国民意識の中に定着したものですから、それが軍の背中を押してはじめた戦争とも云えるので、負けが込んでいるからと云って軍の方針に反対することは難しいです。学生がそう考えるのもやむを得ないと思います。彼らも先生と話して僕のようになることを願います。

Ｓ：問題は学徒出陣に留まらず大本営は本土決戦を考えていることです。

Ｉ：ええ、それは何ですか。本土決戦って意味が分からないですね。

Ｓ：艦隊も戦闘機もなくなっても本土を守る守備隊２００万があると云われている。これが上陸してきたアメリカ兵を迎え撃つことでしょう。

Ｉ：それで勝てると思っているのですか。

Ｓ：勝てるとは思っていないと私は考えます。

Ｉ：それならなぜ焦土化する本土決戦をするんですか。

Ｓ：本土決戦では今までにない米兵の大量殺戮が可能だと踏んでいるからだと思う。日本兵、民間人の死者はその数倍に上るだろうが。

Ｉ：そうすると竹槍訓練も意味を持ってくることになるんですか。米兵の死者はどのぐらいを考えているんですか。

Ｓ：そこはよく分からないが、例えば20万〜30万米兵に死者が出た場合、アメリカは日本と違って民主国家だ。

アメリカ国内で反戦の動きが起こると大本営は踏んでいる。特にアメリカ夫人の反戦意識が強いのでそれに期待しての本土決戦だ。

I：その場合日本兵、日本人の死者はどのくらいに上りますか。

S：その場合100万は超えるだろう。今までも犬死にさせた日本兵は数えきれないんだから大本営にとってそれぐらいの犠牲は覚悟しているだろう。そしてアメリカから和平のテーブルを用意させることを狙っている。

I：そういうことですか、勝つことはできないが和平のテーブルに着かせることができると考える大本営の狙いは何ですか。

S：軍部の存続。だからアメリカに勝てるつもりはなくはじめからテーブルに着かせることを目的にはじめた戦争だと思っている。その証拠に近衛が首相のとき連合艦隊長官山本五十六に「海軍はどのくらいアメリカと戦えるか」と打診している。

「半年や1年は暴れまわってみせます。2年、3年になると自信はありません」と山本は答えている。緒戦はとにかく海軍だから、後継の東条もこのことは頭に入れて開戦に踏み切っている。

I：その緒戦が真珠湾攻撃でしたか。

S：でも日本のハワイ奇襲が戦争嫌いのアメリカ人の魂に火をつけ却って団結させてしまった。それに日本は半年後にミッドウェー海戦で大打撃を受け、それからは守勢に回ることが多くなって逆転されてしまった。一矢報いることもなく2年も過ぎ和平へのテーブルは遠のくばかりだ。そこで考えたのが学徒出陣そして最後の手段としての本土決戦だ。

I：アメリカに戦争を仕掛けること自体無謀と誰しも考えていましたが、テーブルが目的だったんですか。でも本土決戦では日本は100万以上の死者を覚悟するとは。

S：私はそうはならないと考えます。アメリカ軍が上陸して日本の守備隊の待ち構えているところに地上攻撃をすれば確かに武器に勝るアメリカ兵でも死者は沢山出るでしょうが、そうした作戦は採らないでしょう。本土決戦ということは制空権、制海権はアメリカに握られていると考えた方がよいでしょう。だから朝鮮、満州、台湾から物資は本土に入って来ません。本土内でもアメリカはそれを実行すればよいのです。

I：どういうことですか。

S：アメリカは幹線道路を封鎖しそこに陣地を築き要塞化すればいいんです。日本兵、日本国民を兵糧攻めにすればよいのです。要塞に立て籠もるアメリカ軍は武器弾薬に勝り戦闘機の支援も可能ですから日本軍がこれに攻めかかってもこれを打ち破ることは至難です。日本軍には旧態依然の突撃しかないから、その度に死体の山となるでしょう。

I：でもそんなことは繰り返せませんね。でもそうなる前に食糧不足により国民が白旗を掲げて降伏の意思表示をすると思います。そうなれば陸軍の願いの和平テーブルも実現しないことになります。

S：誰もがそのように想像できますが、日本の軍隊は強気なことを云うものが先頭を走りますからどうなることでしょう。

そのとき妻がC出版社のRの来訪を告げた。RはSに一礼してIに会釈して彼の隣に座った。

R：Sさん。今日は「巴里に死す」の印税をお持ちしました。「巴里に死す」は売れ行きが良いので整理してもう一回今年中にお渡しできるかと思います。

と云って封筒をテーブルに置いた。「巴里に死す」はC出版社が初版６０００部と限定したためSへの献本も少なかった。そしてすぐに売り切れてしまったそうで神田の古本屋街では10倍の値がついているという話を聞いていたので、前回のRの訪問のとき彼にそれを問いかけたのもC出版社がそれで儲けているとの噂がSの耳にも入ってきたからだった。初版の印税は少なかったが、その後増刷を繰り返してその都度印税と献本は持ってきていた。

S：有難う。今日は献本はないのかね。

R：まだ入り用ですか。

S：手元に2〜3冊しかないので、このI君にも渡したいので。

R：じゃ、僕が持ち歩いている本で良かったら差し上げます。

と云ってカバンの中から取り出してIに渡した。Iは恐縮して受け取った。

Sは話すべきか考えていたが、

R：雑誌「文学界」でSさんの闘病生活の掲載されていた「離愁」が先月号から掲載されなくなりました。実は来年「離愁」もうちで単行本を出版させてもらいたいと考えていたものですから、その理由を「文学界」に聞いても教えてくれないので、差し支えなければ先生に事情をお話しいただければと思いまして。

S：「文学界」の言い分だと軍からの命令に従ったまで、とそれだけだった。

R：東条内閣は戦争に反対するもの非協力的なものを民間人も含めて嫌がらせをしているという話ですから。先生は軍から目を付けられていたんですね？

Sはまた迷ったが、Rを早く帰すため口を開いた。

S：N・Hさんが従軍作家としてフィリピンに渡っていたが、負傷したため私にその代わりを務めろというのが海軍の主張だった。私は結核の既往症があるので断った。数日後に「文学界」から連載中止の連絡があり、成程と思った次第だ。

R：そうでしたか。作家の方で従軍を断ったのは初めて知りました。女流作家のH・Hさんなどは軍の求めに応じて繰り返し従軍しています。本気でお国に尽くしているつもりですかね。

S：そのつもりでしょう。

R：それならいいですが。じゃ、今日はこれで失礼します。年内にもう一度伺います。
と云ってRは帰った。
Iは二人のやり取りを聞いていて、開戦の日にSが中野署に午前中出頭したことを思い出していた。彼は日米開戦ということでS宅を訪れたところ中野署から出頭呼び出しがあり、Iは署の前でSが夜になって解放されるまで待った。帰り道Sは、用事もないのに中野署の一角の部屋に何人かを集めたのは軍部の云うことを素直に聞かない者たちへの見せしめ、嫌がらせであろうと語っていた。自由主義作家もマークされるような時勢にもなっていた。
現在もSは特高らしき者に跡を付けられているという。Iは腹の据わっているSを改めて見直すと、
S：I君、今晩は時間が空いているかね。
I：先生、実は僕にも赤紙が来て日本に帰ってきた次第で、今晩は友人数名が送別会をやってくれるんで都合があるんです。今日は先生に暇乞いに来たんです。
S：そうでしたか。それは残念だ。私は日本橋に用事があるから銀座で食事でもしようかと思ったんだが、赤紙では君を友人に譲ろう。
I：申し訳ありません。それなのに今日は先生の貴重な歴史観を聞かせていただいて大変意義のある時間でした。まだ少し時間があるのでお聞きしたいことがあるのでよろしいでしょうか。
S：ああ、まだ時間があるなら構わない。
I：話は変わりますが、先生のところには相変わらず学生さんは絶えないと思いますが、学徒出陣となって彼らの反応に何か変わったことはありますか。
S：今年の4月からアランの〝幸福論〟を仏文で読む会を隔週土曜日にやってるんだ。夏休みは中断しましたがまた9月に再開したところで東条内閣が学生を戦場に送ることを決めました。それで10日21日には学徒出陣

の壮行会が神宮外苑で行われましたが、それから2回アランの会を開いているが特段そういう話は雑談の中でもない。ただ私についての質問が出るようになった。

I：そうですか、分かるような気がします。僕も先生に個人的に聞きたいことはたくさんありましたから。彼らのはどんな質問ですか。

S：私の小説から彼らは私の半生をある程度知っているから、それに関連する質問といってよいだろう。

I：僕の興味と同じようです。先生の文学に関心のあるものなら誰でもそれに興味がある筈です。いわば先生の文学の原点を知りたいのです。僕も学生時代に伺った頃は遠慮して聞けませんでした。学生たちも僕と同じでいままでは遠慮していたと思います。僕も戦場が現実になって、先生との今生の別れかもしれないのでいろいろ聞いて戦争へ赴きたいのです。

S：戦争も永久に続くものでないから、これからの日本を考えるときやはり若い人に期待します。そうしたことも私の作品の中に表してきたつもりだ。しかし、私の筆力ではうまく読者に伝わらない戸惑いはあります。それでも彼らと精神的な絆を長く保っていたいので彼らに死を急ぐようなことは決してないよう、ぜひ生き延びることを心がけるよう伝えているのだが。

I：先生は大変苦労されて今日の立場を築かれました。私は先生のような苦境の体験が乏しいからでしょうか、赤紙が来て考えることは順調だった生活だけに欠けているものがあるのではないか。私のように従軍記者から兵隊になる場合でも死への恐怖は全く違ったものになります。学生さんの場合はなおのこと、心の底での不安あるいは納得できない気持ちのまま戦場に向かわなければならない中途半端な思いに悩んでいる筈です。ですから先生ならどう対処されるのか、それを少しでも掴み取りたいと質問するんだと思います。学生さんは先生との永久の別れになるかもしれないので、いままで抑えてきた心情を遠慮なく先生に吐露しはじめたのでしょう。

S：自分の体験について、その時々の心情について語ることはできるが、それを受け取るのは彼らであるから、それが参考になったかどうかは分からない。

I：参考にならなくても、尊敬する先生のことを少しでも感じられればそれ自体価値あることだと思っています。私の場合、よろしいですか。

　Sは黙っていたが軽く頷く仕草をしたので、

I：いま私が聞きたいことは一つ、先生は異国の地で死病といわれる結核に罹り闘病生活を余儀なくされましたが、その時死について将来についてどんなことを考えられたのでしょうか。

　Sは大きく頷いて、

S：君たちの参考になるかどうかは分からないが、経緯を簡単にお話しします。そこから私の心情を察してください。卒業の博士論文（第一次大戦時のフランスの財政と戦費）を仕上げているときに、高熱に冒されて肺炎を患い一週間生死の境を彷徨いました。熱が治まって死を免れたとホッとしたら結核に移行していました。日本では死病とされている病気ですが向こうでは高原で治療すれば自然に治る病気とされていました。それでパリの医者の勧めに従って夏休みにフランスのオートビルの高原療養所へ行って規則正しい生活に専念しました。

そのとき私の心を占めていたのは自分のことよりフランスの土地で生まれてカトリックの国際託児所に預けていた娘と一人では何事もままならぬお嬢様育ちの妻のことでした。私がこのまま死んだらこの二人はどうなるのだろうか、無事に日本へ帰ることができるだろうか、と。

I：どうして生まれたばかりの赤ん坊を国際託児所に預けたんですか。

S：私が6月に高原療養地オートビルへ行くことになって妻は彼女自身どうしていいか分からなくなってしまった。そこで赤ん坊を育てる自信がなかったものだから託児所に預け、自分は家族で世話になった下宿を出て託児所の近くのフォンテンブローの森のアパートに一人住むことにしました。

I：異国の地で家族がバラバラに住むということに、高原で療養しても気持ちが落ち着かないと思いますが。

S：私に選択する余地はなかった。私は療養に専念し、彼女は娘に忘れられないため時々託児所に通っていた。私の療養は朝食後30分の散歩、昼食後2時間寝椅子で仰臥その後50分散歩その後夕食。それ以外は自由時間。朝昼晩に体温を測るが、朝が一番低いがそれでも37度の上。

I：仰臥の目的は何ですか。

S：頭を使うと肺に負担がかかるので、無念無想になって肺を休め高原の良い空気を吸って壊れた肺を修復することです。でもこれが曲者でどうしても雑念が入ってオートビルでは禅僧のようには無我の境地にはなかなか到達しなかった。そんな思うに任せぬ時に妻からの手紙に、娘は元気に育っている、あなたから便りが無いのは私たち母娘を忘れてしまったからでしょうか、と手紙の催促だった。早速返事を書いたが、それで済まなかった。

数日後妻はオートビルにやってきた。まず療養所が高級ホテル並みの施設を構えているのに吃驚して、自分のボロアパートと比較して納得せず、私もここで住むと駄々をこねる。新婚当初の彼女とは違う。彼女は一人でパリに帰ろうとしない。ここで住みついても彼女の相手をするほど私に余裕はなかった。彼女は他の患者と親しくする気はなかったので、私が婦人も交えた仲間と散歩したり懇談してから部屋に戻ると、破られた本が床に散乱していた。そしてあなたはそんなに元気になられたからパリに戻って主治医に診てもらって日本に帰りましょう、と急かすばかり。私としてもこんな毎日を繰り返しても埒が明かないのでパリに帰ることに同意しました。実際、体温も37度を下回ることもあり自分でも快方に向かっている実感があり、離れようとしない妻が執拗に秋のパリに帰りたがるので仕方なく折れました。

パリで改めて主治医の診察をうけたところ、あと半年か1年高原で療養してから日本に帰るべきと告げられました。妻もそれには逆らいませんでした。フランスの結核都市は高いので、主治医の紹介でスイスのレーザンに10月に移りました。そこはスイスのダボスと同じ結核都市で治療を終えた者たちが全快しても家族等がいるところに帰らずにそこに留まって働く人たちが多数いた。それは結核菌を家族に移してはいけない配慮からでした。つまり住民のなかには既往症の人たちが生活しているので住民も含めた結核都市の所以です。妻はオートビルで懲りてついてきませんでした。そこでは療養生活は守りながらも様々な人たちと深い交友がありました。そこは若くして結核にとりつかれた青年も多く、療養の仕方も慣れて軌道に乗り私は自由時間に部屋から出て彼らと顔を合わせる余裕が生まれました。食事の席を同じくする四人の仲の良い戦友もできて、共有できる時間は一緒に行動することも多々ありました。その四人のグループは午前の散歩は一緒し、遥かに望む素晴らしい眺望のスイスの雪のモンブラン連山の景観を称えて、いつしか揃って祈りを捧げるようになっていました。その仲間には天才科学者と呼ばれていたジャック・ジャルマン（以下J・C）がいて、彼は無宗教でありながらこの雄大な自然の大聖堂を前にすると神の存在が信じられるとよく涙を浮かべていました。また図書館などでは下山した後の身の振り方、仕事などの希望を話し合いました。

療養らしい厳しさが問われるのは、やはり昼食後2時間ばかりテラスに寝椅子を出して吹雪の日も無念無想で仰臥することでした。オートビルではうまくいかなかったことでしたが雑念を払うコツを覚えて無我の境地に達することもできるようになりました。画家が白いキャンバスに新たに絵を描くように、仰臥の後に心の働きが無の状態からはじまるので禅の修行の意義もこれだと納得しました。仰臥の後そのまま横になっていると頭の中にフランス語が飛び交うようになりました。それを文章にして記録するようにしました。

フランス文学に素養がある闘病のF夫人とも知り合い、また妻が闘病しているという作家のKとも親しくなった。そこで私が宙で拾ったフランス文をまずF夫人が直して、次にKにも添削してもらった。そしてKから共著で小説を書かないか、と誘われると胸の奥に仕舞っていた情念が首を出すこともありました。

I：先生がもし健康体ならば決して得ることができなかった貴重な体験をされたんですね。闘病のお蔭で知らず知らずのうちに作家の道を歩まれていたんではないですか。

S：うん。宙に浮かぶ言葉を書き留めるなら脳に負担をかけないと思って始めたことだが、天才J・Cの部屋は計算した用紙が机の上と云わずに床にもいつも散らばっていて、彼は夜中も勉強していて、同じ結核でも私とは違う体力の持ち主だった。

I：でも先生が結核に付きまとわれたことも体力がなかったことも作家になるべく運命を感じます。

Sもそのように考えないこともないが、それには答えず、

S：そのJ・Cに、君の書いている文章を読ませてくれと云われてノートを貸したところ、君は学者になるより作家になるべきだ、という有難い忠告を受けた。経済学は範囲が広すぎるから研究テーマを決めるのも大変だ。一方、君の書いた文章は思想信条が窺えるのでこちらを伸ばすべき、と彼は理由を挙げていた。

I：それで作家になることを決断されたのですか。

S：そう話は単純にはいかないが一歩を踏み出した。その頃妻がパリからやってきた。定期的に託児所に行って娘とも会っていた筈だが、アパートの一人暮らしに耐えられなかったようだ。文章を書くことと妻の不平不満を聞くことの天国と地獄の私の生活がまた始まった。しかし基本は闘病である。規則正しく生活しても結核の闘病で思うに任せないのは体温でした。朝昼晩と体温を測りますが、大体37度以上あってなかなかそれより下がりません。当面の目標は37度以下になることでしたが、それが一時達成してもその継続がなかなか思うようにいきませんでした。達成する日が無限に遠く感じることもありました。また、週に何人かは昨日まで食堂で見かけていたのに今日は見かけないような場合、われわれ患者に知られないように夜中に車に乗せられて無言で山を下りていたのです。その噂を聞いて夜中に起きてそうした光景を目にすると自分にも忘れかけていた死が訪れるかもとよぎりました。

I：その時はやはり恐怖心に襲われるのですか。

S：恐怖というより死への悟りとでもいいますか、自然にそれを受け入れてしまうような気持ちだったと思います。

I：自分の意志でどうにもならないなら死んでやろうという気持ちにはならなかったんですか。

S：死の誘惑というやつですか。それには及ばなかったね。というのも一方で日常的に妻の無理難題を聞かされるわけです。無念無想の後、妻は待ち構えていたように不平不満を並べ、私も真面目だから逃げずに考えてしまう。だから死の影に浸る余裕はなかったと云えます。

I：僕からすればそれが良かったと思います。先生が帰国後、文学を生み出すことに繋がるわけですから。奥さんに感謝したいぐらいです。小説にそうした奥様が登場されるわけですから。

S：そうかね。

I：でも僕も出征にあたり死は覚悟しました。それで療養生活で死と向き合った先生の心情をお聞きしたかったのですが、次元が違うようで質問したことを反省しています。

S：私は死に捉われないで生還したことは良かったと思っている。死に捉われることなく生還することを君にも学生たちにも願っている。

I：そうするよう心に刻んでおきます。奥さんとの関係はどのように修復されたのですか。

S：妻はフランスにいるときに離婚を口走っていたし、実家にもそれを知らせていた。ところがマルセイユで乗船して神戸で下船する間に考えを改めたように思う。私は、妻が早く日本に帰りたい離婚したいと云うから卒業後の6カ月間体力づくりのイタリア旅行等の計画を主治医に示して帰国の許可を得た。帰国後、家族三人は名古屋の妻の実家に落ち着いたが、私が居ては離婚話もしにくいと思い、私一人東京に来て麻布の養父の家に厄介になることにした。するとまもなく妻は娘を連れてやってきて、代議士の父の東京の別宅すなわちこの家で親子三人で住むことにしようとただそれだけを云ってここに引っ越した。私はただただ呆気に取られてするがままに任せた。そして何事もなかったように今に至りました。私は妻に何も云っていないし妻から改善しようと云われた覚えもない。

I：先生にそこまで説明させてしまって、申し訳ありません。聞くんではなかったと反省しています。

S：いいんだ、君には隠さずに話そうと思う。君も知っていることもあるだろうが。

君も御存知のように私の家は代々沼津で網元でした。私の父は惣領で代を引き継いでいたときのこと、天理教に帰依し、財産を埃として放棄したため家族は田地と屋敷を失い、隠居の祖父母や父の弟妹家族を奈落へ落としました。私は兄弟の中で二番目で、私だけが祖父母と一緒に叔父夫婦に預けられました。子供心になぜ自分だけが父に捨てられたのか悩みました。

私がレーザンで療養していたとき、その父から初めて手紙をもらいました。内容は詳しく覚えていませんがこれだけは鮮明に残っています。

「お前は絶対に死ぬことはない。もし死ぬようなことになったら私が天理教に捧げた一生は無駄になってしまう」

これを読んで私は非常に腹が立った。子供の頃からの貧しさとフランスでの結核まで私を不幸に陥れたのはあなた（実父）の天理教への帰依にあるのに、それを分かっていながらお前は絶対に死なないなんてどうして云えるのか。父への怒りが収まらない私は、その手紙をビリビリに破いて窓から吹雪の中に撒いてしまいました。そのとき私は貧困と死病の牢獄の囚われの身であった半生を改めて実感したものです。いかなる状況も受け入れ療養してきた私が、死ぬんじゃない絶対に生きてやろうと思ったのはそのときでした。実父のたわごとではなく自分の力で生還しよう、ベルグソンを思い出しました。それからです、妻の主張を真面目に考えるようになったのは。

Ｉは自分がＳを尊敬する理由はここにあると思った。神という存在に左右されないＳの自立した精神の強さ。Ｓは一高時代に信仰を捨てたと作品で書いているが、信仰の対象の神まで全く縁がなかったようにきれいに捨ててしまっている。普通の人間なら自分が窮状のときは、無縁だった実父の言葉でも有難く頂戴するものだが、Ｓの破り捨てた行為に自分たちには届かない精神の強さを改めて知った。

Ｉ：先生は強い方だと改めて思います。先生の御尊父は親神の意思を人間に伝えるため活動されてきて、なかでも難病の人たちを多く救ってきた、と先生は書いています。私だったら、そういう霊力のある人からお前は死ぬことはないと云われれば救われた気持ちになりますが、先生はそれに反発し手紙を破いた行為は天をも恐れぬ行為に見えます。そこに先生の精神の強靭さを認めます。

Ｓ：あ～、そう捉えたのですか。それは誤解です。神はこの際関係ありません。そのとき私は冷静さを欠いていて、実父への怒りの感情が手紙を破ったのです。私自身の神は捨てていません。私には私の神がいます。Ｊ・Ｃの影響かもしれませんが、この宇宙を動かす根源的な力・エネルギーが私の神です。その神が天理教の神と同じ存在であるかは分かりません。私が帰国してからは父は1年に一度ぐらい我が家を訪れるようになっていろいろ彼の話をしたり、また手紙を貰ったりするうちに父親の人生を立派だった、と今では思えるようになりました。

Ｉは学生たちがＳのところに集まるのは、Ｓが誰でも受け入れてくれるほど心が広く、その一方で自己を厳しく律しているからだと思った。それがよく表れている話だ。そこに自分たちが見出そうとしたＳがいた。更に覗き見する気持ちで、

Ｉ：先生の子供の頃の天理教の信仰はどんなものだったのですか。

Ｓ：父の意志で天理教に財産を差し出したうえに家族も入信させたのです。私は隠居の祖父母と一緒に叔父夫婦の家に厄介になることまで父が決めました。ですから父の命令で朝晩祖父母、叔父夫婦と一緒に天理教の神

に太鼓を叩いて祈りを捧げていました。自分では真面目に信仰して親神に見守られているという意識を持っていました。

そしてパリで結核を気胸療法で治療したところそれが通用しないのが分かり、それは小学校五、六年のとき体調不良の原因が肋膜炎に罹っていたことをそのとき知ったのです。当時を思い返せばなかなか治らない私の様子を見て、信仰が足りないからだと教会の先生からよく怒られました。中学進学を熱望していたので親神に頼み熱心に信仰していたので教会の先生の棘のある言い方に納得いきませんでした。

I：先生は作品の中で、高校時代に信仰に疑問を持ち天理教から離れたと書いてますが、その疑問とはなんでしょうか？

S：上京して一高の寮に入って生活環境が一変し解放感に包まれました。今思い返せば、中学までと違って物事を自分で考えることができる自由と高校は学費の上に寮費もかかり、叔父の家から通った中学までとは違って生活費を自分で工面しなければならない自立があった。伊豆の船成金からは嫌味を云われながらも頭を下げて奨学金を乞い、家庭教師でわずかな資を得て食い繋いでいました。それでも寮費が払えず食事を抜くことも度々でした。こうした惨めな生活も父の天理教への帰依が原因であることを心の中で反芻していました。私が中学へ進学をしたいと考えたのも漁船に乗るとすぐに吐いてしまい漁師になるのが無理と思えたからでした。それに学業が自分の生活から無くなるのは考えられなくて広い世界を知りたいと進学を天理王に祈り続けました。幸い支援してくれる人が匿名で現れて中学には進学することはできました。しかし高等学校では今云ったように厳しい現実が待っていたのです。

子供の頃の信仰は生活の一部となった習慣的なものでした。一人東京に出てみると周囲に信仰をやかましく云う人はなく、そのうえ広い世界を開いてくれる学業も楽しく、そこから読書の習慣も生まれ、図書館でフランスの小説も辞書を片手に読むようになっていました。学生の間でフランスの哲学者ベルグソンの「創造的進化」が話題になっていて私も読みたくなって探しましたが常に誰かが借りていてチャンスがありませんでした。そのうち非常に難解で途中で投げ出すと噂が広まってくると私にも番が回ってきました。語学力もまだまだの所為もあって冗長な文体のうえ、似たような事柄が繰り返し現れるので、確かに読み疲れする本でした。しかし私は喰いついて離れませんでした。私の心を捉えたのはこの本のタイトルそのものでした。生命は進化で創造的であるので、生物、化学、物理学が求めている科学的真理の根底にある生命の持続、飛躍である、というものでした。つまり人知では生命の創造は届きませんし、生命体の根底は本能であり意志である、ということに魅了されました。

西洋では科学の発達によって人の信仰心は希薄になりました。だが彼の主張は科学が発達しても生命の創造的進化は解明できないことを示しているし、また人間は病気に困ったときに神仏に頼ってきましたがこれも無駄な行為と分かります。生命に関することは科学でも信仰でもなく生命は創造という持続であり飛躍であり意志されたものと本から学びました。

I：生命が創造的進化であっても、それが神仏が創造したものであれば神仏に頼ることも無駄ではないと思いますが？

S：あなたのように神は万能であると思っている人の陥りやすい点は真理も虚偽に変えられると無意識に信じていることです。例えば、ピタゴラスの定理は真ですか偽ですか？

I：真です。

S：そうすると神はピタゴラスの定理が真であるようにこの宇宙をお創りになっているのです。ですからこれを偽にするようなことは神にもできません。

I：確かにそうですね。生命に関わることは神仏に頼ることではないことが分かりました。それが信仰を捨てられた理由ですか。

S：信仰は神仏に従い依存することです。私はピタゴラスの定理を認めていますし、理性的に物事を考えたいと思っていますから既に神仏に従っています。このうえ宗教に依存することは何もない、という結論に達しました。

I：有難うございました。よく分かりました。

実はIはSに黙っていたが実家が天理教で、Sが信仰を捨てた理由を前から知りたいと思っていた。彼はSのように天理教に疑問を持つことはあっても信仰をやめようと考えたことがなかった。それでSに信仰を捨てた理由を以前から是非聞きたいと思っていたので、今日それが叶って胸いっぱいの感謝の気持ちになった。そしてIは長年懐いてきた疑問〝Sが神をも恐れぬ理由〟も納得できたと考えた。そして、

I：先生、貴重な話有難うございました。今日はこれで失礼しますが、まだ先生に話を聞きたくなりました。明日また伺ってよろしいでしょうか。

S：それは構わないが、明後日入隊の君には忙しくはないの。

I：そうなんですが大体準備は終えていますので、明日はより詳しく日本の近代史観を伺いたいと思います。明日の午後に来ますのでよろしくお願いします。

翌日、Iは仰臥後にやって来た。庭から書斎へIはSの後に続いた。既にSの中学の後輩であるT大生のW田がソファに座っていた。互いに会釈してIは横に並んで座った。Iは、昨夜はよく飲んであまり寝ていないので、と前置きしてW田に気を配りながら、

I：先生、昨日は日本の近代の誤りは鳥羽伏見にあると云われましたが、そこを詳しく聞きたいと思います。

S：分かりました。W田君もそれで待っていたんだ。端的に鳥羽伏見は薩摩の私闘だ。

I：鳥羽伏見は薩摩の私闘と云われましたが、意味が分かったようでよく分からないんですが。

S：確かにそうかもしれません。単純化すれば西郷と大久保および久光の私闘と言い換えたほうが良いかもし

れません。彼らと一体の行動の岩倉も加わりますが。大政奉還の後、この四人は徳川を外した新政権を作ろうと画策して最初はうまくいきましたが、次第に徳川慶喜を入れろという声が大きくなりそれに呼応するように徳川軍は大阪城をでて京都目指して進軍しました。もし徳川慶喜が政権づくりに加わったらこの三人は近代史から消えていたかもしれません。

I：どういうことですか。

S：西郷と大久保は郷士で薩摩藩の下級武士です。鹿児島に留まっている門閥は徳川寄りです。薩摩は長州と違って藩論が二分していました。だから廃藩にはならないと思いますが慶喜が政権に入った場合、この二人は京都にもいられず鹿児島にも帰れないと思います。

I：二人を使っていて同調していた島津久光はどうなりますか。

S：久光は許されるでしょう、城主の父親ですから。でも彼は雄藩連合で徳川と対等になることを望んでいましたから、後藤象二郎の建白によって大政奉還を果たした慶喜のことは面白くなかったと思います。というのもその前の四侯会同と云われる会議で島津久光、山内容堂、松平慶永の三人は慶喜に徹底的に罵倒されて雄藩連合が潰されます。この時から久光、西郷、大久保の三人は討幕を考えるようになったと思います。大政奉還の建白の骨子は国会開設です。雄藩連合ならば薩摩は徳川と対等に渡り合えますが、国会となると慶喜が長につく役職に就くでしょうが、薩摩は弱小大名と同じ一議員に過ぎなくなります。それは久光には受け入れ難かったのでしょう。久光にとって慶喜は恨み骨髄ですから討幕しか選択肢はなかったと思います。京都での活動で保守派の評判が悪かった大久保は鹿児島へ帰れず徳川と戦う以外に選択肢はなかったでしょう。西郷は徳川外しの先頭に立ちましたから、慶喜の出方によっては薩摩廃藩もあると踏んでそれは亡き斉彬公に合わせる顔が無いと二人に同調したのでしょう。岩倉も従来から薩摩と関係を密にしていましたから三人に同調するしかなかったと思います。

ここでW田が口を開く。

W：そうなると確かに私闘です。列強の圧力の中内戦をしている場合ではないと思います。でも私闘であれば、あらゆる手段を使って鳥羽伏見で勝ちに行くでしょう。待ち伏せと偽の御旗で徳川軍を退却させます。この緒戦で慶喜は江戸へ逃げ帰り、薩長の勝利に終わりました。そして勝てば官軍の言葉が残りました。これは明治以降の日本の軍隊の先制攻撃に引き継がれたように思います。それはともかく薩長の勝利に最も貢献したのは、敵前逃亡を果たした慶喜です。なぜ彼は逃げたのでしょうか。

I：そこは謎だと云われていますが？

S：彼は権力者としては極めて真面目で純粋だったからでしょう。従来の将にはこのような人物はいません。そして慶喜は恭順しました。

I：岩倉の造った偽の御旗にまんまとひっかかったということではないのですか。

S：慶喜は御旗の真偽は彼にとってはどうでも良かったと思います。この問題を考えるには明治になってからの天皇と慶喜の関係を頭に置くと分かると思います。

I：よく分かりませんが。

S：逆賊だった慶喜は明治13年に名誉が回復され公爵になりました。それは天皇の力が大きかったと思います。そのとき彼は静岡に住んでいました。それで天皇から慶喜に東京に出て来るように再三催促がありました。今の天皇中心の政治があるのは慶喜の恭順があったからで、その礼を云いたいので是非東京に出てきてくれと申し入れたのです。政治的に色気が少しでもあればそれに乗ったでしょうが、彼はそれに応じませんでした。

I：どうしてですか、色気云々ではなくても逆賊の汚名が晴れたなら飛んできても良かったと思いますが。

S：明治政府は西南戦争以後も政権は安定していない状態でした。13年当時は自由民権運動、農民の反政府運動で政府はその対策に苦慮していました。30になった天皇の気持ちを考えると信頼できる相談相手が欲しかったと思います。薩長は権力争いに勝って天皇を彼らの利用価値のある〝玉〟としてその座に祀り上げました。そのとき彼はまだ16歳だったので岩倉辺りには小僧扱いされ、政権幹部でも敬意を払ってくれるのは西郷ぐらいだったと思います。その点慶喜は朝廷に出入りする薩長の武士とは違って父の孝明天皇の心からの忠臣だったことを聞かされていたし知っていたと思います。その天皇が裁可を求めてくる政権幹部以外に忌憚なく政治を語る相談相手が欲しくなったとしても不思議ではないでしょう。慶喜は天皇のこの気持ちを察して東京に出なかったと思います。

I：ということは慶喜は政治に興味がなかったというより介入したくなかった？

S：そうだとも思いますが、政権が不安定なとき慶喜が東京に出てきて天皇の顧問にでもなったらどうなりますか。

I：権力の二重構造ですか。

S：そうです、政権の不安定さは増すでしょう。それは慶喜の本意ではなかったでしょう。明治天皇も認める通り、この政権は彼の恭順言い換えれば彼が創ったものですから自分で壊す気にはならなかったでしょう。

W：この慶喜のその態度が鳥羽伏見の戦いを放棄して江戸へ逃げ帰った理由ということですか。

S：そういうことになります。

I：大政奉還以後から新政権まで投げ出すのは無責任ではないですか。

S：慶喜は大政奉還以後の動き、徳川外しのクーデターから鳥羽伏見の戦いまで、薩長の動きの情報を入れると同時に幕臣の動きも観察していた筈です。そして彼らの殆どが内心大政奉還に反対で、この先国会を開いてもうまくいくか不安に思っていた筈です。鳥羽伏見で緒戦敗れて一層幕臣のその声を聴いた筈です。汚い手を取り続ける西郷たちに却って新政権へのやる気を見出して、慶喜は彼らに任せる決断をしたと考えます。これが慶喜の敵前逃亡の理由です。

W：そうした発想自体考えつかないですが、そうすると慶喜はいつまでも東京へ出て来ないんですか？

S：いや、日清戦争が終わって政権が安定してから明治30年ごろになって東京に住むようになります。

W：でもそれだけの人物であっても慶喜の人となりはよく分かりません。

S：彼は水戸藩出身だからもともとは尊王攘夷の思想の持ち主だった。実際、井伊直弼が勅許を待たずに修好通商条約に調印したとき、彼は登城して直弼に面会を求めその意図を質している。親父の斉昭も同じことをやりました。２年後、安政の大獄で水戸藩の攘夷派もその対象となり、彼ら二人も登城違反の罪に問われ蟄居謹慎の身になって水戸に引き籠もりました。親父は隠居幽閉の処分の身のまま亡くなっています。そして水戸藩を脱藩した武士たちはその仕返しとして桜田門で直弼を殺害することになるが、大老が代わって彼は放免されます。蟄居の間、彼は雨戸を締め切り真っ暗な部屋で蠟燭を点して読書に専念したそうだ。

I：慶喜も苦労人なんですね、島流しの西郷のように。

W：先生は実証主義者を自認されていますがこのように歴史は想像力を駆使されるのですね。

S：ただし、実際の歴史と矛盾しないよう気を付けています。創造的論理力とでも云いますか。

W：感心するのは想像の発想でも筋は通っているので矛盾には感じません。

もし鳥羽伏見が起こらず、慶喜中心の政権が生まれた場合、明治維新政府との最大の違いは何ですか？

S：それは対朝鮮、清国政策になるでしょう。明治初年に木戸孝允は朝鮮と強引に新しく国交を結ぼうとします。これは吉田松陰の、日本は西欧列強にやられた分、朝鮮清国を植民地にして取り返せばいい、という思想の反映だと思います。

でも家康が政権を取ったときやることは沢山ありましたが、秀吉の朝鮮出兵の戦後処理もその一つでした。家康は国交回復するまで非常に苦労しました。ですからそれを知っている末孫である慶喜が朝鮮と事を起こすことは考えられません。それより先ず内政です。無風でスタートすれば慶喜は指導力を発揮できたでしょう。下級の旗本勝海舟を取り立てたように人事の刷新にエネルギーを使い保守派の力を抑えることもできたでしょう。
I：ということは日清戦争は起こらなかったと理解していいのですね。
S：それが最大の違いです。
W：具体的には外交はどう進めるのですか。
S：朝鮮王朝は慶喜が政権を返上したことは迷惑だった筈ですが、話す相手が慶喜ならば邪険には扱わないでしょう。慶喜は本来攘夷論者ですし、孝明天皇との攘夷の約束は彼の頭の中には残っていた筈です。朝鮮、清国との間を徐々に親密度を計り、列強の圧力を三国の連携で跳ね返すような戦略を考えるのではないか、と思います。
W：それは隣国の王朝をそのまま承認することで、日本の近代化も穏やかなものになり、明治政府がやった富国強兵とは違ったものになりますね。
S：朝鮮半島を支配するつもりはないわけですから強兵はないでしょうが富国は考えるでしょう。
W：そうですか、慶喜が魅力的な人物に見えてきました。西郷は慶喜よりも一般に知られていますが、慶喜に負けずに謎の多い人物のようです。明治天皇は西郷を信頼していたということですが、僕には私心の無い大人というのが彼のイメージです。先生の西郷観も聞かせていただけませんか。
S：西郷は、大政奉還後討幕の急先鋒になるわけです。それは慶喜中心の政権ができた場合、さっきも云ったように薩摩藩は脛に傷を持っているだけ慶喜に難癖をつけられた場合廃藩に追い込まれる危険を感じていたと思います。斉彬公の手前彼は討幕を選択したと思います。でも二人（久光、大久保）と違って彼に私心はなかったと云えます。負けた場合は彼は腹を切れば済むことですから。
I：西郷は戊辰戦争勝利の後、最高参謀にもかかわらず官軍総督府に挨拶もせずに黙って薩摩兵を連れて鹿児島に帰ってしまいました。それで明治維新政府の誕生のときには彼はいませんでした。不可解に思えるこの行動を先生はどうお考えですか。

S：確かに理解不能な西郷と云えます。海舟との談判で官軍が江戸城を攻撃しないことになって、彼は急先鋒から和平派に転換したと思います。開城に納得しない幕臣が上野の山に集まって気勢を上げますが西郷は見守ります。それは海舟に任せたことだと思いますが下級旗本の彼には抑える政治力がありませんでした。江戸市中で乱暴狼藉も多くなって、総督府内で西郷批判が強まり、軍事指揮権が彼から大村益次郎に移されます。大村は一日で上野を制圧します。官軍はその勢いで北関東、越後、東北を制圧します。薩摩兵を連れた西郷は戦いの終わった跡を辿り前線で戦おうとしません。そして最後の官軍と庄内藩の戦いには間に合ってこれを制止し、庄内藩を救いました。西郷は鳥羽伏見以降、戊辰戦争では全く戦っていません。

I：ということは西郷は強引に屈服させる総督府の方針に反対だったことになりますが。

S：第一次長州征伐のときのように戦わずして勝利を収めることが彼の思想のように思えます。越後の長岡戦争は彼が指揮に当たっていれば家老の河井継之介の中立案と妥協が成立できたと思います。総督府はそれを認めず戦うか降伏するかを迫り、結局長岡を焼き払いました。引き続き官軍は会津、奥羽まで攻め込み、庄内でストップしました。西郷は戊辰戦争を振り返って新政権の方針とは自分は違ったと判断して、帰藩したと考えるのが妥当でしょう。

I：でも版籍奉還の後、西郷は維新政府に入りますが。

S：明治2年の版籍奉還は薩長土肥の藩主が建白したので叶ったことで、大久保、木戸、岩倉等の下級の政治力ではできなかったのです。ですから続いて行わなければならない藩主の身分に関わる廃藩置県は彼らではどうにもならなくなったのです。それで政権の三人がそれぞれ鹿児島の西郷にお百度参りをしたんです。なぜなら先の四藩主に頼んだのでは彼らに新政権の実権を握られる恐れがあったので、同格で実行力のある西郷に頭を下げたのだと思います。西郷は実権を自分が握るつもりで東京行きを承諾したと思います。西郷は天皇の軍隊という触れ込みで薩摩藩、土佐藩の武士で組織して全国の藩主に睨みを利かせて、明治4年に廃藩置県を断行しました。そして実際、維新政府の主導権を握ろうとしますが、現実には政策が幅広く動き出していて武士の復権の難しさを知りました。武士不要の国民皆兵の徴兵制、武士の特権の秩禄の処分問題など既に改革政策が動き出しており、彼にとっても武士保護救済策は如何ともし難い状況でありました。

W：そして明治6年の征韓論に負けてまた下野することになりました。そもそも征韓論とは何ですか。

S：征韓論争は岩倉欧米使節団と西郷ら残留組との権力闘争でした。西郷個人としてはハムレットの心境で死地を求めて臨んだと思います。

W：ハムレットですか。

S：そう、新時代において天皇と旧武士の間に挟まれたハムレットでした。そして西郷はそれに負けて朝鮮に渡れず死ぬことができなかったが、西南戦争でそれを果たしたと考えている。

I：先生、よく分かるように話してください。

S：「征韓」という言葉は、岩倉が勝利し西郷が辞表提出後に新聞記者に使った言葉で、西郷イコール征韓を強調したのだと思います。論争中、西郷は征韓という言葉を用いていません。しかし征韓というレッテルに対して彼は後日弁解もしませんでした。だからのそのイメージが独り歩きしたんでしょう。

I：そうすると西郷の主張は？

S：新政府になってから木戸の脅かしにもかかわらず朝鮮と国交が断たれたので、西郷は武士の復権ままならぬなかで、自分の出番はそこだと目を付けたと思います。彼の主張は、話し合いで交渉するので軍艦ではなく普通の汽船で渡韓することでした。これを残留組の参議だけで決定し天皇の裁可も出ていたが、正式決定は使節団の帰国後となっていた。西郷は残留組に、

〝談判は決裂し俺は殺されるだろう。そうしたら戦争して俺の仇をとってくれ〟

と云って、文字通りの征韓論者の板垣を取り込んで協力を求め、死地を探しているように説明していた。帰国後、外遊使節団は西郷のこの言葉をそのまま受け取って、

〝今は戦争する余裕はない。内政に専念すべきとき〟

と尤もらしく反論した。でも使節団の本音は、彼が殺された場合の戦争は徴兵制はまだ緒に就いておらず武士の復権に繋がる恐れがある。またそれより西郷は交渉上手だから朝鮮と国交回復が成功して生還するかもしれない。そうなったら失敗続きだった三人の朝鮮政策の責任はいわずもがな、実権は残留組に移ることになる。使節団にとってはそれは譲れない絶対に負けられぬ戦いだったわけです。双方すったもんだの末、行司役の太政大臣の三条実美が病気で倒れ、岩倉がその代行になって勝負はつきました。岩倉が天皇に奏上し、若い天皇は彼に軍配を上げました。

I：云われてみれば確かに権力闘争です。負けた西郷は直ちに辞表を出し鹿児島に帰りましたね。西郷王国をつくりました。その意図は何だったんですか。

S：西郷王国は彼が指揮してつくったことについては疑問です。彼が下野したとき、陸軍の薩摩武士たちは彼に倣って辞表を提出し帰還しています。そして彼らの狙いは政府が失敗すればまた東京へ出ていって取って代わるつもりだったと思います。しかし西郷としては天皇には弓を引くことはできない、かといって没落していく武士たちを裏切ることもできない。彼の選択は死ぬしかなかったと考えます。

I：成程追いつめられたハムレットですね。そして予期せぬというか予想通りというか西南戦争を仕掛けられ、天皇に弓を引く形で逆賊として自刃したことに落ち着きました。

W：西郷としてはすべてを清算して満足のいく終わり方だったと思えてきます。

S：そうですね、西郷は天皇も自分の行動を分かってくれると信じていたと思います。ただ明治天皇としては悔いが残ったでしょう。岩倉からいつも指導を受けていたまだ20歳そこそこの若い天皇が征韓論について選択

を迫られれば彼に従うしかなかったが、まさか西郷が辞表を提出するとは考えていなかったと思います。それで岩倉に加担したことはずっと悔やんでいたと思います。

W：もし天皇が西郷に軍配を上げていたら日本はどうなったでしょうか？

S：西郷が実権を握ったうえでの渡韓ですから、朝鮮の言い分をよく聞いて生還したと思います。明治3年に西郷の愛弟子横山安武が政府批判を建白し、切腹しているんです。諫死です。中味は、

〝韓国を小国侮り無名（大儀なき）の戦争をおこすな、いま日本国中困窮し人民は凍えている、この解決が「朝鮮の無礼」を問うよりさきである〟と。

ですから朝鮮半島を巡って清国と争うことはなく、盟友の海軍卿勝海舟を相談相手に愛弟子の言葉を胸に先の慶喜路線を歩んだのではないか、と想像します。

I：納得できました。有難うございました。私はこれで失礼します。明日横須賀に入営しますが戦場に行っても先生にまた会う日のために生還します。

W：私も遅くなりましたので失礼します。

2日後、W田が深刻そうな顔をして仰臥のSの前に現れた。Sは書斎に案内したが彼はなかなか口を開こうとしなかった。ようやく重い口を開いて、

W：実は今日伺ったのは先生に女流作家のU・Cさんを紹介していただきたく思ったものですから。

S：意外なことを云うね。彼女の作品に興味があるの。

W：そうではないんですが、死の覚悟を持つために哲学書を漁ってきましたが、埒が明かないので、U・Cさんに会いたいと思うようになりました。彼女は戦場に行く学生向けに雑誌に手記を書いてたられたので。

S：そう、親しくはないけど面識はあるから紹介状を書こう。哲学書はどんなものを読んだの。

W：「善の研究」です。私は戦場で死ぬことは当然のこととして受け入れていましたが、一昨日先生の話から、先生は私の生還を望んでいらっしゃることが分かりました。また西郷のハムレット的死を知ることができました。でも哲学書を読み返しても死についての私の心情に応えるものはありません。先生のように日常生活を送るうえでの主観客観合一ならば理解できますが、純粋な哲学論では明日どう生きるかどう死ぬかについては全く無意味でした。戦場では死は当たり前ですが、偶然に自分が死ぬようなことは避けたいのです。

S：どういうこと？

W：戦争に行く前に死を覚悟したいのです。

S：難しいことを云うね。私も一高の時その本を読んだことを以前君に話したね。私もよく分からなかったとも。私も信仰問題で悩んだ時期でもあり、その時感じたのは日本の哲学者は人間の苦悩を知らないで問題を展開するから、結局仲間内のための哲学書でしかないと。

W：ええ僕も同じです。キルケゴールはヘーゲル哲学を立派な体系であると認めつつ、自分の悩みの問題には全く答えてくれないと書いています。私も西田哲学にそのように感じました。

S：彼の「純粋経験」などに達するには座禅のような修行が不可欠に私も感じたものだ。そういうものに通じていない私に理解できる筈がないと思った。その点ベルグソンは進化とは、例を引きながら生命とは持続飛躍、意識であると冗長な表現であるが論理的だった。だから私が生きることは信仰ではなく主体的な自己意識と認識できたので、信仰を捨てることができた。

W：私は逆の立場で戦死は自己責任と思ってきましたが、客観的立場で納得したかったのです。

S：これはある程度君に話したかもしれないが、まあ聞いてくれたまえ。デカルトの原理「われ思う、ゆえにわれ在り」についてだが、これは間違っている。つまり、彼の証明は「私はあらゆるものの存在について疑ったが、その疑っている私がここにいるのは確実である。ゆえに私は存在する」というものだ。だがあらゆるものを疑ったと云うが自分自身の存在を疑うのを忘れているので、この証明は間違いだ。
W：ええ。そして補足して、目はあらゆるものを見るためにあるが、唯一見えないものがその目自身である、と。私自身も目自身も特異点なのだとも。
S：そう。彼は特異点を結論にした。彼の後継者たちは内心デカルト証明の間違いを分かっていながら、それをはっきり表明しようとしない。それはわれ思う（主観）の対象（客観）を「われ在り」ではなく、一般の「表象」に広げて自分の哲学を展開しているからだ。そして哲学的に主観と客観の合一の哲学を創り上げているが、後継者同士互いに批判し合っている。そしてそれぞれの批判が的を射て正しく思えんから、私とすれば逆説的に彼らの哲学はどれも間違っていることになる。でもその間違いがそのままに近代哲学の主流になっていることが問題だ。
W：デカルトの場合はともかく、一般に証明が間違っていても命題それ自体が間違っているとは云えないと思います。つまり批判はあっても間違っているという証明も無いわけですから。私は難しい話ではなく身の回りの存在している現実を認めて生きています。哲学者にはそうした現実の生活には関心が無いのでしょうか。
S：仲間内に書く論文が仕事だとすると、その通りだ。でもそれでは哲学者が立派な真理を獲得してもわれわれには全く役に立たないものだ。それをわれわれは西田哲学に見たのだ。話は戻るが、そこで君の死の問題だ。死を客観的に納得したいということだが、自分の死とは個人の問題だが、それを客観的に捉えることは無理があると思うが。
W：そうですね。今気づきましたが、哲学問題ではなく、先生の生き方の問題としての主観客観合一を考えるべきでした。
S：そうすると私の解釈だが、君の個人的な戦死が君の周囲の人たちに良い影響を与える、そうすれば死ねると？

W：はい。良い影響を与えるところまでは考えませんが、周囲の人たちに私の代わりに強く生きる指針になればと思います。

S：君はよく勉強し、よく考えて社会への批判も独自なものを持っていた。たとえば、人間が成長していくうえで知育、徳育、体育の三つが大切でバランスを欠いてはいけないと、云ったことがあるね。そのとき、軍事教練も含めて最近は運動が盛んになっているので体育が突出していてよくない、と云った。その認識を持つ君が赤紙が来たことに抵抗することなく軍人になって死の覚悟を持ちたいという、私には分からない。そもそも軍人になることに抵抗があるのでは？

W：そうなのかもしれません。でも私は軍人から逃げることはしません。私は今まで幸福でした。幼時から長男の私は医者の家庭で父母に愛されて育ち、小学校に入学してからも順調に育ち、中学校でも自分自身いろいろな面で納得のいく成長をできたと思っています。私は周りの人たちに恵まれて育ちました。その中には既に戦死した同級生もいます。いま私は周りの人たちに応えるチャンスが訪れたと考えています。

S：そうは云っても若い君自身の将来への希望と周囲の人たちへの配慮との葛藤に思える。完全に主客分離の状態だ。これは君自身で解釈するしかない。ただ軍人イコール死とは限らないことだ。

W：それは分かります。ただ中学までと違って、一高生になってからは友人関係でぎくしゃくして悩むようになりました。

S：例えば具体的に云うと。

W：D原（アランの会の参加者）とは一高時代音楽部に所属していたのでいろいろ話すようになりました。将来私は官吏になるつもりだと話したところ彼から軽蔑の目で見られるようになりました。

S：その内容は分かる気がするが、将来の職業を軽蔑されたからといって気にすることもないと思うが。

W：いままで生き方について誰からも批判されたことがないのでたじろいだのです。それで悩みました。悩んだ挙句、彼も俗物的なところがあるがそれを棚に上げて僕を攻撃してくる。人間はみんなそんなものだから、耳から入る事柄は雑音と考えてシャットアウトして内なる自分を鍛えればいいんだ、と考えました。

S：彼と口論するのではなく、それは立派な対処の仕方だ。でもアランの会で君とD原君が犬猿の仲だとは思えないが。

W：世の中が戦争一色になるにつれ彼の言動も変わって落ち着いてきました。また私はできるだけ雑音には反応しないようにしてきましたが、一高の寮が陸軍の兵舎になったり、授業が軍事訓練に時間を割かれたり、兵役猶予がなくなり高校3年間が2年に、大学3年間が2年に短縮されると落ち着きをなくしました。本を読むことで自分を育んできた時間が軍事訓練で肉体を鍛える時間に代わることになりました。寮にも居場所がなくなったようで黙って帰省することもありました。友人たちも私の帰省の理由が分からず随分心配したようです。ある友人は、自分の殻に閉じこもるのではなくニーチェのように自分の考えていることを前面に出すように心掛けたらよかろうと、忠告してくれました。周囲に気を使うことなく支配者のように自己を表現できれば確かに気は楽です。でもそんな真似はできません。自分の殻からは相変わらず抜け出せずに、寮の生活と戦場とのギャップに悩みました。

S：それを解きほぐす力は私に無いが、元に戻るが兵隊になるのに死を覚悟する必要はないと思う。軍人は国のために戦うものだ。その軍人が君のように考えてすべて死んだら国は滅びてしまう。戦場でも生きる努力は必要だ。

W：……（D原が死んで自分が生き残るようなことは考えられない。それは避けなければならない）

S：君が2年前一高生で家に来るようになった頃、こんなことがあったことを思い出す。〝近頃の沼津中学の校友会誌は自分が中学1年生の時より非常に劣っている。にもかかわらず上級学校への入学者は増えている。これは試験勉強の要領が良くなったり欲が深くなったりを示すもので、決して知力が向上したのではない〟と云ったことを君も覚えているだろう。その時私は実に感心した。人間生きる上で、要領とか欲のような目先のことではなく、知力を鍛えるには時間がかかるがそれが大切である、との君の認識に驚いた。言うは易しというが、行うは難し、を実践していると思った。

知力とは根本的主体的に人間の生きる力だ。それに比べて欲望は客観社会に求めるものだ。社会への依存が前提だから欲望から自立心は育ちにくい。君の死の覚悟というのは死の願望、もっと云えば知力とは異なる死への欲望ではないのか。君は絶対的志向から周囲に気を使う相対的志向へ変わってしまった。君を責めるつもりはないが、君はそれを認めるべきだ。

W：そう云われると恥ずかしいです。

欲望といえば今年の正月、中学の校長に頼まれて式典で後輩の前で喋りました。そこで、

〝今の学校は生徒に知力を授けるのではなく、世の中でうまく生きていく方法すなわち欲望を助長していると。これも戦争のなせる業かと思います。最近思うことですが、もともと学問は知を愛する人間のものだったものが近代ではそれが人間を支配するようになっています。特に科学は帝国です。私の敵です。私の心情とは無関係に社会を変えています。また科学の発展が人間の欲望を無批判に助長しています。私は壁にぶち当たりました。私が勉強したり本を読んだりすることがこの帝国を支えることに繋がっているのではないか。だったら兵隊になって体を鍛えたほうがましだとも考えるようになりました。そして徴兵猶予が無くなることも取沙汰されています。赤紙が来るでしょう。私は拒否しませんが、いまでも周囲の学生の好戦的な風潮にはついて行けません。寮にいるのも辛く帰省もしばしばでした。私は頭を使うことから体を鍛えるために兵隊になるのだ、そしてお国のために奉公するのだ、と言い聞かせても恥ずかしながら死ぬ覚悟がまだできていないのです。それは科学のお蔭で戦争も大きく変化しました。戦争を考えるにしても私にはその能力がありません。でもこれだけは云えます、戦争は権力者或いは国民の欲望のなせる業です。つまり自分たちにも責任があることを分

かってほしい。〟
この話は、今考えると、どうにもならない自分を後輩の前で披露したようなものになりました。話すべきでなかったと思います。
S：君のような考えで軍隊に入るものはほかにいないから助言はできないが、私はただ君に生き延びてもらいたいだけだ。そのために自分の考えに間違いがないかどうか、改めて考えてほしい。「死の覚悟」とは主体に関わるものかあるいは客体に関わるものか、を。
W：先生のお気持ちは有難いです。死の覚悟ができた後も忘れずに胸に仕舞っておきます。ただ生き延びても、敵はアメリカ兵から他の何かに代わるような気もします。
　これを聞いてSはW田が死を既に目的化していると思った。それが死の覚悟の意味だ。W田は彼の全人格を死でもって終わらせようとしている。そうであれば、なぜW田は私に自分の死について話しに来たのだろうか？　Sはこれ以上彼の死について話すことは止めにして、
S：私の学生時代は大正デモクラシーの時代に重なっていた。君たちは昭和の戦争の時代に育っている。この違いはあるだろう。君は幸福だったと云うが、無意識のうちに世の中の暗い、自分ではどうにもできないものを意識していたのではないか。
W：それが今表面化してきたというのでしょうか。でも不満なく幸せに育ってきたからそうした自覚はありません。心残りは恋愛の経験がなかったことです。仮に破れたとしても経験しておきたかった。先生のように。
S：なんだか冥途の駄賃のようなことを云うね。単なる経験で云うなら間違っている。恋愛は互いに影響し合うものだ。一方の都合でするものじゃない。恋愛の有無は人生に関係ない。
W：それは分かりますが恋愛について男女の根本的な違いはありますか。
S：日本では習慣や家族制度からして女性にとって結婚は絶対的なもの。男の私は彼女と出会うまでは結婚は

全く頭になかった。それは男と女の違いとも云えたがそれに気がついたのは別れた後のことだった。フランスでは恋すると相手の身分やお金は目じゃない。周囲の者たちが釣り合わぬと思ってもそれを止めることはできない。結局当人の翻意を期待するだけだ。ただ日本の女性は絶えず実家を意識しているのが私の実感だ。

W：先生の話を聞くと恋愛への憧れが萎えますね。小説とか友人の話を聞いてそういう気になりましたが、この期に及んで恋愛を先生の前に持ち出すのは情けない話でした。

S：そういう冷静さを君が取り戻したなら、安心して私の経験を話します。

出会いは彼女の弟の家庭教師になったことでした。それが終わった後夕食のテーブルに呼ばれることもあって彼女とも話をするようになった。最初の話題はどんな本に興味があるか、互いに共通の読んでいたものの感想を述べ合った。彼女は一つ下で女子大生で日本の小説とドイツ語の原書で小説を読んでいた。私はいろんなジャンルの日本の本と分からぬままフランスの思想的なものを読んでいた。そして私が影響された本として河上肇の「貧乏物語」を、彼女はゲーテの「若きウェルテルの悩み」を挙げた。そうして心を通わせるうちに愛し合うようになるまで時間はかからなかった。私は結婚を意識するようになった。

君も知っての通り、私は一高時代には伊豆の船成金から学費の援助を受けていて、大学は文学部に行きたいと希望したところ、文学部では将来社会の役に立つ人間にはなれないから援助を打ち切ると云われ、やむなく経済学部に入った。それは河上肇の思想に共鳴したからだった。当時、大正デモクラシーが開化した時代だったので、今とは違って左翼思想に影響される学生はたくさんいて、近代経済学はT商大、マルクス経済学はT大の経済学部と世間では色分けしていた。私は世間の役に立つ人間になろうと経済学部に入ったが、彼女の父親は町工場の社長で根っから社会主義を嫌っていた人物だった。私は主義者ではなかったが疑われて、恋愛を反対されて出入り禁止になってしまった。愛読書に「貧乏物語」を挙げて疑われたのかもしれない。引き離されると互いに思いは募るばかりで文通で思いを確認する日々が続いた。私が大学を卒業して農商務省に入ると、彼女は父親の命令で弟と一緒にドイツに旅立った。私が就職して経済的にも自立して結婚条件が整う前に私との仲を引き裂くための父親の意志だったと云える。でも二人の心は折れることなく国際文通を1週間に一度欠かすことなく続けていた。そして彼女は私がフランスに留学すればこちらで結婚できる、と促すようになった。

W：そのとき、彼女は駆け落ちの覚悟ができていたということでしょうか。

S：そういうことになるだろうが、私は仕事で彼女の気持ちを汲む余裕がなかった。当時日本では労働争議、小作争議が盛んで、私は弱い者の味方になるつもりで入った役所だったので、小作農民の立場を少しでも向上させるため私の課では懸命に法案作りに精を出していた。満を持して国会に提出したところ貴族院の大地主たちに大骨小骨を抜かれて法案は見る影もありませんでした。そして時同じくして上司ともうまくいかず秋田の営林署に飛ばされました。それを拒否して役所を辞めるチャンスでもありました。でも入省して2年目ぐらいですから留学しても向こうで生活する自信がまだなかった。

W：でも先生は日本郵船の社長の養子になられていたのではないですか。

S：紙切れの義理の父とはいえ私たちは精神的な結びつきで父子関係になりましたから大切なことは、金にまつわる話は義理の父には一切しないことでした。この貧乏人の痩せ我慢が彼女の気持ちに焦りを誘ったと思う。私は愛があるから時間などは問題にならないと一人決めて悠長に構えていました。彼女は違っていました。結婚への認識の違いです。彼女にとっては結婚は父親の反対の有無ではなく至上のものでした。また後から考えれば育ちの違いも大きかったと思う。私は子供心に親に捨てられたという意識があり、また貧乏人のくせに中学に進学したことで村の中でも無視されて村八分にされ孤独が染みついていた。彼女は何不自由なく家族の愛に包まれて理想を夢見て育ってきた。日本とドイツに離れても私は孤独に慣れていたが彼女は環境の変化に慣れないで苦しんだと思う。そんな時弟さんを通じて知り合った日本人留学医学生が彼女の心の隙間を埋めたと想像するに難くない。

W：当然彼女から別れを告げられたわけですか。

S：最初は医学生の知り合いができたことは彼女が手紙で知らせてきていたし、私としては彼女への信頼は揺るがなかった。でもそのうち彼女から結婚することになったと書いてきました。ついては彼女が私に書いたたくさんの手紙、写真を返送してくれと依頼してきた。しかし、手紙を返送することはしなかった。とにかく信じられなかったし一時の彼女の迷いと思っていたから。

W：実際にその方が結婚されて、どのように心の整理をされたのですか。

S：日本にいるときから私に彼女を諦めるように結婚を反対していた父親の代弁をしていた出しゃばりな大学教授がいて、あるときその人に呼び出されて彼女が結婚したことを告げられた。その事実を知っても彼女の心変わりは納得できなかった。ただ、さっき云ったように別れは育ちの環境の違いのようにも思うが、そのときはまだ気づかなかった。

W：先生は心情的にはずーっと引きずってきたことになりますが、それはそれで大恋愛の証しになりますからやはり羨ましい限りです。そのあと先生は役所を辞められて、それを機に結婚されフランスに留学されました。生活の大転換を図られましたがやはり失恋の痛手が大きかったからですか。

S：役所の仕事に魅力を感じなくなって、このまま定年まで勤めて退職金で家作も一軒を持てるという役人のお決まりのコースに人生を感じなかった。人生の再スタートで学問をやるなら学生時代から憧れていたフランスにしようと夢を叶えるつもりでした。

W：そのとき奥様と結婚されたのは愛した女性を忘れるためでしたか。

S：養父の学生時代の友人がわざわざ雪深い秋田まで来て、娘を貰ってほしいと懇願された。養父も勧めるので結婚することにした。忘れるためでもなんでもなく日本の家同士の結婚の習慣にしたがったまで、と云えるだろう。彼女のことは何も知らなかったのだが、よく話し合えば家庭生活はうまくいくと考えていた。

W：昨年、先生が婦人雑誌に連載された「巴里に死す」では、主人公の妻が肺結核に罹り死に至るまでをパリで授かった娘のために書き残した手記は感動的なものでした。人間として妻として至らなかった新妻が反省して、医者の夫に相応しい妻になろうと死ぬ間際に努力する姿は、死病に襲われ無念な思いを抱きつつ生きた証しとして様々な思いの手記によく表現されていました。実際は肺結核の先生と奥様を入れ替えたストーリーになっていますが、実際の奥様を反映されていますか。

S：家内は従来の古い日本女性の代表と云えるが、主人公はこれからの女性の意識の在り方を求めて描いたつもりだ。

W：ご自分の苦い恋愛経験とは無関係なテーマだったということですか。

S：その通りだ。それもストーリーの中に一部取り入れてはいるが。

　Sの結婚に絡む話になってSの言葉がぞんざいになってきていた。W田はそのほうが話しやすいように、

W：いま哲学書と同時に先生の「命ある日」を読み返しています。一高時代の友情が大学では互いに葛藤を生み出し壊れていく様子に、私の場合も葛藤はありましたがそこまで深い付き合いの友人はなかったことと、まして恋愛が絡むようなことはありませんでした。この点に自分の人間の幅の狭さに考えさせられます。

S：それでU・C女史を紹介してほしいというのかな。君は端正でいい顔しているし一高時代から女の子にはもてたと思っていたが。

W：そういう気になればそうだったかもしれませんが、硬派だったので敢えて女性に近寄るようなことはしませんでした。いま思えばバカみたいな話です。その代わり妹が三人いますので彼女たちの将来に託したいものはあります。

S：恋愛は求めてできるものでもないし、君は君で様々なことで充実した生活を送ってきたのだから悔やむことはないし卑下することもない。

W：でも私は経験の幅のない人間なので、書かれているような恋愛は結婚した後のことを考えると重荷を背負うようで疲れてしまって、私には合いません。

S：具体的にはどういうこと。

W：僕が、恋愛した場合、相手を愛して一生大切にしていこうと思いますが、「命ある日」ではそれを具体的に掘り下げて相手に言葉でそれを表現します。その言葉に具体性があるだけにそれに縛られて生活を共にすることは重荷になると思います。僕には縁のない恋愛に思います。

S：そうだろうか？

W：小説では、静子が結核患者となったことで日高との結婚を諦めたように導いて、先生は書いています。日高はその彼女の手記を読んで別れの理由を知るわけですが、その理由ゆえに彼女の退院後に日高は諦めずに希望を持つところで終わっています。僕からすると、その後の二人を考えると不幸が二度やってくると思えるのです。彼女が結核にならなくても二人はうまくいかなかったというのが僕の感想です。

S：そうか。そう小説を解釈すればそういう結論も有りうるね。

W：僕は幅がないだけに考え方も直線的な理屈になります。ですから先生の愛の文学には感心しますが、この静子には新しさと古さの同居を感じますが彼女の何事も自分で考えて行動するところに新しさを感じます。日本では伝統的に女性が結婚する場合、先生も云われたように相手の家に嫁ぎます。彼女の場合、家ではないですが男に尽くそうとしています。ここでは古さを感じます。この矛盾の同居が最終的に破局すると考えるわけです。

S：幅があるかないかは君の年齢では如何ともしがたい問題だ。あれは題名通り、彼らにとって命あることは掛け替えのない日々だから充分に自覚して大切に生きようというテーマだ。ただ実際には君が云うようになかなか至難なのかもしれないが、悔やむことなきよう老婆心からのメッセージだと思ってください。でも本当によく読んでくれてありがとう。

W：先生の愛のテーマは男女が独立心を認め合い互いに高め合うために努力すること、と考えていましたが静子はそのタイプではないと思ったので意見を述べさせていただきました。

S：その辺は難しいところだ。ありのままに受け取ってもらっていいと思う。大切なことは自分で考え行動することだ。主とか従は問題でないと思う。愛する男が作家で自分も女流作家を目指そうとしている場合互いに努力して高め合うことになる。また、ある女優が愛した男が大根役者でこれを一人前に育てようとするときには師匠となる気構えが必要になる。それでいいと思う。

W：でも先生は、たくさんの作家がいる中で西洋の影響を一番受けていると思います。そこでお聞きしたいのは先生の場合西洋と日本の関係をどのように位置づけられているのか、先生にとって西洋が主で日本が従なのか、あるいはその反対なのか、できれば知りたいところです。

　Sは少し首を傾けて、

S：答えになるかどうか。現時点での前提とお断りするが。

今世紀に入って人類は自らを否定する二度の世界大戦を起こしてしまった。これは世界を席巻してきた資本主義覇権国とその後続を狙う挑戦国との争いということができる。その中に日本も首を突っ込んだが、こうした世界を構築してしまった近代は西洋に責任がある。日本はと云えば世界の列強を見習って明治から戦争は続けてきたわけだが、その遂行に国民の多数は賛成してきた。でもそれに反対したのは皆無かと云えばそうではない。目立った反対論はこれもまた社会主義、共産主義、キリスト教という西洋文化の枠内でやってきた。つまり日本人は西洋人の拵えた枠の中で賛否を闘わせてきたことになる。これは残念なことだった。今の戦争も遠からず終わる。決着した後は日本は独自の立場を探るべきだ。そのためには日本人は西洋に追随した維新からの歴史を改めて考え直すことだ。

W：先生は近代を構築した資本主義と戦争を結び付けて西洋を批判しますが、この反省は西洋人からは生まれてこないでしょうか。

S：この戦にはアメリカが勝って、軍事的にも経済的にも第二次大戦後もますます世界のリーダーとして君臨することになる。でも第一次大戦後のウィルソン大統領のような提唱がいまのルーズベルト大統領にできるだろうか。欧州は二度の大戦の反省を形で示してもそれをアメリカが指導的立場で協力するかどうか。

W：そうしますとアメリカと違って日本は全く力がない状態でなにができますか。

S：日本の場合軍事力経済力がなくても、今云ったように反省して日本自身の道を模索することです。開国からの西洋の影響の悪いところを洗い出して破壊し、そして創造の道を開くことです。何も分からず義憤だけで立ち上がった幕末の志士と違って、いまの日本人は80年に亘って西洋の良いところも悪いところも真似してきたので取捨選択はできる筈です。そして日本は軍事力、経済力を前提とすることなく自立の道を探究すべきです。それは国際的に歓迎され許容されることでしょう。

W：先生が戦後の日本に期待されていることは分かりました。西洋の思想で先生はソルボンヌで実証主義を叩き込まれたことを了とされています。一方で、論理の飛躍と考えて弁証法を評価されていません。こういう態度で日本人は取捨選択して臨めということですね。

S：そうです。

W：でも西洋の思想文化、科学技術は日本よりも進んでいると思いますが、それを認めたうえでも独自の道を考えろということですか。

S：そうです。科学を敵だと認識する君なら分かるだろう。実はフランスの同じ研究室にいた仲間がベルグソンの弟子でもあった。彼に連れられてその哲学者の家に訪問したことがある。そのとき質問したいことがあったが、その場に唖者である若い娘が現れてスケッチブックを哲学者に広げて見せた。そして金属音のような声を頭のてっぺんから出して哲学者に説明している。私は何を云っているのか全く分からなかったが、哲学者はそれに一つ一つ丁寧に答えて批評している姿を見て感動してしまった。それは唖者であってもその人格を認め一人前の芸術家に育てようとする熱意が伝わってきたからだ。それが彼の難解な哲学を噛み砕いて説明する彼の姿勢に思えた。

W：私も先生の影響で「創造的進化」を読んでみましたがよく分かりませんでした。それも日本語訳で。西田哲学とは違った意味で分かりませんでした。同じ事柄を繰り返しやさしい言葉で説明していますが、それらが微妙に異なっていて核心が捉えられない印象をもちました。ただベルグソンも科学を無原則には肯定していないことは分かりました。

S：それは良かった。冗長なことは確かに云える。本能と知性の違いの説明から始まって直観と物質の説明そして心身の一元論、最後の生の持続、飛躍、生命の創造的進化まで冗長な説明で疲れてしまうことは分かる。一口に云えば、彼の主張の本質は時間の持続だ。

時間は過去現在未来と分割できない微小な塊と考えれば分かり易い。その最小単位の塊の中にも過去現在未来が同居していて、まず過去が働き次に現在が働きそして未来になって時が進む。その繰り返しが時間だ。それに対応するように生命も過去現在未来の塊の持続的な力で飛躍する。これが私の理解だ。

W：まだベルグソンはよく分かりませんが、その影響で先生が高校時代に天理教の信仰を離れられたのは分かる気がしました。

S：君に分かってもらえてうれしい。天理教の先生方のお説教よりもベルグソンの生命論に未来を感じたのだ。蛇足だが、ベルグソンは時間に限って持続（塊）を取り上げたが、私のシミアン指導教授は統計学の専門家でもあり数学に精通されていて教えてもらったことがある。空間は無理数の塊で満ちていて有理数で分割し尽くすことはできないと云われた。なので〝アキレスと亀の逆理〟は成立せず、速い方が遅い方を追い抜く現実が正しいと。つまり亀はアキレスが倍速とすれば前の距離の2分の1しか進まず、またその2分の1しか進まず、これの繰り返しになる。この亀の足跡を数直線上に取ると出発をアキレスの位置を0とすると亀の位置は1、3／2、7／4、15／8……となり、進む距離は段々狭まり0に近づく有理数の点列である。これを無限に繰り返せば無理数の塊にぶつかりその中には有理数がないので亀はストップすることになる。この距離は2となり有限であるから対応する時間も有限である。結論は、アキレスは永久に亀に追いつけないというのは間違いになる。同様に〝飛んでいる矢は止まっている〟の逆理も無理数の塊の中で矢は飛んでいるので成立しない。こうした逆理が成立しないことを認識されて先生は研究に実証精神を座右の銘とされていた。

W：なるほど分かる気がします。

S：それよりも感心するのはベルグソンの哲学は過去現在を超えて展開しているが鼻にかけないこと。つまり唖者の娘同様にギリシャからの西洋哲学に深い愛情を持っていること。例えば、近代哲学の父と云われるデカルトの物心二元論を超える心身一元論も文章の流れの中であっさり書いているだけだ。弁証法にしても彼は否定せず認めていながら、彼自身が論理構成に行き詰まってもそれを使わず10年でも20年でも考え続けて解決策を見出す努力家だ。真理に対して深い愛情を感じると同時に人間として立派だ。

W：すごい努力家ですね。どうして弁証法を使わないんですか。

S：彼はそれについて云わないが内心疑問があるからだろう。

W：科学を評価しない理由はなんですか。

S：哲学は対象そのものを深く考える。科学は一つ真理を発見するとそれを土台に直ぐに次に進む。つまり科学は真理を哲学のように深く洞察をしようとしない。そのため真理を発見することが目的で、悪に転用されることまで考えてないし、責任を持つつもりもない。科学には心がない。

W：共感を覚えます。先生は日本は独自な道を模索しろと云われますが、西洋哲学についてもベルグソンのような愛は持てないということですか。
S：そうですね、彼のように西洋哲学に愛情は持てない。西洋哲学はソクラテスの問答から始まったと云われている。ソクラテスは徳について考えたが、彼の弟子プラトンはイデアを考えた。そこに哲学の連続性はあると思いますか。
W：ないのでしょう。
S：そう、師匠ソクラテスは主観哲学とすれば、弟子プラトンは（超）客観哲学と云えます。彼も晩年にはその誤りに気づいて、アカデメイアで弟子たちがイデアについて議論すると怒って止めさせたという話だ。しかし実際には彼が開いた９００年続いた学校アカデメイアにおいてもその後の西洋哲学においても客観哲学が主流になった。でもベルグソンの影響から生き方の主観客観の合一をモットーとする私としては、ソクラテスを支持します。
W：そうしますと先生が考えられるソクラテスの系譜の西洋の哲学者はどんな人たちですか。
S：デカルトの合理主義を批判して「人間は考える葦」のパスカル、そして「社会契約論」のルソー、それから「生」だけでなく物事の根底は科学では捉えられぬ立場のベルグソンもそうだ。
W：合理的客観主義の多数派は大風呂敷で精神的主観主義の少数派が自覚人である、と聞こえますが。
S：それで構わないが、本来思想に多数派も少数派もない。信によって立てば良いのだ。
W：兵役に就くにあたって座右の銘が見つかった気持ちです。
S：そうならいいが、私の気持ちも忘れんでくれ。
W：忘れません。
S：この戦争に負ければアメリカ軍に日本は支配される。不自由なことも沢山出てくるだろうが日本人は、特に若い人は充電期間と考えてその不幸に耐え抜くことです。西洋人はわれわれアジア人、アフリカ人に良いこともしてきたが悪いことのほうが沢山あります。彼らにも反省してもらう時期です。日本の大東亜共栄圏の構想は虫のいい話ですが、でも実際に日本が東南アジアの植民地からイギリス人、オランダ人を追い出したのは事実です。戦後になれば彼の地で独立運動が起こることは間違いない。そのときのわれわれ日本人のスタンスが問題だ。

W：具体的にはどういうことですか。

S：もう分かると思うが近代において西洋が世界を支配してきた根源的な力は何ですか。

W：資本主義ですか。

S：そう。私は資本主義が諸悪の根源だと思っている。

W：では共産主義を支持されるのですか？

S：いや違う。株式市場を閉鎖さえすればそれだけでいいのです。革命的に共産主義に移行する必要はないのです。国民がそれを決意すればそれでいいのです。

W：でも直ぐに閉鎖するわけにはいかないでしょう。

S：廃止へのプロセスを含めて研究することです。若い君なんかが考えることに期待する。

W：資本主義社会の悪とは何でしょう。

S：アダムとイブの子供たち、兄のカインが弟のアベルを殺しました。そのときのカインの欲望と17世紀の初頭オランダ、イギリスが株式を募って東インド会社を設立してアジア、アフリカを席巻した欲望とは同じです。西洋人がアダムとイブが禁断の実を食べたことを人間の原罪と感じるなら今日の資本主義も原罪の贖罪を果たしていません。西洋人が原罪をいろいろ解釈するだけで反省していないことが問題なのです。具体的には資本の論理からの脱却です。

W：でも日本の戦争と同じで国民が支持しているのではないですか？

S：確かにイギリスでは資本主義に少し遅れて王政を倒し議会が主権を握り民主化されました。現代では便利イコール幸福と考える国民の欲望が権力者への圧力になり、列強の欲望と欲望の戦いをした、それが20世紀の戦争の実態です。

W：日本に限っても日清戦争から歴史がその通りですね。

S：君のように科学は敵だという認識を持てばよく分かると思う。戦争より平和を求めることは欲望の減少と相関であり社会の発展は停滞するものになるだろう。それには個人の生き方の変化が前提で、社会の競争の圧力ではなくどう生きるかを主体的に考えることだ。社会的な名誉、地位などより自立的に生きることに価値を見出すこと。

W：現社会は大臣とか大将とか威厳に満ちた名称で人間の格付けをしていますが、そういうものが無くなると国家社会の求心力は低下しますね。

S：そう、国家社会への依存度を下げることとです。人間は一人で生まれてきて一人で死ぬものです。その間の人生もできるだけ自立して生きるものです。困っている人には国家ではなく周囲のものができるだけ支えることです。さすれば国、社会の負担も減ります。

W：確かに国への期待度が減れば戦争への誘惑がなくなります。でも先生の認識では近代社会は17世紀の初頭から始まりますが、その前には大航海時代そしてアメリカ大陸発見があります。ですから欲望の系譜にはオランダ、イギリスの所為ばかりではなくスペイン、ポルトガルも入ると思います。

S：それはそうだ。近代西洋は中世ローマ教会に批判的活動の上に走り出したものだが、教会は政治的にはヨーロッパに権威を示し、異教徒には領土的野心で十字軍を結成したりもした。

W：先生はそれらも批判されるのですね。

S：うん、そうだ。権威主義的な中世ローマ教会はキリストの教えに従順だとは云えない。その権威はプラトン、アリストテレス哲学を体制哲学として取り入れたことによる。
W：時代が進んで体制哲学に綻びが出てきて、合理的思想が勝って自然に近代に移行したように思います。
S：だから私は評価しないんだ。プラトン、アリストテレスも客観哲学だ。近代の合理精神もその延長だ。
W：やはり先生は客観哲学を批判されるのですね。
S：資本主義の根源を辿れば、聖書の原罪とギリシャの客観哲学まで遡る。
W：トータルとしての西洋批判になりますね。
S：うん、そうなるね。ソクラテスは「無知の知」と云って人間の能力に限界を自覚していた。その上で人間にとって大切なものとして徳を取り上げた。徳という概念は普遍的だが考える対象は自分自身の心であるから主観哲学と云える。それに反して弟子のプラトンはイデアという（超）客観哲学を創始した。これが間違えの始まりだ。
繰り返すがプラトンも晩年はイデアを反省したらしい。彼の創立したアカデメイアで生徒たちがイデアを論じると怒ったらしい。しかしそれにもかかわらず彼のイデア論は弟子のアリストテレスの形相と質料とともに時代を超えて中世のキリスト教、近代の西洋哲学にまで影響を及ぼしている。なぜこれが悪いかは聖書の原罪が著している。原罪は人間の心の主観から客観への移行を意味している。
W：よく分かりませんが。
S：アダムとイブは神との約束を破り禁断の実を食べたことにより客観的にものを考える術を身につけた。このため神の怒りを買いエデンを追放されたと考えます。つまり禁断の実を食べた二人は恥ずかしさを覚え恥部を木の葉で隠した。恥部を隠したことで神は二人が約束を破ったことが分かった。なぜか？　二人は相手の恥部を見て、違いとともに恥ずかしさを覚えて木の葉で覆った。これは客観的に自己を認識する術を覚えたことを意味する。相手を見て自分を見て互いに違う自分を客観的に認識して恥ずかしさを覚えた。心の働きが主観的なものから客観的な見方へと広がったことを意味する。神としては二人にまだ主観的に物事を考え行動し、多くの失敗をする中で心を鍛えてほしかったのだと思う。そうした経験なしに要領を覚えたことに神は怒ったのだ。子供に刃物を持たせると危ないように、未熟者が客観的に物事を考えることは心に欲望が働き悪知恵を生むことになる。その結果カインのアベル殺しが起こった。欲望が人間の堕落を導く。これは西洋人には分かっていることだが欲望のため株式市場を発明した。この反省がないため兄弟殺しがいまや世界中で国同士が殺し合っている。

　W田はSの根本的思想に触れた感じで、人生の良き先達と改めて思った。そして、

W：人間は社会的動物ですから一人では生きることができません。それに対する先生の人間観、社会観は分かりました。それから先生の生き方の主客合一の思想が生まれたのですね。

S：デカルト以降少し経緯をつけ足すと。カントが主観と客観の区別をして認識において主観の優位性を主張した。常識的には人間は社会的動物だから社会（自然も含めて）からの刺激、影響でいろいろ物事を知る。つまり経験論の客観主観の合一だ。それをカントは認識のコペルニクス的転回と称して主観客観の合一を主張した。私はそれに因んで生き方の主観客観の合一に達した。

W：分かりました。今度のアランの会に出席します。もう一つ聞きたいことがあります。よろしいですか。

先生は帰国されてからC大学で教鞭を執られながら、同時に朝日新聞に小説を連載されました。作家活動と教職を両立されていましたが、そのうちに大学のほうを辞められました。結核が治られたとはいえ二足の草鞋が肉体的にきつくて辞められたのですか。

S：そうではなかった。大学に詰め腹を切らされた、というのが本当のところだ。私が新聞に連載小説「明日を逐うて」を載せると大学内に広く知れ渡ったようだ。C大学は法学部が世間の評価の高い大学だったから、

学生には小説を読む暇があったら六法全書を読めと指導しているという。それで学部長から呼ばれて、私は経済学部で教えていたのだが法学部にも悪い影響が及ぶということで、学部長から小説を書くことを辞めるように促された。フランスでは大学教授が物書きであることは珍しくないことを説明して作家を辞めるつもりはないことを伝えた。その後2～3のやり取りの末、来年度は結構ですと言い渡された。

当時、菊池寛の文壇の力が強くてその外にいる懸賞小説上がりの作家は、仕事がなかなか回ってこない厳しい現実があった。消えていく作家も何人もいるから、大学も少し脅かせば従うと思ったかもしれない。しかし私は辞表を提出し作家を選択した。

W：そうですか。懸賞小説出は一人前の作家になるのが難しいのですか、知りませんでした。考えれば賞を勲章のように胸にかざして生きていけるほうがおかしいですね。そんなものより、どう生きるかのほうが大切と思います。今日は有難うございました。

とW田は帰って行った。

彼とは今まで比較的話してきたつもりだったが、今日のように忌憚なく話したのは初めてだった。Sは振返って、W田が日本の困難な状況をそのまま受け入れて自分を少しでも役立たせようと協力姿勢に驚いたが、U・Cへの紹介状を持たずに帰ったところに彼の迷いが消えたように思えた。それでもSは彼の命を気遣った。

第二章

学徒出陣壮行会直後のアランの会。その日は「友情論」の章がいつものように終わり質問の時間、D原が口火を切った。
D：先生がスイスの高原で療養されていたとき、アランの幸福論を既に読んでいましたか？　もし、読んでいた場合は、今日の〝友情〟論をどのように思われましたか。
S：読んではいなかった。その噂の本であったが読むまでには至らなかった。帰国後、アランを読みたいと思ってフランスの友人に依頼し送ってもらった。アランは哲学者というので興味を持って読み始めましたが、私には関心のない話題が多くこれが哲学者の著かと疑問もありましたが、読み終えてみるとなかなか含蓄のある本だと分かりました。それで君たちの教材に選んだわけです。
D：分かりました。
と云ってD原は仏文の一節を読んで訳し、改めて質問した。
D：私はこの一節を、〝笑うのは幸福だからではない、笑うから幸福であるのだ〟と訳しましたが、この逆説的な訳でいいのですか。
S：それでいいと思う。
D：それならば後段の〝笑うから幸福であるのだ〟、これに関して質問させていただきます
D原は今まで聞きたかったことをようやく口にする機会を得たように、
D：先生はスイスの高原で死と向き合って療養されました。そのときこの本はお読みになっていなかったとい

うことですが、もし、そのときこの幸福論をお読みになっていたなら、笑って幸福になれたでしょうか。

S：う〜む、難しい質問です。私もこの教材を作るにあたってこの一節は考えさせられました。確かに前半も含めるとアランが何を言いたいのか、頭を抱えるところです。

そこで前半後半合わせてアランの意図を探りました。前半と後半を矛盾なく解釈するには、笑うことは幸福の全体ではなくその一部である、こう解釈すれば前半は〝幸福だからといって笑うとは限らない〟と言い換えることができますし、後半の〝笑うから幸福であるのだ〟も成立します。ですからD原君の質問に応えるなら、私は笑って幸福を求めることはなかった、と云えますが不幸ではなかった。笑い以外の幸福を見つけたので。というのも私は闘病中、自由時間に本をよく読んでいました、専門書は頭が疲れるので主に小説です。そして宙に浮かぶ言葉とか文を書き留めるようにしました。そして、もしこの病に打ち勝って下山することができたなら学者ではなく作家になりたいとも思うようになりました。希望を持てたせいか死は忘れることができました。

アランは最後に結論のように〝人間は自分から離れるほど自分自身になる〟と書いている。つまり私は結核という現実から離れた（を忘れた）からこそ自分自身（作家）になれました。笑うことだけが幸せではありません。

D原は怪訝そうに頷いて納得したように見えた。

次に手を挙げた者はW田だ。

W：先生、関連する質問です。私たちはこれまでいろいろ学んできて、考えることも覚えました。学問について人生について世の中について、今まで考えてきましたが、それに戦争が考えることに加わることになりました。今までは自分の将来があることを前提にしてきましたが、これからは自分の死を前提に自分の将来を絶つことを考えなくてなりません。でもそう簡単に割り切れるものでもありません。私の中では今当然矛盾が同居していると云えます。
そこで質問ですが、「笑うこと」を「考えること」に置き換えますと、考えるのが幸福なのではない、考えるから幸福なのだ、となります。先生のおっしゃったように考えることを幸福の一部だとして、私が入隊すれば兵士として考える責務は大半が戦争に関することが占めると思います。自発的にではないにしろ考えることは戦争のことです、それでも私は幸福だといえるでしょうか。
S：幸福ではないでしょうね。考える前提は自由であることです。自発的でないと云われたが、それは半ば強制されて考えるのですから、それは幸福とは云えないでしょう。だから笑うことを考える ことに置き換えるにはこの場合無理があると思います。
W：どうしてですか。
S：考えるということは主体的な行為で、考える行為には対象があります。笑うということは何かに反応する行為ですから、アランの場合は本来受動的な笑いを能動的に笑えば幸せである、と主張しています。笑う行為はそれ自体幸せなので対象は有りません。
W：アランの主張をそのまま受け入れるならば、受動的行為を能動的に使えということですか。そうならば、私が学徒出陣でなく志願兵の場合だったら主体的立場になれますね。
S：そうとも云えるが、それは後出しじゃんけんで無意味だと思う。ただ、人は自分から離れるほど自分自身になれる、ともアランは云っているので、本来の自分とは違う兵隊を経験することで新たな自分自身になれるでしょう、ただしアランを尊敬し彼の言葉を納得できるなら。
　W田は頷きながら考え込んだ。それを待っていたかのようにF沢が手を挙げて、
F：先生、僕は大学で西洋史を学んできました。学徒出陣も近いということを知って、この夏休みは幕末から昭和までの日本の近代の本を読み漁りました。というのも、なぜ自分は戦争に行かなければならないのか、疑

問だったからです。僕は東北の農家の次男です。一応家は地主ですが下に弟妹が三人いますので、親に負担をかけていることに心苦しく感じながら東京で勉強してきました。戦争に行くことは、親は口ではお国のためと云いますが、本心は違います。僕はそうした親に恩を返せないまま死を覚悟しなければならないことに納得がいきません。

日本は明治から戦争に明け暮れしてきました。どうしてこんな国になったのでしょうか。勝海舟は維新後、西郷の要請を受け入れて明治政府に協力しましたが、彼についての本を読むと日清戦争に反対していたことが分かって、日本は他の選択肢もあったように思うのですが先生はどう考えますか。

Sは F沢の質問に大きく頷いて、

S：もう5年前になりますが、私はK出版社の特派員になって、北京、北支戦線、上海、南京と日本軍の占領の後を辿りました。そこで感じたことは、この戦争は勝ち負け抜きにして中国人にとっても日本人にとっても良いところはなく早く止めるべきだと思いました。帰国後、そこで私もどうしてこんな事態になったのか知りたくて、日本の近代を学びました。学校では習わなかったことが沢山出てきて、日本の歴史に無知だったことが君と同じように分かりました。

そこで得た結論は、日清戦争に踏み込んだことが間違っていたということです。勝海舟が正しかったのです。国費を無駄に使い続けてきました。

F：やはりそうですか。

Sは W田を除く他の学生にも自分の近代観を知らせるために続けた。

S：明治の10年代に幕末からあったロシア脅威論がまた軍部の間に広まり、それに対抗する意味で日本の生命線は朝鮮、満州であると認識されるようになりました。これが軍部の朝鮮、満州への侵略の礎になりました。

日清戦争は日本と清国の朝鮮半島の支配権を巡る戦いでしたが、勝利した日本は朝鮮半島から清国を追い出したうえに遼東半島の割譲そして台湾の植民地化そのうえ多額の賠償金を手に入れていい事ずくめでした。
F：しかし直ぐにロシア、ドイツ、フランスの三国から干渉が入りますね。
S：そう、そこが日清戦争は失敗だったといえるところです。日本は三国相手に戦争をするわけにもいきませんから彼らの要求を受け入れざるを得ませんでした。遼東半島を清国に返しました。清国は多額の賠償金を払いきることができず列強の借款に頼りました。その代償としてロシアは遼東半島、ドイツは山東半島の租借に成功しました。そのため日本は勝利したものの満州、朝鮮半島の生命線は守り抜くことが難しくなりました。ロシアが朝鮮半島を南下して却って日本は危うくなりました。これが日清戦争の大敗の現象です。
F：そうですね、日本の日清戦争の目的が朝鮮の宗主国清国からの独立でした。でもこのことに李朝国王は日本に良い感情を持たなかったようですね。日本の軍事支配を逃れるため彼はロシア公使館に逃げ込みロシアの保護のもとそこで政務を執るようになりました。これは日本が清国を追い出し代わりに帝政ロシアが朝鮮の宗主国になったようなものです。
S：そう、何のための日清戦争だったのか。この結果日露戦争を引き起こしました。直接的には清国への多額の賠償金の要求がこの事態を招きました。日本は何とかこれに勝利して遼東の利権をロシアから取り返し、日本は軍事国家として自他ともに認める存在になりました。第一次大戦では山東の利権をドイツからも奪いました。
F：それに引き続いて満州事変からこの戦争まで戦争日本が続いているわけですね。
D：日清戦争で三国干渉を招きロシアの脅威に晒されて日露戦争になったということでしたが、日本の勝利がロシア革命を促して共産国ソ連を誕生させたとも云われる。
E山：見方を変えれば、二つの戦争は、欧米列強の中国利権分割のために日本が露払いをしたようなもの。日本は米英からの借金だけが残った感じ。それらの戦費を国内政策に回せば中国の利権なんかを当てにせずに経済的に自立できたのではないか。

D：理屈ではそうだが、明治政府は国会を開設したものの予算が通過せず苦しんでいた。日清戦争は反対論もあったが強行し勝利を収めて国民の目を外へ向けることに成功したんだ。軍事予算を毎年上げても予算が通らないということはなくなった。明治政府の狙いは的を射たと云える。

F：でもそのため日露戦争後10年間、政府は借金を抱え苦しんできたが、第一次大戦がはじまったとき政府の重鎮井上馨は「天祐だ」と叫んだという話だ。実際、日英同盟の関係から日本は参戦し山東省に駐留していたドイツ軍を破ってその利権を奪い取ったうえに、対華21カ条を中国に、いままで中国利権の遅れを取り戻すように欧米を超える要求を突きつけた。天祐を地で行った感じだったが、これが間違いのもとで大戦後、日本は英米と仲が悪くなってしまったと思う。日本は欧米のような金がないくせに軍国日本として列強並みに間口を広げようとした。その後の海軍軍縮交渉で英米との対立が鮮明になる。そうした結果満州事変に繋がり、今日のわれわれの学徒出陣を招いている。富国強兵からの間違いだらけの戦争政策で、なんで俺が戦争に行かなくてはならないのか、誰か教えてくれ。

D：Fの気持ちはよく分かった。おぬしは西洋史と云うが専門国はどこなの？

F：フランスだ。1年のときは概論が多く、2年になったらもう卒業なのでさっきも云った通り日本の近代史を読んでいたので、フランス史は身についてはいない。

E：フランス史はS先生の影響か？

F：そうだ。

Sは黙って聞いている。

W：ルソーは「社会契約論」で、個人の権利は社会に納めて自己を主張しない、と述べているが。それは気にならないか？

F：それは国家社会が立派であればそれも理想と云えるが、少しは勉強してきた俺にとっては今の政府軍部に従うつもりにはなれない。

W：ルソーの思想に共感するわけではないしF沢の云うこともその通りだが、私は日本のために出陣する。

D：俺もF沢に同意するが赤紙に従う。それは周囲への義理だ、恩義だ。

F：義理は勿論俺にもある。武士ならどうする？　腹を切るか？　しかし俺には主君はいない。その必要は認めない。天皇はお飾りで主君ではない。

E：学徒出陣について、個人の見解を述べるのは止めよう。それはそれぞれ個人が判断し決めればいいことだ。ここは先生への質問に戻そう。

W：そうだ、悪かった。E山の云う通りだ。云いたかったことはこの戦争が始まったとき、西洋への精神的重しが取れたというインテリが何人も現れたことだ。真珠湾攻撃が日本人の精神的解放、近代日本の超克などと派手な言葉で表現していた。先生はこれらの人をどのように考えますか。

S：明治維新から日中戦争までを西洋列強はいろいろと日本をこき使いあるいは日本の邪魔をして日本人に精神的重圧を加えてきた、というのが彼らの認識だろう。真珠湾奇襲を捉えてようやく西洋に一矢報いて近代日本が一人前になる機会が訪れたと云いたいのだろう。彼らにとっては学術的に常に西洋の後塵を拝してきた負い目から出た言葉でしょう。

W：でもそれならば学術方面で一矢報いるべきで、方向が間違っていると思います。

S：その通りだが、理屈ではなくて心情的に溜飲を下げたということだ。

W：その後の彼らから精神超克の話は聞きません。形勢が逆転して精神的に重圧をまた感ずるようになったからでしょうか。

E：W田も皮肉を云うね。

W：この戦争がこのまま負け戦で終わった場合、彼らの近代の超克はどこに行くんだろう？

D：街を歩けなくなるだけだ。しかし、そんなこと云ったっけ、という涼しげな顔をして歩くだろう。人間は狡いんや。昨日のことは忘れて、何をやったって生き抜くさ。彼らのことより自分のことを心配した方が良い。

E：軍部も上層部は責任を取らない。それは一般的風潮として広がっている。世の中、先生やW田のような人間ばかりではないんだ。

D：W田、お前はそういう軍隊に飛び込んでいくんだぞ、抵抗はないのか。

W：ない。（それとこれとは無関係だ、と云いそうになったがW田は抑えた）

D：でもそれでは自分自身恥ずかしくないのか。

少し間が空いて、この話し合いの間に黙って聞いていた学生たちも機会を得たように、Sに頭を下げて三々五々帰り始めた。四人も引き上げることにした。四人は椅子を階下に運んで一言二言云って帰って行った。

翌日午後、仰臥のあとF沢が訪ねて来た。書斎に案内した。Sがテーブルのレコードを片付けてソファのF沢の正面の椅子に座ると、

F：先生、今日はお別れの挨拶にきました。何回も先生の家に寄らせていただいて本当に有難うございました。

と云って2〜3度頭を下げた。

S：急にどうしたの。

F：昨日、あれからD原とG木の三人で僕のアパートに行って飲んで話をするつもりでした。でもその前に入った蕎麦屋で話しているうちに気まずくなって別れました。下宿に帰って田舎から送ってきていた一升瓶があったので一人で飲んで考えました。

F沢の話によると、昨日アランの会が終わったあと彼はG木と駅に向かったところ声を掛けられ振り返るとD原が笑っていた。彼とは以前から話をしたいと思っていた。

三人で駅に向かいながらF沢はG木をD原に紹介して、三人の会話の内容を話しはじめた。

F：G木と俺は同じ中学だったが岩手県出身で東京で県人会で知り合いました。中学卒業して俺はW大の予科、大学もW。G木は一高、T大。同県人だから時々会っていたので、それで今日の会に俺がG木を誘った。実際此奴が来るとは思わなかった。

D：そうだったの。たしかに初めて見る顔だった。ところでG木さんの学部は？

G：工学部の機械科。繰り上げで卒業したら中島飛行機に入ろうと思っている。

F：D原さん、こいつは戦争に行きたくないから工学部を選んだんですよ。頭も良いけど要領はもっと良い。

というF沢の人物評には応じずG木は、

G：D原さんの専攻は。

D：経済。F沢君は文学部だったよね。

F：西洋史。小学校、中学での日本史に幻滅を感じたからその反動かな。でもこの夏は幕末からの日本の近代史の本を読み漁った。教科書と違って勉強になった。

D：さっきそう云ってたな。

三人は新宿方面の省線に乗ると、F沢が二人を高田馬場の下宿に誘った。

G：お二人と話したい気持ちはありますが、用事がありますので今日はこれで。

F：駄目だ。今日はお前の人間性暴露をしたいと思ってアランの会に誘ったんだ。逃げるな。

G：逃げはしないがF沢の狭い独断論には飽き飽きしているんだ。

F：そうか。今日は俺の広い歴史認識を話してやる。

G：D原さん、期待しない方がいいですよ。西洋史の人間はエゴイストではみ出し者だから自己満足の世界で生きているんです。僕はF沢とはただの腐れ縁です。

新宿で乗り換えるとＧ木も文句も云わずについてきた。高田馬場で降りて下宿に行く前に蕎麦屋に入った。

Ｆ：今日のＳ先生の近代史観はどうだった。

Ｄ：なるほどと思った。日本が戦争立国であること、それを成立させた権力機構が分かった気がする。

Ｆ：Ｇ木はどう思った。

Ｇ：Ｓ先生の歴史観は初めて聞くものだった。現実、アメリカとの戦争も分かった気がした。

Ｆ：Ｇ木はそうだろう。Ｄ原君はどうか。

Ｄ：基本的にはＧ木君と同じだ。俺は赤紙が来れば入営する。Ｇ木君は理科系だから赤紙は来ないだろう？

Ｆ：Ｇ木を羨ましいと思うか。

Ｄ：できれば学生を続けたいからそういうことになるかな。

Ｆ：戦場に行けば死ぬ確率が高くなるから学生のままでいたいのではないか。

Ｄ：大きな声では云えないが、そうだ。

Ｆ：正直でいい。その点Ｇ木は会社勤めだから楽なもんだ。

Ｇ：そう云って俺を批判して、Ｆ沢は何か得をすることでもあるのか。

Ｆ：あるね。お前に考えさせることはいいことだ。

Ｇ：じゃ～、俺が軍隊に志願すれば満足なのか。

Ｆ：ああ満足だ。

Ｇ：Ｄ原君には悪いが兵隊の多くは犬死にだ。俺はそれが嫌だとも云える。日本で優秀な戦闘機を造れば対アメリカ戦に貢献することができる。

Ｄ：成程ね。でも東京が空襲になれば中島飛行機は真っ先に狙われるだろう。安全とは云えない。Ｆ沢、Ｇ木君も安全とは云えない。

F：でも飛行場は迎撃体制ができている筈だ。
D：何が云いたいのか。
F：俺もD原と一緒で赤紙が来れば嫌々ながら軍に配属されるつもりだった。でも今日先生とやり取りして気は変わった。俺は戦争に行かないことにした。
僕がこのように断言すると、途端に気まずくなって黙ったまま蕎麦を食べ終わってから三人は別れました。僕は一人下宿に戻って酒を飲みながら云ったことを反芻しました。でも後悔はなかったです。そこで先生に相談ですが、戦争に行かないためには僕はどうすればよいのでしょう。ご意見があればお願いします。
　Sは呆気に取られ言葉が出なかった。しばらくして、
S：私は何とも答えようがないが。
F：先生はこの戦争に批判的でした。先生がまだ若くて赤紙が来たらどうします。
　ストレートな問いにSは咄嗟に、
S：君たちのように若ければ戦争に行くことになるだろう。（自分の考えとは反対のことを云った）
F：戦争に批判的であるからには他の選択肢は考えないのですか。
S：たとえこの戦争が間違っていると思っても、日本人としてこの国に生を受けて若く健康体であれば、国の危急存亡のとき逃げ出すわけにはいかない。
F：卑怯な真似はしたくないから僕もそう思います。でも中学時代から軍事教練で無意味な大言壮語を繰り返す配属軍人の姿を見てきて、彼らに命令されるのは到底我慢できないと思っていました。またアメリカとの戦力差を無視して突入したこの無謀な戦争が窮地に陥ったからといって、その責任は彼らが負うべきで、我々学生を狩り出す筋合いはないと思います。軍人よ、お前たちだけで勝手に戦って勝手に負けろと云いたいんです。
　F沢は感情的になって涙を学生服の袖で拭き始めた。そして上着のポケットからハンカチを取り出して嗚咽

しながら改めて拭き直した。SはF沢の心を刺激しないように、
S：具体的にはどんな行動をとれるの。
F：それが分からなくて伺ったのです。
S：家族の方への思いはどうなの。
F：僕は兵役を拒否して特高に引っ張られるのは構わないですが、家が小地主で村中に合わせる顔がなくなるのが引っ掛かるところです。だから家族に迷惑が掛からないような行動を考えたいんです。
S：既にそれは考えて来たんだろう。
F：そうなんですが雑念に悩まされて。
F沢は下を向いたまま拳を握って声を上げてまた泣き出した。今度は拭こうとしない。Sはその様子を見て、
S：人間一大決心するときは人に相談することもいいが、それが極めて個人的な場合は一人で決行すべきだと思う。
F沢はしばらく泣いていたが思い直して、
F：僕が上京したころはまだ実家に余裕がありましたが、働き手の長男が自ら軍隊に志願して大陸からフィリピンに転戦しています。アメリカとの戦争が始まってコメの供出は厳しくなって大変苦しくなったと思います。小作人も苦しいことは分かっていますから小作料を下げるわけにもいかず、父母は老骨にムチ打って頑張ってきました。弟妹も大きくなるにつれて手伝いも慣れてきたようでその点は良いのですが、実際のところ僕の卒業を機に帰ってきてほしかったと思います。今度の学徒出陣ではそうした父母の気持ちにも冷水をかけるものでした。ですから僕が国の命令に従わなくても父母は許してくれると思います。
S：そうだろうか。そうなら私に相談するまでもなかったろう。
F：そうなんですが、先生ともしばらく会えないので話を伺いたかったんです。昨日は日清戦争から第一次大

戦まで先生の話を聞いて富国強兵が間違っていることが分かりました。自分を納得させるためにも、それからの大東亜戦争までの続きを聞きたくて。

Sは気が進まなかったが掻い摘んで話した。F沢からの反応は、

F：でも軍も国民の支持があってのことではないですか。

S：そうも云えるでしょう、軍も抜かりなく手を打っています。全国組織である在郷軍人会が特に昭和になって政府軍部の意向を受けて活動を活発化します。それは社会運動の抑圧、天皇機関説等の思想弾圧等。そして勅令団体に昇格してからは軍国主義の宣伝、戦争体制への協力など積極的に推進した。それは村議会や青年会を通して国民の意識を徹底することでした。これらで満州事変、日支事変の勃発そして真珠湾攻撃で国民が熱狂したのです。

F：日清戦争のときは勝海舟が反対しました。そうした反対論は全くなかったのですか。

S：大正時代の初め私が一高生のとき、同室の友人が経済雑誌〝東洋経済新報〟を毎月購買していたので貸してもらって読んでいました。この雑誌主幹の社説は、日本の帝国主義を大日本主義と呼び、大陸からの撤退を主張した自らの立場を小日本主義と名付けて、軍国日本を批判していた。その主張は大東亜戦争前まで継続していたと思う。

具体的には新報の経済的認識は、日本の植民地台湾、朝鮮、満州の貿易量はアメリカ、イギリス、インドのそれと比べて遥かに少なく、そのうえ統治の財政負担を考えれば利益は微々たるものである。この際日本が台湾、朝鮮、満州から撤退して小日本になり、統治に掛かる軍事費を経済に運用すれば富国になるという主張であった。さすれば東アジアから尊敬され、国際平和に貢献できるという筋の通った主張であった。

F：確かに筋の通った理屈ですね。なぜそれが国民に浸透しなかったのですか。

S：そのころ国際連盟が発足して戦勝国の日本は理事国になった。国民はこれで英米に肩を並べて一等国に

なったと大いに喜んだ。それが軍の力であったことは国民が分かっていたから、軍の撤退、軍事費の削減などは頭の中には入らなかったと思う。

F：よく分かりました。このアメリカとの戦争が負けた場合、国民も責任があるということですね。小学生が本土決戦などを口にするのも、親たちの影響ですね。

S：親たちの本心は戦争を止めてもらいたいが、非国民扱いされるのでそれを云いだす場がないということでしょう。

F：国民は国連理事国になって喜んだという話でしたが、同時にその頃シベリア出兵に失敗して国民は陸軍に嫌悪感を懐いたと聞きますが、当時は勝てば熱狂するし負ければ非難するで、国民にも自由があったように思います。今はないですね。これも隣組の弊害ですね。

Sは頷く。

F：先生のように客観的に物事を把握できるというのは大正デモクラシーの自由の時代を経験しているからではないですか。この前思想家のM氏に会った時もそう感じました。先生は留学時代M氏と知り合ったそうですね。

S：そんなこと云っていたかね。私は特に云うべきことはない。

F：Mさんは、Sさんには世話になったと云ってましたが。

S：君はMさんとどんな話をしたの。

F：今日先生にも相談した赤紙の対処の仕方です。

S：そう、それで彼は何て云ったの。

F：なかなか頼もしいと、云われました。

S：具体的には何と。

F：〝もし逃亡する場合には金がかかる。しかし援助する金は私にはない〟と云われました。

それを聞いてF沢が金を無心に来たのか、とSは思った。でもF沢はそれには触れずに続けて、

F：大正時代は吉野作造の民本主義、美濃部達吉の天皇機関説が出るなかで、先ほどの小日本主義も提唱されたと聞くと、先生とかM氏はいい時代を生きていい経験をされたと思います。M氏は、そのころ日本人はドイツ、フランスへの留学が盛んだった。しかし勉強しないのが多いのに、Sさんはよくしていたと云われました。

S：そんなことを云いましたか。私の留学は勉強ばかりでなくいろいろ面白いことを体験しました。音楽会に観劇。その出演者や脚本家、女優などを紹介されて友人のように親しくなったものだ。

F：先生は多様な経験をされたのですね。その幅広さが学者から作家へ転向されたのは当然のようにも思います。それに先生の独自の近代観も納得できます。

S：フランスでは指導教授から実証精神を徹底的に叩き込まれました。それは作家になって創作するうえで生きていると思っています。想像とはいえ出鱈目なことは書けないこと、また歴史を考える上でも創造力は史実に矛盾しないように働かせています。

F：先生、僕も軍隊ではなく留学したくなりました。叶うかどうか。いずれにしても日本脱出はしなければ。

S：もしフランスに辿り着いたらどうするつもり？

F：アルバイトでもしながら大学に入りたい。

S：語学は大丈夫？

F：大学で文法を学んだぐらいですから、まだ喋れません。頑張ります。

S：……

　SはF沢のように一念発起して留学したが挫折したものを何人か目にしている。

S：もしフランスに渡れたら、体に気を付けて焦らずに継続することだ。

F：分かりました。有難うございました。

F沢は吹っ切れたように帰って行った。

11月中旬、アランの会の最後になった。F沢は姿を見せなかった。

Sの日常生活は時間ごとに区切られて正確なものであったが、ここにきて隣組が活発になり生活のリズムを失っていた。夜の会合には本を読む時間を、昼間の防空演習には仰臥と散歩の時間を奪われた。そんな中でアランの会の最後がやってきた。時間の制約の中、タイプライターによる教材作りは続けてこられたのは喜ぶべきものであった。既に11月に出征を控えた学生も何人かいてこの日は出席者は10〜12人に減っていた。Sは最後のテーマに敢えて「幸福の美徳」を選んでいた。既にプリントは渡していたので、Sは学生たちといつものように読んでから一通り解説した。最後の結論の部分は、

〝兵士が幸福であったのは祖国のために死んだからではない。寧ろ反対に、彼らは幸福であったからこそ死ぬ力を持ちえたのである〟

前回と同じようにアランの特有の表現でもあった。Sはアランのこの考え方を出陣を控えた学生たちに考えてもらうために提出した。そして意見を待った。

しばらく間をおいてSの末弟Tと一高の同級であるQ野が手を挙げて、

Q：先生、アランは古代の賢人は自分の幸福を求め、現代の賢人は自分の幸福を求めることは高貴なことではない、と書いています。そのうえで共同の幸福が自分の幸福の源泉であると主張する人に対して、あらゆる意見の中で最も空疎なものと断定しています。これは今日の一般的な幸福論をアランが否定的に捉えていると思いますが、それでよろしいのでしょうか。

S：幸福も世俗的なものから高等なものまでいろいろあるとアランは断っています。君の指摘している幸福はどれに当たりますか？

Q：高等なものですか？

S：そう考えるべきです。幸福の高貴なものは命のように尊いもので簡単に他人に分けられるようなものではありません。また分けるにしてもその人が受け入れる器量の持ち主かどうか？　簡単ではありません。

Q：分かる気もしますが。

S：例えば、学問で立派な業績を残した学者は幸福な人生と思うでしょう。その幸福は他人には分けられません。分けられたとしても僅かな数人の仲間の学者でしょう。彼は彼らのために幸福になったのではないのです。だからアランはその逆は空疎だと云うわけです。

Q：分かりました。もう一つ、赤紙が来て、よし祖国のために死のうと奮い立つ学生もいますが、彼は幸福とは云えませんか。

S：そうその場合は云えないと思います。そういう気持ちになることは分かりますが、アランの幸福感とは違います。アランの幸福は自己の主体性から培ったものと思いますから。

Q：アランには感覚的について行けない気がします。彼が思想的に超人とすると、僕は凡人なんでしょう。

S：最後の部分で彼が問題にしているのは死ぬ力です。その力は彼が自ら掴み取ってきたから生じたんです。

Q：戦場で死ぬ力は必要なんでしょうか。皆、死んでもしょうがないと思って出征すると思いますが。

S：普通はそうでしょうが、アランは死ぬ力を問題にしています。おそらく彼は戦争で青年が「祖国のために」死んでいく姿をそのまま認めたくなかったのでしょう。国家社会の作り出した「祖国」という美辞麗句に彼は怒りを感じて、それは違うと主張したかったんだと思います。彼らは主体的に幸福を掴み取っていたから戦場で散る勇気を持つことができた、とアランは自己の「美学」を作り出したんです。言い換えれば安易に死を選択するなということです。死ぬ力は半端な生活からは生まれない、ということです。

Sのこの解釈は、先日のW田とのやり取りのあと、この考えに至った。これで彼の翻意を促すとは考えられなかった。W田は表情を変えずに聞いている。
Q：そうですか、八紘一宇に踊らされてはいけないということですね。でもアランの幸福感は持ち合わせていないのでどうしたらいいでしょう？
　そこでE山が手を挙げて、
E：先生、僕たち学生は学ぶことに沢山時間を取られて、物事を主体的に把握するという経験は殆どのものは持っていないと思います。つまりアランの幸福の定義に当てはまる状態のものはいないと思います。だから赤紙が来たら、仕方なく或いはよく云えば犠牲的精神で出征します。
S：戦争に対する思いは人それぞれだと考えられます。なかにはこの度の出陣でようやくお国のために役に立てると幸福に感じるものもいるでしょう。それは社会情勢から生まれたものですからアランの幸福感には副いませんが、アランは冒頭で書いているように、偶然宝くじに当たったとか、名誉を授けられたとか、一過性あるいは世俗的な幸福に当たるでしょう。
E：僕たちの認識はアランとは違って、学生生活も受動的な幸福感に包まれてきたと考えるべきでしょう。そして戦争も受動的に受け入れざるを得ませんが、そこがQ野君と違うところかな。これからアランの云うような高度の幸福を求める時間はないけど、死を覚悟しなければなりません。私にもまもなく赤紙が来るでしょう。入隊すれば、そこでは規律にしたがって訓練が待っています。考える余裕はないと思います。それは逆に有難いことです。学生時代の幸福感、未練が断ち切れるからです。
　E山の覚悟に頷くもの、涙するものがいた。するとQ野が、
Q：僕はE山さんのように割り切ることができません。赤紙が来ればE山さんと出征するのは同じです。アランをもう一度復唱すると、
〝兵士が幸福であったのは祖国のために死んだからではない、反対に彼は幸福であったからこそ死ぬ力を持ち

えたのだ〃と。

僕はE山さん同様にアランの主体的な幸福には達していませんので死ぬ力など持ちえません。死ぬ力がないのにどうして死を覚悟できるんですか。戦場に行けと言われても、素直にハイそうですか　と従うわけにはいかないのです。規律訓練の毎日であっても心のどこかに納得できない自分がいると思います。云い換えればE山さんほど真面目に軍事訓練はしないと思います。戦場には行くが非国民もいるということです。

E：君はアランの高度幸福にこだわっている。羨ましい。

Q野はSの末弟Tと一高2年生の同級、E山はT大経済学部2年生。今日は末弟の姿はなかったが、普段は二人一緒に来て彼らは勝手に議論し、Sはそれを黙って聞くのが通常だった。末弟Tは元来無口で、Q野に誘われて止むなく彼に付き添って来ている感じだった。TはSの仕事の時間を奪っているという意識が働いてSに話しかけることはなかった。その二人の雑談の中で、突然Q野はこうSに云ったことがある。

Q：僕は親に言われて法学部に行くことにしましたが、本当は文学部で哲学科に入りたかったんです。ですから西洋哲学の本をよく読みました。T君から聞いたんですが先生も文学部志望だったそうですが、先生は中学時代から学費に大変苦労されて、大学入学時に援助を受けていた資産家に文学部に入るなら援助は打ち切ると云われて経済学部にしたそうですが、経済の勉強に身が入りましたか。

と問われてSは慌てたことを思い出した。彼の真理への希求が強いことは分かる。

F沢は先日M氏と会ったことを話していたが、そのときもQ野からMを紹介してほしいと云われていた。確かにSはMとはパリ時代に何度か会ったことはあったが、帰国してからは付き合う気もなく疎遠になっていたので、私の紹介状はなくても君が手紙でも書けば、会ってくれるだろう、と答えていた。Q野にしてみればこの戦争への考えをSよりもMの意見を聞きたかったのであろう。

後日、Mから初めての電話があって、Q野は思想上の問題意識は持っていることを認めたうえで焦らないで原書を丁寧に読むように指導した、とＳがＦ沢にした話の参考になる内容だった。そしてＭは加えて日本は必ずアメリカに負けるから、戦後を考える会を作りたいのでそれにＳも参加するよう求めてきた。Ｍはそれだけ云うと切ったが、ＳがパリでＭに乞われるまま貸した金については言及はなかった。

　Ｑ野はＭとの話で勇気をもって非国民として戦争に臨むことを決心したのだろうとＳは理解したが、ここにいる他の学生に誤解を与えぬために、

Ｓ：私はＱ野君の気持ちを非国民とも真の国民とも思わない。普通の国民といっていいだろう。勿論戦争国策に真正面から反対する人でも非国民とは思わない。アランならその人の考えをよく聞いてから判断するだろう。問題は国家国民がそうした声に聞く耳を持っているかどうか。現実には難しい状況だ。だから聞く耳を持たない人の前で公言する必要はない。Ｑ野君が敢えてこの場で非国民を宣言したのは、ここにいる人はみんな聞く耳を持っていると判断したからだと思う。

　Ｓが云い終わると、黙って聞いていたＧ木が抑えきれずに手を挙げて、

Ｇ：僕は理系だから赤紙は来ないと思うが、だからと云って戦争に無関係に生きているわけではない。

Ｄ：確かに君は中島飛行機に就職するから俺たちが戦場に行くのと同じくらいの死の危険があるのは認める。

Ｇ：そういうことではなくて、空襲が始まれば国民とか非国民とかは問題ではなく、皆それを乗り越えて生きることに頭は一杯になるだろうし、他人のことを考える余裕などはなくなってしまう。精々家族、親戚、知人の不幸に悲嘆に暮れるだけだと思う。

Ｑ：だから思想的立場は関係ないと仰るんですか。

Ｇ：そうじゃないが、非国民の自覚は胸に納めていればいいことだと申し上げているんです。

Ｑ：云われてみればその通りですが、自分の立場を表明したくてこの場をお借りしました。心のもやもやから喋りました。悪いことでしょうか。

Q野は年下であっても率直に話す。G木は頷いて、

G：そうだな。先生が云われた通り、ここは忌憚なく喋れるところでしたね。

ようやくW田が手を挙げた。

W：私は今の状況に素直に従いたいと思っている。戦場へ行くこともそして死ぬことも受け入れるつもりだった。そこで死ぬ覚悟を質したいということで、アランの考えとは別に自分の命だから死への自覚を持ちたいと考えるようになりました。

D原が怒ったように、

D：そんな話初めて聞くぞ。戦場で死ぬのに自覚も何もあったものじゃない。この間「靖国で会おう」と誓ったばかりじゃないか。いつ気が変わったんだ。

W：変わっていない。「靖国で会おう」も嘘じゃない。死ぬことを避けるのではなく納得のいく死を求めるのだ。

E：難しいことを云うな。でもアランの言葉をひっくり返すと、死ぬ力を持てないのは幸福ではない、となる。だからアラン流ではW田、お前は幸福ではなかったのではないか。

W：私は今まで幸福だったと思っている。だからアランの云う通り赤紙には従う。そして必ず死ぬ。ここがアランとは違い、そのための覚悟が必要なんだ。

D：必ず死ぬとはどういう意味だ。生還する場合もあるだろう。

W：それでも死ぬ自覚が必要なんだ。

E：アランの幸福の意味は自ら掴む主体的なものだとすれば、俺もそうだが、W田の幸福も周囲の人に見守られてその中で築き上げられたもので受動的なのではないか。だからW田はアランの意味での幸福とは云えないので死ぬ力も持てないのではないか。

D：E山にしては大した理屈を云うもんだ。W田、それでいいのか。
W：それでもいい。「靖国で会おう」と誓ったのはD原だけではない。
D：そうなると俺も死の覚悟は持っていない。運が良ければ生きて帰るし悪ければ死ぬだけだ。
W：俺は運には任せたくないのだ。死は自分で納得のうえ迎えたい。
D：俺だって死ぬときは覚悟して死ぬさ。納得と覚悟とどこが違うんだ。
Sは黙って聞いていたが、最後のアランの会を締めくくるつもりで、
S：この戦争は勝てる見込みがない米英との戦争に軍部は踏み切って学徒出陣の事態とまでなってしまった。明治において日本の生命線を朝鮮半島および満州と決めてそれを確保してから、広がり過ぎた生命線は今では本土に近づいている。この戦況が君たち学生を戦場に駆り立てている。いずれ国民にも降りかかってくる。不幸は国民全体で受け止めなければならない。君たち学生も一国民として責任を果たせばよいと思う。
D：先生の云われることはよく分かります。それで先生はわれわれ学徒に何を望まれるんですか。
S：それは一人ひとりに命は掛け替えのないものだと胸に刻んでほしい。
D：W田、先生はお前の生還を望んで見えるよ。
W：分かっている。
D：お前も知る通り俺は左翼思想の主義者ではないが賛同者だ。行動が伴っていないから主義者ではない。だから軍国日本に反対だけれど赤紙に従って俺は戦場に行く。W田は赤紙が来る前に志願して軍隊に入るべきではないか？
E：この二人はまだあるようだが、続きは二次会にしよう。
そのとき書斎の戸が開き老婆が顔を見せた。

老婆：Sさんや、ちょっといいかね、学生はんに一言言いたいんや。

Sはこの雰囲気を破るような声に、「構いませんが」と咄嗟に応じた。この老婆は天理教本部とは関係ないが、Sの兄はこの老婆を教祖中山みきの生まれかわりと信じて老婆を事実上の天理教の二代目教祖と崇拝していた。新聞記者の彼は商売柄時局、戦局についていろいろと播州まで足を運んで彼女に質問していた。そして老婆が東京に出てきたときには兄と連れ立ってSの家にも訪れていた。それにSの妻も老婆に世話になったことがあったので彼女はいつも老婆を歓迎して迎え入れていた。

この老婆が語る神の声もSは兄から聞いていたが、学生時代に天理教を離れてから無宗教の彼は興味が持てず老婆が来ても書斎に閉じこもったまま殆ど話したことはなかった。その彼女が2階の書斎に上がってきたことにSは驚いて承知したが。老婆は書斎の入り口で部屋を見渡してから、

老婆：学生はんたちも戦場に行くことになって日本も大変な事態になってしもうた。神さんがいつも云っている言葉を学生はんに聞かせたいんや、よろしいやろ。

以前、Sは兄から「もし日本軍が北支にとどまらず上海にも軍を出すようになったら日本は泥沼に足を入れることになると神さんは云ってはるで」と老婆が云ったことを聞いたことがあったが、戦局はその通りに進行していた。今何を話すのか、学生の視線も何か奇妙なものでも見るようにこの老婆に釘づけされている。

老婆：学生はん、これからあんたはんたちが戦地に向かうことを神さんは悲しんでいやはるで。戦争は人と人の殺し合いや、神さんはそんなことは認めへん。だから学生はん、戦場で敵に出会っても銃口を向けたり撃ったりしてはいかん。それが神はんの心や。それを守った者は生きて日本に帰すと神さんは云うとるぞ。生きて帰りたければ、敵を殺してはあかん。分かりやしたか。銃を撃つんでないぞ。神さんは見ているぞ。神さんはすべて見通しや、良いな学生はんたち。Sはん、有難うございやした。これで神さんも喜んでなさる。

と云ってSに微笑んで軽く礼をして老婆は姿を消した。

Sは予言めいたことは意に介さないことにしているが、彼らが生還することを願う気持ちはその通りであった。学生たちは一息ついてから狐につままれたような顔で椅子を持って静かにドアから階下に降りた。

このあとE山、G木、W田は御茶ノ水のD原の下宿に集まった。F沢も来るはずだったが。D原の新潟の実家は造り酒屋で、部屋には飲みかけの一升瓶が4〜5本並んでいた。つまみも送ってきたのであろう乾き物数種類を炬燵のうえにD原が無造作に置いた。おにぎりが運ばれた。一通り茶わんに注ぎ終わったらD原が、

D：今夜は最後の飲み会だ。忌憚なく話して飲もう。今生の別れかもしれない。

一同乾杯してつまみを手に取りながら、またD原が先陣を切る。

D：ところでW田は実家に帰っていて、前々回アランを休んだ翌々日S先生のところに行ったそうじゃないか。どんな話をしたのか、差し支えなかったら話してくれないか。

W：休んだんでプリントを貰いに行ったら、フィリピンから帰ったばかりの従軍記者の方が前日来たそうで、今日もそろそろ来るので彼を待っているところだと先生は云われた。前日は日本の近代史の話をしていたので、今日はその続きということで興味があったんで聞くことにした。

D：近代のいつ頃から聞いたんだ。

W：第一次大戦後からだった。（実は鳥羽伏見まで遡っていた）

G：先生の歴史観には興味があるね。重複しても話してくれ。

W田は三人の顔を見て同意なことを確認して始めた。

W：掻い摘んで話すと、第一次大戦後日本と米英は仲が悪くなった。その理由を話された。言い換えればそれ以前は仲が良かった。それは日本は欧米を真似して帝国主義を実践して重宝がられたからだ。

G：そう云えばそうだ。

D：黙って聞け。

W：日本は明治政府が富国強兵を打ち出してから米英の後を追いかけるように帝国主義を掲げて日清日露の戦いで勝利した。そして第一次大戦では日本は連合国について枢軸国を破った。立役者は中立を表明していたアメリカが連合国側についたからだ。それで戦後のアメリカの発言力が大きくなった。戦後体制を話し合うベルサイユ会議でアメリカは民族自決と国際連盟を提案した。これは欧米列強が帝国主義から国際民主主義への転換を意味していた。ただ既に獲得した利権や植民地はそのまま認めて、新規の帝国主義活動は禁止するというものだった。

E：その結果、日本は発足した国際連盟で理事国になり、一等国になったと国民は喜んだということだが、一方で海軍軍縮交渉で日本を一段低く見る米英と対立する構図が浮かび上がった。

D：分かっている。お前も余計なことは云わずに黙って聞け。

W：確かに海軍軍縮会議は米英が、日本が対華21カ条を中国に突き付けて利権を大幅に獲得したことに危惧して開いたものだった。だから仲が悪くなるのは必然なんだ。それだけではなく必然的なのは国家体制の違いだった。

連合国は民主的資本主義国に対して、枢軸国は君主制国家あるいは帝国国家であった。この図式で云うと日本は枢軸国側に属することになるが英国との同盟を利用して参戦し、枢軸国が敗れた結果勝利国の中にいた日本が唯一君主国になっていた。

第一次大戦後の国際民主主義の方向では、日本が天皇主権から国民主権に移行しない限り米英との矛盾が広がることは当然の帰結だった。だから舵を切れる筈もない日本は国際連盟の規約に反して満州事変を起こし理事国だった日本は国際連盟を脱退した。この方針を日本は突っ走るしかなかったように日支事変に拡大し、遂には米英に挑んでしまった。この流れを軍部が操る天皇主権体制の必然の結果と先生は云われた。

D：なるほどね。そうするとこの戦争はわれわれが生まれる前から用意されていたことになる。われわれには如何ともし難いことだ。

E：それは云えるね。

G：日本に生まれた以上の避けられぬ運命だったということか。

D：W田、お前は先生の中学の後輩だからほかにどんな話をしたんだ。

W：そうだな、「われわれは青春が戦争時代に重なっていますが、先生は大正デモクラシーの時代でした。先生から見て今の学生をどう思いますか」

D：それは皮肉に聞こえるが。

W：さっきも云ったが俺は今の時代に生きてきて不満はない。だから聞けたんだ。

D：そうか。

W：良い環境に恵まれて育って成長した自分は幸福だ。僅か二十余年で終わっても自分の人生にこれ以上の贅沢は云えない。しかし先生は命の大切さをこの戦争の時代でも訴えられている。これは大正デモクラシーとわれわれの時代の違いだろうか、と思って質問したのだ。

E：それでどうでした。

W：大正デモクラシーと云っても当時は当然のことと気にもしなかった。それは昭和の戦争の時代に育った君が幸せというのと変わりはないように思う。普通選挙法のデモにも参加したが、今思えばそれは治安維持法の改悪と抱き合わせで体制側が決めたもので、昭和になってからそれが猛威を振るったことの事実と重ねれば底流は同じ天皇主権に違いなかったと話された。大正デモクラシーも結局は世界情勢の影響なのだ。

E：学生は社会的に一人前じゃないから、大正も昭和も先生の云われる通りかもしれない。

D：お前の死の覚悟については話さなかったのか？

W：それはその2日後伺って話した。正直に云うとそれを話すために伺ったのだ。

D：それでどうなったのか？

W：さっきアランの会で俺が話した以上のことはなかった。ただ先生は〝君の死ぬ覚悟は分からない。生きて帰ること〟を云われた。

D：その通りだと思うが改めて聞くが、どうしてお前は死の覚悟を必要とするのか。戦場での生死は運だ、覚悟の問題ではない。

W：幸福者は生への執着があるというのは一般論として正しいと思うが、俺は幸福だったが個人的問題になる。死の覚悟は個人的なことだ。

D：どうしてお前は死の覚悟を求めるのか、云えないのか。

W：もう分かるだろう。それは生への執着を捨てないと戦争には行けないからだ。

D：俺には分からない。

G：いや、W田さんはよく話してくれたと思う。人間は傍から見れば矛盾的なこともあるし、これ以上詮索するのは良くないと思う。

E：俺もそう思う。これ以上W田の個人的な話は止めよう。

G：話を元に戻そう。第一次大戦以降の話は聞いたけど、先生の明治維新からの認識について、誰か話してくれないか。

E：俺が聞いたことを話してもいいが、これもW田のほうが詳しい。どうだ。

W：先生から聞いたことがあるならお前が話してくれ。途中で口出しするかもしれないが。

E：分かった。先生の歴史観の独自性は私見とは云え感心するが、特に幕末から鳥羽伏見キでの見解は他に類を見ない。俺も考えながら説明するが自信がないので、諸君に問いかけしながら進めたい。先生が話しているつもりで聞いてくれ。
まず疑問なのは、徳川慶喜が大政奉還したにもかかわらず、なぜ薩摩は鳥羽伏見の戦いを挑んだのか。この時は両者とも西洋を真似て国会の開設を考えていたと云っていい。両者とも新政府を同じように考えていたのなら戦う必要はなかったのではないか。そう思わないか。
D：そう云われてみると戦う必要はないように見える。なぜ薩摩長州は旗を上げたんだ。
E：薩摩の島津久光は雄藩連合の新政府を目指していた、と思う。ならば徳川と対等で力の差は生じないが、国会開設になると徳川の主導で薩摩は一議員に過ぎなくなる。国会の貴族院が大名ならば徳川慶喜が多数派を握ることになる。薩摩はこれまで幕府に盾を突いて倒幕を目指してきたので、新政府において慶喜の匙加減一つで脛に傷を持つ薩摩は言いがかりをつけられて廃藩に追い込まれる恐れがある、と当然考える。ならば戦おうというのが久光だ。どうか。
D：なるほど。でも前線の京都にいる西郷、大久保は反徳川であっても地元鹿児島にいる重臣たちの大半が親徳川で、慶喜もその辺は分かっていて薩摩を廃藩に追い込むつもりはなかったと思う。だから廃藩は杞憂だったのではないか。
E：俺もそう思う。それより島津久光は慶喜の下に就くのが嫌だったのだ。最も分かり易いのは大久保だ。大政奉還がスムーズに移行した場合、彼は京都にも鹿児島にも居場所が無いのだ。彼は倒幕で突っ走る以外の選択肢はなかったのだ。それは薩摩と行動を共にしてきた公家岩倉の京都に居る場所がなくなるのと同様だ。
G：西郷は？
E：西郷は一番難しいと先生は云われた。
G：新生日本を考える場合、彼が討幕を云うのは器量が小さいように思う。西郷は器量が大きい人間と聞いていたが？

E：彼は討幕の先頭に立って慶喜の大政奉還を阻止しようとした。イギリスの書記官から　徳川を倒さないと逆に薩摩が倒される、と煽られたこともあった。大政奉還でそれが現実になったと彼は認識できた。彼の場合居場所が無くなれば腹を切れば済む話だが、薩摩が廃藩になるのは先代の斉彬公に申し訳なく、腹を切って済む問題ではなかった。彼は廃藩を防ぐには久光と同じ討幕という結論になったというのが、先生の見解だ。

D：なるほど。三人は思惑はそれぞれ違っても同じ討幕に走った。

E：そこで薩摩は大政奉還を利用して新体制に向けてクーデターを起こし徳川外しをしたわけだ。慶喜は衝突を避けて軍を二条城から大阪城に移動し様子を窺い余裕を見せる。

G：徳川を外すことなんてできるとは思えませんが。

E：実際、京都では徳川派が優勢になり慶喜を迎え入れることになった。慶喜は大阪城を出て京都に向かうことにした。それで薩摩には武力討幕以外の選択肢はなくなっていた。

G：政権を朝廷に返上した徳川をどうして倒せるのですか？

E：その通りだが公家を利用して、薩摩は偽の討幕の密勅を用意して鳥羽伏見で陣を張り待ち伏せした。

G：でも偽の勅許は良くないな。卑怯だ。

E：そうはいっても薩摩の三人と岩倉は命を懸けての討幕だ、手段を選んでおれない。「勝てば官軍」という意味はそこから生まれたと思う。

D：徳川は緒戦に負けただけで体制を立て直せば総合的に徳川が負ける戦ではないと思うが、なぜ慶喜は軍艦で江戸に逃げ帰ったのだ？　戦わずして兵を見捨てたことになる。こんな大将は古今にいないと思うが？

E：それはW田に代わってもらう。最近も聞いていると思うから。

W：分かった。先生が云われるには、大政奉還後慶喜は薩長の動きだけでなく徳川の重臣の動きも観察していた筈だと。

G：なるほど。それは云える。

D原がG木を睨む。G木が頷く。

W：今までの経緯から慶喜と家臣は何でもフランクに話せる間柄ではなかったと云える。だから大政奉還は慶喜一人の決断だ。彼に意見を云う者はいないとしても、不満であるものは顔を見れば分かった筈だ。もしそれが表面化することになれば薩長以前に厄介なことになると彼は認識していたと考えても当然だ。凱旋将軍として京都に上るつもりが待ち伏せされて兵は大阪城に引き返してきた。大将として〝明日は私が陣頭に立つ〟と云ってはみたものの、家臣から〝だから大政奉還はすべきではなかった〟の声を聴いて彼は一気に自信を失った。家臣と薩長を比べて新日本の建設には家臣よりは、敵であるやる気のある薩長に任せるべきと決断して、彼は江戸へ軍艦で逃げ戻った、ということだ。

G：それが先生の考えか？

E：そうだ。

D：初めて聞く話だな。もしそれが本当ならば、慶喜は戦いの中で理性的に判断したんだ。

W：もう一つ考えられることは、薩長兵が錦の御旗を掲げていたことを彼が耳にして、天皇家の忠臣を自覚している彼は逆賊の汚名を逃れるために恭順の意を表すために戦場から離れた、というのも有り得る説だ。でも先生はこれを問題にされなかった。

D：この場合、歴史的には物理的に天皇を押さえたほうが権力の正当性が主張できる。

W：薩長はそれを踏襲して京都御所に天皇を確保して鳥羽伏見に出陣し、それに対して慶喜は天皇を奪還せずに逆臣になるより権力を捨てて結果的に忠臣であることを選択したことになる。彼は純粋でもある。

G：そういう理屈か。純粋ならそれもあるね。純粋と云えば、私心のない敵将軍西郷にも云えることだ。先生の西郷観はどうなの？

W：E山に任せたいが？
E：俺は聞いたことがない。確かに西郷は不思議な人だ。
D：そうだな。戊辰戦争の最後の戦で奥羽越列藩同盟を破った後、西郷は薩摩兵を連れて鹿児島に帰ってしまった。だから明治新政府には参加していない。
G：そうなの？　知らなかった。
E：W田、お前はIさんと一緒に聞いたんだろう。
W：分かった。話は西郷と海舟の無血開城からになる。それに反発した幕臣は上野の山に参集して気勢を上げるようになる。海舟は慶喜に抜擢されて西郷と話はつけたが、彼は下級武士だったから会談内容を幕臣に守らせる政治力はなかったと云える。治安も悪くなるし彰義隊に参集する人数も増えて、西郷は幕府内のことは海舟に任せていたが、官軍指導部の中で彼の立場も悪くなった。そこで軍事責任者を西郷から長州の大村益次郎に替えた。彼は大砲を連発し一日で彰義隊を壊滅させた。このあと官軍は関東から越後、東北と武力鎮圧して戊辰戦争を終わらせた。西郷はそれらの戦跡を見て回ったが、最後庄内藩との戦闘に間に合って話し合いで庄内藩を救った。これから分かるように会談上手な西郷は有無を云わせぬ官軍のやり方に反対だったことと官軍に参加した武士たちを用済みとばかり無慈悲に帰藩させたことに不満だったと云える。だから彼も用済みとばかり帰藩したと思う。
G：そうなんですか。彼が新政府に参加しなかったことも分かります。
D：組織においては、個人の意見が通らなくても妥協するのが普通だ。西郷が自己を貫いたところに彼の純粋さが出ている。しかし、その後西郷は乞われて明治政府に参加するがどうしてだ？　矛盾ではないか？
E：俺もそう思うが？
W：俺も同感だ。先生もそうだが、これから西南戦争まで西郷はハムレットの立場で苦しむことになると云われた。
G：ハムレットですか、興味ありますね。
D：そもそもへそを曲げて鹿児島に引っ込んでいた人間がどうして東京に出て来たんだ？
E：明治政府が行き詰まって西郷の力を必要としたんだろう。彼はそうなることを読んでいたとも云える。
W：確かにそうかもしれない。
E：政府のトップ三人大久保、木戸、岩倉はじめ旧知の鹿児島出身者たちがお百度を踏んで西郷に頭を下げたんだ、彼の政治力に期待して。
G：具体的にはどういうことですか？
W：彼ら三人は実権を握ったが下級武士下級公家だ、海舟と同様に政治力がなかったと云える。つまり版籍奉還（土地と人民を藩主から天皇に返す）は討幕の勢いで三人はプランこそ書いたが、薩長土肥藩主らの自主性で行い他の藩主もそれに見習って達成したものだ（明治2年9月）。しかし廃藩置県（行政権の藩から国への移行）となると自らの利害に直接かかわるので藩主は動こうとしない。そこで三人は西郷の剛腕に期待をしたのだ。
G：確かにそれも達成しないと中央集権体制にはならないですね。
E：西郷にしてもこれを成功させて実権を握り不平士族を救済しようと考えていたのではないか。
D：そうに違いない。征韓論も西南戦争もその延長上にあると思う。どうだW田。
W：そう云っていいだろう。
D：話を急ぎ過ぎてすまん。話を戻そう。廃藩置県まで。
W：西郷は藩主たちの不満を抑えるために軍事に力を入れ、薩土肥三藩で兵を出し合って天皇の親衛隊を創設する。各藩主に対して逆らうと逆賊だ、という脅かしと云える。政府に反対の声を上げるものもなく明治４年

7月に廃藩置県が発布し、中央集権体制が整ったことになる。
E：しかし、西郷から見えなかった具体的な政治課題が既に動き出しているんだな。士族に対する秩禄処分（毎年の石高が一時金に代わった特権廃止）と徴兵制度（軍人は広く国民から募って武士から戦いの特権を奪う）の法案が作成されようとしていて、何のために明治政府に参加したのか、彼は目的を失ったと云える。
W：この頃から西郷の中に二面性が現れる。筆頭参議の立場で秩禄処分も徴兵制も進めるが、一方で不満武士が西郷の前に現れて政府批判を展開すると意を強くして頷くこともあった。
G：それがハムレットの心境になるんですか？
E：天皇（制）に逆らうわけにはいかないし、そうかといって不満士族もほっておけないという矛盾に悩むことになった。
W：先生が云われるには、西郷は双方の顔を立てるには死しかないと考えるようになったのではないかと。
E：そこで征韓ではなく、商船で渡韓して話し合いを持つが私は殺されるだろう。戦争（敵討ち）はそれからというのが西郷の考えだった。朝鮮を彼の死の場所に選んだ、ということか。
W：そういうことになる。その前に不平等条約の解消を目的とする岩倉欧米使節団が決まっていた。そこで派遣される三人は参議留守居役のトップ西郷らに勝手に政治を動かさないように、新たに政策を立ち上げないこと及び政府高官の人事はしないことを約束させた。しかし、西郷は海舟を海軍卿に引き上げたり、2~3名を新たに参議に指名し多数派工作？を行った。それは外遊中の三人の耳にも入り、帰国後平穏では済まされないと彼らも覚悟した。
E：そして西郷は留守部隊の中で持論の渡韓問題を出して、征韓の板垣に同意させて参議決定した。しかしこの場合は、新たな政策は行わないということに縛られて、正式決定は外遊組の帰国後となった。
D：そして留守組が敗れて西郷は死に場所を失い辞職し、また鹿児島に引っ込んだというのか？

W：そういうことだ。三人の帰国後はいろいろあったようだが、会談は双方のまさに権力闘争の様相を呈し一歩も譲らず、板挟みになった太政大臣三条実美が病？に倒れて代行に岩倉が収まって決着がついた。天皇が軍配を岩倉に上げたのだ。
G：一時は西郷の渡韓を認めていたのにどうして、反対派の主張に軍配を上げたのか？
W：代行の岩倉が天皇に奏上したから、都合よく。それに天皇は政府高官の中では最も忠臣で信頼していた西郷が辞表を提出し下野するとは思っていなかったのではないか。続いて薩摩の軍人たちが次々に辞表を出すと受理せずに止めようとしているのから分かる。
G：そうすると岩倉に従ったことに天皇は悔やんだのか？
D：恐らくそうだろう。
W：翌日岩倉が記者団に征韓論という言葉を使い、西郷の辞職を発表したのだ。それで世間では西郷は征韓論に敗れたことになった。
D：外遊組が西郷の渡韓に反対した理由は何だ？
E：俺が云おう。もし西郷自身が云う通り渡韓して彼が殺害された場合、まだ徴兵制は始まっておらず、兵隊は武士から募るしかなく、戦争は武士の復権に繋がること。また西郷は会談上手なので生還した場合、長年の懸案だった朝鮮問題を解決したことになり、彼が指導権を握ることになる。外遊組は今は内政に力を入れる時で他国と戦争をやる余裕はないと尤もらしく反対した。
D：尤もらしくとはどういう意味だ？
E：舌の根も乾かぬ2年後、大久保は江華島を砲撃し武力圧力をかけ朝鮮を開国させている。
D：なるほどそういうことか。そして鹿児島に帰った西郷は政府に対抗して独立王国を築いた意味はどこにあるのだ？

W：正確には西郷が築いたものではない。彼の辞職を知った薩摩出身の陸軍軍人は大挙辞表を提出し、鹿児島に帰って彼らが反政府組織の私学校を建てた。彼はそれを黙認していたので相変わらず矛盾を抱えていたと云える。

G：それを解決するには自分が死ぬしかないと。それが西南戦争ですか？

E：そういうことになる。政府としては、私学校が勝手な政策を行い、勝手に税金を徴収して独立国の様相を呈しているので、それを認めるわけにはいかぬから武力で鎮圧するしかなかった。それでスパイを送り込んで挑発をした。

W：そこで西郷は矛盾解消の機会が来たと捉え兵を挙げたといえる。勝てば政権奪取、負ければ死。彼は勝敗はどちらでも良かった。

親友の勝海舟は、彼が兵を挙げたと知ったとき、西郷は指揮を執らない、と断言している。実際、熊本城の攻防戦では、彼は数キロ離れたところで床几に座って犬と戯れていた。また夜の軍議でも自分から意見は云わなかったそうだ。彼の心境が反映されていると思う。

G：天皇は辛かったでしょうね。

W：天皇も彼が死ぬ気で立ち上がったことは分かったろうから。

D：西郷軍は田原坂で敗れてから九州を逃げまわり延岡まで来て彼は軍の解散を云う、つまり自軍の敗北を認める。なぜ逃げまわったのだ、西郷らしくない。

E：それは幹部たちが逃げまわるなかにも全国の不平武士の援軍を期待していたと思う。でも実際は兵士の逃亡者が続出し軍の体をなさなくなり、西郷が断を下したのだ。

D：う～ん。そのあと西郷は側近を連れて鹿児島に戻って来るが、死地にも拘ったと云えるか？

E：そう思うがはっきりした理由は分からん。W田どうだ。

W：長い間ハムレットの心境に捉われていて、ようやくそれから解放される目途が立ったので自分の死地は地元でありたいと願って、官軍に取り囲まれて潔く切腹して敗軍の将を後世に残すという意味もあったと思う。
D：死後を気にするのも歴史上の人物だ。
W：明治政府はこのあと自信を持って内外に強権的になる。国内では自由民権運動、農民運動を弾圧し、朝鮮半島では開国させた勢いで宗主国清国と指導権争いをする。その姿勢は列強を真似て軍事力で紛争解決を図るやり方で日清戦争が勃発した。その後もそれを継続することになり、それが先生の近代日本の認識だ。
G：先生は日本の近代に否定的のようですが、どこがいけなかったんですか？
E：戊辰戦争は薩摩の私闘と云われるから、この内戦が良くなかったのだろう。列強監視の中内戦をやってる場合ではなかった。
G：それが起きなかったとして、慶喜が国会を開設して首班になったとしたら、日本の針路はどうなったの？
E：それを聞きたい。
W：慶喜が将軍に就任したとき、大阪城で外国公使から謁見を受けた。彼らは慶喜を人格能力識見において一級の人物と認識したと云われる。それは薩摩寄りのイギリスの公使パークスも公言している。また幕府寄りのフランス公使ロッシュはいろいろ彼の相談に乗って幕政、軍事改革を助言してきた。先生が云われるには、列強代表団ともそんな関係だから彼は岩倉使節団のように外国に行って頭を下げるようなことはしない。また朝鮮については、秀吉の朝鮮出兵で権現家康が非常に苦労して日朝関係を修復したことを知っている慶喜は高圧的な態度は取らなかった筈で、彼が将軍から首相に代わっても同じ人間だから江戸時代の関係を維持できたのではないか。そこが薩長と違うところだ。
D：確かに違いは分かるが。
W：権力を握った薩長の三傑は下級武士、下級公家だ。悲しいかな政治力がない。やれるならやってみろ、と全国の大名の目が光っている。その焦りから不平等条約の解消のため岩倉使節団を送り出して実績を上げようとしたが何の成果も上がらず戻ってきた。そこで列強と早く肩を並べるために富国強兵を国策として打ち出した。そのうえ天皇を神格化して自分たちの政治力の無さをカバーしようと無理をした。対して慶喜の場合は元々天皇の忠臣を自覚しているから首相になっても天皇との関係は変わらない。また慶喜は水戸藩出身だ。水戸藩は大日本史編纂の光圀以来、江戸幕府は本家で主君は天皇家という意識が強かった。だから本来尊王攘夷だ。孝明天皇と攘夷を約束したこともある（そのとき長州藩が下関戦争を起こした）。自分はそれを果たせていないことも頭にあった筈だ。慶喜は朝鮮と清国とは敵対関係はとらずに緩やかな連携で列強に隙を与えず、徐々に力をつけたところで不平等条約の改正に動く、と考えたのではないか。

G：そうなると日清戦争はないことになるね。日本史どころか世界史が変わることになる。

W：そう、これは先生の認識だ。歴史がこの通り進んだか分からないが〝もし〟を考えることは歴史の教訓、反省になるから、君たち自身も考えてくれと云われた。

D：そのほかどんな話をしたんだ？

W：個人的な話を抜きにすると、西洋思想についてかな。

D：俺たちには分からない話か、例えば？

W：デカルトの有名な命題「われ思う、ゆえにわれ在り」は間違っているとか、遡って、西洋思想はソクラテスの主観思想からそれとは反対に弟子のプラトンは客観哲学の道を開いたが、これが中世の体制哲学になってその軋轢から近代にも悪い影響を齎した、と云われた。

D：随分難しいことを話したんだな。

E：デカルトの間違いは先生から聞いたことがあるが、西洋全般についてはない。話してくれ。

W田は掻い摘んで話した。そしてソクラテスは主観客観合一の生き方をされた。先生はそれを座右の銘にされて、それを自覚されている。

E：西洋哲学というより西洋人の生き方を問うて批判的だ。先生は西洋に心服されていると思っていたので意外だ。

W：先生が弁証法を批判するのも驚いた。

G：先生も内容を詳しく知っているわけではないが、実証主義の立場からその反対論に賛成されているのだ。

D：なんだかよく分からない。話を変えないか。

G：そうしよう。なんにする？

D：アランの会に最後に現れたお婆さんの話はどう思った？

E：う〜ん、「生還したければ敵兵と出会っても銃口を向けるな撃つな」と逆説を云われたな。

D：確かに云われた通り撃たないとしても向こうは撃つだろう、戦争なんだから。死ぬか良くて捕虜だ。

G：そこは軍隊だ、上官の命令で動く。そこで撃たないことは命令違反だ。しかし小さな命令違反は誰でもしているし敵に向かって撃たないとしても上官に分からない場合もある。

D：私は敵機が飛行場に現れた場合、積んである土嚢の中で機関銃で応戦することになる。撃たないわけにはいかない。お婆さんの神の云い伝えを守れないのは私だけだ。生還の確率が低いのは私と云える。F沢に云ってやりたいぐらいだ。

W：W田は敵兵に銃口を向けるか。

D：分からない。死を覚悟できていたら撃たないかもしれない。そうなると神は生還させるというし、困るね。撃つかもしれぬ。

W：お前はどうして死に拘るんだ。どうして死にたいんだ。

D：死にたいわけではないが生きる術も見つからない。

D：お前の云うことは全く分からない。お婆さんに相談したらどうだ。
W：してもしょうがない。
D：W田と話しても埒が明かない。E山、お前は撃つか。
E：俺は平和主義者だから撃たないかもしれない。
D：いつから平和主義者になったんだ。お前とも靖国で会おうと誓ったじゃないか。
E：こちらが撃たなくても向こうが撃ってきて俺は死ぬかもしれない。それを試すのもいいと思える。
G：お婆さんの予言を試すのか。勇気があるね。
E：死を覚悟すれば何でもできる。
D：それならばどういう状態で死んだとき俺たちは靖国で会えるのか？
E：そんなことはもういい。W田、先生のことで言い残していることはないか。
W：そうだな。俺も哲学書を読み返しても心を納得させてくれるものはなかったので、女流作家のU・Cに紹介状書いてくれということだった。
D：へぇ〜、W田がU・Cに会いたいとはね。先生は何て？
W：吃驚されたが、分かったと。でも先生と話をしているうちにそれを忘れて帰ってしまった。今は会いたいとは思わない。
D：E山。お前話すことはないか？
E：今まで話してきて、靖国ではなく生還してまた皆に会いたいと思った。みんな、生きて会おう。
D：G木は何かあるか？
G：今日みんなと初めて話し合えて本当に良かった。F沢に後ろめたい気持ちもあったが、それも払拭できた。有難う。

D：俺はみんなと呑めてよかった。また会う日まで、乾杯。寝よう。

D原は翌朝、用意してもらった朝食を彼らと食べて、彼らが帰った後身支度をして歩いて上野に向かった。西郷像を見上げながらどういうわけか、一礼した。駅の売店で土産を買って、昼前に混み合っている上越線に乗りこんだ。長岡まで座らずに立って兵隊になる意気込みを自分自身に示したかった。が二日酔いのため肘掛けに腰を下ろした。高崎で座れたが他の人に譲った。湯沢まで来ると真っ暗で雪が降っていた。空席が目についたので足の疲れに負けて座ってしまった。軍隊では10時間の行軍も珍しくないと聞いている。行軍だったらどんな罰か思いめぐらしながら疲れからうとうとした。〝長岡〟という拡声器の声に飛び起きた。雪の降るなか真っ暗な夜道をいつも目にしてきた家並みを確認しながら歩いた。15分ほどで我が家に着いた。前もって帰ると連絡していなかったので、家人は驚いた。「寒い中よう帰ってきた。腹が空いているだろう」と夕食の後片付けをしていた母が彼のために支度をはじめる。父は掘り炬燵でここに座れと一杯勧める。炬燵の上には煮物、漬物、つくだ煮がまだ並んでいる。彼は女学校と小学校の妹二人に土産のお菓子を渡す。はにかんで受け取って二人は母のところに持っていった。中学5年の弟は夕食を終えて自分の部屋にいるという。D原は父の注いでくれた盃を一気に呷った。空き腹に沁みわたる。もう一杯と父は嵩にかかる。また呷った。二日酔いの迎え酒、父はまた注ぐ。

父：どのくらいここに居るのか。

D：12月上旬には千葉に入隊するから、7日間ぐらい居ていろいろ整理したり挨拶に出向くつもり。

父：そんなもんか。30年前の戦争のときは一人息子のわしには赤紙なんざ来なかった。その大戦は頭になく親父に酒造りを仕込まれた。今度は学生のお前をお国に差し出すことになるとは考えもしなかったが日本も大変なことになったもんだ。わしは長男のお前を跡取りにしたかったが、お前は成績も良かったので一高に進学したいと云うので兵隊に取られるぐらいならと許した。ところがどうだ、大学生のお前に赤紙が来るとは。お国はなんちゅう戦争をしているのか。

D原にとって父の批判めいた話は初めてだった。父の考えを初めて聞いて少し酔いの回った彼の心に冴えを感じた。親孝行なんて何一つしてこなかった後悔が胸をよぎった。母がご飯とみそ汁を運んでくれた。黙ってそれを腹の中に仕舞い込んだ。家族とは一言二言交わして重苦しさから逃れるように自分の部屋で既に妹たちが用意してくれた布団で休んだ。一家団欒はなかったが、家族のぬくもりを改めて感じて休んだ。

翌日は雪は降っていなかった。昼前に付近の散歩に出た。田園の中を少し歩いて、小学校の見える丘の上に出た。学校の帰りに悪ガキとよく来て遊んだところだ。小枝でチャンバラをしたり柿の木に登って柿と一緒にカブトムシを捕ったりしていた。雪の校庭は誰もいない。体操の時間の生徒は廊下を走っているのだろう。昼休みの鐘が鳴った。しばらくすると校庭に児童たちが出てきて雪合戦をあちこちで始めている。ぼんやり見ていると、老婆が薪を背負ってやって来る。老婆はD原をちらっと見て会釈してそのまま過ぎていく。彼も老婆が誰だか思い至った。彼は来た道を帰ると足は自然に小学校に向いた。昨日寝る際に、J子さんが結婚するんで実家に戻っているらしい、と母が話してくれた。J子とは小学校のとき6年間首席を争った仲だ。放課後二人でよく先生の仕事を手伝った。音楽部も一緒だった。卒業するとD原は長岡中学に進学し、J子はそのまま高等科に進んでそれから二人は疎遠になって会うことはなかった。J子は2年後高等科を卒業して新潟に働きに出た。以来噂も聞くことはなかった。そんなこともあって昔を思い出すために元の担任Lに挨拶に行った。

D：今度入隊します。千葉に行きます。

L：そうか、学徒出陣か。月並みにお国のために頑張って来いよ、とは云い辛い。同級生のVは戦死したのだ。

D：いつですか。

L：6月に漢口で死んだ。彼は背が小さくてよくいじめられていたから、一層可哀そうに思う。だけどD原は

彼をよく庇ってくれていたね。礼を云う。（手で涙を拭う）

D：私はこれ以上先生を悲しませたくないです。（話を変えて）先生はいつごろ校長先生になられるんですか？

L：馬鹿、俺はそんなつもりはない。これからは空襲も覚悟しなければならない。奉安殿が消失したら校長は切腹ものだ。俺は臆病なんだ、務まらない。

D：奉安殿はまだあるんですか。

L：お前が卒業した後、校庭のあそこに移した。あそこなら爆弾が落ちても安全だ。

　校庭の南に小さなコンクリート造りの建造物が見える。丘にいるときに気づいたが気にも留めなかった。D原には、命を大切にというLの餞の言葉に聞こえた。

L：一昨日J子が来て、結婚するって報告に来た。そしてD原君どうしています、と聞かれた。最近はお前も手紙をくれないから詳しくは分からぬが、学徒出陣で入隊するだろうからその前に帰ってくる筈だ、と答えておいた。彼女はお前に会いたそうだった。お前はどうだ。小学校のときのライバルだ。

D：会えるなら、会ってみたい。

L：積もる話もたくさんあるだろうから、ここに呼ぼうか。

　翌日、放課後職員室で会うようにLに取り計らってもらうことにした。家に戻るとJ子がD原の帰りを待っていたので彼は吃驚した。彼はLとの顛末を話し、明日小学校で会うことにしたことを彼女も納得した。そして彼女を家まで送ることにした。彼女は薄化粧で着物に打掛を羽織ってすっかり大人な女性になっている。D原は気後れしながら歩いた。

J子：母がお昼ごろ丘の上でD原君に会ったというのでお宅に伺って待ってたの。迷惑じゃなかった？

D：そうだったの。来てくれてよかった。

J子：D原君は将来有望な人生が待っていたのに、戦争に行くなんてどういうこと。さぞ悔しいだろうなってあなたの気持ちになって私考えたの。

　D原は答えが出てこない。

J子：そんなことは人には喋ることではないから、云わなくてもいいの。

と優しく云って彼女は彼に寄り添った。D原もJ子の肩を震える手で抱いた。

その振動を感じ取って彼女は、

J子：ず〜っとD原君のことが好きだった。D原君は？

D：俺も君のことは気になっていた。

J子：それって好きってこと？

D：うん。

J子：私、放課後教室でD原君と二人で先生の手伝いをしたくて勉強頑張ったの。そのときが幸せだった。

　D原は心がしびれてしまった。二人が離れ離れになったのはしょうがないとしても、なぜ今二人はここに居る。どうしたものか？

J子：でもいまD原君は戦争に行くし、私は結婚する。また別れることになるの？　D原君が死を覚悟しているなら私も覚悟はある。

　D原はJ子を自分に引き寄せ強引に接吻したが彼女は素直に応じた。そして彼女は袖から二の腕を出して彼の首に巻き付けて強く求めてきた。薄暗く辺りに人はいない。しばらくして彼女は唇を離してじっと彼を見た。そして、

J子：明日まで待てない。いつ何があるか分からない。二人で覚悟しましょう。

　と云って、彼の手を引いて歩き始めた。そして、とある一軒家に入った。出てきたお婆さんにJ子は紙包み

を握らせた。彼女はそそくさと外へ出た。J子は彼を促して囲炉裏の向こうの襖を開けた。6畳の部屋にきれいに布団が敷いてあった。彼女は帯を解きはじめて、彼を促した。彼は彼女の思いと覚悟を知って喜びを感じた。

E山は池袋の自宅に戻ると、食堂で母が泣いていた。彼に気がつくと涙を拭い、何か食べるかい、と云った。E山は母が目をはらしていることは何度も見てきたが、泣いているところは初めてだった。日ごろ父の母への仕打ちは彼にとって許しがたい行為だった。父は開業医で母を看護婦代わりに使って、手違いを起こすと手を上げたり怒鳴ったりした。E山は入隊する前にこれは何とかしなくてはと考えていた。

E：お母さん、どうしたの。母さんは我慢できても僕はできないから、云ってください。

母：いつものことだからお前は心配しなくてもいいよ。何か食べるかい。

E：D原のところで朝食べて来たからいいよ。何があったの。

母：久しぶりの患者さんのカルテ捜すのに手間取って。

E：親父は自分を何様だと思っているのか。荒療治が必要かもしれない。

母：お前、乱暴なことは止めて。お父さんも苦労されてきた方なのだから。

E：親父の苦労って何だい？

母：お前には分からないこと。

E：そう分からない。寝不足で、少し寝てくる。

母：待ちなさい。

と強い口調で云ったのは、子供のころから久しく聞かなかったのでE山は思わずテーブルの椅子に座ることにした。

母：あなたのお祖父様はどんな方でしたか？

E：大学の医学部の教授。

母：私の父の職業も他の大学の医学部の教授でした。胃がんの研究で同じ研究会に所属して懇意にされていました。そんな関係で私はお父様とお見合いし開業医のお父様と結婚しました。もうお分かりでしょ。夜中に布団を並べて寝ているとき、お父様が泣いておられることは何度もありました。余程お祖父様の言動に悔しかったと思います。それに比べたら私は悔しさなどはありません。お父様の八つ当たりと思って我慢しなければなりません。お前に見られたのは不覚でした。忘れてください。

E：云ってくださって有難う、母さんの気持ちは分かりました。

E山は2階に上がった。

昼過ぎに起きて食堂に下りると医学生の弟が昼食をとっている。

弟：午後の講義が休校になり、病院からも声がかからなかったので、久しぶりに早く帰ってこれた。

E：今日は早いな。

実は弟は兄に赤紙が来てからじっくり話す機会を待っていた。母がE山のために食事を持ってきた。

E：ありがとう、母さん。

母：温かいうちにお食べ。

そこへ父が現れて、椅子に座った。母は急ぎ台所へ。

父：(弟に) 今日は早いな。文系が学徒出陣で、理系のほうもそれはないとしても落ち着かないのだろう。

弟：午後の講義が休校になったんで早く帰ってきました。

父：でも大学でやることは沢山あるだろう？

弟：そりゃそうだけど、今日は兄さんに話があるので帰ってきました。

母が父に食事を出す。お前も食べろと母に云う。母はこれからの雰囲気を感じて黙って台所に下がる。E山が食事をしながら口を開く。

E：あと10日もすると私は軍人です。ついては後顧の憂いなく立ちたいものです。

父：分かる。云うことがあったら云っておけ。

E：云わせてもらいます。今日D原のところから戻ったら、母が泣いていました。急いで繕いましたが、私には母の涙は初めてでした。母は子供には見せないよう振る舞っていたのでしょう。

父：何が云いたいんだ？

E：私はこれを放置して入隊はできないということです。

父：どうしろと云うのだ。

E：今後母を殴るのを止めていただきたい。

父：お前の云うことはそれだけか。最近はなくなってきた。その努力はしている。

E：お父さん、そこがあなたは狡いんだ。

父：なんだと生意気な、もう一度云ってみろ。

E：何度でも云います。

拳を上げて父は立ち上がり、E山を殴ろうとするのを弟が立ち上がって必死に間に入った。

弟：二人とも止めてください。今は喧嘩している場合じゃないでしょ。兄さん2階に行きましょう。

E山は弟が止めてくれたことにその場を繕えて去ることができたが、父に考えるチャンスを与えるつもりもあった。E山の部屋で二人は腰を下ろした。しばらく間をおいて、

弟：兄さん、なんであんな挑発するようなことを云うの？

E：俺もまもなく入営するから後顧の憂いを無くしておきたかった。

弟：国も家族も窮状に差し掛かっている。父さんも反省はしていると思う。
E：それならいいが、止めてくれてありがとう。今日は父さんと縁を切るつもりでいたから。けど母さんの話を聞いて少し気持ちが収まっていたんだ。
弟：縁を切るってどういうこと？
E：入営はしないで雲隠れすることさ。
弟：ふ〜む。そこまで覚悟をしていたの。我が家は非国民一家になるわけだ。それなら止めなければよかった。
E：なんてことを云うのだ。お前のお蔭でそこまでいかなくて良かったと思っている。もうこの話は止めよう。ところで話ってなんだ。
弟：兄さんから借りた「巴里に死す」だけど、医者の弱点をそのままにストーリーを展開させている。父さんも俺も患者を治す技術を学んでいるが、患者の立場ではほとんどの医者は無力だということが分かった。まずそれを教えてくれた作品だ。主人公の宮村博士はその弱点を素直に告白して亡くなった妻の手記を娘に読ませるべきかどうか分からず、知人の作家に手記を渡して判断を仰いでいる。その作家のモデルは作者S自身のことだろう。それを引き受けた作家Sも作品上とはいえ大したものだ。Sをよく知っている兄さんにどんな人物か聞きたいんだ。
E：そうストレートに聞かれても返答に困るが、一言で云えば立派な人間だ。
弟：それは分かる。文体に下手な色気とか媚びを売ることがなく淡々とストーリーを簡潔にまとめるところに誠実さを感じる。だから実際の生の人間像を知りたい。
E：昨日も思想、歴史の話を聞いたが、独自の見解を示されるからいつも感心している。世の中から精神的に自立しているというか、しがらみを感じさせない人だ。独立独歩と云える。
弟：そう云われれば分かる気がする。

E：それにわれわれの云うこともよく聞いてくれるし、答えを求めると誠実に応じてくれる。つまり先生は心が広くて包容力があり且つ腰の低い人だ。これも結核で死線を越えて生還した精神的強さからにじみ出るものだ。
弟：どんなことでも応えてくれるのか。
E：先生は読書量が凄いしいろんな体験経験が豊富だ。そこから例を引いて応えられるので信が置ける。
弟：そうすると直接会って話をすることも敷居が高くないということか。
E：僕が出入りしていたぐらいだからそう云える。さっき包容力があると云ったが特に話がなくても先生のそばにいるだけで落ち着く感じだ。一人で行ってみるんだな。そのうち自然に医者の心構えが備わるかもしれん。
弟：うん、そういう気になった。兄さんが持っているSの小説を全部読んでからにするよ。
E山は本棚を探し始めた。「ブルジョア」「愛と死の書」「命ある日」の3冊を取って弟に渡した。
E：とりあえずこれを読め。あと何冊かあるから自分で探してくれ。
弟：ありがとう。兄さんの期待に応えるよう頑張るよ。

G木はW田と一緒にE山より早くD原の下宿を出た。省線でW田と上野で別れ、G木は乗り換えて品川まで。G木は下宿に着いて横になると、二日酔いではあるが、昨夜のやり取りが彼の頭の中を巡っていた。自分が中島飛行機に就職するのはF沢からの批判をかわすためだったと思い返した。でもそんな安直な考え方でこの戦争を考えていたことを恥ずかしく思った。この戦争についての彼らの真摯な向き合い方には到底敵わないことを突きつけられた。そう考えると軽蔑していたF沢の真剣さにも頭が下がる思いだった。自分は一体何をなすべきか、もう一度考えた。

翌日G木はF沢を訪ねた。彼は下宿を払って既にもぬけの殻だった。当てのなくなったG木は思いついてS

を訪ねた。

G：先生は昨日、学生が出征するにあたり死を覚悟していることに、死を急ぐことなく命を大切にするように云われました。私は出征しませんが、昨日は私も飛行場で敵機に向かって高射砲で戦うから、と彼らと同じような立場であると自己弁護しましたが、考えてみると私は死を身近に感じたことがなかったことに気がつきました。出征する彼らとは明らかに違います。彼らと会って話す機会はもうありません。死を覚悟していなかった情けない自分を彼らに伝えることがもうできません。私はどうしたらいいのでしょうか

Sは G木の突然の訪問に寝椅子で無我の境地から現実に戻されて不満もあったが、彼の真剣さに無視はできないと考えて、

S：出征する彼らと出征しない自分を分けて考えているが、出征しないという意味では私も君と同じだ。でもこれから予期される空襲で私が命を落とすかもしれないと自分にいい聞かせている意味では出陣する学生と同じだ。だから君も飛行場で命を落とすかもしれないから同じだ。戦争で死に向き合う立場は皆同じだ。君が彼らに卑下することはない。杞憂だ。

G：そうでしょうか。先生も彼らも戦争を真摯に考えてきたと思います。僕は状況に合わして行動したにすぎません。一昨日のアランの会に初めて出席してそれが分かりました。

S：状況は人それぞれ違うものだ。誰だって自分の状況に合わせて考えるものだ。君は君の立場で考え行動に移したのだから、誰に対しても卑下する必要はない。

G：実は僕は大学で数学を勉強したかったんです。ところがF沢のことを慮って機械科にしたんです。

S：F沢君とはどういう関係だったの？

G：中学が同じでした。卒業して僕が一高で彼はW大の予科で、二人とも東京に出てきました。気が合うわけでもなかったのですが同郷の好みで時々会って話をしてきました。数学科志望だと告げると、彼は「アメリカ

と戦争がはじまるかもしれないときに何の役にも立たない数学をやるとは非国民だ」と云うのです。彼は西洋史なので、役に立たないのは同じと反論しました。「俺は戦争に行くからお国のためになる。お前は理系で行く気がないだろう」と云われて、飛行機とか戦車を造ることになる機械科に変えました。

S：そうでしたか。

G：でも最近はF沢は戦争に批判的で、騙された感じでした。

S：彼は考えを変えたので、騙したつもりはなかったと思います。でも話してくれてありがとう。志望学科を変えるということは大変な決断だ。君は戦争についても十分に考えてきたと思います。

G：先生にそう云われて少し気が楽になりました。先生、F沢は行方不明です。彼は入営しないつもりでしょうか。

S：もしそうだったとしても彼が決断したことだ。われわれが思いを巡らせてもはじまらないことだ。また彼と会う日を願うのみです。

G：分かりました。先生、一つ質問いいですか。（S頷く）

この間のアランの会で、突然お婆さんが現れて喋ったことに驚きました。皆も驚いたと云っていました。神のお告げとして、生きて帰りたければ敵兵に出会っても銃口を向けるな、撃つなと云われました。矛盾だと思いますが、先生はどう受け止められましたか。

S：私は高校生のとき、天理教を離れてからこの種の話は一切信じません。あのお婆さんの云ったことが当たるかどうかは分かりませんが、仮に当たったとしてもそれは偶然と考えます。私はフランス留学時代、実証精神を徹底的に叩き込まれました。だから証明できないことは信じません。神のお告げとか予言は証明不能です。これについては君に何も言うことはありません。

G：なんだか余計なことを聞いてしまって申し訳ありませんでした。

G木は頭を深々と下げて帰った。

W田はG木と一緒にD原の下宿を出た後、上野でG木と別れて本郷の下宿まで歩いた。沼津に荷物を送る整理をしたあと、昼食を食べてからまた上野駅に向かった。東京駅で乗り換えて東海道線の各駅停車に乗った。途中北鎌倉で降りることにした。小さな禅寺に。そこでもう顔なじみの修行僧Yに案内され住職の部屋に通された。住職に「よく来た」と歓迎され、風呂に入れと促され、夕食の精進料理を食べてから夜は座禅と云われた。Yの部屋で着替えて風呂に入った。この寺は年配の夫婦が住み込んで、風呂の世話、庭の掃除、木の剪定等を夫婦に任せていた。精進食はYと少年僧が受け持った。夕食は厨房に接続する板の間で三人にW田が加わり四人の席が用意された。食事中は喋らないのが原則であるが、住職は話しかけてきた。

住職：君も学徒出陣の口かな。

W：ええ、そうなりました。

住職：ここで心を無にすれば、そのあとは真っ白なキャンバスに自由に絵を描くようなものだ。座禅はいいもんだ。だからここに来たんだろう。

W：そうかもしれません。

住職：ただし上手か下手かは本人次第だ。

W：確かにその通りで私も自信がありません。

住職：君はバイオリンを弾いていたね。たとえ間違えてもやり直しは利く。座禅は真っ白な五線紙に自由に作曲するようなものでもある。それでも繰り返す。

Y：住職、話は座禅の後にして食べましょう。

住職：そうだな、しゃべり過ぎた。

夜の座禅中、W田はなかなか無想になれなかった。住職は途中で座禅を止めて、笏をもって三人の後ろをゆっくり歩いた。W田は睡魔に襲われこっくりするとビシッと叩かれた。彼は昨夜の寝不足で何度か繰り返されたので、住職は彼が疲れているようだから寝るように云った。Yの部屋で寝た。

翌日、Yより遅く6時に慌てて起きて、本堂の掃除、板の間、廊下の拭き掃除を終えて7時半に朝食。後片付けを終えて、Yの部屋で午前の座禅の前に二人で話す機会を得た。この前に来たとき、Yは誤って人を殺し刑務所に入っていたことをW田に打ち明けた。YはW田より二つか三つ上に見える。

Y：実はあなたが来るのを首を長くして待ってました。あなたが出征するだろうから自分もそろそろ考えてもいい頃と考えていました。

W：あなたは何のために兵隊になるんですか。

Y：死が目的かもしれません。

W：それなら自殺するほうが簡単じゃないですか。わざわざ殺し合いに参加しないだけベターだと思いますが。

Y：自殺だと、Yは何のために死んだのか、と詮索されると思います。それが嫌なんです。理由なんて個人的なものです。他人をあれこれ煩わせたくないんです。高々私の死ではないですか。

W田は、Yが従弟と喧嘩して彼を亡くしたことに関係していると考えて詮索を止めた。話題を変えて、

W：あなたがこの禅寺に入られたのは、「善の研究」に書かれてある「純粋経験」を体験したいからと云われましたが、結果はどうでしたか。

Y：「絶対矛盾の自己同一」がどういうものか、またその必要性もよく分からぬままの状態です。結局純粋経験には至らなかった、ということでしょう。

W：私も何度読んでもさっぱりです。

Y：そうですか、君に教えてもらえればと期待していたんですが。ところで君に勧められたSの「命ある日」

読みました。あの内容では他の作家だと湿気臭くなりますが、それが感じられないのが不思議でした。それでそのほかにも探して読みましたけど、S先生に会いたくなりました。
W：それは良かった。先生も僕らがいなくなって寂しがっているでしょうから、是非訪問してください。
午前の座禅が始まった。毎年座禅体験の年配の客も来ていて一緒になった。住職ははじめから笏を持って一人ひとりの後ろに立って様子を窺った。中には肩を最初から叩かれる者もいた。
昼食は野菜の汁と焼き団子と酢の山菜少々であった。少し休んでからYの先導で皆が山の中を5キロぐらい歩いた。皆息を切らして休みを取りながら情けない行軍だった。W田も入営が思いやられた。Yと少年僧は流石であった。寺へ戻ると住職は本堂の壁に向かって座禅の姿。皆恐る恐る客は客間へ、W田はYとともに部屋へ。
Y：急な坂道が多かったから疲れたでしょう。風呂の時間まで少し横になったほうが良いですよ。
W：Yさんは大したものです。
Y：毎日の事で修行ですから。
W：私は思いのほかきつかったです。そうさせていただきます。
W田は畳の上に枕を持ち出して横になった。不甲斐なさに涙が出た。ここに来るといつも人間としてのアンバランスに気づかされた。今年は腕立てしたり歩いたりして鍛えていたが今日は通用しなかった。改めて自分の甘さを反省した。W田はうとうとしてしまい上官に殴られる夢で、Yに起こされた。また助けられたと思った。
他の客たちと一緒に風呂に入った。湯舟でYから、
Y：S先生のところに伺うにはどうしたらいいでしょうか。
W：前もって手紙を書いたらいいと思います。なんなら私の紹介と書けば先生も助かると思います。

Y：そうですか。そうさせていただきます。

晩の精進食のとき住職が皆の紹介をはじめた。

住職：こちらの方は川崎で工場経営者のHさんとそのご子息。その隣が鎌倉で土産物店のご主人Qとご近所さんの二名。Yの隣が学徒出陣のT大生のW田さんです。

それぞれが一礼して顔を上げると、H氏が、

H：住職、うちは川崎重工の下請けですから飛行機、船舶の関連の仕事は相変わらずですが、最近では空襲のことを考えてでしょうか、高射砲の部品とかラジオも造れ、そして靴まで造れと云ってきます。わが社は重工の云うことは何でも聞く立場にありますが、首を傾けたくなります。そのうえ跡取りのこの息子にまで赤紙が来ました。座禅で私も腹を括りましたが、この戦争はどうなるのでしょう。

住職：学生まで軍隊に引っ張り出す事態が戦局を雄弁に語っている。早く戦争を収束させなければならないことは誰でも分かるが、それを誰ができるかは誰にも分からない。それが日本の現状だ。兵隊はいるが指揮官がいない軍隊のようなものだ。

H：社員は兵隊に取られ、代わりに女学生奉仕隊が送られてきていますが、この上戦争が続けばお母さんお婆さんまで動員されるんでしょうかね。総動員ということはそういうことでしょう。結局どうなるんでしょうか。

住職：ここは戦場ではない。われわれは誰に対しても武器は持っていない。助け合うしかない。

H：しかし工場は軍の命令で動いています。兵隊のようなものです。

住職：そうですね、Hさんたちは働くことが戦うことに直接繋がっています。だから働くことを止めれば日本の戦力はそれだけ落ちて戦争の終結に近づくかもしれません。

H：実はそれも考えました。でも後釜はすぐに現れます。それより家族のことを、特に息子のことを考えるとできませんでした。しかしその息子も国に差し出すとなれば、もう一度考え直したくなります。

住職：Yさん、Wさんはどう思いますか。
Y：私はそれについては分かりません。でも国が困難な状態のようですから私も志願するつもりです。
W：私も分かりません。大学生ですが戦場に行きます。
住職：結局、Hさんの判断次第ということになりますが、なかなか難しい判断になります。

H氏は頷いて上を仰いだ。

住職：Qさんは今日ここへ来られたのはどうしてですか。
Q：去年、座禅を覚えて続けていると体の調子が良くてお礼参りに来ました。
住職：それは結構なことで続けましょう。

食べ終わって各々が食器を片付けてからそれぞれ部屋に戻った。Yの部屋で、

Y：私はこの世に借りを作っているのでそれを返さなければなりません。W田さんは借りも貸しもなく未来があるだけだったので、入営には抵抗があるでしょう。
W：借りとか貸しとかの話になると、私はいままで周囲に恵まれて幸せだったので周囲に借りがあると思っています。
Y：それは借りとは云いません。あなたが幸せだったということは周囲にもあなたが幸せを与えてきたからで、貸し借りゼロでしょう。ご希望は陸軍、海軍ですか？
W：特攻を希望するので海軍です。
Y：特攻ですか、死ぬつもりですか。
W：私はこの戦争に反対ですが、国への忠誠心はあります。賊軍扱いされましたが忠臣の自覚が強かった徳川慶喜と西郷隆盛の気持ちは分かります。彼らは名誉が回復されて良かったと思っています。
Y：随分立派な心境ですね。

W：そう云われるのが嫌なので誰にも話さなかったのですが。Yさんの借りというのは差し支えなければ聞いてもよろしいですか。

Y：こうなればお話ししましょう。5年前、私が20歳のとき同じ年の従弟を殺したんです。親戚というものは普段の表面的な付き合いは欠かせないものですが、裏では恨み辛みがいろいろあって単純なものではありません。彼の父と私の母が異母兄妹でした。実はどちらが後を継ぐかでもめました。祖父は悩んだようです。祖母は後妻で娘である母に婿を取ろうとしました。親戚の揃った席で、祖父は優柔不断で自分から意見を云いません。そこで従弟の父は祖父を説得していたのでしょう、長男の自分が若宮通の土産店の跡継ぎになることを宣言したのです。親戚の手前祖母は反対できません。そして兄が嫁を貰い彼が生まれました。母はサラリーマンの家に嫁ぎ私を産みました。まもなく祖父が亡くなると祖母の居場所はなくなり、そこで母が祖母を引き取りました。財産も少額ながら祖母の分を貰ったそうです。そのとき私と彼は既に生まれていました。同じ年の5月に私が、11月に彼が生まれていました。家は離れていましたが同じ鎌倉在ですから、正月、お盆、法要等で実家に行くことはありました。

5年前のお盆になりますが、鎌倉の駅近くの飲み屋で私は友人と二人で話していたところ、彼は仲間4人連れで酔って現れました。近くに座りそこで彼は私の母の悪口を云い始めました。私は無視していましたが、彼は立ち上がって私のところに来て「文句があるか」と因縁をつけ始めました。なおも無視し続けると彼は私の髪を掴んできたので私は振り払い立ち上がると彼はよろめきました。仲間に支えられた彼は「表に出ろ」。私は今までの恨み辛みを返すチャンスが来たと先に表に出ました。彼の仲間は彼に加勢しないと踏んだのです。はじめの2～3発は彼に殴らせ、その後反撃に出て突き飛ばしました。ちょうどそこへトラックが通りかかり彼を跳ね轢きました。彼はまもなくそこで亡くなり、私は過失ということで2年の刑期で済みました。彼は私の狡猾さのために死んだのです。これが刑務所で考えた借りです。

W：そうなると死ぬために志願するわけですか。
Y：そういうことになりますか。彼は20歳前に死にました。坊主とはいえ私が生き永らえるのではバランスを欠きます。
W：自分の罪意識のため志願するのですか。極めて個人的理由ですね。
Y：あなたの天皇への忠誠心も個人的なものじゃないですか。
　W田は個人的ではないと云いかけたが押し黙った。
Y：はっきりさせましょう。判決理由は過失でしたが、実は殺人だったのです。トラックが来るのが目に入って突き飛ばしたんです。そのために彼は死にました。これは和尚にも云っていないことです。
　Yは目に涙を溜めて泣き崩れた。W田は云うべき言葉がなかった。そのあと彼は目を拭いながら本堂に向かった。W田は後からついて行ったが、住職が彼の顔を見て怪訝な顔をされたのをW田は見てとった。
　翌朝、W田はYとともに早く起き、掃除、朝食の後、沼津に電報を打ち、礼を云って発った。

　実家では、思い切った振る舞いが待っていた。鯛がなかったといって刺身の船盛、散らしずし、てんぷら等がテーブルの上に並んでいた。先月勝手に帰ったときとは光景が違っていた。父とは特に話すこともなく酒を酌み交わした。弟が隣に座りお酌してくれた。さぁ〜召し上がってと母が声を上げると、三人の妹たちははしゃいで食べるのに忙しい。長女は女学校を今春卒業して引き続き工場に奉仕活動、次女は女学校2年生だがこれも奉仕活動、三女は小学校4年生。弟は中学4年生で軍事訓練に精を出している。母は酒、ビール、ワインと父に聞きながら三女の世話でゆっくり食べる暇もない。
　医者の父は男の患者が出征して戦死した場合線香を上げにその家に行くぐらいで平然を保って特に反応を見せなかった。今度は自分の息子が出陣することになっても変わらない。父の姿勢に対して母も妹たちもそれを見習っているようにも見える。夕食も半ば寛いできた時ようやく父が切り出した。
父：お前はいつ入営するのか。
W：12月の初旬のつもりです。東京の下宿に戻り荷造りしてここに送った後、そのまま広島の大竹海兵団に行きます。
父：そうか、もう11月下旬。もう直ぐか。
W：1週間ぐらいです。私は一高時代から何かあるとすぐにここに帰って来て迷惑をかけていましたからこれ以上贅沢はできません。

長女次女は小鉢にお吸い物を運んでくる。台所と居間を行ったり来たり、普段から慣れている。母もようやく落ち着いたようだ。妹たちも口数が少なくなって食べている。母は料理を小皿にとってW田の前においてくれた。

母：Mさん、体に気を付けてそれだけ、ねぇお父様。
父：そうだ。医者の私からもそう願う。

二人とも〝死ぬな〟とは云わない。隣の弟が突然、

弟：兄さんにはもっと遊んでほしかった。

それだけ云うと黙った。弟が遊びたい盛りにW田は東京暮らし。たまに休みに帰っても弟は外へ遊びに行くし接する機会が少なかった。ただ暇なときはバイオリンを弟に教えた。W田は席を立って自分の部屋に行き手荷物で持ってきたバイオリンを取ってきて、

W：これ君にあげる。毎日少しずつ練習するといい。
長女：Dちゃん、良かったわねぇ。ピアノと合奏しましょう。

弟は照れて下を向いてしまった。妹たちは食べる速度が遅くなってW田に話しかける。

三女：お兄さんも戦争に行くの？（W田は頷く）〇〇ちゃんのお兄さんも駅でみんなから万歳されて行ったよ。
お兄さんは東京へ戻るんじゃ、万歳できないね。（顔が曇る）
長女：お兄さん、手紙くださいね。私も書くから。（三女の頭を撫でながら）一緒にピアノの練習を続けるの。
次女：私はお兄さんに負けないようにバイオリン頑張るから。

W田は気軽に応じればよいのにその気になれず、ただ頷いていた。特別な話もなく床についた。

翌朝、洗面所で三女と顔を合わせたら彼女は泣き出し、すぐに出て行った。朝食のとき、三女は何事もなかったように食べていた。天気が良かったので自転車で狩野川まで出かけた。河原に腰を下ろして富士山と向かい合った。山頂の雪冠が神々しく涙が溢れた。そして中学時代の親友の家で線香をあげた。彼は卒業後海軍兵学校に入り今年の春グアム沖で戦死していた。午後は持参する本などを調べ確認した。翌日から友人、世話になった先生宅を回った。妹たちとは改めて話すこともなく手紙を書くことにした。

長女Aへ、正直にいうと私は生きて帰ることはないだろう。それは私を愛することで理解してほしい。さすれば悲しむことはない。お前のような妹を得て私は幸せだった。私はお前たちの将来の幸せを願って死ぬのだ。もう思い残すことはない。あるとすれば私のバイオリンと君のピアノで二重奏したかった。贅沢な願望だ。私の本棚から好きな本を選んで、特にS氏の本は読むように。父と母を頼む。

次女Bへ、私は短いが精一杯生きてきて悔いはない。お国のために死ぬことになるだろうが、これ以上生きてもはっきりした目的が持てないからそれでいいんだ。お前は私の分まで長生きして人生を検証してくれ。思い残すことの一つはお前とバイオリンのデュエットを弾きたかった。忘れないことは私が一高生のとき東京から戻るなり熱を出しお前とA子が看病してくれたことだ。まだ礼を云っていなかった。忘れぬ思い出有難う。

私の本棚には捨ててもいい本は殆どない。どれでも手に取って読んでくれ。特に宮沢賢治は読むように。父と母を頼む。

三女Cへ、君とは10年という短い間だった。君の中ではもっと短いだろう。年が離れていたせいもあるがこの家にいて君を見て過ごすのが好きだった。思い残すことはないが、できれば君とピアノかバイオリンの二重奏したかった。そしてお前の花嫁姿は天国で見ているからね。私はお前のお兄ちゃんで幸せだった。悔いはない。もう少し大きくなったら私の本箱から好きな本を選んで読んでみて。これからも父と母にはよく甘えて困らせなさい。

弟へ、お前とは話す機会が永遠になくなってしまった。一言云っておくことがある。学校の成績が良いからと云って世の中に役立つとは限らない。学校では役立つようには教えないからだ。だから学校の成績だけで人間を判断しては駄目だ。学業の目的は勿論自分のためであるが、身の回りの人たちの幸せと世の中のためになることだ。点取り技術に夢中になってはいけない。お前も沼津中学生だから注意しておく。校友会誌だが、私の時代と比べて内容が落ちている。でも上級学校への進学は増えている。そうした毒に染まらずに幅広い人間になってくれ。

もう会うことはない。悲しまないでおくれ。死というものを認識すれば悲しむことでないことが分かる。お前にも赤紙が来るかもしれない。その時が来たら立派に振る舞ってくれ。そして生還することだ。父と母を頼む。

W田は12月5日広島に入営した。まだ死の覚悟を持てないままに。

アランの会もなくなり仕事も減っていたので、Sは美術館に行ったり個展を見て回る機会を増やした。そして娘を誘って音楽会にも行ったりした。

また、周辺では戦争の影響が一段と見える形になってきた。配給は予定が過ぎたり質が悪かったりしている。こうした東京の事情に田舎に疎開をする者が出始めた。

Sは家長としての役割はもとより多くの人たちとの付き合い面倒見の中で仕事をしてきた。また新たな読者、学生たちの訪問も拒まず応じてきたし、戦場へ行った学生からの手紙葉書には必ず返事を認めた。そして出版関係者、作家仲間にも対応しなければならなかった。そのうえ彼は読書家で空いた時間に、留学時代買い込んだフランス書籍および幅広い日本文学を読むことを日課としていた。彼の美術館巡りや音楽会は疲れた心の調子を整えるためになくてはならないものであった。

そうしたなかで彼が忌み嫌っていたのが防空訓練である。毎回同じような訓示とともに役に立たぬバケツリレー、竹槍訓練等に無駄な時間を費やすことであった。食糧事情の悪化から買い出しの時間を考慮に入れなければならないのに苦痛でしかなかった。

Sは上の二人の娘が工場で働き買い出しにも出るので彼女たちと自分を慰労するためにも音楽会には時間が許す限り行くことにしていた。日本人と外国の演奏家との共演を政府が禁じたため、今日が最後の共演になるというので彼は娘二人と日比谷に出掛けた。長女のピアノのロシアの先生が出演した四重奏であった。終わった後これが最後でロシアに帰ると泣いて長女を抱きしめていた。この前の彼女の演奏会の時ピアノを買ってくれないかと云われた理由が帰りの旅費だったとあとでわかったとき、つれなく断ったことにSは胸が疼く思いだった。

近くに住むSの兄は長男で、次男であるSの家に時々立ち寄る。彼はA新聞社に勤めていた頃から天理教の教祖中山みきの生まれ変わりと称されていた老女を親様と呼んで信奉していた。アランの会の最後に「敵に出会っても銃口を向けるな」と学生たちに叱咤した老女である。彼女は天理教本部からは全く無視されていた。それでも兄は職業柄時事に関することを彼女にお伺いを立て神のお告げを聞くため、関西に出掛けた。また彼女が関東の信者に呼ばれたときは兄の家にも訪問していた。この日は、

兄：一昨日から親様が東京に来て、明日はS宅にも寄りたいと云われているので昼食の用意をお願いしたい。昨日買い出しで沼津から帰ってきたので少ないけど土産は野菜と干物。

兄は新聞社を辞めて、鉱山関係の事業を何人かで始めたが芳しくないようで何かとSを頼るようになっていた。

S：分かりました。家内に伝えておきます。

兄：お父さんが「孤絶」をほめていたよ。教会の人たちにも評判がいいようだ。

S：そうですか、それは良かった。

兄：俺はまだ読んでいないが、読んでみたいので一冊譲ってくれないか。

S：最近は献本が少なく余裕がないので一冊貸しますから。

兄は不服そうな表情を見せたが納得して頷いた。Sは最近の出版事情に大いに不満を持っていた。印刷会社も製本会社も社員が徴用で人手不足のため本の装丁も紙質も悪く、そのうえ献本が少ないことに疑念を抱いていた。例えばSが1万は固いと思っても5千部しか印刷しないことがあった。そのため「巴里に死す」は神田古本屋で10倍近い値で売られているという話をSは聞いていた。人間の質が悪くなっていることは日ごろ目にするところだがそれが兄とか一流出版社にも及んで、これも戦争の所為であることは間違いなく、無宗論の彼も神に祈りたくなる気持ちだ。

兄：沼津に行っても物がないから買い出しができなくなっている。若者が徴用で船に乗る人間がいなくなって漁業は壊滅状態だ。各家は小さな畑で自給自足の生活を強いられている。

S：そうか。そうなると買い出しの場所を新たに探さなくてはならない。面倒がまた増えるということか。早く戦争が終わってもらわないと。

兄：親様が云うには、来年は本土が空襲に晒されるそうだ。また本土決戦にでもなれば戦争は長引くということだ。

S：空襲のことは誰もが予想し覚悟しているが、本土決戦という言葉は口に出しても本気で考えている者はいない。でも陸軍はそのつもりだろう。

兄：どうしてだ。

S：もともとこの戦争は勝つつもりで始めた戦争ではないと考えている。緒戦にアメリカを叩いてその勢いで日本が攻勢を続ければ、アメリカ人は戦争に抵抗感があるし女性が強いからアメリカのほうから和平のテーブルを用意するだろう、という他力本願の考えで始めたと考えている。そして、日本軍の大陸から全面撤退を要求しているアメリカから妥協を引き出せれば良しとする軍部の考えだったと思う。だから短期決戦しかなかった。

兄：どうしてそう思うんだ。

S：経済的にも物質的にもアメリカと日本では大人と子供、軍部のなかにアメリカと四つに組んで勝てると思っている者はいない、口には出さないだろうが。

兄：ならどうして戦争を始めたんだ。

S：このままジッとしていればABCDラインの経済封鎖で戦わずして日本は降伏状態になる。その意味するところは軍部の権力の著しい低下だ。追い込まれた政府兼軍部は捨て身の短期決戦を挑んだのです。長期戦になった今、結果は明らか。

兄：随分ひどい話だな。日本人だからこの戦争にはなんとか勝ってほしいとわれわれも頑張ってきたが、今の話を聞くと戦争を早く止めることだな。
S：われわれも兵隊と同じ覚悟でこの戦争に臨んできて、日本人として負けることは辛いが、やってはいけない戦争だと認識すれば兄さんの云う通り早く止めることだ。
兄：あんたの義兄の海軍大将も予備役に外されているからなんの力もないだろうが、山本五十六も戦死したし、止める潮時だと思うが。
S：あなたの親様は何と云われているの。
兄：最近は、負けるが勝ちや、と。
S：そうですか。意味深長ですね。考える価値はありますね。その他は？
兄：天皇さんも悩んでおられる、気の毒や、と云われている。あんたが親様のことを気にするとは珍しい。
S：以前「北支の膠着状態を抜け出すために日本軍が上海に戦火を拡大すると和平は遠のき泥沼になる」と親様が云っていた、とあなたは私に話しました。覚えているでしょう。戦局はその通りに推移しました。だから参考までに聞きました。
兄：でも君は高校時代に天理教を捨てたのだろう。親様のことは気にしない方が良い。俺が勝手に喋っているだけだから。
S：そうでした。
兄：高校時代にベルグソンの「創造的進化」を読んで天理教を捨てたと君は云っていたが、それがずっと気になっていたんだ。具体的にはどういうことだったのか、教えてくれないか？
S：確かにベルグソンの思想に影響されたとも云えるが、天理教のたわいもない教義である「お筆先」に縛られて生きるよりも、ベルグソンの思想に人間的な活力を感じたので信仰から離れました。信仰はあくまで受け身だ。彼は新たに問題にぶつかると何年も考え抜いて切り開いていく人間力を見せてくれた。彼の力強い前進する生き方こそ生への意志と思った。彼の生き方は思想を実践しているようにも思えた。彼の思想は教会の先生方の小言から解放してくれる金言になった。

兄：分かった、分かった。俺も「創造的進化」は読んでみたけどよく分からなかった。ベルグソンは生命は進化で創造的だと主張していたと思うが脈絡が分からん。

Ｓ：生命は進化。進化とは前進。肉体に傷を受けた場合その部分を治癒する自然力、その前進力が生命と云える。病気に罹るとわれわれは医者を頼るが、医者は人間のこの治癒（前進）力を利用して治療していると云える。

兄：なるほど、教祖の後継である親様はもとよりわれわれの父親母親も医者から見捨てられた人たちを何人も救ってきた。末弟のＴにしても骨髄炎に罹ったとき医者からは足の切断を免れないと云われたが、親様に見せたところ口で何かを唱えながら息を吹きかけ市販の塗り薬を塗っただけで治ってしまった。ベルグソン哲学よりも天理教のほうが有難くないか。

Ｓ：それは受け身の姿だ。多くの人は毎日を過重な労働でなんとか食べている。普段は自分の身体のことまで気に掛ける余裕はない。だから宗教に頼るんだろう。けれどもベルグソンのように生命を真正面から考える人も必要だ。生命は進化、飛躍、最終的には彼は生命は本能的な意志という。例えば単細胞生物でも動いて生きている。これは本能で生命を維持している。それが障害物にぶつかったとき、そのまま動かなければ生命は消えてしまうので単細胞であっても右か左に本能的に動こうとする。それは意志と云える。

兄：思い出したが、本能と知性の区別を彼はしていた。

Ｓ：そう、ベルグソンによれば元々は本能も知性も区別のない機能から出発し、生命の発達によりそれらに分かれたが共通部分は認められて、それを彼は意志と云っていたと思う。

兄：それで君は、人生を神任せにせず自分の意志で生きることにしたわけだ。なるほどね、確かに一高生のインテリジェンスからすればお筆先より学問哲学を選択するのも分かる。

今日は兄に真面目な話に引き込まれたが、普段はSの家に来るときは配給のタバコが目当てが多い。Sはタバコは普段吸わないが、兄のため配給品を貰っておいているからである。この日も兄はタバコ2箱を持ち帰った。

年明けて昭和19年を迎えた。アランの会の学生たちはそれぞれの入営地から賀状を寄こした。元気溌剌で軍隊生活を送っているから心配しないで、そして先生も健康で日本の文化の灯を消さないで　と付け加えているものもいた。Sは、彼らが生還することが第一で再び会えることを願う、と返信した。そのほかではSの生活は変わらなかった。午前の散歩、午後の仰臥はできるだけ欠かさないようにしたが、週の何日かはバケツリレーに妨げられた。

ある日、散歩で近くの女流作家のH・Hに久しぶりに会った。以前会ったときは、新築の大邸宅に招かれて珍しいコーヒーをご馳走になり、パリで描いた自筆の風景画を貰ったことがあった。その日は「あらSさんお元気」、「お陰様で。Hさんは忙しいようで」のやり取りだけで彼女は背を向けそのまま歩き去った。何でも彼女は大陸に2～3回、フィリピンと従軍して現地から何回も雑誌に寄稿していた。Sは海軍から執拗に従軍を迫られていたが結核既往で断っていた。従軍記者の役割は、現地の日本兵の慰問と活躍を活字にすることである。5年前に大陸に渡った経験から病気でなくとも自分は役に立たないと思っていた。

彼女の暢気な従軍報告とは違って、実際の戦局は第一次大戦でドイツからもぎ取ったマーシャル諸島へのアメリカ軍の艦砲射撃そして上陸が発表され、これは日本の領土への直接の攻撃が始まったことを意味していた。展望が開けないことに批判もできずに押し黙っていた国民の意識が変わってきた。隣組の会合や訓練でも不満や今後の身の振り方で落ちつきがなくなっていた。Sの前の家では旦那さんが亡くなると早速奥さんは家を畳んで挨拶もなく疎開してしまった。バケツリレーの訓練中も「空襲のためのこの訓練は、いざ空襲になれば皆さん疎開していなくなってしまうのに、どんな意味があるのか」と組長に聞こえるように公然と批判する者も出てきた。彼は聞こえない振りを装っていたが疎開を考えている一人に違いなかった。

Sはそんな話を聞きながら、自分は空襲に遭っても東京に残るつもりだが家族の疎開は準備しなければならないことを考えた。そのまえに空襲警報にあたっては家族の安全を考えて防空壕を、それから書籍の安全のため家が焼けても焼けないコンクリートの書庫を庭につくることを決めた。

Sが入営した学生たちから来る便りに返事を書いているとC出版社の社員が「新たに何か書いてほしい」と頼みに来た。SがC社の仕事はもう御免被りたいと思っていた出版社だ。

S：このご時世、そう云われても困るが。

C：Sさんはパリでの体験談は大変豊富なので、今それをそのまま書いてもらうわけにはいきませんが、それを日本でのことに置き換えて何か書くことはできませんか。

S：日本では味わえない経験をするためにフランスに渡ったのだから、置き換えること自体意味のない話じゃないですか。

C：その通りなんですが、そこを何とかお願いできないでしょうか。

S：仕事が減った分、買い出しとか学徒たちへの手紙の返事とかが増えて、御社の期待に応えていろいろ考える時間は出てこないと思う。また来客も相変わらず多いので、お断りしたい。

C：そうですか残念です。確かにいろんな方が訪れてもSさんは殆ど拒否なさらずにお会いになるので、作家のN先生はあれでよく仕事ができるもんだと感心していました。

Cは「巴里に死す」を増刷することが決まった、と前金として百円を置いていった。

手紙の続きを書く間もなく、以前手紙で原稿を見てほしいと書いてきていたP夫人の初めての訪問を受けた。初めは誰だか分からなかったが自己紹介をされてようやく思い当たった。

P：突然お伺いして申し訳ありません。実は一人息子がおりましてF工大の理工学部の2年生です。それが今年になって軍隊に入ると云い出しまして困っております。理系ですので学徒出陣から外れまして、世間様には申し訳ないと思いつつ内心ほっとしていたのも事実です。何か新しい武器を造って戦争に貢献したいというのが息子の言い分です。機械科ですが経験もないのにそんな部署にあてがわれる筈がありません。前線に送られる二等兵が目に見えています。先生、どう思われますか。

S：そう云われても息子さんとは面識もありませんし、二十歳過ぎた青年に意見を云うより彼の考えを尊重するのが私の原則です。申し訳ないですがお役には立てませんが。

P：先生、そんな冷たいことをおっしゃらないでください。主人も気持ちは私と同じですが息子には何も言いません。先生は天理教団を批判的に書いています。それは何でも戦争で解決しようとしてきた国に対しても当てはまる批判だと思います。今は公に国に対する批判は封じられていますが、息子の前で是非先生のお考えを述べていただきたいのです。

S：Pさんはご自分の考えを息子さんに話したことがありますか。

P：息子が軍に志願すると云い出してから、わざわざ出兵することはないことを国から認められているのだからと私は反対しました。そうすると彼は国の軍国教育で得た知識をそのまま並べ立てます。私はそれらについて深く考えたこともないですし、敢えて云うとしたらこの戦争は日本にとっても世界にとっても良くないと主張すべきでしょう。しかし私は日本人です。日本には勝ってもらいたいですし、負けたときのことは想像もできません。ですから私は黙るほかありませんでした。でも私は息子に戦争に行ってほしくないですし、死んでほしくないのです。私のこうした思いは間違っているでしょうか。

　この時期、母親は自分の感情を抑えて息子の出征について他人には喋らないものだが、P夫人は息子の死を何とか避けようと第三者の私に助けを求めている。その必死さも無理はないとSは思って、

S：間違ってはいません。また息子さんも軍国青年なら当然の主張かと思います。
P：そうしますと、この意見の違いは平行線で止むを得ないとおっしゃるのですか。
S：息子さんの意見も直接聞いてみなければ何とも言えません。
P：そうですか、有難うございます。近々、息子を連れてまいりますので話を聞いてやってください。

翌々日、P夫人から電話があり、午後に息子が一人でやって来た。息子のP・Aです、と礼儀正しく挨拶をした。

S：先日お母さんが見えて、あなたの軍志願のことで悩みを私に話されたことは聞いていますね。
A：はい、聞きました。
S：理系のあなたが志願することは誰もが立派だと褒め称えるでしょう、ただしその誰かは第三者の人です。ですから私もそうかもしれません。でもそれはうわべのことです。単刀直入にお聞きしますが、敢えて戦場に行く決意をされたのはどうしてですか。
A：日本の勝利が見込めるなら志願しなかったでしょうが、日本の防衛線がマーシャル諸島まで迫ってきたことは日本の不利は免れません。この状況で日本男子として畳の上で寝起きすることはできないからです。
S：確かに日本の不利は辛いことだ。できることなら何とかしたいと日本人の多くがそう考えていると思う。そこで私にできることは生き延びることだと考えています。なぜこの馬鹿げた戦争を日本が始めたか、を考えるためでもあります。
A：なぜこの戦争は馬鹿げているのですか。
S：日本兵の無駄死にがあまりにも多いから、軍部に戦争を遂行する資格がないと考えるからです。徴兵によって集められた兵隊は船底に寿司詰め状態で南方に送られます。その船団の大半がフィリピンに着く前にアメリカの潜水艦の魚雷によって沈められています。彼らは海の藻屑となって消えています。また南方の島では飢餓状態でマラリアその他に罹り命を落としています。彼らに人間として軍人としての誇りと名誉は与えられていますか。そうして軍人が不名誉に命を落としているからといって学生を引っ張り出しました。戦争を止めるべきところを学徒出陣です。全く馬鹿げていると思いませんか。

S：それは軍の考え方。中国から軍を撤退すれば戦争には至らなかったのでしょう。

A：でも日本はアメリカによるＡＢＣＤラインに封じ込められてやむを得ず開戦に踏み切ったのでしょう。

A：それでは日本は植民地がなくなるのではないですか。日本人は食べていけなくなると思いますが。

S：軍事費の半分を産業振興に回せば食べていけます。

A：そうかもしれませんが日本は三等国になってしまいます。

S：三等国か四等国か知りませんが、平和に暮らすことが一番です。今は日本国民全体が不幸です。私の故郷の沼津は漁業が盛んなところです。ところがいま漁業の担い手である若者が軍に徴用されて漁村は壊滅状態に陥っています。それは農村でも同じことが云えます。われわれ国民は粗末な配給で飢餓状態です。腹が減っては戦はできぬの譬え通り、国民から食べることを奪っておいて戦争もないでしょう。

A：そう云われればそうですが、これは義の戦いではないのですか。

S：私は義は全く感じない。

A：でも先生、日本は欧米列強の圧力と戦ってきたのではないですか。

S：そう云えば美しいが、日本は欧米の植民地政策を真似て朝鮮、清国を侵略したと考える方がベターではないですかね。

A：日本が欧米を真似たのならば、なぜ彼らは日本を目の敵にするんですか。

S：第一次大戦後、日本は国際連盟の理事国となり一等国になりました。そこには矛盾が含まれていました。

理事国になれたのは明治の富国強兵策で戦争を続けてきたことであり、一方で国連はこれからの国際紛争は武力ではなく話し合いで解決することを目的に発足しました。日本は理事国として矛盾を抱えました。富国強兵策は天皇主権の下で戦争で軍部が政府を動かす力を持ちました。一方、国際紛争が武力ではなく話し合いになれば政府主導の外交になります。さすれば軍部の政府内の権力は低下します。それを避けるために陸軍内では満州事変を起こしたのです。政府はそれを止めることができず追認して国連まで脱退する運びとなりました。それが日支事変に拡大して、それに対してアメリカは日本に大陸からの陸軍の撤退を要求するに至りました。陸軍大臣東条はこれを拒否し近衛内閣は崩壊し、東条が後を継ぎました。だからこの戦争は陸軍のエゴで始めた戦争なんです。日本国民のために始めた戦争ではないんです。つまり富国強兵を陸軍は継続したいんです。

A：満州事変は関東軍が勝手に起こしたものですか？

S：そうです。当初政府は拡大を止めたにもかかわらず云うことを聞かずに一週間で満州全土を占領してしまった。政府は事後追認せざるを得なかったのです。

A：先生はこの戦争が負けても良いと考えているんですか。

S：そうは思わないが負けると思っている。だから早く負けることだ。それが戦争被害が少なくなることだ。それこそ日本のためだ。

Aは涙をためて「有難うございました」と礼をして帰って行った。

後日、母親P夫人が訪ねてきて、

P：先日は息子がお世話になり有難うございました。帰りましても何も云いませんので、先生との話は存じませんが、2日ほど自分の部屋に閉じこもり布団から出てきません。時折食事と様子を見に行きますと泣いていることもありました。一昨日になって、家族で朝食をとっているところへ起きだしてきて、いきなり「満州を旅して来るので100円ください」と云いまして、主人も私も出陣よりましと考えて黙って渡すことにしました。早速彼は昨日満州へ立ちました。
S：そうですか。無事に旅してくれることを祈ります。
P：今日はその報告と私の原稿を持ってきましたので是非読んでいただきとう願います。
息子とSの話の中身について聞かずにP夫人はそのまま帰って行った。Sは持ち込まれる原稿は仕事の合間に読むことにしているがなかなか進まず何カ月もかかることもある。それを断ったうえで原稿を預かるのだが途中で読むのが苦痛になる原稿もあるのでSは苦痛を覚悟でそれを読み始めた。4〜5枚読めばおおよそ作者の力量は判断できる。彼女は文章に慣れている感じで読みやすいが、H・H女史のような経験体験の裏付けがないので実感に乏しく、そのうえ想像性に欠けているように感じて10枚で興味を失って原稿を置いた。

3月半ば、消防訓練でSが疲れて帰ると玄関で若い女性Xが無表情で一人待ち受けていた。妻はこの女性の素性を察して家に上げなかったようだ。
X：○○さんの使いのものですが、彼女は今自由に動けないものですから私にSさんに支援をお願いするように頼まれて伺いました。
S：○○さんは今どこにいらっしゃるのですか。
X：申し訳ないですがそれは云えません。
S：それならば、私のほうから○○さんに会って是非お話ししたいことがあると伝えてもらえませんか。
X：○○さんには1カ月前に頼まれて、私も自由の身ではないので今日になってしまいましたが、今○○さんがどこにいるのか分かりません。
S：そうですか、それなら○○さんに会ったとき私から話があると伝えてください。
X：Sさん、組織の誰もが自由に動けない窮状を察して今日カンパをお願いできないでしょうか。

S：私は○○さんに話したいことがあるので伝言をお願いするわけですが、仮に彼女に会っても支援はしません。だから諦めてください。

X：Sさん、○○さんを転向させるなんてやめてください。私たちの将来を見据えた活動を見守ってくれていればいいのです。

S：○○さんを転向させる考えなど毛頭ないです。○○さんの家庭の事情でご両親に頼まれたことがありますから。

X：尚更怪しいですね。家庭が有名な方に依頼して転向させる例はいくつもあるんです。もしそうならSさん、革命が起こったときの覚悟はされておくのがよろしいですよ。

彼女はそう云い捨てて姿を消した。Sは彼女たちを気の毒に思っていた。地下活動を強いられている組織で幹部たちは名前が警察に把握されているので若い女性を使って資金を集めさせている。いずれ彼女たちの名前も警察のリストに載るだろうが、そして何人もが転向することになるだろう。そのとき彼女たちは心に大きな傷を負うことになる。○○にもそれが気になっていた。

Sが○○に直接会って話したいのは彼女がSの作品を読んでいてSを尊敬しているから、と彼女の母親から頼まれたこともあるが、彼女が家のものを持ち出すようになったのはある男の誘惑とSは気が付いたからだ。その彼はXXと名乗って作家志望だからと云って2年前に妻という女性と一緒に原稿を持参したことがあった。母親がその男の名前を云ったのでSは思い出した。その男は誰もが羨む美男で口も巧みで自分を売り込むことに長けていた。それでSも印象に残っていた。彼の原稿は青春の悲恋で彼自身の体験をベースに書いたと想像できたがその別れが芝居染みて後味が悪かった。その後彼は原稿を取りに来なかったのでもう一度読んでみたが作家としての努力の蓄積がない限り行き詰まるだろうことは予想した。

数日後○○の母親から電話があった。今娘が家に戻っているので直ぐに沼津に来てほしいと懇願された。S

は何を話すか整理してから翌日出かけた。彼女の家は沼津一の名家だ。Sは外交官の長男とは中学時代からの親友だった。
母：先生、御足労願いましてありがとうございます。これが娘の○○です。
娘：S先生、○○です。
S：○○さん初めまして、Sです。
母：娘のほうからも先生に一度会いたかったそうです。
S：そうですか。お母さんは私を信用してあなたのことを話してくれました。大体のことは分かっているつもりですが、私から直接質問していいですか。
娘：結構です。
S：XXとはどうして知り合ったのですか。
娘：10カ月前ぐらいに同じ女子大の友達と音楽会に行ったとき、偶然そこでXXと会って彼女が知り合いだったので紹介されたんです。
　娘の話によると、XXは作家という触れこみだったが友達によるとピアノを教えているということだった。彼女もピアノを習っていたので二人だけで会うようになってピアノの話をすると、XXはそれとは縁がないと嘘を認めた。そして特高に追われているので君にも迷惑をかけることになるので正直に身分を明かせないのだという。そこで彼女は会うのを止めようと切り出したところ、彼の身の上や地下活動やこの戦争について話し始めた。この戦争は日本が負けるだろう。そのとき日本に革命が起きて、否起こさなければならないので今頑張って耐えているのだ、と云われて彼女は彼を支えていく気になったという。
　Sは黙って聞いていたが彼女が話してくれたことを前提に質問することにした。
S：あなたは家の物を持ち出してまでXXを助けていますが、一番の理由は何ですか。

娘：……こんな戦争の日本の社会を変えるために彼の力になっています。

Ｓ：今の日本を良いと思っている人はいないでしょう。でも悪いものを良いものに変えることは実際には大変なことで誰にでもできることではありません。

娘：でもあの人は勉強していますし情熱がありますからその日が来るのを待ちます。

Ｓ：彼はどんな社会を考えているんですか。

娘：平等な社会で人々が助け合って生きる社会です。共同で生産し平等に分配する社会です。私の家のような地主のいない社会です。

Ｓ：平等ということがそれほど価値をもつものでしょうか。

娘：そのための共産革命ですわ。

Ｓ：私は平等よりも自由が大切だと思います。例えば、刑務所の囚人たちの毎日の仕事、運動、食事、就寝等の生活は平等です。しかし彼らは幸せでしょうか。

娘：革命後の生活と刑務所生活を一緒にしないでください。

Ｓ：革命後であっても人間はそれぞれ違いますから放っておけば平等は崩れます。それを維持するシステムすなわち行動の監視が必要です。そこでは自由は制限されるでしょう。巨大な官僚組織が必要な所以です。

娘：革命のためですわ、人民は我慢します。

Ｓ：我慢できても人民は奴隷状態であることは変わりません。革命指導部は反乱に備え絶えず目を光らせなければなりません。指導部にも自由はないでしょう。

娘：……。

Ｓ：人間は生き方が大切だと思っています。理想は生き方の選択の自由です。今の社会は大学出は官僚、学者、会社の重役を目指し、中学校出は会社員、小学校出は家の後を継ぐか工場労働者と大体決まっています。問題は社会のシステムに合わせて職業を選択するのではなく、自ら選択する自由のある社会です。
娘：……。
S：肝心なのはまず自分で立って生きる意志です。社会のシステムに依存したりあるいは自分の職業を卑下したりしないことです。自分で立つということは生き方及び職業を自ら選択することです。社会は子供がそういう人間になるように育てるべきです。
娘：教育は社会で責任を持つのですか。
S：それは今でも国が責任をもってやっていますが、私の意見では今の皇民教育ではなく子供自身のための教育です。
娘：……。
S：量より質の教育です。落伍者ゼロを目指します。小学校で基本は読み書き算盤（算数）で、理科、社会、芸術は将来自ら学びたくなった時それができるよう基礎と学習の仕方を学ばせることです　特に学習の仕方は全科目共通で最も大切なことです。それは子供が自立するために欠かせないことですから将来も必ず学習できるように指導します。
娘：基本重視の教育になるようですが学力差がなくなるように思いますが、上級学校への進学は心配になりませんか。
S：全小学校でそれを実施するからその心配はありません。もっと勉強したいという生徒は自分でやればよいので教育方針に外れていません。その生徒ができるようになっても評価はしません。人生は自分で立ち自分の足で歩むことが最も大切であることを教えるのですから、評価は不要ですし職業に貴賤はありません。株式市場を閉鎖すればこれらは可能です。
娘：そこに不平等は生まれないということになりますね。

S：そう。競争がなくなれば科学技術も今までのようには発達しなくなるでしょう。もうこれ以上発達しなくてもいいでしょう。電気もあれば交通機関もあります。充分便利です。これ以上発達させると為政者は理屈をつけてまた軍事に応用します。これではいつまでも戦争は終わりません。

娘は頷く。話を本題に戻した。

S：私が今日あなたに話したいことは私の知っているXXのことです。彼は既に転向しています。それをあなたに隠して支援を求め続けているのはどういう了見なんでしょうか。

娘：転向は特高を欺く方便と云っていました。

S：それならあなたを頼らずきちんと働いた方が特高に疑われずに済むと思いますが、どうしてそうしないのでしょう。

娘：勉強が忙しいのでしょう。

S：地下活動紛いのことをやっていて勉強に精を出しているとは思えません。

娘：先生はどうしてXXのことに詳しいのですか。

S：転向者がやってきていろいろ話をするものですから、ついでにXXのことを聞いたりしました。この転向者たちは地下活動とは縁を切ってまっとうに生活しています。同じく転向したXXが地下活動をしても特高に捕まらないのはどうしてでしょう。もうお分かりでしょう。人間性に信を置けない者が立派なことを云ってもそれは詐欺みたいなものです。

Sは思ってもいなかったきつい云い方になってしまった。娘は泣いた、そして、

娘：私は先生のお考えを聞きたかったのです。お話し下さいまして有難うございました。これからの私はもう家には迷惑をかけません。それは当然のことですがこれからはXXを立ち直らせることに力を尽くします。それは私たちの罪滅ぼしです。

SはこれからXXの女性関係も話すつもりでいたが、娘の覚悟を聞いて必要なしと判断した。

昨年2月にスターリングラードでドイツがソ連に敗れてから形勢が逆転したと噂で聞いていたが、今やドイツ軍はソ連から全面的に撤退するようだとSの耳にはいってきた。日本軍もマーシャル諸島をどうも支え切れなかったようだ。次はサイパンに米軍が押し寄せてくる。本土空襲も時間の問題になってきた。最早軍部の見通しの甘さは拭いきれないようだ。

ドイツに振り回されながらも独ソ戦でのドイツの快進撃に日独伊の三国軍事同盟を結び日本は対米英戦に突入したが日本の快進撃もはじめの半年だけでアメリカの反撃を許し今や本土空襲も間近に迫っている有様だ。この期に及んでも軍部は反省の気配を見せず本土決戦などと国民の尻を叩くような悪宣伝を懲りずに続けている。

そんなときW田の紹介だと鎌倉から若い僧Yが訪れた。

Y：W田さんから、あなたも志願するならS先生に会った方が良い、と云われまして伺いました。

S：そうですか。実は先日W田君からハガキがありまして、あなたが訪れるかもしれないと書いてきました。Yさん、あなたは赤紙が来なくても志願するようですが、どうしてですか？

Y：W田さんにはお話ししたんで、先生も御存知と思っていましたが。

実はW田はYを志願させないようにしてほしいとハガキに書いていた。

Y：単刀直入に申しまして私は喧嘩で殺人を犯しまして、このまま娑婆にいる資格がないものですからお国のためと死地を求めました。

S：殺人を犯したということですが、刑には服しているんでしょう。

Y：ええ、重過失ということで2年だけ刑務所を務めました。私は狡くて殆ど黙秘で通したら目撃者も沢山いて過失になったんです。

S：黙秘しなかったら死刑になっていたと云うんですか？

Y：ええ、そうです。

S：もし、そのときでも死刑判決が出なかったら、どうしました？　死地を求めましたか？

Y：それは考えていませんでした。

S：喧嘩の結果ということは計画殺人ではないから死刑判決は免れたでしょう。

Y：そうでしょうか。

S：判決は生きて更生を求めるものです。

Y：でもそれでは私の心が落ち着きません。

S：今はそうかもしれませんが、諸行無常です。あなたの気持ちも変わるでしょう。

Y：先生から諸行無常の言葉を聞くとは思いませんでした。

S：これはフランスの哲学者ベルグソンの影響です。彼の生命論からの引用です。あなたも仏教僧ならば将来も今の考えでいられるとは思っていないでしょう。そのときは兵隊にならなくて良かったと思う筈です。

Yは S を訪れたことを悔やんだ。「もう一度考えます」と云って辞した。

続いてE山の弟もやってきた。

弟：兄から云われて、戦場に向かう前に来ました。

S：赤紙が来たんですか？

弟：ええ、卒業繰り上げで、早速赤紙が来ました。前線では軍医が不足しているようです。

S：そうだろうが、君はそれに抵抗はなかったのですか？

弟：ええ、それは前から覚悟していましたから。

S：前線の野戦病院は病院の体をなしていないようだから、火中の栗を拾いに行くようなものです。よく覚悟しましたね。

弟：兄に赤紙が来たから、弟の私には来ないかもと思っていましたが、来てしまいました。余程前線は医者が不足しているのでしょう。

S：君はそれで抵抗なく戦場に赴くのですか？

弟：東京も空襲があれば病院は戦場と同じ野戦病院化しますので本土であろうと南方であろうと同じです。それより医師としての心構えを先生に教えていただくために今日はやって来ました。

S：想像するに、傷病兵はそれぞれが負傷したことについてそれぞれの思いがあるでしょう。治療する経緯を話すとともにそれを聞き出すことになるでしょう。でも彼らにとっては負傷の具合が最も気になるところです。五体満足の元通りに治るのか、あるいは片足、片腕だけで済むのか？　それらの説明も一苦労だと思います。

弟：先生はいろんな方の相談を受けてきた経験があると存じます。それも先生が信頼されていたからと想像します。医者と患者の関係もそこにあると思います。

S：私の場合、相手方が相談したい意向を持っているが、負傷兵の場合誰とも話したくないものもいる筈だ。会話が成立しない場合もある。

弟：分かります。そうした例外的な場合は横に置いといて、それでも僕が難しいと思うのはこの戦争に日本が勝つと信じている負傷兵です。なぜなら私は負けると思っているからです。

S：相手の言い分はきちんと聞いていろいろ質問して、負傷兵をよく知れば話に困ることはない。勝つ負けるの議論も避けることができる。誰に対しても君は日本軍についての見解は控えたほうが良い。また、君たち若い軍医は慰安婦の健康状態の管理も重要な仕事になる。場合によっては兵隊に恨まれることになるので、君たちは一糸乱れぬ対処が求められる。

弟：そうですか、同僚との意思の疎通も大切なんですね。

S：鷗外の軍人生活は読んでいないが武士について仲間いびりや新参者いじめは描いている。軍隊生活はそのまま批判できないので江戸時代の文献をよく調べてその代わりを果たしたのではないかとも思う。

弟：鷗外は軍医として概ね順調に出世していますから周りとの軋轢は避けてきたと云えるでしょう。もう一ついいですか？「巴里に死す」では結核患者を妻にして夫の宮村博士をその妻の心がよく分からぬ人物として描いています。どうしてそういう構成にしたんですか。

S：結核患者の夫の小説は何冊も書いてきたので、夫と妻を入れ替えて宮村博士のキャラクターを作り上げました。

弟：医者である宮村博士は患者（妻）の気持ちは分からぬことを告白されて、妻の娘に書いた手記を娘に見せるべきかどうか迷い、それを判断してもらうためある作家にそれを委ねます。僕は博士の迷いに同情しました。

S：そうでしたか。それで少しは参考になりましたか。

弟：手記には相思相愛ではなかった夫婦像が書かれていますが、その原因を妻一人が負う形で夫への反省も書かれていません。それを娘が読んだ場合、夫が自分一人良い子でいることの居心地の悪さは分かります。宮村博士は筆を加えたい箇所もあった筈です。

S：なるほど。書いたことの細かい部分は覚えていませんが、読んでくれてありがとう。お兄さんの方は感情に起伏があって心配なところもありましたが、君は沈着冷静ですね。ただ戦地ではご両親のことはいつも心に致すことですね。

弟：実は兄貴と親父は母を巡り仲違いを繰り返してきましたが、先日富山からハガキが届きました。内容は軍隊生活の日常が書いてありましたが読み終えた父が泣いていました。その姿を見て、日本中の親御さんはお国のためと息子を送り出しても納得しがたい心境を垣間見る思いでした。どうしてこのような不幸が日本で起きているのでしょうか。

S：第一次大戦は、先発の資本主義国家イギリス、フランスに後発のドイツ、オーストリア帝国が挑戦した植民地争奪戦と云えます。旧来の通り権力者ドイツ皇帝の一存で始めた戦争でしたが、皇帝は国民の支持を失い廃位し国外に亡命しました。国民の民主的な力が発揮されたと云えますが、第二次大戦ではヒットラーはこの力をうまく利用して独裁権力を握ります。戦争への白紙委任を得たようなものでした。

日本は明治の富国強兵以来世界の力学戦に参加しました。第一次大戦では先発組に入り勝利しましたが、第二次大戦では天皇主権の国家体制を維持するために後発組と手を結びました。そしてヒットラーを真似るように国家総動員法、治安維持法の改正の地ならしをして対アメリカ戦に突入しました。

弟：そうしますとこの戦争は避けがたかったことになります。

S：私はそう考えます。なぜなら富国強兵策を国民は支持してきたからです。

弟：国民はうまく軍国政策に誘導されてきただけでなく、それに支持を与えたとなると国民にも責任があることになります。

S：そう国際法違反に問われた満州事変で国民は熱狂していますし、真珠湾攻撃もまたしかりです。

弟：私たちは国とか親を選んで生まれてくるわけではありません。でも国とか親の行為、歴史から逃れることはできないということでしょう。この宿命は厳しいですね。

物わかりのいいE山の弟を見て、Sは却って危惧を抱いた。彼は何事も避けずに受け入れてしまうと思えたからだ。

毎年夏はS一家は沓掛に移動することになっているが、今年はSと次女・三女の二人は東京に残った。サイパンも陥落したようで、いつ空襲に見舞われないとも限らなかった。それでもこの家を見捨てるようで東京を脱出する気になれなかった。

　この日はＩに返事を書いた。

「前略、君が元気でいてくれてとても嬉しい。朝鮮から中国へと相変わらずの行動力だね。朝鮮での日本人への感情を考えるとそこに長居しなくてよかったと思います。中国もなかなか複雑な状況になっているようですね。在住日本人は以前こんなことを云っていた。『日本軍は中国を赤化から守るため駐留しているというが実際は日本軍の存在が共産主義の脅威を増幅させている』私が中国戦線を視察したときのことだ。最早共産主義は侮れない存在だと思う。中国大陸での国共合作、ソロモン諸島からの本土空襲、と日本もこれからが大変になるでしょう。私も死を覚悟しながらも毎日を君らの期待に応えるよう有意に生きています。先日、Ｗ田君から葉書を貰った。訓練の毎日で体が鍛えられて頭を使う暇がないと元気に書いていた。君も若いのだから死を急ぐこと決してなきよう願う。危険を避け、無謀を慎んで。　草々」


　Ｉへの返事が書き終わると、またＷ田にも書く気になった。

「前略、君は元気に毎日体を鍛えている、と聞くと嬉しくなった。私は相変わらず老骨に鞭打って過ごしている。先日、Ｍの訪問を受けて懐かしく大正デモクラシーの時代を振り返ることになった。二人とも君とは青春時代が異なり明暗が分かれているのが残念だ。それだけわれわれの時代は幸せだったように見えるが、でもそんなことより問題は何をするか、だ。

　私は大学生のときは普通選挙法の実施のデモに参加した。これは議会で可決されたが、これと抱き合わせで治安維持法も同時に成立した。役人時代は小作法案づくりに努力したが貴族院で大骨を抜かれて徒労に終わり、役人を辞めることにも繋がった。大正デモクラシーのど真ん中にいて理想に燃えて行動したつもりがすべて空振りに終わっていたことを空しく思う。

それに大正の終わりの数年間、昭和天皇が摂政に就いたころから私の留学中にかけて世の中に暗い予感が漂い始めていたと思う。関東大震災の大混乱に乗じて日本人による朝鮮人の虐殺や社会主義者の虐殺および弾圧が行われた。災害とは直接関係のないところで悲劇が生まれている。この延長に昭和が始まったと云える。

昭和では明治以上に国民を締め付ける体制をつくり上げて展望のない戦争に突入してしまった。実権力が大手を振って姿を現したと云ってよい。君の青春も出征で景色が変わってしまったが、君は雄々しくこれを迎え入れた。

いまでは海の藻屑と消える覚悟ができたようだが、君が長い間悩んで下した考えは尊重したいと思うが私には納得できない。いずれ日本も世界も終わりになる日を迎えたら私としてもその覚悟は持つ。しかし、終戦になって悲惨な状況でも日本が生き残る機会が少しでもあれば、生まれ変わった気持ちで私は頑張るだろう。そのとき君を知る多くの人が君の死を悼むことがないように願う。

芭蕉の『奥の細道』の書き出しのなかで、月日とともに『舟の上に生涯を浮かべ、馬の口とらえて老いをむかえるものは、日々旅にして旅を栖とす』と彼は旅人について書いている。

この旅人は主客合一の人間の生き方、在り方を端的に示していると思う。人間、学がなくとも立派に生涯を過ごすことを教えてくれている。今戦争に国民が引きずられているわが国で芭蕉が描いた旅人は存在するだろうか。生涯という長い間の日常の繰り返しが求められる旅人。隣組を気にして理不尽な行為を強制される今の日本に旅人はいない。すべての日本人が旅を栖とできずに命を危険に晒している。旅人とはまさに日常生活人だ。海の藻屑とはこの日常性と永久にお別れすることになる。君も人間の本質である旅人を経験せずに人生を終えようとしている。戦争はとにかく異常だ。人間として異常さをそのまま受け入れるのは間違っている。人間が旅人でなくなっているのだ。人間に戻ることを祈る。　草々」

Sは子供のころから役人時代まで父親とは全く疎遠であったが、フランスから帰国し中国視察から帰ったころから実父は落合の兄の家に来た序でに彼の家にも寄るようになっていた。そこで話された父の天理教に帰依した秘密を知り、Sの反発心も徐々に消え失せて、思い返して涙を浮かべることもあった。父親がなぜ天理教に帰依したか、なぜ兄弟のうち次男のSだけが叔父の家に預けられたのか、Sが長い間心に問いかけてきた疑問であった。

留学中に結核を患いスイスの高原療養所に隔離生活を送っていたとき、彼を捨てた実父から初めて手紙を貰ったことがあった。Sは内容は殆ど忘れたが、〝お前は絶対に死ぬことはない。もし死ぬようなことになったら私の一生は無駄になる〟というところだけは覚えている。そのときSは無性に腹が立った。実父の帰依で彼は少年時代から苦境の連続であった。その少年のときの肋膜炎のためパリでは肺炎から死病と云われた結核に移行してしまった。実父はその責任を棚に上げて〝お前は死ぬことはない〟とはよく云えたものだ。怒りに任せてSは手紙をビリビリに破り窓から吹雪の中へ撒いてしまったことを振り返った。

父親の信仰に黙って従ってきた母親も長い間の信仰と修行のゆえ、父親と同じく信者から厚い信頼を寄せられ尊敬されていた。

以前、Sは教団組織の内幕を書いて教団から睨まれて両親に辛い思いもさせたが、最近はSがこの二人を主人公にした小説をそれぞれ書くようになって、教団の受けもよくなって両親も喜んでいることを知った。

実父がSの家に訪ねるようになって4~5度目のとき、Sは2階の書斎で仕事をしていて階下には下りて行かなかったが、父親からはじめて話があるというので居間に行ってみると、実父は意を決したかのように緊張した面持ちで正座していた。

父：今日は単刀直入にお話ししたい。それは私の心にしまっておくべきことではなくMさん、あなたも知っておくべきだと考えたからです。（Sの名前の頭文字はM）

S（M）：お願いします。私も知りたいことはありましたから。

父：Mさん、あなたが留学中、肺病に罹りスイスの高原で療養なさっていたとき、私はあなたに手紙を書きました。覚えていますか。

S：はい、覚えています。返事は書きませんでしたが。（ビリビリに破いて捨てたとは云えない）

父：そうですか、それは良かった。外国郵便は初めてで着いたものか着いていないのかもと、ずっと心配でした。振り返ってみると、日本では肺病は殆どが死に至ると考えられていましたから、あなたの気持ちを考えると居ても立ってもいられず書きました。〝お前は絶対に死ぬことはない〟と。あなたも覚えていますか。

　Sは手に汗を感じながら、

S：はい、覚えています。

父：そう云ったのは単にあなたを元気づけるために云ったものではありません。私には理由があったのです。あなたも覚えていると思いますが、網元だった頃の敷地には庭に大きな池がありました。あなたが3歳のときその池に嵌まって、気が付いて助けたときには死にかけていました。医者は全力であなたの命を助けるため昼夜頑張っておりました。でも回復の兆しが見えないので医者に任せてばかりではいけないと思い、私は私にできることは何か考えました。丁度その頃天理教に関心を持つようになっていたので、親神にすがることにしました。この子を助けてくれるなら何でもします。天理教にも帰依します。三日三晩祈り続けました。もう涙も枯れて出なくなっていたそのとき涙ではない水滴が口の中へ入りました。甘い味の水の玉で、これが話に聞いていた甘露水に違いないと直感しました。するとあなたも息を吹き返し生き返りました。その時ほど人生に感動をしたことはありません。親神には感謝只感謝でした。あのとき親神は3歳のMさんを助けてくれた、その親神は結核ぐらいでMさんを死なせるようなことはしないと、確信があったので手紙を書いたのでした。私は親神との約束を守って親神の懐に抱かれて生きる人生を選びました。だから私の人生が無駄になることはないと、確信があったのです。

Sは子供のころからの苦労を父親の天理教への帰依の所為だと考え、それゆえ高原療養所では突然の手紙「お前は絶対に死なない」に腹を立てたが、それが自分の命と引き換えだったと聞いて驚きが胸に迫って言葉が出なかった。黙ったままSは父の顔を見続けていた。父は続けて、

父：これから日本も大変な時代を迎えようとしています。あなたは命を親神から頂戴した人だから、いつ、どこでも命を大切にしてください。

Sは冷静に振る舞っていたが胸の内は動悸が高鳴っていた。

父：財産を放棄したためあなたにも大変苦労をかけたと思います。そのうえあなた一人を弟の家に預けて淋しい思いもさせました。大変申し訳なかった。実は、祖父母と一緒に叔父さん夫婦にあなたを預けたのは祖父の意向によるものでした。祖父は父親（Sの曾祖父）のことを大変尊敬していました。村の為に尽くし評判もよく、普段から利発なあなたのことを父の生まれ変わりだと申して、この子は渡さんと云い張るものですからあなたを祖父に任せたのでした。

Sは実父の意外な言葉を素直に信じられて、自分が祖父母と一緒に叔父夫婦に預けられた顛末も納得でき、長い間の疑問も氷解していた。その後も父親は2〜3度S宅に現れたが、二人の間にこの話はもう出なかった。

Sは一高生のときベルグソンの生命観の影響で信仰を捨てたが、そもそも信仰と云っても毎日朝晩お勤めを云われるままにするだけで、信仰について考えることもなく習慣になっていたものが東京に出てお勤めの強制もなくなったことも大きかった。教団の先生の話は生活上の指示、説教で年齢とともに理不尽に思えていたから、東京に出て一気に解放感を味わうことができた。その延長上に現在も無宗教の作家のSがいる。

この日実父が階下に訪れていたのはSは知っていたが、書斎でQ出版社の営業係の者が文庫本になった「巴

里に死す」を持参したので、彼の話をきいていた。

Q：Sさん、出来上がった本を見て私も驚きましたが、戦争が長引いてこうした紙しか手に入らなかったので申し訳ありません。うちの会社はこの状態があと1年も続いたら飯の食い上げです。どうか分かってください。

　Sは苦しいのはお互い様と納得しているのに、繰り返し窮状を訴えるのにSは胸につかえていたものを吐き出した。

S：分かりました。ただ私の手元に献本20冊欲しかったのに5冊とは少ないね。

Q：少し時間をいただければ増刷時に20冊でも30冊でもお持ちしますので。本は何よりも内容ですから、「巴里に死す」は連載中から好評だったので売れると思います。

S：出版社の苦しい事情も分かるが、神田の古本屋で定価の何倍もの値がついているそうじゃないか。

Q：えっ、そうですか。知りませんでした。でもそれはC出版社の初版でしょ。

S：この現象は需要と供給のバランスでしょう。その通りにお願いします。

Q：はぁ～。

S：君を責めるつもりはないんだ。分かってもらえればそれでいいんだ。

Q：はぁ～。

　Sはその1冊を手にしてQを見送ってから、居間にいる父親に読んでくださいと手渡した。父はタイトルに釘づけになったようにジッと見ていたが、礼を云って帰って行った。

　妻が「夕食を一緒にと云ったんですが今日中に沼津に帰ると仰って。弟のTさんが一高に合格したそうです」

　Sはそれで父がきた理由が分かった。父が東京に出てくるとき、兄の家に泊まることはあってもSの家に泊まることは決してなかった。そのくせSの家には金の無心に来ていた。末弟が一高に入学できて金が必要になって、妻にいつものように無心しに来たことをSは察した。

見知らぬものも現れてSに金を求める者もいて、事情を聴くだけで妻に金を渡すように云うことが度々あって後で妻に叱られていたが、父の無心にはSに相談することもなく妻は黙って出していた。

その翌日、播州から帰ったと兄が訪ねてきた。中山みきの生まれ変わりと勝手に決め込んで播州に老婆に会いに行ってきたのだ。

兄：親様が云うには、日本は負けると断定していた。負けた後も日本人の苦労は続くだろうが、また「負けるが勝ち」という諺もあるだろう、と云うのだ。負けるが勝ちとはどういう意味だと聞いても、神さんがそう云うているとしか答えない。どう思う。

S：私が関心のあることは早く戦争が終結することだ。勝とうが負けようが関心がない。

兄：そうか。俺の満州通信社も閉じたほうが良いと云われた。もう満州へ行ったり来たりは危険だということで出歩くなということだ。そうするとまた失業だ。ところでタバコはある？　吸わないならほしいんだが。

Sはいつものことだと思って配給のタバコを渡した。兄は昨日の父のことは聞かずにタバコを持って帰って行った。Sは老婆の予言を信じるわけではないが、負けるが勝ちという言葉が気にかかった。

今年は10月になっても高原で過ごしている家内長女四女の3人は東京に戻っていなかった。Sがいつ空襲がはじまるか分からないので戻ってくるのを止めていた。それでも3人は東京が恋しいらしい。とうとう戻ってきた。

東京でのSの生活は相変わらず仕事、仰臥、外出、訪問客の応接、隣組の会合と以前と変わりないが、食糧事情は一層悪化していたので家族6人食べるのに大変になった。配給では足りないので、知人に買い出しのチャンスがあったら余分に買ってもらって、ようやく三度の食卓で茶碗1杯ずつ、魚は週に2回、肉に至っては1カ月も食べないこともあるぐらいだった。この食糧事情も彼女たちを呼び寄せない理由だった。食べ盛りの娘4人の成育は心配の種になっていた。こんな状態が長く続けば、次女と三女が栄養失調になりはしないかと心配も出てきた。政府はこの期に及んでも戦争を勝つまでと云うが、空襲も現実に覚悟しなければならない身には腹の中に空しく響いていた。

この2年前、兄が親様（中山みきの生まれ変わりと信じている老婆）が昨日から東京にお出かけなので、明日お宅に寄らせてもらうと云ってきたことがあった。弟のTも一緒に連れて来るという。Tは右足が骨髄炎で外出には松葉杖を手放せなくなっていたときだ。兄は弟Tを親様に診てもらうつもりだろう。

翌日はSは夜6時半に音楽会に日比谷で長女三女と待ち合わせていた。そのため今日は妻に云われて買い出しに築地まで行くことになった。以前、妻はその老婆に診てもらって病が治ったと信じているので妻は持て成すつもりだ。Sは家で仕事をしたかったが女中が愚図ったので止むを得ず自分で出かけることにした。昼過ぎに家を出て築地で買い出しの後銀座をぶらついていると、偶然農商務省時代の同僚のYに会った。市電で東京に出ることにした。銀座も人通りが少ないうえに覇気なく皆押し黙って歩いている。何のため銀座を歩いているのか市電の窓から眺め理解に苦しんだ。二人で東京駅近くの喫茶店に入った。

Y：思えば君が省を辞めて以来だなぁ。君もいろいろ苦労があったようだが作家として一人前になって大したもんだ。君の作品を読むと羨ましくなる。自分の足で人生を歩んでいるからなぁ。振り返れば、君はいい時に辞めたよ。昭和天皇が摂政になられたころから、大正デモクラシーの勢いはなくなった。金融恐慌と関東大震災で労働組合運動も腰砕けになってしまった。そして普通選挙法と引き換えに成立した治安維持法が昭和になって直ぐに猛威を振るいはじめて社会主義団体が標的になった。

S：こんなところでそんな話をしていいのかな。

Y：構うもんか、毎日が憂鬱でね。いま僕は商工省にいるが、岸大臣は工場のほとんどを軍事工場にしてしまった。工場に行けば軍人が一番偉く彼らが現場監督、われわれは彼らの指令を聞いて勤労奉仕者に伝える小間使い扱いだ。また民間の船を集めて軍の輸送船に仕立て上げることもしている。商工省は文部省とともに銃後の先兵の役を担っている。これで戦争に勝つならまだ報われるがマーシャル諸島が落ちると悲観的だ。また勝つは勝ったで軍人が威張る社会がまだ続くと思うとうんざりだ。君はどう思う、大きな声では言えないが。

Yは一人で長々と喋っていたがコーヒーが来たのでSに話を渡した。周りに客もいなかったのでSは自分の考えを云っても良かったが、相手の日々の苦労に水を差すことになっても、と控えた。そして、

S：農商務省が農務省と商工省に分かれて、商工省の仕事は分かったが農務省のほうは何をやっているの。

Y：農村も軍隊に採られて人手がいないんだが、農業が比較的暇なときは本土決戦に備えて道路の整備に人足を駆り出す仕事なんかを商工省と一緒にやることも多い。愈々そのときが来れば松代の噂の大本営に天皇も移っていただくので、その付近の農民はその工事で忙しい筈だ。

S：今は小作争議もないので農民もそんなことをやらされているんだ。

Y：そうなんだ。輸送船団も台湾に着くまでほとんどアメリカの潜水艦にやられているのに止めようとしない。軍部は軍部自身の面子のための戦争を国民に押しつけている、最近はそんなふうに思えてくる。大和民族がこの地上から消えるまで続けるつもりでいる。

S：今更恰好悪くて止めると云い出せない状態に軍部は追い詰められているとも云える。

Y：一億玉砕なんて文句も平気で在郷軍人会あたりが広めている。軍部の面子で大和民族がこの地上から消えるのは笑っても笑えない話だ。天皇がそう考えているとは思えないが。天皇と軍部は統帥権のもと一体だったが、いつ天皇が自分の意志を示すかだ。天皇にも我慢の限界というのもある筈だ。

S：でもそれも天皇が我慢していればの話だ。我慢することが仕事になってしまえばそれは正常心と云えるのではないか。

Y：そうならば絶望だ。でも天皇の耳にはいろんな悪い噂話が入っている筈だが、なかにはこんな男を首相にしたくないと天皇が思うこともありうることだ。しかし元老が推薦する首相候補を拒否したことは聞いたことない。天皇を人間として同情しちゃうけど、現人神としては軍部の無茶を抑えてほしいものだ。

S：天皇が現人神というのは国民向けで、これが酷い悲劇を生むことにもなっている。学校の奉安殿が火事で御真影が焼失した場合、校長は責任を取って自殺するケースが何件も起きている。天皇はこれらの事件をどう考えているのだろう？

Y：理屈を云えば、国民の命が天皇皇后の写真より軽いということだ。そうしたなかで戦争をしている。こんなことが罷り通るから絶望と云わざるを得ない。こんな天皇制を決めたのも明治の第一回の議会でしょう。最初から間違っていたことになる。

S：その前に明治政府が富国強兵を決めたときに間違ったと思っている。つまり西洋列強の真似をしたことです。

Y：でも他に選択肢はありましたか。

S：そうね。その以前から間違いを犯していたと私は考える。

Y：ご高説をぜひ聞きたい。

S：まだ時間があるから話そう。徳川慶喜が大政奉還したにもかかわらず薩摩長州が鳥羽伏見を仕掛けたことが間違いだ。薩長は戊辰戦争に勝つには勝ったが、その功労者が下級武士と公家で、彼らは政治力を欠いていて政治運営の指導性に支障をきたした。それを補うために必要以上に天皇を祀り上げざるを得なかった。その威光で運営するしかなかった。だから、形式的な版籍奉還は実行できても、実質的な廃藩置県は行き詰まり、彼らは実力の無さを知った。

Y：それで鹿児島にいた西郷に泣きついたと云いたいのか。

S：その通り。それは明治22年に国会が開設されても予算が通らず伊藤博文は天皇に泣きついてる。それまで続いたと云える。

Y：それならば薩長が大人しくしていて鳥羽伏見が起こらなかったら、慶喜が議会の首班となってどうなるんだ？　天皇との関係は変わらず敬意を表すだけで神格化する必要はなかった、と云いたいのか？

S：その通り。天皇とは従来の関係を維持すればよかった。

Y：そうならば奉安殿は必要ないから校長が責任をとることもないな。ただ近代化は遅れたのではないか。

S：たとえそうだったとしても今の戦争に繋がる富国強兵のような帝国主義政策は採らなかったと思う。秀吉の朝鮮征伐で関係悪化した日朝関係を苦労して正常に戻した権現家康のことを慶喜は十分に知っていた筈だ。だから征韓政策は採らなかった筈だ。

Y：そうなると朝鮮半島を巡って日本は清国と争うことはなかったと云いたいのか。

S：その通り。

Y：そうすると近代日本の姿は全く違ったものになってしまう。

S：日清戦争は起こらないから日露戦争もない。つまり富国強兵ではなくじっくりと日本の実力をつける政策を慶喜は考えた筈だ。

Y：でもヨーロッパでの先進の英仏と後発のドイツ帝国との争いは避けられなかったのではないか。

S：そうだろう。日本は巻き込まれずに済んだ。また列強同士が争えば彼らの力は低下するから日朝清にとっては良いことだ。自然のうちに不平等条約の解消の道が開ける。

Y：我が国の近代化より極東アジアの平和が勝っていたという認識か？

S：そうだ。

Y：君のように孝明天皇、慶喜の攘夷に拘るから聞くが、安藤昌益という名前を知っているか？

S：いや、聞いたことはない。

Y：毎日、私のように軍の使い走りをしている身には、君の独自の話を聞いて久しぶりにいい気分だ。ついでだから君に云いたいことがある。

日本は江戸時代に本居宣長等によって国学の研究が進み、中国の中華思想に対して独自の立場を示した。でもそれは日本の立場の独立性を主張したに過ぎない。ところが安藤昌益は中国の儒教もインドの仏教も認めない。それらを受け入れてきた日本そのものも批判する。とにかく絶対的否定なのだ。彼は本居と同じ江戸中期の思想家だ、知らないのか。

S：うん、知らない。儒教、仏教と云えば世界の文化遺産とも云える。それを否定するとは何が云いたいのか。

Y：彼は江戸中期だからキリスト教との出会いはないが無論同様に批判するだろう。西洋の民主主義、社会主義、共産主義といった社会のシステム上の思想は批判するだろうが、根本は彼は人間の生き方、人間存在を問う思想家だ。

S：人間とは何か、問うているのか？

Y：そうだと思う。一高の校長だった狩野亨吉が神田の古本屋で彼の著作を偶然発見したのだ。読んでみて、書かれている内容が根源的で吃驚してそれを後世のために紹介したのだ。著書名は「自然真営道」というのだ。このタイトルの通り、自然の中で人間の正しい営みの道を示している。

S：儒教は、中国の権力の行使すなわち戦争などによる王朝の盛衰、交代を前提に、それらを人民のためにも教訓的に知らしめてきたと私は認識してきたが、それらを一切に否定するとはどういうことか？

Y：仏教も含めて儒教、キリスト教は権力に利用されてきたとも云える。それを根本的に批判している。

人間というものは食べ物を自ら耕して食するもの、というのが根本思想だ。だから直接耕さず施しを受けてきた儒者、坊主、神父らは権力者も含めて批判の対象だ。彼らは百姓が生産したものを搾取しているという認識だ。これを武家政治の徳川の世で説くのだから大した思想家だ。彼はそれを著書に著し、農民、商人ら町人はもとより批判対象の武士も集めて語ったのだから大したものだ。

S：彼は役所からのお咎めを避けて、「自然真営道」の内容が秘密裡に広まったというのか。彼とはどんな人物か？

Y：南部藩で昌益に診てもらっている八戸藩士の記録が残っているので実在した人物だ。

狩野によると、彼は秋田県大館の豪農の次男として生まれた。元服前後に京都に出て禅寺妙心寺で修行した。次に北野天満宮に所を変え、更に薬草の味岡三伯のところで医学を学んだ。留学を終えて大館には帰らず八戸で町医者になる。彼の思想からして農業もしながら医者として働き薬草の研究もしたと考えられる。診療の金のない農民は無料で、また彼らから農産物のお返しがあったりした。地域で尊敬される人物と思われるので彼を密告する人間はいなかったのかもしれない。

S：医者であったことが彼の思想に影響を与えたと思うか？

Y：それは云えるだろう。医者は人の命を預かる仕事だ。五公五民の武士の世の中で、農民は生産米を5割税金として供出し武士はその税金でただ食いしている。農民と武士の人口比を20：1とすれば、農民の生活から体調が悪くても医者に診てもらう回数は武士の数十分の1だろう。その結果農民の死者は数十倍近くになる。飢饉が来れば想像を絶する。彼はそうした現実から農民と武士階級の命の軽重に思いを致し、自らは生産せずに税金で食う輩、お経で食う輩、お祓いで食う輩を糾弾するに至ったと考える。

S：なるほど。表題の「自然真営道」の語からして世の中に対する「怒り」が前提であることは理解できる。

Y：経歴から云って藩お抱えの医者にもなれただろうが彼の思想がそれを許さなかったと思う。その後藩医が彼の弟子になるのでそう推察できる。

S：仏教、神道批判ということは京都での修行時代に生まれたものだろう。そうした怒り、批判は京都時代から仏典や神道関連の書を読んで研究し、八戸に帰ってからも継続したのだろう。著したものが「自然真営道」になるわけか。何冊ぐらいか。

Y：「統道真伝」も出筆しているので百冊は超えるんじゃないかな。

S：大した量だ。

Y：狩野が古本屋で求めたとき「自然真営道」は全部そろっていて九十数冊だったと思う。彼は研究後東大図書館にすべて寄贈したが関東大震災で大半が焼けてしまった。でも狩野の研究ノートもあるし、その後昌益の本も新たに発見されているので研究は進んでいると思う。それらの本は神田辺りに出回っていたので私も何冊か買っている。

S：昌益は社会の文化的遺産を認めないということだが、それはルソーと似ているように思う。ルソーの処女論文であるディションアカデミーの懸賞論文「学問芸術の発展は人間社会の向上に寄与するか、あるいは腐敗させるか」に彼は否定的に答えたことで当選している。近代において西洋の科学技術の発達は、中世において抑えられていた人間の才能が解放されたことによると云えるが、ルソーはそれを「文明の光は支配者に利用され人々の心を惑わせ腐敗させた」と主張した。そして続いて「不平等起源論」では原始共同体から文化が育ち支配者も生まれ不平等もはじまったと書いている。

Y：ルソーのことはフランス革命に影響を与えた思想家ということぐらいで、もう忘れたが、そう云われればそっくりだ。

S：そして「社会契約論」では「各個人は自己の権利を残らず共同体に譲渡すること」と公民の立場を強調している。勝手に才能を開花させるな、ということだ。社会の手本として道徳と秩序を重んした古代ギリシャのスパルタを挙げている。言い換えれば、徳を重んじたソクラテスを殺害したアテネは今の近代西洋原型で評価しなかったと云える。

Y：ということは原始共同体では道徳と秩序は保たれていたが、文化文明の発達によりそれらが廃れ腐敗と堕落が始まったことになる。昌益の主張そのものだ。

S：私はまだ昌益が分からない。でもそう云える気がする。

Y：「自然真営道」で儒教、仏教を理論的にも批判している。近代はアテネの写しと云うが、ソクラテスもよく分からない。彼は毒杯を呷って死んだことになっているが、そもそもどんな人だったの？

S：近代においては、スポーツ選手に憧れるものは体を鍛え学問を目指すものは勉学に励んでいるが、それも古代アテネの社会が原型と云える。ソクラテスはそれに否定的だったといっていい。名誉心からオリンピックの月桂冠を目指して体を鍛えることや幾何学に精通するため懸命に学ぶことは、魂の世話をする時間が奪われるので程々にと彼は語っている。だからソクラテスは魂の世話をしながら独自の思想、独自の生き方をしていたと云える。それは交易の中心地アテネ社会では異質だった。そのうえ彼は問答が得意で多くの若者から慕われていたから、彼の影響力からアテネの社会の将来を心配するものたちに訴えられた。アテネと云うと民主政治が浮かぶが、それは当時の指導者ペリクレスの影響が大きい。もう一方に寡頭独裁派がいた。彼らに彼は訴えられた。

Y：そうした事情でしたか。

S：魂の世話をするのに金は要らぬから、彼が貧乏であることを裁判で弁明すると奴隷制社会の豊かなアテネ市民は「カチン」ときた。それを侮辱と受け取ったものたちが死刑判決に賛成した。それが過半数を上回っていた。

Y：それを侮辱と受け取るほどアテネは豊かだったのか。

S：その直前にスパルタに30年戦争で敗れて市民の意識は落ち込んでいた筈だ。それ以前は黄金期で有頂天だった。大国ペルシャに対して、ギリシャがデロス同盟を結成してアテネが中心となってペルシャの大軍を破った。そのうち民主制のペリクレスが指導者の地位につくとデロス島から同盟費をアテネに移し、その金でパルテノン神殿の建設その他公共事業を行った。そのため同盟の都市が離反しそれらはスパルタ陣営に走った。そこで30年戦争が起きたのだ。ペリクレスはまもなく病死。アテネの思い上がりが起こした戦争と云っていい。

Y：そう云われると、ソクラテスの貧乏発言はアテネ市民の感情を逆なでしたことが分かる。

S：結局、彼は死刑の判決を受けたのだが、だから近代を否定するルソーとソクラテスは同じ系列の思想のように思う。

Y：それはどういうことかな？

S：ソクラテスは才能を磨くより魂の世話をすることが大事といい、ルソーは各個人は自己の権利を社会に譲渡することを主張し自由に才能を磨くことを封じている。

Y：なるほど。では別の系列の思想とは何だ？

S：一口に云うと、ソクラテスが魂の主観哲学とすればプラトンのイデアは客観哲学と云える。現代に至るまでプラトン流の客観哲学が西洋哲学の主流を担ってきた。

Y：だから君は日本の近代を押しつけた西洋の近代に批判的なんだ。大したもんだ。

S：それより昌益のことをもう少し聞きたい。

Y：私も詳しくはないが、思い出すことを話そう。京都での修行を終えて地元に戻ってきたが大館には帰らず八戸で開業する。そして実家の後を継いでいた兄が亡くなって大館に戻るが親戚から養子を貰い実家の後を継がせて、自分は八戸に戻っている。ここに豪農になることを避けた昌益の思惑が表れていると思う。自分が後を継げば否応なく小作を搾取する立場になる。彼はそれを避けるため養子を貰ったんじゃないかな。

S：う〜む。

Y：それから彼の息子も医学の勉学に江戸へ留学させている。そのとき母親が一緒に付き添っている。妻がいないことは昌益にとっても不便なことでもあるが、息子を心配する女性の気持ちを尊重することも窺えるところだ。

S：そうかね。彼の思想の特徴的なところは？

Y：「自然真営道」は漢文だそうだが、東北訛りで書かれているそうだ。彼は京都で何年も生活しているのだから訛りを消すことはできた筈だ。でも敢えて東北弁で書いていることに彼の農民への配慮が感じられる。

S：なるほど。

Y：彼の弟子である藩医が記録していることだが八戸の寺院で武士、農民、商人等を集めて教えを講演している。また彼の著作は地元だけでなく江戸、関西でも関心を持つものがいて、彼ら十数名を八戸に招いて寺院で講義もしている。公儀の目を盗んで実行したのだろうが勇気ある行動だ。

S：うん、確かに覚悟の決断だったと思う。儒学、仏教、神道への批判は学者、坊主、神主の不耕の徒と批判するだけでなく理論的にも批判していたということだが、それはどういうことですか。

Y：詳しくはないが、例えば儒教の易経を理論的に批判している。例えば陰陽五行では、中国では陰と陽二つに分けているが、昌益はそれを一つに考えてその進退という新たな見解だ。俺も詳しくないから、今度昌益の本を送るから、それで勉強してみてくれ。

S：それは有難い。でも農民にとっては理論より関心は地獄極楽でしょう。彼は地獄をどう考えていたのか。

Y：それは不勉強で分からない。でも仏教を批判する以上、存在しないということだろう。

S：うむ。彼の生活は具体的には？

Y：彼は味岡三伯のところで薬草を研究したから、日常的に薬草を取って自前で薬を作った良き医者だったに違いない。勿論自分の家族の食べる分は耕作に精を出して農産物を作っていた。またお金のない農民には無料で診療したり、逆にお返しに食べ物を届けられたりして地域社会に馴染んで生活していたと思われる。

S：原始共同体を実践しているようだ。

Y：そうかもしれない。「自然真営道」は、狩野亨吉がその思想に驚愕し数年後昭和3年になって雑誌に紹介してその存在が明らかになったものだ。安藤昌益は、農民のことを「直耕」といい人間の生き方として正しいと位置付けた。彼にあっては釈迦も孔子も「不耕貪食」で形無しだ。だから仏教を取り入れた聖徳太子も同罪で、ということは日本の歴史そのものに否定的だ。農民だけの一階級の平等主義を主張だ。聖徳太子以来といったが神武天皇以来の皇国史観の否定だ。ここまで徹底的に歴史を批判した書物は西洋にもない筈だ。

S：確かに。ルソーも歴史全般を否定していない。

Y：マルクスの資本主義から共産主義への移行も歴史の必然として位置付けている。君のように独自に歴史を考える人には一考に値する思想家だと思う。昌益に関する本を送る。住所は？

Sは Yと別れて時間があったので神保町に向かった。日曜にしてここも人通りが少なく本屋も半分店を閉じていた。じっくり見て回って長女から頼まれていたピアノの練習本2冊と森鷗外を2冊買った。ついでに安藤昌益の本を探したが見つからなかった。

翌日、昼過ぎ兄が教祖の生まれ変わりと云う老婆の来訪があった。Sは2階の書斎でいつものように仕事をしていた。夕方娘二人と音楽会に行く段になっていたがそれまではいつものように関わりを持たぬように仕事をするつもりでいた。ただ老婆が初めてS宅を訪れたときを彼は思い出してしまった。

それは前年のこと。書斎で仕事をしていると、突然地震のような大きな揺れを感じた。Sは心配になって1階の居間に行ってみると、妻が「あなた、驚いたでしょう。私は地震より驚きました」

老婆はSの顔を見ながら、
老婆：Sさん、驚かしてすまんかった。
S：一瞬の揺れで地震の揺れとは違って感じたんで、何だろうと思いました。
兄：親様がその縁側の柱を触ったら大きな揺れが生じたんだ。俺は播州でもそれを経験しているから驚きはしなかったが、改めて親様の霊力の凄さが分かった。
老婆：Sさんや、わしは霊力なんて欲しいと思ったことはなかった。娘盛りのあるとき、体が熱く感じて力も体中に漲ってきて、自分が自分でないような気がしてきた。その後、人はそれぞれいろんなとこに病気を持っているものやで、そういう人を同情して気の毒に感じて自分が代わってあげれたらいいのにといつも思って、その人の患部を触ったり撫でたりしていた。そうしたら後日治ったという人が出てきたんや。それが二人三人と現れて評判になってしまった。そんなとき赤いちゃんちゃんこを着たご婦人が現れてわしに息吹きをされて、これからも人助けをするように神さんが云うておるぞと話されたことがあった。それからその言い付けを守ってやってきただけのことや。
と老婆は中山みきの生まれかわりと云われるようになった経緯を話した。
老婆：今日は兄さんが末弟Tさんの足を看てくれと云うもんで2回目になりますがやっかいになります。
老婆はTを呼び寄せて右足の患部を見てから頷いた。そして息を吹きかけ、お付きの人に用意してきた白い紙に黒い軟膏を塗らせて、それを患部に貼った。そしてTに、
老婆：長い間風呂にも入れなかったやろう。今日から風呂に入ってよかろう。3日も経てば普通に歩けるようになるで。
それを聞いた兄がTの肩を叩いて「これで大丈夫だ、安心したろう」と元気づけて、老婆に礼を云った。それで兄に促されながら老婆はTと一緒に車に乗り兄の家に向かった。

3日後、TはS宅に現れて、今日沼津に帰るので挨拶に訪れたといって「これで受験に集中できる」と気を良くしていた。Sはそんな彼を励ましながら、
S：君は親様の霊の力で治ったと思っているの？
T：う～ん、治る助けにはなったけど、時間をかければ自然に治ると思っていたのでおばあさんの力だけで治ったとは考えていません。
S：うん、そう考えたほうがいい。人間だけでなくあらゆる生命は自然に治癒する力が働くから、根本的には君もその力で治ったと考えるべきだ。
T：そう思います。兄の顔を立てておばあさんに見てもらったので、そう考えると天理教に拝げた父にも申し訳ない気がして。
Sはそれを聞いて安心して、父への小遣いを持たせて帰した。
こんな前年の顛末を思い返して、この日はSも2階に閉じこもらずに出迎えることにした。老婆は昼過ぎ、兄夫婦と子供たちを引き連れて現れた。
老婆：今度が東京へ来るのが最後やと云うさかい（実際はその後も来る）、前の家でぎょうさんご馳走をもらってきたで。皆で早速食べよう。
とお付きの人が持っていた包みを居間のテーブルに載せて、妻に食器を注文した。Sが昨日買い出して妻が今朝から用意した料理は食堂に戻した。老婆は子供たちが食べるのを笑顔で声をかけて、自分では箸を付けなかった。食べ終わると兄とSの子供たちは居間から居なくなり、老婆はお茶を手にしてS夫婦、兄夫婦を前にして語りだした。
老婆：神さんが云うにはわしの寿命もあと少しらしい。これから戦争も激しくなるからその前に東京に行って思い残すことがないようにと云われて迷惑やろうがやって来ました。

兄：そんなこと云わずにまた来てください。
老婆：あんたはまた失業やろ。神さんがそう云っていらっしゃったで。家族が多いから大変やろ。
兄：そうですか。これから満州との行き来も大変だから満州通信社の東京支社を今年いっぱいで閉めると外務省から云われたばかりでした。また職を探さなければなりません。
老婆：これからはあんただけではない、皆が大変になるのや。弟さんだって大変になるのやで。ただ戦争に負けずに生き延びることを忘れんようにな。
兄：分かりました。戦争はどうなりますか。グアム島もサイパンも日本軍が全滅したら？
老婆：それから本土がアメリカに攻撃されます。日本人は塗炭の苦しみ悲しみを経験して日本は負けます。でも「負けるが勝ちや」と神さんが云うております。そうした苦労を通して未来は明るいということや。
兄：分かりました。でも負ける戦を日本はどうしてやったんですか。
老婆：それは弟さんに聞いたらええ。弟さんは分かっとるで。この戦争は天皇さんも可哀そうやった。若いのに天皇の位について、周辺の老人たちに好きなように扱われてきて、責任だけは重いしな。
S：そうしますと明治天皇はもっと若く16歳で即位しましたからそういうことが考えられますか。
老婆：そうか、明治天皇さんはそんなに若く即位されたんか。そうすると昭和天皇と同じようなご苦労をされたかもしれんな。でも明治天皇さんのことは分からん。
兄：「負けるが勝ち」ということはどういう意味ですか。
老婆：戦い終わっても食い物はなく辛いだろうが、今よりいい世の中になると、神さんが云うとる。
兄：確かに戦争が負ければ軍部が威張る世の中はなくなるかもしれない。負ければ陸軍の力もなくなることは分かる。今までのように内閣を動かすことはなくなる筈だ。そう考えると終戦が待ち遠しくなった。
老婆：そのために頑張りや。わしはこれで東京は最後やで皆の顔を見に来たんや。思い残すことはない。

とお手洗いに立った。そしてSに肩を貸してくれと云う。手洗いの前に来ると、

老婆：Sさんや、今日伺ったのはあんたはんに頼みがあったからや。会えるのも今日が最後や、聞いてくれるやろ。

S：どんなことでしょうか。

老婆：神さんができると云われているで。

S：そうですか。

老婆：以前、あんたにもわしが親神の社になった経緯を話したことがあるやろ。わしは親神の命令のまま生きてきた。だけど親神のことはなにも分からん、聞いても教えてくれん。親神の言葉の詰まったお筆先を読んでも分からへん。お前に教えても分からんから、というてはる。そこでSさんに頼みや。わしは教会本部からは無視されているが、親神とわしを結びつけたのは教祖だと思っている。あんたも忙しいやろが手が空いたら是非教祖中山みきを研究してほしいのや。学のあるSさんならできると思う。わしはそれを大国で見たいのや。またキリスト教の聖書には神の言葉がいっぱい書いているそうでないかい。親神はキリスー教はしっかりした宗教と云ってはるわ。それも一緒に研究してほしい。

Sは困った。Sは聖書は高原療養所で読んでいたが、教祖自身には興味がなかった。雲を掴むような話だ。しかし自分の人生に影響を与えてきた天理教には違いない。どう返事したらよいのか。

老婆：頼む。（と彼女は頭を下げた）

思わずSは、

S：分かりました。

と返事をした。老婆は大役を果たしたように安堵の表情で居間に戻り、別れの挨拶をして次の訪問先へお付きの人たちとさっさと帰って行った。兄はもっと聞くことはなかったか、物足りなく感じていた。妻は涙を

拭っていた。(去年の秋に、また現れた老婆が最後のアランの会で学生に「生還したいのなら、敵兵と出くわしても銃口を向けるな、絶対に撃つな。ならば生きて帰れる」と云っていた)

夜の音楽会はSには数少ない寛ぐ時間ではあったが、仕事から離れることで却ってひらめくことがあって指針を与えてくれる貴重な時間でもあった。長女と三女を連れて某女史のピアノ演奏を日比谷で聞いた。彼女の演奏は技術的に曲をよく訓練して臨んでいることは頷けたが感動に至らなかった。画家にもいえることだが芸術家は苦しんで磨き上げた個性が伝わらないと面白くないし感動もない。この日は日ごろ発散の場がない娘二人が静かに演奏を聞き入っていたのでSはそれで満足だった。帰りの娘たちの表情は勤労奉仕を忘れさせる解放感に満ちていた。

今年は例年の夏とは違って妻、長女、四女の三人だけを別荘に疎開させた。7月東条内閣が突然総辞職した。後継の小磯内閣には終戦に向けての内閣と期待したが、開口一番一億総武装を宣言したので、何のための内閣交代かSには理解できなかった。

2階建ての小さな書庫がようやく完成した。沼津から弟の一人を呼んで、書斎から書庫へ蔵書の移動を始めた。本の種類によって置き場所を決めたりして丸一日かかった。Sは真ん中をその他の家財を置くため本を壁にくっつけて積み上げた。でも彼は心配になった。書庫は燃えなくても壁の熱で本が燃える恐れがある。

S：本を壁から少し離して並べ替えたい。もう一晩泊まって明日頼む。

弟：空襲で本が燃えると云うのかい。離したところで燃えるものは燃えてしまう。無駄だと思う。

S：本は命より大切なものだ。このままにはしておけない。手伝ってくれ。

弟：兄さんにそこまで云われりゃ手伝います。

壁から10センチほど離して並べ替えて、それだけでSは安心できた。真ん中の部分は狭くなったが。

初秋にまたMが現れた。まだ疎開していないのか、それを確かめにやってきたという。

S：防空壕を広く頑丈にしたり、コンクリートの書庫を造ったりでその余裕はなかった。

M：ならさっさと疎開した方がいい。いつB29が飛んできてもおかしくない。

S：できるなら東京にいたい。家族は考えなければならないが。

M：あれから君とは話したいと思うようになった。

S：戦後について考える会をつくりたいと云っていたが、その後危ない橋は渡っていないだろうね。

M：それについては品行方正だ。安心してくれ。じゃないと君の前には現れないよ。今日は君の考えを知るためにも来た。

S：何のことだ？

M：パリにいたとき、君は主観客観合一のような生き方をしたいと云ったことがあった。

S：そうかもしれない。

M：明治この方思想問題で槍玉にあげられた学者、思想家は何人もいるが、彼らにどのような考えを持っているのか、聞きたいんだ。

S：それは危ない橋ではないのか？

M：それで権力を批判しようとは思わない。ただ君の主観客観合一の思想に照らし合わせて考えたいんだ。明治の内村鑑三の不敬問題から昭和の京大の滝川事件までいろいろある。滝川事件は教授会、学生が立ち上がったから彼個人の闘いではなかった。内村個人は闘わず身を引いたと云える。それは主客合　ではない。

S：う〜ん。私のそれは、主観（良心に基づいて考えた事柄）を客観（社会）に反映させる生き方だ。ここで良心とは一般理性と云っていいだろう。

M：そうするとキリスト教徒の内村は良心（主観）にしたがって御真影（天皇）には礼をしなかった（客観）

ことになるが、それで彼は自ら身を引いて闘う前に辞職した。彼は主客合一を全うしたと云えるのか？　中途半端に思うが？

S：校長名で解雇を通告されてから辞めるべきだった、というのか？

M：そうだ。そして裁判で闘うべきだ。負けてもやるべきだ。それが権力への闘いの主客合一だと思うが。

S：確かにそれは理屈だ。でも結果は前もって予想されるから身を引いたと思えばいい。裁判まで権力の手を煩わせると、判決が怖い。刑務所行きかもしれない。さっさと辞めたおかげで内村は天皇の神聖を認めなかったが日本で生活することができた。最後まで闘うと刑務所行きか国外追放になっていたかもしれない。それは賢明ではない。

M：内村は権力と適当に折り合ったということか。その後も似たような事件が摘発されれば直ぐに引き下がっている。では次の問題はどうかな。

明治30年代初め、ある大学に権力が介入した事件だ。今では忘れられているが当時は長きに亘って新聞を賑わせた事件だ。知らないか？

S：何だ？

M：この時は弾圧を受けた当事者Hが事件の概要を新聞に投稿したので大騒ぎになった。文部省はやり過ぎだと批判が殺到した事件だ。知らないか？

S：知らない。

M：事件の顛末はこうだ。

当時国立大文系卒業生には中学校の教員免許が無条件で与えられていた。一方、私大卒業生は免許取得試験を受けなければならなかった。そこで私大は国立同様に無試験を文部省に要請した。文部省は条件付きで認めることにした。条件とは卒業試験では文部省の役人が試験監督を務めることだ。そしてその大学の教育学科の倫理の試験で事件は起きた。
S：どういう意図で文部省は試験監督を派遣したのか？
M：問題の難易に関わることをチェックしたかったのだろう。設問は簡単に云えば「動機が善ならば弑逆も可なりか」であった。答案を回収したとき一番上に首席の学生の答案があった。監督官はそれを見て（試験中から答案のチェックはしていたのだろうが）、答案を担当の教員Hに渡さず文部省に持ち帰った。おそらくその学生は設問に肯定的に答えたのだろう。後日文部省の処分は、「教育学科3年生はもとより1年生、2年生も含めて全員卒業を認めない」と言い渡した。
S：確かに理屈に合わない酷い処分だ。
M：誰もがそう考える。Hでなくとも文部省の不当処分を世間に訴えるだろう。ここで君に聞きたいのは「動機が善ならば弑逆も可なりか？」は主客合一になるか、ということだ。
S：陽明学の知行合一とも云える。
M：でも、なぜ文部省が強硬だったのかは分かるだろう。
S：天皇の神聖不可侵に抵触か？
M：それ以外は考えられない。時は日清戦争の勝利から4～5年ようやく政府も安定期を迎えたと云っていい時期だ。薩長閥にしてみれば金科玉条の天皇不可侵を危うくするものは絶対に避けなければならない。このときの文部大臣菊池大麓はケンブリッジ大の数学科を首席で卒業し西洋の高等数学を日本人で初めて取り入れて東大教授になった人だった。学者の中の学者だ。理屈に合わぬ大量処分にそぐわない人物。だから政府の影の実力者存在が考えられる。
S：そうすると処分撤回は難しいだろう。それにしても明治の初めにそんな秀才がいたとは驚きだ。
M：彼は10歳ぐらいで幕府のイギリス留学生となった。幕府崩壊後一旦帰国して新政府の留学生にもまたなった。維新政府は幕臣も使うし留学生も真似ている。彼はイギリスに小学校から大学まで長く留学してイギリスで一人前の学者になった人だ。処分については東京だけでなく地方新聞までが文部省批判を繰り返すようになって収まりがつかない。そうこうするうちに学者たちも自分の立場を表明せざるを得なくなった。それというのも教材がイギリスのヘーゲル主義者ミュアーヘッド著、翻訳者は哲学者の桑木厳翼。役者は揃っていた。国王を処刑したクロムウェルのイギリスだ。著者の意図は「動機が善ならば弑逆も可なり」だ。「教育勅語」にしてもそれは許されぬことだろう。

S：そうすると教育学科全員が卒業不可というのは甘く見えてくる。薩長の影の実力者からすればその大学を潰すぐらいの怒りに震えていたのではないか。

M：そうだね。ただその大学は哲学館大学（現T洋大学）だ。学長が井上円了といった。この人物像が大学を救ったと思う。彼は明治の初めのキリスト教流入期に仏教哲学者としてキリスト教批判の急先峰だった人物で、また論文審査で文学博士第一号だった。その働きで明治天皇から御下賜金の栄誉を授かっている。原敬が日記に書いていることだが、山県有朋は日清戦争の賠償金の中から2000万円ぐらいを天皇に自由に使える金として渡している。御下賜金はこの金の一部だ。こうした事情を知れば天皇の手前、影の実力者でも哲学館を潰すことはできなかったと思う。

S：君は詳しいね。

M：西田先生からドイツ観念論の問題として考えてみろと云われて、当時の新聞や文献を調べたことがあるんだ。

S：学者同士の論争のほうは？

M：保守的な憲法学者は、これは憲法に抵触するから教育上認められない。それに対して当事者Hや桑木は、日本とイギリスでは制度が違うから弑逆は起こりえない、と反論する。それから教育勅語の執筆者の哲学者井上哲次郎は文部省の厳しい処分を示唆したと噂されていたので已む無く中庸の意見を新聞に投稿せざるを得なかった。また著者のミュアーヘッドも英字新聞に投稿し「イギリスと日本では制度が違うから弑逆は起こりえぬ」と主張した。

S：へぇ〜、何人もの当時の第一線の学者が表に出て論戦したというのはそれだけで見ものだったね。ところで当事者Hとミュアーヘッドはどのように具体的に弁証法を展開したのかね？　難しいと思うが。

M：両人とも弁証法という言葉は用いているが具体的には論証していない。反対陣営から突っ込まれることを恐れたんだろう。

S：それでは弱いね。神聖不可侵と弑逆の矛盾を弁証法で止揚しないと。

M：確かに西田先生に云われて調べてみたが理論的には見るべきものが無かった。

S：今思いついたのだが、神聖不可侵と云ってみても天皇に統治の意志はない、いわばロボットみたいなもんだ。その意志は政府なり軍部の輔弼にある。弑逆の対象は天皇ではなく政府高官、軍部の最高幹部になる。だからHやミュアーヘッドが云うように命題は日本ではそもそも成立しない。命題の意味する対象は彼ら輔弼になる。世間の論調がそうなることを彼らは恐れたのではないか。

M：そうなれば彼ら自身の死活問題になるが、それは考え過ぎだ。

S：うん、創造力を膨らまし過ぎた。それにしても処分に整合性がない。

M：だから読者からの文部省批判は収まらなかった。苦肉の策として文部省は監督官をヨーロッパに留学させて鎮静化を図ることにした。双方云いたいことも出し切って半年以上続いた哲学館問題も文部省の狙い通り収まってきた。教育学科全員卒業不可を押し切った。学生の中には後年免許取得試験を受けて教員になった者もいる。当事者Hは職を辞して哲学館を去ったが後年復帰し学長にまでなっている。権力に一人立ち向かって闘った唯一の例だ。そのうち味方も出て、大衆を味方につけたことにもなるが。

S：それは認めるが、もし学生が理不尽にも人生の不利益な立場に置かれれば君や私でも立ち上がるだろう。

M：そうだな。これに懲りた政府は10年後の大逆事件をすべて秘密裡に処理したと思う。折角の機会だから聞きたいことがある。弁証法を哲学の方法論としてどう考えているのか？

S：それは現代哲学の発展があるのは弁証法のお蔭でしょ。私から見ると、理論が行き詰まったときに用いる論理の飛躍のための伝家の宝刀に見える。弁証法の「正――反」の認識について、正の問題意識に対して反は恣意的な表象で良いように思える。原因は否定の曖昧さだ。肯定の全否定でない所（部分否定）に論理の恣意性が出る。だからヘーゲルは人間を神にもできるし、宗教（理）と哲学（信）も止揚して合体させてしまうこともできた。まさに万能の論理だ。それに比べてベルグソンは理論に行き詰まると10年でも20年でも立ち止まって考え続ける。哲学に対して彼の姿勢が正しいと思う。

M：う〜む、そう云われるとその意見も尊重して、見解の相違にしよう。

S：近代においては、中世の貴族、農民がブルジョア、労働者に代わった。その事態はどうして起きたのか、どう考えます？

M：云うまでもなくそれは科学技術の発展だ。

S：当然インテリもプロレタリアの意識も変わりました。西洋の思想家はその意識の変化についてそれぞれが分析をしています。しかしその根拠である科学技術と結びつけて論ずるものは殆どいません。僅かにルソーが学問一般について否定的に言及している。あるいはマルクスが自己の理論を科学的だと肯定的に解釈しているぐらいだ。どうして彼らは近代の根拠である科学技術を無視するのか？

M：自分について思えば科学技術の知識がないのだ、それは文系の所為だ。当初は、近代哲学はデカルト、ライプニッツら数学者が切り開いた。そして大学の数学科は哲学部に置かれていた。しかし科学の発達とともに理学部が設置され数学物理化学の学科はそこから独立した。だから残された哲学部の連中は数学物理に弱いんだ。

S：それならば世の中を動かしているのは残念ながら哲学ではなく科学であると認めるべきだ。そのうえでこの近代を導いた科学をルソーのように批判するか哲学者をやめるか、どちらかだと思うが。

M：厳しいね。そうすると俺なんかお飯の食い上げだ。君は近代を否定する立場か？

S：そう云っていいだろう。20世紀になってこの戦争まで殺人兵器のオンパレードだ。何が科学技術だ、と云いたい。これ以上の科学技術の発展は必要なし。既に、電気、車、鉄道、飛行機がある。もうこれ以上は必要なし。

M：どこに問題があるのだ？

S：近代になって為政者が国力は科学技術と見抜いて金をかけて学校教育で各個人の才能を拾い上げ伸ばすシステムを確立した。そのため自然科学は一部科学者のものになり、彼らは研究成果を上げることに懸命であり、それをどのように利用するかまでは考えていない。為政者はそれを国力向上のために利用する。科学の成果とその利用が分離していることが問題だ。現状科学利用のコントロールは不可能な状態だ。だから殺人兵器が次々と生まれ、戦争もやむことがないことになってしまった。

M：君はルソーの後継か。

S：そうだがこれは近代だけの話ではなくもっと根深いのだ。プラトンまで遡る。ソクラテスの主観思想（魂の世話）を弟子であるプラトンは引き継ぎせずに理想国家を目指して客観哲学（イデア論）を展開した。これが中世のキリスト教のアリストテレスとともに体制哲学になったし、近代はそれを批判する形で現れたデカルトの合理主義もやはり客観哲学で、これが現代まで続く西洋哲学の主流になっている。ギリシャ人のこの客観主観合一の生き方が古代ポリス時代にソクラテス処刑判決に現れた。彼らの生き方は、まず社会（客観）で知恵を仕入れ、それを個人（主観）がうまく運用することを考えて、エゴで社会で生きていくことである。各個人の競争が生まれる相対化する社会のシステム、その社会が国同士になり、それが世界的に広がって第一次大戦の西洋列強の植民地争奪戦が起きたのだ。

M：そうすると君の主観客観合一の生き方は近代批判というか西洋批判なんだ。

Sは自分一人胸に仕舞っておいたものをMに開陳したことを悔やんだが、更にはっきりさせるため、

S：そうだ。主客合一の主観は良心・客主合一の主観はエゴなんだ。宮沢賢治の「雨ニモマケズ」の最後の部分に実践を加えれば主客合一の例だ。

M：今思い出しているが、「どこかで困っている人を聞けば、私はそこに行って助けることをしたい」というようなことで結んでいたな。確かにその実践は主客合一の生き方だ。

S：分かってもらえたなら有難い。なら君に聞きたいことがある。君はパスカルの人間研究をしたが、ソクラテス、パスカル、ルソーの系譜は西洋では主観哲学で少数派だ。パスカルは天才数学者及び物理学者からキリスト者に転向した。つまり客観的研究から主観的信仰に移った。それは彼の言葉「人間は考える葦である」にヒントがあると思うが？

M：うん、彼は人間を有限者と認識した。だから人間は欠けるもの足りないものがあることを知り、それを補おうとする存在が人間とした。そして時間の経過とともにその繰り返しが人間の生き方だ。そうした人間認識に至る前のパスカルは10代から幾何学の定理を発見し、20代で空気の重さ（気圧）を計る研究をした。でもこれらは自然界の真理であり他の者でも証明、発見ができる事柄だ。彼は思惟を人間に向ける。そして人間とは、自然（全体）と虚無（無）との中間者であるという認識を得る。中間者全体から見ると欠けている存在で、それを「人間は弱々しい葦のようであるが、でも考える葦である」と表現した。だから彼はキリストに跪いて助けを乞いながら（考える）キリスト者（存在）になった、と20年前書いたつもりだ。

S：そうか、私も「パンセ」はフランスで購入してきた。是非読むつもりだ。

Mは来たときの考え込んだ顔つきとは違って満足気な表情で帰って行った。

サイパンも陥落したという噂も聞くようになって本土への空襲も現実味を帯びてきて、Sは次女、三女の疎開も考えなければならないと思いながら実行に移せなかった。というのも沓掛に夏から秋にかけて4カ月近くもいる妻、長女、四女が早く東京に戻りたいと催促していたからだ。

しかし、11月に入り実際に地方都市では散発的に空襲が始まっていた。彼女たちを東京に戻すより自分たちの疎開が優先とSは様子を見ていた。そして相変わらずのバケツリレーの他に、訓練用の警報が鳴ると次女、三女、女中と一緒にSも庭の防空壕に避難していた。東京の食糧難は一層酷く、コメの配給があっても半分は黒豆が占めるようになった。勿論買い出しに行ったが、そんな事情を察して複数の知り合いからの差し入れもあった。それで何とか凌ぐ有様だった。沓掛にいる3人からは東京に早く戻りたいと催促が来ていたが、食糧事情と空襲の恐れからSはそんな場合ではないと止めていた。

そんなときタバコが無くなったのであろう、兄が寄って云うには、

兄：俺は空襲が来ても東京を離れるつもりはないが、あんたのように別荘があるわけでもないから、家内が子供だけでも沼津へ疎開させたいと思うんだ。家は子供が多いし、兄弟の子供も同じ事情だろうから、親父の教会にそれだけ預かってもらえるだろうか。

Sは、何とかしてくれと催促されているようで不愉快になった。

S：外務省もいろいろ厚生施設はあるだろうから、頼んだらどうかね。

兄：それはだめだ。外務省は空襲が迫ってきたので満州通信社の東京支社を閉じることにしたから、俺はまた失業だ。

S：そうであればA新聞社に留まるべきではなかったのではないでしょうか。

兄：そう云われると一言もない。
S：どうして辞めたんでしたか。まだ聞いてなかったけど。
　兄が退社する前に、退職金で返す約束で、Sは何も聞かずに千円を用立てていた。それについては無しのつぶて。
兄：云ってなかったっけ。つまらぬことで上司と喧嘩して、俺もプライドがあるから辞めたんだ。
　兄も借金千円のことを気づいて、タバコを持って早々に退散した。
　妻、長女、四女の3人を止めていたが「3日後に帰る」と妻からの電話があり、こちらの意向も聞かずに迎えに来いという。慌ただしくSは翌日に3人を沓掛まで列車で迎えに行き、予定通りに列車で東京に荷物とともに連れ戻った。その翌日、11月24日に東京に初めて空襲があり、山手線の左半分から都西部の中島飛行場方面の広範囲に焼夷弾が落とされた。S一家は空襲警報と同時に子供たちを先頭に打ち合わせ通りに防空壕に入った。Sは爆音を聞きながら妻に向かって、
S：こうなる心配があったから沓掛で様子を見たほうが良かったんだ。
妻：様子を見たら、あなたは反対なさったでしょうから、これで良かったと思います。死ぬときは家族一緒です。
　妻が狼狽せず、覚悟を決めて東京に戻ってきたことをSは知って珍しく感心した。しかし、これからの空襲が酷かった。それから2日、3日の間隔で空襲は繰り返された。空襲警報を今か今かと待つ毎日は精神的にこたえる。そのうえそれを掻い潜るように西多摩方面に買い出しに行かなければならない。肉体的にもSには難儀であった。それを考えてのことだろうが長女が妻と約束していたらしく買い出しに同行することもあった。目当ての農家も覚え、新しい農家を開拓し要領も得て一人で出るようにもなった。そのためピアノの練習をしなくなった。仕事が減ったとはいえ、時間があれば書斎に籠もるSのことを思ってのことだ。長女は健気で

あった。

　アメリカのＢ29は1万２０００メートル上空から爆弾を落とすので、日本の高射砲は届かないし、戦闘機も撃ち落とすことも至難な様子が分かった。曇りの日、夜間には、盲爆するので民家をターゲットにしていたことは明らかだった。真珠湾攻撃の時、日本の戦闘機がハワイ住民を攻撃したのでその仕返しだろうか、とＳは思った。寝込みを襲う夜間の空襲は枕を高くして寝れないので神経が疲れる。米軍の狙いも日本人を厭戦気分にさせるためであったろう。

　Ｓが昼間都心で用があるとき省線（山手線）は混んでいて、これだけ空爆に見舞われても東京人の多くは留まっていることが分かった。乗客たちは、

「東京が空襲されるようになったら日本の負けですよ」

「このように空爆が繰り返されたら精神的にまいる。早く戦争が終わってほしい」

「東条がサイパンを取られたからこんな目に遭うんだ」

「東条はまだ東京にいるそうだ。なぜ腹を切らないのか」

空襲前には聞けなかった言葉がポンポン出てくるようになっていた。Ｓは相槌を求められることもあった。

米軍は地方の名古屋、大阪、九州の都市も空爆を繰り返していた。東京は、２～３機でやって来て脅すこともあった。そして年を越えた。


　年が明けて昭和20年、爆撃は繰り返されたし生活の苦しさは変わらなかった。長女は買い出し、次女と三女は空襲のなか勤労奉仕で毎日工場に通っている。国のため命を賭してくるように陸軍から叱咤され、健気にもその気で励行しているようだ。

　空襲は本土だけではない。米軍は日本と同様に台湾全体で大量爆撃を行っているし、フィリピンではアメリ

カ軍の上陸を目前に控えて空爆を繰り返しているという。こうした状況でも戦争への意識の継続のためアメリカに勝つんだ、と大本営も政府も機会あるごとに意気込みばかりを云うが、庶民の苦しさを省みない。彼らは責任上絶対に本音を云えないのであろう。

伊勢神宮の外宮である豊受大神社が空爆されたようだ。皇国史観の象徴が敵機に破られたようなものだ。権力者たちは沈黙を守り無視している。彼らが後生大事に掲げたものが守り切れなかったのである。小学校の校長は校舎が火事で御真影を焼失した場合、責任を感じて自刃したものは何人もいた。なのに軍人が責任を感じて切腹したという話は聞いたことがない。結局、皇国史観も自分たちが統治するうえで都合のいい道具でしかなかったのだ。特攻の学徒を思うとSは怒りが湧いてきた。

2月半ば硫黄島にも米兵が上陸し間もなく日本軍が全滅したらしいという。硫黄島が陥落したら空襲は一層酷くなることを覚悟しなければならなくなる。

去年、Sの家に出入りしていた読者の青年Aが出征前に恋人B子を紹介したのを機に、その恋人B子が今年度々訪れて食料品を差し入れてくれるようになっていた。彼女もその青年Aと同じくSの読者で、空襲が酷くなるにつれS家を見舞う回数が増えていた。用を済ませAの無事をSに伝えると長居をせずにそのまま帰って行った。3月10日、東京大空襲。被害は関東大震災に匹敵。SはB子の身の上が心配になった。翌日、神田、上野方面の惨状が伝えられる。B子は神田小川町の下宿に一人で住んでいた。省線も飯田橋から両国方面不通、電話も不通。翌々日にSは彼女のことを放っておくわけにもいかず、飯田橋から小川町まで、まだ死体が捨て置かれるなかで見て歩いた。焼け跡で煮炊きしている人、探し物をする人、遠くに松坂屋だけが焼けずに目立っていた。Sは小川町付近でB子の消息を聞いて回ったが、知るものはいなかった。電話が通じるようになったので、生きていれば電話を掛けてくることに望みを託した。

家に帰ってみると、国会議長Kの奥さんからの誘いで、妻と三女四女の3人を連れて自動車で沓掛に疎開することになっていた。今日の東京の惨状を見ればSもいつまでも東京に留まるわけにはいかないと思いながら3人を見送った。

B子からは電話もないし訪れてくることもなかったが、しばらくして千葉県に住むB子の両親が現れて、先日の大空襲で彼女が亡くなったことを告げられた。Sは言葉もなかったが、生前彼女には子供たちとも仲良くしてもらい食料の援助もしてもらって、悔やみとともに世話になったことの礼を述べた。そしてAのフィリピンの日本軍の所属部隊名を念のため教えた。Sは身近に感じていた人の戦死を現実に突きつけられて、自分も腹を据え覚悟した。

4月13日の空襲で、火災がSの家まで迫ってきた。Sは沓掛に疎開することを決め、20日に長女次女を連れて知り合いの車でその息子と東京を後にすることができた。パスカルとYが送ってくれた安藤昌益の本も忘れずに持参した。沓掛も食糧事情は悪く、買い出しの範囲は広くなり、長女を伴い朝一番の列車で暗いうちに出かけ、真っ暗になって最終列車で帰ってくることもあった。農家は強気で金よりも物を要求した。時計だ着物だと、いちいち要望に応えていられないので、Sは庭で野菜作りを始めることを考えついた。

しかし草の根の張る土地を耕すことは難儀なことで、直径1メートルのススキの群生には往生した。こんな土地に種を蒔いても野菜が育つのか不安だったが、幸いこの別荘の管理人の老人がいろいろ指導してくれたので、トマト、キュウリ、カボチャ、ナス、サツマイモを植えた。そして便所から糞尿をくみ取って肥料にした。
6月にはそれぞれ芽を出す楽しみが出てきた。

娘たちも東京とは違った生活が待っていた。疎開なので次女の小諸女学校への編入と三女の沓掛小学校の6年生への手続きをしなければならなかった。四女はまだ来年からである。小諸女学校では時間数は少ないが普通の授業であったがそのうち東京と同じ勤労奉仕に代わって地下工場からの土運びが仕事になった。三女は普通授業のほかに食糧難の事情に鑑み、食べることのできる野草摘みがあった。そこで一番悩むのが朝鮮の男の子だった。三女は彼によくいじめられると話した。Sは都会の新参者がいじめられるのは覚悟していたが、三女も深刻には受け止めていなかったようだ。長女は家の手伝い、買い出しに精を出しながらも懇意の城田先生の別荘までピアノも習いに行っていた。彼女は十分な練習量が取れないと、別荘の住人の中に安くピアノを手放したいものもいるので、Sにピアノを買うように迫った。それは家族思いの長女の初めてのおねだりだった。疎開して何かと出費が嵩んでいたのでSが躊躇していると、

長女：戦争は兵隊さんたちが戦っているだけではなく私たち国民も頑張って協力しています。それはアメリカの青年少女も同じでしょうが、彼らは毎日ピアノを練習しています。戦争だから日本の文化が育たなくていいことにはならないと思います。こういう時だからこそアメリカの少女に負けたくないのです。

と云って父の顔を見た。Sは長女の自己主張に初めてのことで驚いた。日ごろの彼女の一生懸命さに内心感謝していたSは頷くしかなかった。

4月1日にアメリカ軍が沖縄本島に既に上陸していたという。大本営はこれを撃滅すると強気だが、内閣が小磯から鈴木（貫）に代わった。そして5月にドイツの降伏が報じられて戦局が大きく変わると期待したが、軍部は本土決戦を主張して譲らない。それを示すように軍の航空局からSは徴用もされた。松代に大本営が造られていることは噂に聞いていたが、その近くの御代田でトンネル掘りの人足の仕事であった。燃料の貯蔵庫らしい。軍はまだまだやる気だ。行かなければ配給が貰えないという。朝5時に起きて肩にシャベルを担いで沓掛駅に行くと、同じ奉仕隊が男女50人ばかり集まっていた。9時過ぎに現場に到着。仕事を指示される。掘られてきた土をシャベルでモッコに入れたり、モッコを担いで運んだりして体力がいる。Sには重労働であった。野菜作りのときは休みながらできたが、3人一組であるからそれもできないが時々動きを休めさせてもらう。昼時になってようやく腰を下ろすことができ、助かったと内心声を上げた。雑炊の団子を4個ほおばりサ

ツマイモを半分食べる。目の前の百姓女たちは喋りながら大きなおにぎりを口いっぱいにほおばりながら話している。Sが横になると、男のくせにだらしがないという女の声を聴きながら眠ってしまった。午後は気力だけでなんとか頑張った。

翌日朝に起こされてみると、体の節々が痛い。何とか立ち上がるとふらつく始末。大丈夫ですかと妻に声を掛けられ、大きく頷き空元気を示した。午前は何とか頑張り抜いたが午後は体が云うことを聞かない。相棒が気を利かせて彼が休めるよう取り計らってくれた。命が助かる思いだった。百姓女たちは白い目で見ていたが、それを繕う元気もSには残っていなかった。

Sは自分の病み上がりの身体では無理だと判断して命には代えられないので、代わってくれる人がいればそれでもいいと聞いたので、3日目から管理人の老人に1日10円でお願いした。家にいて休みながら体の痛み疲れをとることに専念ができた。4～5日は畑に出なかった。買い出しは勿論無理で長女に任せた。午前中はパスカルを引き続き読み、安藤昌益にも手を出してみた。彼の「自然真営道」は根本的で日本古代の漢字文化から批判を始めている。午後は仰臥をできる限り励行した。そしてそのあと野菜の面倒を見回りできるようになると、夕方3日に1度星野温泉まで下りて汗を流した。

ある日娘たちが温泉に行ったところ、入れてもらえなかったと帰ってきた。なんでも近衛侯爵が今日から星野を宿にするので、温泉は休業するとのことだったと彼女たちは不満気に話した。Sは地元の婦人連からこの星野温泉は近衛公の新橋の芸者上がりの妾宅でもあることを以前聞いていた。国民を苦労に追い込んだこの戦争の責任者の一人である近衛公が愛人と一緒に温泉に現れるとは、Sは彼の神経を疑った。

彼は国民の期待を受けて１９３７年6月に第一次近衛内閣を組閣した。彼を待望したのは陸軍も同じであった。彼は第一次大戦後、米英主導による国際連盟の発足、民族自決等の国際平和路線に対し、米英の基調とする平和路線を批判する論文を雑誌に投稿したことがあった。その後陸軍はこの論文と同じ方向で満州事変を起こしたとも云えた。また彼の組閣後1カ月で盧溝橋事件が勃発して不拡大の方針を示したが日支事変に発展してしまった。いずれも彼の本意ではなかったと思うが彼は追認せざるを得なかった。そして戦火が上海に飛火すると泥沼の日中戦争へと拡大した。彼は国家総動員法を成立させ戦争体制の強化を図り、更に国民党政府とは交渉しないと云って傀儡政権を南京に立ち上げるが、日中戦争の解決を見出せぬまま中途半端に退陣する。

第二次近衛内閣では大東亜新秩序を謳い新体制運動を提唱し、大政翼賛会を発足させた。すべての政党が解党したので、これは結果的に軍部の対アメリカ戦への露払いを務めたことになった。それでも最後には対アメリカ戦を回避しようとルーズベルトと交渉に臨もうとするが東条陸相の反対にあい退陣した。一貫性のない彼の考え、行動がSには理解不能であった。

振り返れば第一次近衛内閣発足直前に一高時代の同窓会があった。同窓の連中も近衛への期待が高かった中で、「貴族というものは権力の寄生虫で、いざとなると自分を一番可愛がる性格の持ち主だから信用できない」と切って捨てた者がいて、今思えばその通りに推移していた。

翌日は、近衛が帰ったということで風呂は使わせてもらえたと娘たちは喜んで帰ってきた。そして温泉の2階の欄干に色眼鏡をかけたキレイな洋装の婦人が腰を掛けてタバコを吹かしていたとも報告した。さすがに近衛公も在京の天皇を差し置いて疎開はできないので1泊で帰ったと考えて、Sは少し溜飲を下げた。

2日後、5月25日東京に大空襲があったと噂が広がった。Sの家の隣の家が焼けたと聞いた。そして翌日留守番の管理人から電報で「イエゼンショウス、クラハヤケズ」と知る。蔵が無事だったことが何よりもSは嬉しかった。ただ娘たちはガッカリしていた。これでは戦争が終わっても帰る家がないので女学校へも通えない。友達にも会えないと次女と三女は涙ぐんでいた。冬にこの寒い別荘で暮らすことになることは彼女たちには信じられないことであった。なかでも次女はしおれて何も手がつかないようなのでジャガイモの種付けを手伝わせた。

そして6月、Sが東京に買い出しに出た時、合わせて保険の更新もしてきたので戦争が終わればいつでも家は建てられると家族を安心させた。名古屋も激しい空襲に見舞われているが食料の調達が難しくなって妻の実家にも行かなくてはとSは妻に相談してみた。彼女は実母が亡くなってから実家と疎遠になっていたので関心を示さなかった。

6月下旬、沖縄は壊滅したらしい。大本営は沖縄戦は勝つと豪語していたのに、アメリカ軍の侵攻が早いのは物量に余程の差があるのだろう。地上戦だから民間人も多数死んだ筈だ。大本営は今度は本土決戦だと懲りずに云う。彼らは人間の命を何と考えているのだろうか。戦争というものは権力者がやるものだとSはつくづく思う。

7月に入りこの山も暖かくなってきたのは良いが、シラミが湧き出した。その退治に畑の世話も奪われながら娘たちの髪の毛をハサミで短くした。

毎日のように手入れしている畑でも思うようにはいかない。豆類は全滅であった。ジャガイモはそこそこの収穫でキュウリは小さく可愛く育っていた。家族の胃袋は相変わらず半分以下の状態で買い出しは2~3日に一度、最近では西の松本辺りまで行くこともあった。朝早く起き切符を求めるも買い出しの人たちが行列をつくり、次の汽車になることも度々だった。2時間以上待てずに貨車にすることもあった。首掛では多くの肉体的エネルギーを割く毎日だったが、東中野の焼け跡を放っておくわけにもいかず買い出しのついでに東京に出掛けた。

我が焼け跡に立ってみて周囲も焼き尽くされているので特に感慨はなかった。ただコンクリートの書庫が無言で凛と立っているのには勇気づけられ頭が下がった。鍵が高熱に晒されてのことだろう開かなかったので鍵屋を頼むことにした。東京も焼失が激しく頼る農家も少なくなって成果は殆どなかった。

沓掛に戻ると、Sは思い切って名古屋新舞子の妻の実家に長女と行くことにした。妻も今度は了承した。それを電報で告げると、折り返し、名古屋は空襲が激しいから来るな、と返報。Sは構わず長女と訪れることにした。岳父は着いてみると嫌がるふうもなく、のんびりしていけと云う。彼は空襲を恐れながらも以前と同じ生活をしていた。相変わらず妾に身の回りの世話をさせ毎日会社に出社した。岐阜の妾宅へも時々顔を出すようだった。庭に野菜畑を作っていたのが新しく目にする光景であった。キュウリ、カボチャ、ニンジン、ジャガイモを好きなだけ持っていけ、と云う。Sは2泊3日の間、何年か振りに毎食2杯ずつ白米を食べることができた。沓掛では一日雑穀入りの2杯がいいところ。長女も満足して食べていた。味噌、醤油、漬物、干物、お菓子等も二人のリュックに詰められるだけ詰めて手には風呂敷包みを持って帰ることができた。

沓掛でも本格的な夏を迎え日ごろの世話が身を結んで大根、キュウリ、カボチャなどもよく育つようになった。ただSは下痢には相変わらず悩まされた。栄養不足のため腸も働き甲斐がなくサボるのかもしれないなどと馬鹿な空想をした。

東中野の焼け跡にポツンと残った倉庫がSは気になっていたので、8月に入って直ぐ兄に鍵屋の手配を頼んでおいて東京に出た。兄と見守る中鍵屋は苦戦していた。兄は立ち話で、日本はソ連に仲介を頼んで外交交渉がうまく運んでいるというが、本土決戦と云わざるを得ないほど追いつめられた日本にアメリカとの仲介の労を取る国が現れるか、Sは信じられなかった。それも中立条約も怪しくなっているソ連に打診するとは日本に打つ手がないのに等しかった。鍵が何とか開いた。本が無事でSは胸を撫でおろした。真ん中に置いた物たちも全部無事だった。入り口には近所の被災者が見に集まって中を覗き込んでいた。兄に鍵を渡し管理を任せSは知り合いOの家に世話になるため切り上げた。

翌日、Oの知り合いの農家何軒か一緒に買い出しに回った。午後は一人で麻布の養子R宅に行った。（SもRも日本郵船社長故T氏の養子だった。Tは沼津に別荘があってSの叔母がその管理人だった関係で少年Sは彼女に連れられて遊びによく行った。子供のいないTは利発な少年Sに興味を持ちその頃から養子にしたいと叔母に云っていた。一高に入学した貧乏学生SにTが手を差し伸べても一向に自分を頼ろうとしないSの純粋さにTは感動するようになっていた。Sを見るたびに、Tはいろいろな飽食の半生を反省することになった。SがT大生になるとTは改めて養子の話を持ち出し、その熱意に負けてTの邸宅にSは下宿することになった。でも食事代は払った。そこでTは出会ったころからの気持ちを打ち明けて、Sもその気持ちに感化され彼の真剣さに折れてS自身も父性愛に飢えていたところもあり、SとTと正式な書類を取り交わし養子縁組をした。RはU夫人の親戚の子で、前から話はあり続いて養子になった。TはRを敬遠して避けるので同居中Sは彼に同情していた）

　Rに来訪の事情を述べると、世田谷の三軒茶屋にある家作が空いているのでそこを打診してくれた。Sは天にも昇る気持ちで契約し前金を払って、意気揚々邸宅を後にした。だがU夫人には会えなかった。これからもいろいろ理由をつけてSとU夫人が接する機会をRは敬遠していた。

　東京から戻ってすぐに広島に新型爆弾が落とされたと噂が広まった。数機でやって来て　発で市全体を壊滅させたらしい。翌日午前、何も手がつかず隣の別荘の国会議長Kのところへ様子を伺いに行く。彼は大政翼賛会以降閑職だ。Sの弟が婿として入っている関係で沓掛では家族ぐるみの付き合いをしている。彼は昨夜は眠れなかったらしい。これで日本も日清戦争以前に戻ると肩を落としていた。

S：日本をこのような地獄に追い込んだ責任者は誰ですか。腹を切ることを忘れている軍人や政治家によって国は廃れたと云えます。責任者不在の戦争であれば敗戦は当然です。

K：残念なのは近衛さんが一貫性がなかったことだ。国全体を戦時体制に構築しておきながら、対米戦が現実味を帯びてくると一転和平の姿勢を取り始めた。その時点でルーズベルトも乗り気でアメリカの和平条件も厳しくはなかったようだ。

S：なぜ近衛――ルーズベルト会談は実現しなかったのですか。

K：松岡外相がドイツ、ソ連と回って、日ソ中立条約を結んで意気揚々と帰国して、自分を抜きにした日米交渉を認めなかったからだ。日独伊ソの四国が手を結んでいるのだからアメリカに対してもっと強気になれ、ということだ。そして陸軍は欧州のドイツのソ連進撃に期待をかけて仏印の南下作戦を強行した。日本軍の狙いが南方の石油だと米英に見透かされて、彼らを怒らせてしまった。近衛さんは松岡を更迭したが、ＡＢＣＤラインを敷かれ、最早アメリカとの交渉の余地はなくなってしまった。近衛さんは最後にアメリカの要求である中国大陸からの陸軍撤退を東条に打診したが拒否され近衛内閣総辞職、その後を東条が継いだ。形のうえでは交渉を継続していたが実際は戦争準備の期間、そして突入してしまった。

S：松岡のことはよく知りませんでしたが、陸軍が南進したことで、アメリカの日本への石油、鉄等の戦略物資の禁輸と米英中蘭のＡＢＣＤラインで日本の経済は封鎖されてしまって日本は戦争せざるを得ない状況に追い込まれましたが、これは陸軍の想定のうちでしたか。

K：それはどうかな。陸軍は南仏印進駐がアメリカの石油禁輸まで硬化させるとは考えていなかったようだ。陸軍の見通しも甘かったのだ。

S：日露戦後、日本の賠償０円でそれを主導した仲介のアメリカを日本陸軍は敵視するようになり、対アメリカ戦を机上で研究するようになったと聞きます。それは軍事面だけでなくアメリカの国民性も研究し、彼らは戦争嫌いであるという認識を持ったように思います、とくにアメリカは女性が強いこと。だから第一次、二次大戦でも英仏対独伊戦のヨーロッパ戦線にもアメリカは介入に慎重でした。陸軍はそこにも期待したのではないですか。でもその期待は外れ今更何を云っても仕方ないですが。

このようにＳも手立てがなくてＫのところにやって来て、死んだ子を未練がましく抱くように戦争を振り返ったが、これ以上軍部への恨み節を語り合っても無駄と考え自宅に帰った。昼には家族でK宅から貰ってきた蕎麦がきを食べながら、Sはおいしそうに食べる子供たちを見て敗戦後の日本社会で子供たちの将来を心配していた。

8月9日にまた新型爆弾が長崎に落ちた。次はどこだろうか、日本人は皆恐怖に慄いた。

15日正午に天皇のお言葉が放送されるということを前日に知らされた。夕食はいつものように粗末な食事を前にしてその話でいっぱいだった。当日、Sの家のラジオは故障しているので正午前に家族は星野温泉に下りて行った。Sは天皇が何を喋ろうが、今更興味がなかった。戦争継続して日本国が亡びて山河だけになったとしても、また戦争終結して生き残れても、Sにはどちらでもよかった。彼は庭に仰臥の椅子を出してパスカルの続きを読んだ。

天皇の話が終わって家族が泣きながら戻ってきた。天皇は戦争終結を表明したという。日本は無条件降伏をしたという。娘たちは日本が勝つと信じていたのだ。Sは泣きじゃくる彼女たちを抱き寄せた。彼の目に止まった現実は娘たちの髪の毛のシラミだった。これも戦争の痕跡に違いはなかった。床屋は物がなければ切ってくれないので彼女たちは短髪に、自らも鋏で散髪した。これからの社会混乱を受けて立つ気持ちでできることは何でも自分でやることにした。

日本が仲介を頼みにしていたソ連が満州を攻め込んでいるニュースに接すると、ソ連の戦車に追い回されているだろう満州開拓民を想像してやり切れない気持ちになる。また北方領土も侵攻されていると聞いてこれで終戦を迎えたことになるのだろうか。日本軍の動向は気になった。鈴木終戦内閣が終戦の日に総辞職し軍部内閣が終わった。東久邇宮内閣が発足してうまくやってくれることを期待した。しかし近衛文麿を国務大臣として入閣させていた。近衛は戦争責任者としての立場の人間なのに戦後復興に表に出てくる感覚にSは驚いた。彼は首相時代蒋介石を相手せずと和平の道を自ら閉ざし日中戦争を泥沼化させた当人である。占領軍としてやってくる蒋介石とどんな顔をして交渉するのだろうか、Sは未だ日本の上層部は反省がたりないように感じた。

生活の苦しさは戦中と変わらない。買い出しの苦労は相変わらず。最近は買い出しに出ない日は日常的に下痢に苦しみながらも午前は畑に肥えを撒く。午後は本を読む、パスカルの「パンセ」をようやく終えた。あくなき精神活動に頭が下がる。夜は仕事。急ぐこともないので今夜はパスカルを考えることにした。日本人にはお目にかかれない彼の人生。少年時代から数学の天才と認められ、成人してからも様々な科学上の仕事で称えられて貴族サロン社会の貴公子であった。その彼が田舎で信仰生活に転じたのはSの理解の程度を超えているがまた興味がそそられるところでもある。

あのMの論文「パスカルの人間研究」も読んだが、ハイデガーの存在論の影響で抽象的な人間存在像に仕立て上げられている。中山みきの生まれかわりと称された親様から天理教とキリスト教の研究を託されたSにすれば、Mのキリスト者パスカルの人間研究は参考にならなかった。パスカルに近づくには地道に事実に即して考えながら想像力を働かせていくしかないと考えた。

パスカルは元々カトリック教徒であったが、その一宗派であるポール・ロワイヤルに入信したのは彼の叔父の影響だったようだ。そして彼は今度は家族の父、姉妹も入信させた。それは彼が23歳のころ。パリ郊外にもできたポール・ロワイヤルで熱心に信仰生活を送る修道尼の妹ジャックリーヌに純粋な真のキリスト者を見出す。信仰についての影響を受けた彼もそこで信仰生活を送るようになる。それは彼が30過ぎのころ。彼の20代は貴族のサロンと教会の両方に出入りしていた。ジャックリーヌもパスカル同様才能豊かな女性だったようだが、世俗を捨てて信仰生活に打ち込んでいる彼女の姿を見て、彼は自分を省みた。そして政治的思惑からだろうが、西洋では赤ん坊のとき洗礼を受けてそのままキリスト教徒になるが、昔はキリスト教徒になるには難しい課題と修行があってその試験に合格したものだけがキリスト教徒になれたということをパスカルは知った。

妹ジャックリーヌは古代キリスト教徒を実践していると彼は認識できた。自分はサロンに出入りしながらのキリスト教徒だ。彼は恥ずかしい思いに駆られながら真のキリスト教徒になるためにポール・ロワイヤルで妹とともに信仰生活を送るようになる。これがジャックリーヌが身をもってパスカルに教えたことである。こうして謙虚な気持ちでの信仰生活は、デカルトのような合理的な主張は思い上がった行為と批判し、パスカル自らは「人間は考える葦である」の認識に至ったと、Sは考えた。

Sも自分を振り返ると、物心ついたころから神楽を歌い踊り、意味も分からぬことを太鼓を叩いて唱えることを励行する天理教徒であった。毎日それを繰り返して子供心には信仰というより生活の一部であった。Sにはジャックリーヌに対応する人間が身の回りにいなかったと云える。だから高校時代にそれを無意義と考え信仰を捨てた。パスカルとは逆の行為になったが、Sはそれを納得して反省する気はない。

Sは信仰から解放されたが、パスカルはキリスト者として信念を磨いた。特にイエズス会との教義上の論争を繰り返し一歩も引かずに渡り合った。ローマ・カトリックと王権を味方につけたイエズス会を前に彼らは不利な立場に追いやられたが、イエズス会の勇み足により見事にロワイヤルの恩寵の教義を貫くことができた。Sはパスカルの生き方に敬意を示す気持ちになっていた。

これから安藤昌益を読むことにした。8月30日、マッカーサーが厚木飛行場にパイプ片手に役者気取りで姿を現した。日本人の占領軍への反発は意外なほど少なかった。日本軍の武装解除もスムーズに進み、日本人も同時に解放感に包まれていた。9月2日、戦艦ミズーリ号で日本は降伏文書に調印。連合軍の占領政策が始まる。まずA級戦犯の洗い出しそして逮捕。第一次逮捕で東条英機は9月12日早朝ピストル自殺未遂。第4次逮捕で近衛文麿は12月6日服毒自殺。

9月27日、天皇・マッカーサー会談。天皇は正装で直立不動の姿勢、マッカーサーは普段の軍服姿で両手を腰に当ててリラックスの姿勢で写真が新聞に掲載された。少し前まで現人神だった天皇がアメリカ陸軍大将に出向いて頭を下げていることが分かる写真だ。この写真を見て日本が占領下という現実を認識した人も多かった。Sはそれよりも沓掛で落ち着いている場合ではなかった。ここで冬を越すには厳しすぎる。

それでこの前、Sが東京に出て、冬を迎える前に家族で東京に住むための貸家を探し出したが、引っ越しの期日を決めるためまた麻布のR宅に出掛けなければならなかった。しかし次女が高熱を出し寝込んでいたので延ばすことになった。終戦の日まで朝早くから暗くなるまで日々の勤労奉仕活動の疲れが出たのであろうと、Sは考えた。高熱がなかなか下がらなかったので医者も何人か診てもらったが容態は改善しなかった。最後に向かいの山に疎開している東京の大学病院の博士に診てもらってようやく肺炎の診断が下された。薬の処方のお陰で高熱は下がったものの更に1カ月は養生のため寝たきり生活を送らねばならなかった。というのも彼女は完治したものの高熱が続いたため体力が落ち歩行もままならなかった。そのため東京行きも更に延びてしまった。11月に入ってここで冬を越すわけにもいかずSは引っ越しの日取りを決めるため麻布の家に出掛けた。そこでSは弟にあたる養子Rに信じられないことを云われた。彼は、S一家がなかなか東京に出てこないので、父親同士が懇意であったK男爵に頼まれてフランス人にその家作を貸したと当たり前のような顔で云うのだった。正式に契約を交わし前家賃まで支払っているのでSが怒りに任せてまくし立てると、Rは自分にはどうにもできないと、住所を教えるからSに男爵と話し合ってくれといい加減なことを云う。彼にこれ以上云っても無駄であることを悟り、K男爵邸に向かった。Kは、フランス人が○○日にフランス行きの船で帰国するからその日まで待ってくれと云う。だがそれが守られず3回も続いて延び延びになった。

フランス人の言いなりになる男爵に愛想をつかしSは直接彼と話し合うことにした。三軒茶屋の家に着くとちょうど彼が出掛けるところだった。フランス語で事情を話すと、彼はけんもほろろに占領軍としてこの家を没収することもいつでもできると、威丈高な態度で出ることを拒否した。そのうえ彼がKに話してきた帰国船のことも嘘だと分かった。Sはフランス人を信頼してきたが裏切られた気持ちになり、日本人が占領軍の捕虜であることを身をもって知った。男爵邸に戻って報告すると、Kも何度もフランス人に嘘をつかれてきていたので貸したことを後悔していた。そして彼もS一家が沓掛で冬を越すのは無理と判断して、邸の離れに茶室があるからそこを当分使ってくれとSに提案してくれた。茶室を見ると付属の部屋がついているので山小屋ぐらいの広さはあった。風呂は3日に一度邸の据え付けを使えるという。

S一家は年明けて早々にそこに引っ越してみて、ほとんど使われていない離れで、山小屋から来た家族は恐縮した。K男爵は大豪邸の一角に住んで、大部分をスイス大使館に貸していることが分かった。部屋にピアノを置く余裕がなかったので、長女は表通りのガレージに置かせてもらって練習した。そこで大使館の高官らしき人物と片言のフランス語で挨拶するようになった。そこから彼は毎日のように茶室が面している裏通りを犬を連れて散歩していた。そこで庭で七輪で魚を炙っている妻とも片言のフランス語で話すようになった。

まもなくSが彼と直接話す機会が訪れた。Sが仕事を休めて庭で手足を伸ばしていると、突然「ムッシュ」と声がかかった。垣根の向こうに年配の西洋人が犬を連れて立っている。Sも咄嗟に「ボンジュール」と返して、この人が例のスイス人であることは分かった。彼はS夫妻がフランスに留学していたことは妻から聞いて知っていた。そこで彼はフランス語で、Sの長女がガレージでピアノを弾くのは忍びない。どうしてここに住んでいるのか、と質問を投げかけてくれた。そこで本来なら世田谷の借家住まいをする筈だったが、フランス人が立ち退いてくれずやむを得ずここに世話になっている顛末を話した。そのフランス人の名前も聞かれたので彼に教えた。「ガレージではピアノが可哀そうだ」と云って紳士は犬を連れて立ち去った。2日後、男爵の使用人から「明日午前中にフランス人が引っ越すことになったので、Sさんもその日のうちに間を置かずに引っ越してください。日を空けると進駐軍も空き家を探しているので没収される恐れがあるのでお願いします」と云われてSは吃驚した。ここの生活も悪くはなかったが、ただ風呂に入ることも茶室で調理することも気を使って落ち着かなかった。これで一家水入らずで暮らせることを皆喜んだ。翌日、引っ越しで忙しくしていると西洋人が「引っ越しですか」と声をかけてきた。Sも察して「お蔭で世田谷の貸家に移ることができました」と礼を云うと、「ピアノもガレージから部屋の中に引っ越せて喜んでいるでしょう」とだけ云って立ち去った。

第四章

昭和21年が明けて、S一家が三軒茶屋に落ち着いた。終戦からこの間、日本人が誰もできなかった荒療治を占領軍最高司令官マッカーサーが僅か3〜4カ月で断を下し成し遂げたことに、Sの思いは複雑だった。それでも食糧事情の悪化は続いていた。配給が滞っているのだ。農民が政府を信用せずにコメの供出を拒んでいる。困ったことだが戦中の総動員法の反動が農民意識を頑なにさせていた。それでも長女は健気にも買い出しが自分の天命のように東奔西走している。暗いうちに起きて東中野駅で並んで切符を買い一番電車で、そして乗り換えながら青梅方面の目的駅に向かう。まず知り合いの農家に当たりそして次の駅へ。帰りは重いリュックを背負って暗くなってから家に辿り着く毎日だ。彼女は戦中以上の買い出しに頑張っている。Sも空腹を抱えながら一挙に増えた仕事に余念がない。またいろいろと来客があって時間が奪われたが、空襲警報に神経を尖らせることがなくなったので落ち着いて忙しい日常を送ることができた。そして戦争について振り返る余裕も出てきた。戦時中は近代日本を軍国と捉え批判を構築したが、それを強いた西洋の近代も改めて考えなければならないとSは思うようになっていた。

20世紀になってからの2度の大戦は植民地競争の先進国の英仏に対し後発のドイツそして日本も挑んだ戦争だった。日本は一度目は英国と組み勝利し二度目はドイツと組んで敗北した。植民地の争奪戦ということは資本の論理による列強の覇権を争う戦と云えた。資本の発祥まで遡って勉強しなければならないと感じた。

そんな折、沼津から連絡があり、Sは母の法要（天理教の10年祭）で実家に帰った。実父は遺影の横に泰然と座っていて皆さんの挨拶に会釈し応じていた。Sもそのとき挨拶しただけで特に話もしなかった。それが済むと思いがけず親類の者たちが焼け野原の東京は大変だろうといろいろと食糧を持ってきてくれた。そこでは戦時中の厳しさと違う新たな戦後を感じることができた。帰りに東京駅で降りると、ホームで米兵たちが歌ったりビール片手に騒いだりしていた。日本人はそれを物珍しげに遠巻きに見物しているが、そこに喪服の夫人が骨壺を抱え数人の喪服の一団を伴って現れた。違和感のあるこの光景は目を引いた。この対照も終戦直後を表す現実の一つであろうがこの時は占領下という緊張感はなかった。

マッカーサーが日本は四等国になったと発言したという。一等国から四等国へ、日本人のプライドが傷ついたようだ。軍国日本のプライドは早く消えたほうが良いが、日本の国運が衰えても日本人の文化意識までもが衰えてはいけない、とSは自分にいい聞かせていた。四等国という現実を前にしてだろうか、軍人ではない名士の自決が記事に載るようになった。その人たちは過去の責任を取ったのであろうかそれとも将来に悲観したのであろうか。できれば自己の立場をあからさまに生き続けてもらいたかったとSは残念に思った。

沼津から帰ってまもなく実家の父の面倒を見ている親類の主婦から初めての手紙を貰った。最近父が寝込むようになって「Sに話しておきたいことがあると繰り返し云うのでこの手紙を書きました。先も短いので是非会いに沼津に来てほしい」と父の代筆であった。話があれば先の母の法要のときにでもできたろうに、法要主として慌ただしく心残りであったのであろう。実父とは若い頃の疑念も氷解するほど、互いにわだかまりが無くなっていたので改めての話とは何か、Sは汽車の中で考えてみたが見当がつかなかった。

父の顔を見るとこの前より一段と老いて、確かにお迎えが近いことが分かった。彼は体を起こして布団をお付きの主婦に背もたれにしてもらって〝よく来てくれた〟と挨拶もそこそこに話しはじめた。天理教に帰依したためお前には苦労をかけたと涙を浮かべSの手を握ってから、

父：お前にも以前東京の家で話したと思うが、私は貧乏になったがそれで良かったと思っている。財産を放棄

してみると網元の若旦那が一介の漁師になって捕った魚も公平に分配して、漁師生活を実践し彼らの気持ちもよく分かるようになった。これが本当の財産放棄の目的で良かったと思った。また信仰者としては困っている人がいれば彼らに寄り添うためどこへでも出かけた。病気の窮状を訴える人が多かったがどこでも喜ばれた。特別なことをしたわけではない、相手の立場になって親神にお願いしただけだ。私は同格の金持ち、名士からは見下されるようになったが、それでも庶民、漁師から感謝される生活で嬉しかった。人の役に立てたことをこの年まで続けてこれで本当に幸せな人生だった。でも心残りがある。それで死ぬ前にあんたに頼みたいのだ。

　Ｓは父の財産放棄の真の理由が自分の幼少の命と引き換えだったことを知ってから、父に批判らしい気持ちは消えて彼の人生を立派と讃える気持ちになっていた。自分に頼みとは意外で見当もつかなかった。

父：その天理教に帰依した経緯はあんたにも話した。幸い母さんも私についてきてくれた。貧乏な生活のためお前を弟に預けたのも親神がお前を守ってくれると確信があったからだった。それは父（Ｓの祖父）がＳは祖父（Ｓの曾祖父）の生まれ変わりだから置いていけとお前を離さなかったのでそれで従ったのだ。そうした事情であってもお前には親の勝手と許せなかったろうが、今ではお前も許してくれていると思う。そこで頼むのだが、私が一生をかけた信仰を教祖中山みきを研究してほしいのだ。私は学問がないからできなかったがお前ならできると思う。是非頼む。

　父は涙で言葉に詰まりながら胸に秘めていたことを吐き出しているようだ。叔父夫婦の家に祖父母と私の3人が引き取られた。祖父は父が財産放棄したことで散々嫌味を罪のないＳに云ったり、読書好きのＳが友から借りてきた本を燃やしたりした。そのときＳは友人に合わせる顔がなくて自殺も考えた。元気のなくしょげ返っているＳに担任が気がついて理由を聞いてくれて、その事情を友に話してくれてＳは死なずに済んだ。友は全く気にしないでその後も本を貸してくれた。祖父の父に対する嫌悪の情はＳの中学半ばまで続いた。それゆえ祖父が自分を立派な曾祖父の生まれ変わりとしてそばに置いたのは全く意外であった　祖父が亡くなったとき、中学から帰るとそのことを知って、どういうわけか誰もいない物置で一晩中泣き明かした。後で考えればその姿を見せたくなかったのであろう。父への非難は浴びたがそのほかでは優しい祖父への愛情も心の奥底へ閉じ込めていたと云える。

またSは自分の子守をしていた年上の女の子を思い出していた。毎年の賀状に、Sさんに謝りたいことがあるので沼津においでのときは是非お寄りくださいと繰り返し書いてきた老女がいたがその女の子であった。彼女が亡くなってからその息子が事情を話しに来たことがあった。彼の話は村祭りの当日彼女は3歳のSの子守役であったが出店をあちこち回っているうちにSがいないことに気が付いた。それを大人たちに告げると大騒ぎになって皆で捜し回っても見つからない。Sの母親が池に嵌まったのではないかと直感し、父親が池に入って沈んでいる半死のSを見つけ引き上げた。そして3日間の父の苦闘が始まったのだが、その事情も老女は知っていたのであろう。老女は生前責任を感じて直接Sに謝りたいと折に触れて話していたが亡くなってしまった。息子の話は父の話と老女のそれと符合していた。

父：私の財産の放棄で教団は沼津に新しく教会を建てたが、私の一家はその近くのあばら家に引っ越した。私は沼津を拠点に精一杯布教活動に専念し、地元の我入道に教会を建てるため頑張ったが役所から許可が下りなかった。それならと活動範囲は広げて故郷から遠ざかってしまったが、住み着いたところには教会を何カ所も建てることができた。しかし、今思えばこれは間違いだった。真の信仰は建物ではなく心だと気がついた。最近は本部も大きな建物を建てるため信者に寄付を求めているが間違っている。信仰心を豊かにすることで助け合いの精神を磨くことが求められる。それには人が集まれるところであればあばら家でも結構なのだ。だから私は故郷に教会を建てることに拘るべきではなかった。それならお前とも会うこともできた筈だ。反省することはあるが幸せな人生だった。

と云ってSの手を取って頼むと涙を浮かべた。父は親神に従って生きてきただけと云っていたが、重複もあったが初めて聞くこともありＳは有難く感じていた。Ｓは両手で父の手を包むようにして頷いた。父：有難う。思い残すことはない。今の天理教だが、真柱（教祖中山みきの曾孫中山正善）が、戦争で教会が焼失したことを口実に大教会の建築に信者から金を集めていることは間違いなのだ。わしは長い間の信仰から親神の存在は肌で感じている。そして心は人間のものと認識した。教祖も信仰を続けるうちにいろいろ葛藤はあったはずだ。しかしそれを乗り越えて親神の言いつけに従って信仰を守った。そうした信仰は真柱中山正善氏にも継続してほしいと望む。できれば中山氏とも親交を結んでもらいたい。

Ｓはこの依頼に応えようがなく、ただ父親の顔を見つめるだけだった。教祖中山みきのことは父が一生を捧げた対象であるからＳ自身も興味を持てるが、以前Ｓは教会を批判したことを小説に書いたこともあり、教義より建物に関心がある曾孫の真柱と親しくなるには抵抗があった。何でも着飾るような人間は自分に自信が無いことと同じで、そんな彼が天理教のトップであることは教団にとって不幸なことで、彼との親交は気が進まなかった。ただこのときＳは父にはそれを云えずまた父の手を取っていた。

このとき沼津では戦時中と違って食料事情が回復してリュックに入らぬほど土産を貰うことができた。三軒茶屋に戻ると、空腹を抱えていた家族は思いがけない土産に皆喜んだ。田舎は東京より回復が早いみたいですねと妻は云ったが、妻の実家の名古屋にまた行ったらと暗に催促しているようにＳには聞こえた。戦後、雨後の筍のごとく出版社が生まれてＳのところにも何でもいいから書いてくれと依頼が殺到してその余裕はなかった。Ｓは彼女が行けばいいと思うのだが、妻の母が亡くなってから彼女は縁を切ったように名古屋行きを嫌っていたので、彼は云い出せなかった。

南方、大陸の戦地から復員したものから無事を知らせる便りがいくつか届いていた。国内組ではＧ木が手紙を寄こしてくれた。それには就職した中島飛行機は日本軍の所有の軍需工場になっていて、米軍機の東京空襲で最初からターゲットにされていた。日本の陸海軍の戦闘機の半分を製造していたので終戦まで9回も空襲に遭ったという。その都度50名以上の兵士と社員に死者が出たがG木は運よく命拾いをした。生き延びたのは工場も地下深く造り直して何キロにも及ぶ地下通路の存在のおかげだった。最初は日本軍も戦闘機と高射砲で迎撃していたが、そのうち高度1万メートルからの爆撃には日本の戦闘機も歯が立たず高射砲も届かず、一方的にやられるようになった。ただ軍関係の仕事だっただけに国民と違って食料には苦労がなかった。最後に「就職時は理系であるので学徒出陣は免れたので、お国のために戦場に行くつもりで中島飛行機に就職しました。戦争が終わった今、毎日やることがなく心に穴が開いたように気力もありません。中島飛行機は軍から離れて一企業として復活するようですが、私は飛行機造りを続けるつもりはありません。かと云って他の仕事を探す気も起きません。こんな様子ですから先生に会わす顔がありません。ただ先生に私の無事を手紙でお知らせした次第です。」と結んであった。Sはアランの会から巣立って行った学生の生還2号と喜んだ。Sは仕事と相変わらずの食料難のなか毎日忙しく働いているが、G木の気持ちもよく分かった。Sも結核と宣告されたときは何もする気が起きなかったのを思い出す。D原からは便りはまだなかったが、W田の死を知らせてくれた生還1号の傷痍軍人のE山の手紙を改めて読み返した。

「前略、先生も既に御存知かもしれませんがW田は死にました。戦死ではなく事故死のようです。W田の特攻魚雷の搭乗を知ったとき僕は驚き、先生に彼が辞退するように説得をお願いしましたが彼は聞き入れなかったようで残念で堪りません。彼のような人間は戦後にやるべきことが沢山あったと思います。責任感の強い男でした。それに引き換え戦中の責任は部下に押し付けて自分はのうのうと本土の土を踏んでいる将校もたくさんいます。戦争とは誠に理不尽であります。

僕は習志野から陸軍輜重部隊として北支戦線に送られました。そこで満州からの部隊と合流してそこから南下して漢口まで行軍しました。道なき道もトラック、馬車、人力で食糧、武器弾薬、備品等を運びました。その間何度も共産軍、匪賊と戦いました。前線の戦いからすればわれわれは後方支援になりますが、ゲリラが相手の時は輜重隊をターゲットに彼らは襲ってきます。輜重隊には退却はありませんからわれわれも必死に防戦します。そして前線部隊も応援部隊として引き返してきて敵を追い払うこともありました。先生もいわれていましたが、日本軍の占領は点と線であることがよく分かりました。彼らは襲ってきたあと匪と云える村に逃げ込みます。そうなると敵か村人か区別がつきません。そこで首実検をします。例えば怪しい者を選んで村人の前で空砲で一人ずつ銃殺の予行をします。対象のものには空砲であるが倒れるようにいいつけておきます。そのときの村人の反応で戦闘員かどうか判断します。僕は少尉でしたので直接手を下しませんでしたが非常に嫌な体験でした。また問答無用に村を焼き尽くすこともありました。先生には嘘はつけません。先生以外の人にはとても語れません。

漢口の手前で僕はぬかるんだ坂道を馬車の後ろを押しているとき、馬が倒れて馬車がバックした弾みで僕はぬかるみに足を取られて車輪に轢かれてしまいました。右足を失うことになり、もう戦力にならない体になって本土に送り返されました。家に帰りましたが待っていたのは悲しい知らせでした。母親が涙を抑えながら弟の戦死を告げました。弟は医学生で学徒出陣は免れていましたが、前線での医師不足が深刻な状態になり軍からの要請で輸送船でフィリピンに向かいました。台湾の手前で敵の潜水艦の魚雷で沈没でした。そのとき輸送船は3隻で彼の船だけがやられて魚の餌になったのです。護衛艦は付いていなかったそうです。親の気持ちを考えると非常に腹が立ち、この怒りをどこにぶつけるか、悩みました。弟はしっかりもので冷静な男でした。手本にしたいぐらいでした。弟も先生のお宅に伺ったと思いますが、それが良い思い出になったと救われます。

僕と父の喧嘩の仲裁をしてくれた弟がいなくなったのです。これからは僕と父の喧嘩もなくなるでしょう。父と母は悲しみをこらえています。僕は父と母に代わって悲しみを怒りに変えてどこにぶつけたらいいか考えてます。足を切断したときは戦友に顔向けならないと死んだ方がましだったと思ったりしますが、今はこんな自分でも両親の前に生きた姿を見せることができて良かったと身震いするほどです。
こんなとき、３月25日の空襲で我が家は焼け出されました。その後帰国し埼玉の母の実家に身を寄せています。片足を失いましたが命に感謝して、終戦になり大学に復学し存分に学業に励むつもりです。先生にはいつお会いできるか分かりませんが、先生の出版される本は必ず読みます。戦争を乗り越えられた先生に祝杯をあげたいと思います。乾杯」

Ｓは読み終わって、Ｅ山が生還してくれたことが只嬉しかった。彼の訪問を待ち遠しく思った。そしてＥ山の生還と対照的な戦死した彼の弟とＷ田の顔が浮かんだ。

Ｓはつぎの分厚い手紙を手に取っていた。パリからのＰのものであった。初めてだ、驚く。Ｐは一高の仏文に６年間居座った猛者で、寮を追い出される形でＴ大生になったという豪傑だ。振り返ると、支那事変勃発の後Ｓがある講演を終えて会場をでるとＰが声をかけてきて自己紹介したので知ることになった。それからＰはＳを折に触れて訪れるようになった。そしてＰの就職はＳの兄がＡ新聞を辞めて満州専門紙の東京支社長をしていたのでそこに世話した。その会社には五男の弟も就職していたので一緒にＳ宅を訪れることもあった。昭和16年の陸軍の南仏印進駐のときアメリカとの関係が不安定な段階に突入したが、その情報をいち早くＰはＳに知らせてくれた。その後、その弟は出征してフィリピンに渡ったが、Ｐは兄の軍人との付き合いに危うさを感じていて、新聞記者のイロハを体得できたので辞めるとＳに挨拶に来た。今後については取材で知り合った軍人の中で可愛がってもらった少佐がベトナムのハノイ駐在武官として赴任するのでそれに付いていくと話していた。そこからフランスに渡るチャンスも生まれるだろうから、日本で赤紙を待つより余程良い選択だと喜々として話したものだ。それから全く連絡がなくてＳも彼の存在を忘れていたが、日本の敗戦で満州国も消滅したので当然兄の会社も既に無くなって、そのときＰのことも思い出したぐらいであった。無職の兄も焼け出されて今はＳの焼失した敷地にバラックを建て住んでいた。ＳはＰのその後も知ろうとしたが兄も知らなかった。そのPからの手紙であった。
「先生、達者で終戦を迎えられましたか。私はパリにいます。驚かれたと思います。ドイツが敗れパリが解放されてパリ市民と一緒に祝い自由というものを満喫しています。ハノイでは少佐の後を付いて回るだけで生活に困ることなく自由に振る舞っていました。私は一高で6年間授業にはほとんど出ずに寮でフランス語の本を読んで暮らしましたので、少佐は私のフランス語に期待をかけていたようでしたが会話は殆ど通用せず彼は呆れていました。必要なときは彼は日本大使館の書記官を伴いましたので、私はついて行くことも行かないこともありました。駐在武官はなかなか偉くて私もホテル住まいで、私一人の面倒を見ることぐらい楽なことと納得できました。フランスの植民地のベトナム人は、フランス人の前では奴隷同然に見えます。私は日本人が西洋人の奴隷にならなくて良かったと明治維新に感謝したぐらいです。弟さんの話では先生は明治維新に批判的だそうですが。

　中国では日本の満州建国以来、中国共産党が反日抗日運動を扇動してたようですが、ベトナムでもその影響でしょうか、共産軍がフランス軍にゲリラ戦を仕掛けていました。日本を一歩外へ出るとどの国でも共産党は厄介な存在になっています。日本では共産党は壊滅したと聞いていますが、そのうち復活し日本も共産勢力が台頭して権力を握るかもしれません。５年の間、世界は変わりました。第三帝国ドイツは壊滅し、大日本帝国も姿を変えようとしています。

　私はベトナムでは少佐に付いていろいろと回りましたが、1年半前に少佐が帰国することになって、私がフランスに渡りたいと申したところ、少佐は快く私の渡仏を承諾してくれて渡仏費用を出してくれ、そのうえ少佐を通じて知り合った日本大使館員が私のビザ等の準備支度をフランス大使館に依頼して整えてくれました。それがスムーズに運んだこともベトナムのフランス大使館がドイツと日本との同盟関係から日本軍の云うことを聞かないわけにはいかなかったからだと思います。

私がベトナムを去ると日本軍は南進を開始しハノイからサイゴンへ進駐して、その結果米英と戦争をはじめたんですから驚きました。ヨーロッパでのドイツの快進撃が日本の指導部を奮い立たせたのでしょう。でもこうして日本が敗戦を迎えると、ドイツに依存した形でアメリカとの戦争は大本営の間違いでしたでしょう。

フランスの生活ですがドイツ占領下のパリは元気のない町でした。それでも日本人女性がやっている日本食堂で奢って情報を得ることもありました。少佐からの金も底が見えてきて働き口を探そうとしましたが、そこで云われたことは働くにしてもフランス語ができないと厳しいということでした。まず喋れるようになること、これが簡単ではなかったです。実際、拙いフランス語で話しかけても返ってくるフランス語が聞き取ることができません。それでも繰り返すことでそのうちに知っている単語が拾えるようになり、1年もすると発音はともかく意志の疎通ができるほどになりました。

日本食堂で皿洗いをしたりドイツ兵相手のキャバレーの掃除をしたりで食いつなぎ、ソルボンヌに聴講生としてもぐりこみ久しぶりに学生生活を送りました。日本にいるとき先生から借りた本を思い出し貿易関係と植民地政策の講義を受けましたが頭に残るものではありませんでした。実際、2時間の試験を受けても記述式で早々に退席するのがオチでした。また知り合った学生からパルチザンに誘われたりしましたが、赤紙からの逃避行でパリに居るので流石に断りました。ですが一高時代は全く勉強しませんでしたが、ここでは大学以外に行き場がないので熱を入れて勉強しました。2年目から試験問題に反応できるようになり合格点を取る科目も出てきました。そうこうするうち日本の敗戦です。アルバイト以外は一高時代と同じでアパートでゴロゴロとフランスの小説を乱読しています。夜は自由に飲み屋に行くとパリジャンと一緒に街を練り歩きました。『お前は日本の敗戦が悔しくないのか』と云われますが、笑って誤魔化しています。その後は自由フランス派の親独派狩りが横行して対立が深まりました。多くの裁判と中にはリンチもありました。フランス革命の恐怖の再来です。

日本では国民のほとんどが戦争を支持していましたから今は一億総懺悔かもしれませんね。そう考えると日本に逸早く帰って役に立ちたい気持ちもありますが、戦時中は日本人が苦労を重ねそのうえ原爆を落とされて惨めな敗戦を思うと、のうのうと外国で暮らしてきた自分は帰国する資格がないと考えるようになりました。当分日本人に会わせる顔がないように思います。なのでフランス暮らしを続けることになります。ほとぼりが冷めたら帰国しますので、お会いできる日はまだ先になります。先生にはそれまで健康で良い創作を続けてください。敬具」

Sは読み終えてPの豪傑ぶりが蘇って大声で笑ってしまった。それもPらしい生き方で生きのびてくれたことが嬉しかった。いつ帰ってきても歓迎する気持ちだ。アランの会で生存が確認されたのはE山他数人であるが、他の学生もPのようにと祈るばかりである。

それからパリ時代に知り合った思想家Mのことであるが、これも終戦直後の昨年の9月下旬にMの獄死が新聞で伝えられたことを知った。Sは驚いた。刑務所に入っていることさえ知らなかった。それによると昨年3月に治安維持法で検挙されていた。8月15日に終戦を迎えて1カ月以上刑務所に繋がれていたことになる。彼の気持ちを思うと悔やまれてならない。終戦になって軍部とか厚生省とかは直ぐに緊急体制に入って武装解除、帰国者受け入れを始めたのに他の省庁は旧態のままで何から手を付けていいのか分からないままだったのだろうか？　今まで自分たちがしてきた仕事を否定される立場になって頭の巡りが悪くなったのであろうか？

Mとは留学時代に知り合ったが、金銭問題でSの夫婦喧嘩の種になっていた。帰国してからは雑誌掲載のMの論陣に啓発されることもあった。そのMが前年Sの家にわざわざ訪ねてきて戦後のことを考えようと誘ってきてたが、Sは彼が既に検挙された経験があったので危険を感じて断ったことがあった。2回目のときはまだ疎開していないのかと忠告してくれて、いろいろと話し合って彼を見直したことも思い出された。でも彼から金の問題は忘れたかのように出なかった。彼の性急さを危うさに感じていたがそれが現実となってしまった。

E山が三軒茶屋に訪ねてきてくれた。学徒出陣組は初めてである。駅から松葉杖をついてわざわざ来てくれた。2階のSの部屋に案内した。東中野の書斎を知っているE山は、

E：先生、こんなところで仕事されているんですか。

と驚きを隠せない。

E：懐かしくて全焼の中野のお宅へも伺いました。思い出すと先生の苦労も分かります。焼け跡にバラックが建っていたので先生かもと驚きました。コンクリートの倉庫は無事で、物騒な世の中ですから先生のお兄さん一家がそこに住まわれて守っているんですね。

S：兄も家を焼失したからね。倉庫の見張り番もしてもらっている。君は埼玉に住んでいるようだが戦後少し変わりましたか？

E：軍、政府の横暴は無くなりましたが、その代わりGHQの政策について政府が云うもんですから農民が反発することもあります。

S：戦争が終わっても農民が政府を信用せずに米の供出を拒んだりして食糧事情は相変わらずと言えるね。

E：東京は闇が盛んなようで食べ物は揃ってきたようですが高いので庶民の食糧難も相変わらずではないでしょうか。

S：冬は沓掛で一家が越すことはできないと判断したが、東京のこの住まい探しも苦労した。

E：うちも空襲に遭い、お知らせした通り埼玉の深谷に疎開しました。そこでの医院の方は忙しく自分も母に代わって事務を手伝うこともあります。

S：それで復学のほうはどうですか。経済学だったね。

E：ええ。先生方の中にも戦争で遅れた分を取り戻そうと張り切っている教授もいて、勉強は充実しています。紹介されるアメリカの論文なんかは数式の羅列で数学の本か、と思うぐらいです。それで数学科の2～3の講

義も受けている次第です。

S：私もソルボンヌで統計学に苦労した経験がある。

E：今はそれに加えて新しい数学も必要になってきています。

S：それは大変だ。

E：日本は戦争で負けましたが、時代はどんどん新しくなっていくようで将来に期待が持てるようで頑張れる気が起きます。

S：その通りだと若い君たちに期待したい。D原君はどうしている。

E：手紙を出しても梨の礫で、戦死はしていないと思いますが戦地での辛い経験で心身に傷を負っているのかもしれません。戦場のことは先生には少し書きましたが、親には話しませんし聞かれることもありません。誰もが傷つきました。C野から手紙が来ました。復員してから創作意欲がなく生きた屍だと書いていました。そして詩を書いていないから先生にも会うことはできない、と君から先生に云ってくれとありました。

S：そんなこと気にしないで来たらいいのに。

E：彼は一高時代に先生に迷惑をかけているので敷居が高いのでしょう。それよりW田は残念でした。一番死んではならない人間を亡くしました。こういう時代だからこそ彼には生きていてほしかった。回天の操縦ミスでは死んでも死にきれなかったでしょう。彼は特攻を志願していたのは死は覚悟のうえだったことを考えれば彼自身は死の間際には受け入れていたのかもしれません。

S：いつだったか学徒出陣が決まってアランの会の翌日にその休んだプリントを取りに来てそのときは別の訪問者と一緒に話していた。翌々日にまた我が家に来て、死ぬ覚悟ができないと涙を浮かべて訴えたことを思い出します。

E：そんなことがあったんですか。先生の家に一人で行ったことは最後の飲み会で聞いたことがありますが。

S：そのとき彼が打ち明けたことは、死の覚悟を持つにいろいろ本を読んでも応えてくれるものはなかったと云ってきたんだ。戦争に行くからと死の覚悟を持つ必要はないと私は答えておいたが。

E：死ぬ覚悟ですか。最後のアランの会の後に僕とW田、G木、D原の4人がD原の下宿で飲みました。いろんなことを話しましたが、そんなことも追及しました。それに話したのは先生のことについてわれわれの質問に応えたものだったと思います。

S：例えばどんなこと？

E：今思い出されることは、先生の歴史観そして西田哲学への評価だったり、でした。

S：う〜む。彼は「善の研究」を精読したが何の助けにもならない、西田氏は人生に悩んだことがないのでしょうか、と私の顔をじっと見つめて話した。

E：そうでしたか。われわれは西田グループの戦争肯定論の話でしたから、彼の悩みは場違いだったかもしれません。

S：君だから話すが、最近私は彼が自殺したと考えています。

E：えっ自殺ですか。どうして？

S：それ以外に考えられないのだ。君も、彼の最後の訓練に日記とか本を持ち込んでいたことに不自然さを感じていたのだろう。

E：そうです。なぜか、理解できませんでした。そのとき死ぬつもりだったので身の回りのものを積み込んだ、ということですか？

S：そう思う。死ぬつもりで軍隊に入り覚悟を持ってそれを成し遂げた、と思う。

E：でも先生、彼は特攻を志願したんですよ、次の初めての実戦で死ねたじゃないですか。

S：赤紙が来て軍人にはなったが戦争そのものには彼は反対で嫌悪していた。だから死に場所を戦闘ではなく訓練を選んだ、と推測しています。
E：そうですか。なぜ彼は軍隊に入り死ぬつもりだったのですか？
S：それは分からない。死ぬ覚悟を持てないということで私のところに来た時から、その必要はないと再三反対したが、彼は云ってくれなかった。そのやり取りで彼は死を目的化していると気づいた。それからはその話は控えたが、入営後君から彼が特攻回天に志願したことを聞いて、止めるよう私から説得してくれと書いていたね。私も手紙で最後の説得を試みたが彼の意志は変えられなかった。
E：自殺ですか。回天特攻艇を棺に見立てたと云うことですか。W田のことは僕もいろいろ考えてみたいと思います。それからD原ですが、何度か実家に手紙を出しましたが、梨の礫です。そのうちに新潟まで行くつもりです。戦死していたら実家から返書がある筈ですから、彼は死んではいません。そのときはまた報告します。
と云って、リュックから埼玉の野菜を取り出して置いて行った。

E山と話してみて、この昭和21年は新生日本の息吹も感じられるようになって、天皇制について民主主義について広く語られるような気がした。それらについての講演会も多く開催されていた。Sにも講演の依頼も多く都合がつく限りどこへでも出かけた。それは父の伝道の心がけに似ていた。また、それだけ日本の未来について話す材料もあった。内閣で新憲法の作成が進んでいるようだ。これはSにとって最も期待することであった。そうした熱意は国民も感じていた。2～3年前まで軍国日本で鬼畜米英を叫んでいた日本人が敗戦の不幸を乗り越えて、新たな日本を自分たちで築いていこうとする熱気が講演会場に感じられた。
浜松は今年2回目の講演で、というのも義兄弟の契りをパリで結んだ当時海軍大佐Hを1回目の会場に見かけたと思ったが見失っていたので、今回は必ず逢って話ができることを期待して引き受けた。今度は彼は逃げずに覚悟して待ってくれた。彼は海軍大将まで上り詰めて、Sの東中野の家に最後に来たのは空襲が迫っていることを告げ疎開を促してくれた以来の再会であった。彼は戦中に予備役に編入され海軍を離れて九州大の総長になった。戦後Sは早速捜したが総長は辞めたらしくその後の足取りは掴めなかった。Sの思いが届きこの会場で二人は会うことができ、予約しておいた地元の宿で再会を確かめた。

H：お前の作品は殆ど読んでいる。これからはお前みたいな作家が活躍しなければならない。今日の講演も人々に希望を与えるもので良かった。独立した意識の人との出会いを大切にしろと云うが、確かにその通りだがそうした人間はなかなかいない。お前は自分の友人関係を例にいろいろ喋ったが、その中に俺も入っていたので今日は逃げられないと覚悟した。

S：確かに兄貴を意識して話をまとめ上げました。

H：お前の講演の話しぶりを聞いて、小説のように真面目で手を抜かずに準備していることが分かったのは収穫だった。改めてお前が弟であって良かったと思う。海軍はもうないので俺も独立した人間になるよう努力する。

S：兄貴にそう云われると、戦時中いろいろと話を聞いたり便宜を図ってもらい勉強できたので、少しは恩が返せたと思います。

H：それにしても1時間という講演中お前は言い澱んだり、言葉を言い換えたりすることがなかった。流暢な喋り方でないが一直線に分かるように話して、まるで暗記しているようだった。今日で2度だが、講演一つこなすにも手を抜かず大変な労力をつぎ込んでいることが分かる。

お前の前に講演した西田門下の人の話は、西田哲学は独創的で、世界的に評価され、日本の哲学を国際的水準に引き上げたものであると喋って、敗戦の日本人の心を奮い立たせようとする意図は分かるが、その繰り返しで哲学の具体的説明がなかったのは残念だった。若い頃「善の研究」を読んでよく分からなかったことをお前にも話したことがあったな。

S：そうでした、それで共に分からないことで一致しましたね。
H：それだけに今日の彼の講演で少しは西田哲学が分かるものと期待したが、外れてしまった。講演なのだから、どこが素晴らしいのか噛み砕いて素人にも分かるように話さないと、世界的だ、絶対矛盾だ、と云われてもお経を聴いているようなものだ。哲学は学問だから宗教とは違うので、成程と納得いく説明が欲しかった。俺も海軍大学で授業の合間に満州事変のその後を危惧して学生に話したときは不評だった。お前のように労力を惜しまず内容のある話し方をしていれば海軍の予備役は免れたかもしれない。あの西田の門人はまだ戦争の反省を充分していないのではないか？
S：なかなか鋭い指摘ですね。でも兄貴に同感です。兄貴は満州事変を疑問視されたと云われたが、兄貴の海軍での具体的な活動については聞いたことがなかったので、その辺の事情を話してもらえると有難い。
H：海軍は消滅した、俺の軍歴も消滅したと思っている。今は一個の人間として一から始めているんだ。満州事変のことはうっかり口から出てしまった、喋ることはない、忘れてくれ。
S：じゃ、一言だけ。勝てないという認識のもと軍部がアメリカに戦争を仕掛けたことは軍部の権力保持のためであった、と今では私は考えています。終戦の直前になっても国体の護持をポツダム宣言を受諾する条件とこだわったことがそれを表しています。
　Hは黙って聞くだけであった。
S：じゃ、これからのことを話しましょう。天皇が人間宣言したり、新憲法の公布が間近になったり、これからの日本に期待は膨らみますが、どうでしょう。
H：国民主権と戦争放棄が考えられているようだが、大戦争を通じて苦労を体験した国民の反省をよく汲んでいると思う。でも国際情勢如何によって踏みにじられることも考慮しなければならない。中国では内戦が続いているが、共産党が勢力を伸ばしているようだ。これがＧＨＱの日本占領政策に影響を与えなければいいがと思う。

S：私が昭和13年に日中戦争の事情視察したとき、中国在の日本人研究者たちは「陸軍は中国を赤化から守るために駐留しているのだと云ってはいるが、実際彼らの存在が共産勢力を拡大させている」と異口同音に喋っていたことを兄貴にも話しました。これは実際のところ日中戦争への日本の立場理由がなかったことを示しています。だから日中戦争は目的のない戦いだから中国から撤退すべきとも兄貴に話しました。しかしそうしたことを広言すべきではないと兄貴から逆に注意されました。共産勢力拡大が国民政府と対等に戦う力をつけていたことになります。彼らの認識は正しかったのです。

H：そうね、俺の人生は反省だらけだ。その俺が思うに、天皇さんはまだまだ安心できないだろう。天皇も若いうちから苦労を重ねてこられたが、東京裁判の行方も気になるだろう。新憲法ができて現人神から象徴天皇になっても、世の中は安心できんぞ。生き残りも中には俺のように反省している者ばかりではないからな。

S：そうですね、難しい問題があちこちに、身の回りにもあります。勿論旧体制の者たちが当たり前のように復活するのは良くないですが、しかし一から十まで明治の廃仏毀釈のように物を破壊してしまうのもどうかと思う。

H：たとえばどんなこと。

S：私は今、末娘の小学校でＰＴＡの会長を仰せつかっています。

H：へぇ、そうか。お前も忙しいな。

S：先日、役員会がありまして校舎も小さいながら新築で皆で見て回りました。そのとき校庭の目立つところに奉安殿がありまして、そこでこれを取り壊すべきかどうかで役員の間で論争になりました。

H：それでどうなった。

S：もともとは御真影は校舎内で保管していたものですが、火事で校舎が焼失したときに、校長が責任を感じて切腹したりして自殺することが多々ありました。それを防ぐために校庭にコンクリートで奉安殿を造り御真影をその中に保管するようになったのですが、GHQは御真影の撤去を命令しましたが、奉安殿の破壊には言及しませんでした。東京が焼け野原になり、焼け残った建物は希少であり何か利用価値があればと判断したからだと思います。火事は今後もないとは云えないので、学校の大切な書類等の保管に使用したらと提案したら何とか落着しました。

H：お前らしい柔軟な考え方だ。今日は久しぶりに舎弟と話ができた、風呂も一緒に入ったし、酒も美味かった。そろそろ寝るか。

二人は隣の間に用意された布団に入った。

S：これからはちょくちょく会えるのでしょうね。

H：ああ、お前の話はためになるのでうちの田舎でも喋ってほしいが、どうか。

S：喜んで行きます。いつでも行きますから誘ってください。

H：それにしても今日の「死者との対話」は内容が充実していた。W田君は気の毒なことをした。死なくてはならない人間はたくさんいるのに。

S：彼の死については今後も考えていくつもりです……。

Hから寝息が聞こえた。

翌朝、Sが目を覚ますと、Hはいなかった。風呂にでも入っているのかと少し待ったが、宿の者に聞くと、Sをゆっくり休ませてと、1時間以上前に帰られたとのことだった。腑に落ちなかった。

10日過ぎた頃にHから厚い封書が届いた。差出人の住所はなく、Hとだけ記していた。

「弟よ、先日は黙って帰ってしまい申し訳なかった。あれから反省した。パリで俺は海軍大佐、お前はソルボンヌの留学生として出逢ったとき、俺はお前に新しい日本人を見出した。そこで俺はお前に義兄弟の契りを申し入れ、お前は快く舎弟になることを受け入れてくれた。帰国後、お前は作家になり、いつもお前の書いたものに感心し俺の目に狂いはなかったと喜んでいた。俺は俺で官僚的に出世の道を歩んで中将のときお前の顔が見たくなって初めてお宅に伺った。海軍軍人と威張ったところで閉じられた世界だ、新しい空気を吸いにお前のところに行った。そのときお前は日本の近代史の勉強を始めたので軍関係の資料が欲しいと申し出た。俺はお前の仕事に役立つならと海軍図書館で探し軍の状況なども求めに応じて話した。大本営は虚偽だらけだったが俺が述べたことは真実だけだ。しかし、俺個人の話はお前にしてこなかった。なぜか。

俺は命令で動いてきた人間だ。その人間から見てお前は自由だ。この差に俺は苦しんで戦後もお前の前には顔を出すのを抑えてきた。でもお前の書くものは全部読んできた。だからお前が浜松に来ることを知ったときは待ち遠しかった。先日の2度目の講演のとき、人間の出会いがテーマだったのでもう逃げることはできないと覚悟して宿をともにした。そのとき、俺が海軍大学で満州事変について喋ったことをうっかりお前に告げてしまった。それを逃さずお前は俺の海軍軍人について質問してきた。俺は海軍軍人であったことは誰にも喋らず墓場に持っていくつもりでいた。で、お前の質問には答えなかった。

しかし、帰ってから反省した。お前は作家だ。それも真実を求め書くことを生業にしている作家だ。お前が個人的好奇心から俺に質問したのではないことに気がついた。俺の海軍生活もお前の筆によって世間に資するかもしれないと考えるようになった。順序立てて話をしよう。

俺は佐賀県出身だ。鍋島藩の足軽の家系に生まれた。兄三郎は海軍兵学校、海軍大学と優秀な成績で軍人になって大将まで上り詰めた。予備役になった後、侍従長の声がかかり天皇の側近として昭和11年11月から19年8月までその任を果たした。兄は俺の憧れで俺も海軍軍人を目指して頑張った。お蔭で成績も兄に劣らず海軍兵学校をまず卒業した。軍人としては海軍少尉がスタートで戦艦三笠、富士の乗組員として日本海海戦を経験した。実地訓練そして航海の経験を積んで軍人の位も進み、海大を兄同様の成績で卒業するころには少佐になっていた。海外はアメリカが初めてで武官として駐在し、帰国後海大でアメリカ軍事史を教えた。

ここで山本五十六だが、彼は俺の2年後輩で俺と似たようなコースを辿ってアメリカ駐在まで跡を追ってきていた。俺が軍令部の班長のとき彼も軍令部所属になったことがあったので一時期一緒だった。でも直接話をしたことはない。俺は最後まで海専門だったが。彼は航空母艦を中心とした機動部隊を造り上げた。それを作戦指揮し成功させたのが真珠湾攻撃だった。

話を戻して、お前と初めて逢ったとき国際連盟に日本海軍代表としてジュネーブに出張中だったが、パリに住みたくてフランス駐在日本大使館付の武官になった。大佐だった。パリではいろんな日本人と知り合ったが、俺はお前に惚れたんだ。なぜだろう、俺は苦学生や貧乏絵描きにも接することで彼らに一席奢るとまた頼ってくるので、そんな根性では一人前になれないと説教をぶったことが度々あった。それに比べてお前は新鮮だった。またお前はブルジョアのお坊ちゃんに見えた。役人を辞めて志を高くフランスに留学とはこれ以上贅沢な話はないし、そのうえ新婚でこれ以上幸せ者はないと見えた。帰国後、作家に転向したお前の小説を読んで吃驚した。小学校から大学まで苦学の連続だったことを知って信じられない気持ちだった。そうした貧乏臭さをおくびにも出さないお前の高潔さに惚れたと思う。また、パリではお前は肺炎から結核を患い、高原療養所で闘病生活を送ったことも知った。それが作家への転機になったとは運命的なのであろう。貧しさも業病も克服したお前は人間性が豊かで包容力のある作家で、従来の日本の作家にはないタイプであることが俺は気に入っているし期待している。

俺がベルサイユ条約でパリにいてその後ジュネーブの国連に出向いていた頃は、第一次大戦後で世界の風潮の中で日本政府も海軍の艦隊派を抑えて条約派が軍縮条約を締結した。その後パリに戻ってお前に出会ったのだ。因みに俺は海軍の条約派だった。このとき実際はアメリカとの確執が表面化して、陸軍はロシアに代わってアメリカを仮想敵国の第一位に挙げて研究するようになった。その後の日米関係悪化の源流がここにある。

その前、1919年大戦後のベルサイユ講和会議での議題は連合国のドイツへの賠償、そして日本とアメリカとの間では中国問題が焦点だった。そこで日本はウィルソン米大統領の理想的提言の尻馬に乗る形で、人種差別反対を議題に載せた。狙いはアメリカのアジア人（日本人）を排除する移民政策に反対するものであった。これが通れば、国際法が国内法に優先するから、アメリカからすれば連盟による主権の侵害、内政干渉になる。ウィルソンは上院の反対にあって、アメリカの連盟への加盟は断念せざるを得なくなった。

そして次の対決舞台は米英の提案に乗った海軍軍縮交渉に移行した。1922年のワシントン会議では、軍艦の米英日比5：5：3、次回の1930年のロンドンでは補助艦10：10：7弱の妥結は海軍艦隊派の不満は大きかった。というのも海軍は海軍なりの対米戦の戦略を立てての交渉だった。それは対米海戦になった場合、太平洋のどこかで日本の補助艦がアメリカ艦隊を攻撃して漸減させて、そして更に日本近海に押し寄せてきた場合を想定して主力艦でアメリカ艦隊の撃滅を図るというものだった。これを実現させるためにも緒戦の補助艦の充実が求められたからであった。五十六の場合は航空母艦と戦闘機を組み合わせた機動部隊で真珠湾を攻撃した。

勿論、陸軍でも対米戦略は考えていた。それは第一次大戦の結果からの教訓に基づいたものだ。自給自足で戦争をやっていける国は現代ではアメリカだけである。対アメリカ戦を考える場合、長期戦を覚悟しなければならない。そこで登場したのは石原莞爾長期戦争論である。彼は陸軍大佐で陸大の教官をしていた。戦争によって戦争を養うという金のかからぬ長期戦に対応できる戦争論を講義していた。中国は各地で軍閥、匪賊が乱立し中国国民農民から収奪を繰り返している。これを日本軍が撃破し統治すれば中国国民から感謝され、彼らの収奪金を日本軍への税金にすれば恒常的な収入になるからアメリカとの長期戦も可能であると主張した。そのための橋頭堡が満州となると彼は考え侵攻した。だから軍部では第一次大戦直後からの国際会議に参加する中でアメリカとの対立を意識するようになり対アメリカ戦の戦略も立てていたわけだが、それは軍部として自然な流れだった。

問題は昭和に入ってからそうした机上の空論が現実化される状況が生み出されたことである。大戦景気の反動で大正末期から景気が悪くなりそのうえ関東大震災が重なり、そして昭和の初めに金融恐慌が起こり悪いことが重なった。更にアメリカのウォール街で株価が大暴落して世界恐慌を引き起こし日本は大不況に陥ってしまった。昭和6年、こうした状況下で若手将校たちが民間人、右翼と組んでクーデター未遂事件、テロ暗殺事件を巻き起こした。そして9月には関東軍参謀石原たちが勝手に満州事変まで起こした。軍規に反する行為だ。どうしてこのような暴走に至ったのか。既に張作霖爆殺事件で主犯格及び軍関係者に対する処分が甘くなっていて、軍幹部に毅然たる姿勢が見られなくなっていた。陸軍では、陸士、陸大の出身者が少尉から運が良ければ大将まで上り詰めるシステムだ。海軍も同様、上の者の言い分は絶対で下の者は逆らうことは建前上できない仕組みになっている。波風のない平常時であれば上官が無能であっても事は収まる。しかし社会が混乱状態の中で陸軍幹部は部下を処分することで、自らへの責任追及を恐れたのだ。

どうしてその事態に至ったか？　私見だが話そう。明治以来、陸軍は長州閥、海軍は薩摩閥が牛耳ってきた。その中で軍事に関してだけでなく政治力を行使したのが山県有朋だ。彼は大正末期昭和天皇が摂政に就いた直後に亡くなった。軍事、政治ともに薩長閥が無くなったと云っていい。そこで出世の階段は官僚的になっていった。陸海軍大学の出身者は内向き出世志向で問題が社会的政治的なものには対処すべき能力がなかったと云える。現地将校が起こした満州事変、支那事変にしても責任から逃げる形で処分なしで追認してしまった。そして皇道派の青年将校が軍を勝手に動かし重臣を殺害した二・二六事件では皇道派と統制派の幹部連は天皇に早期に事態の収拾を命令されたが、さすがに今回は五・一五事件のような甘い処分を出すわけにもいかず思考停止に陥ってしまった。ここでも責任を取るものは誰もいない。天皇は自ら陣頭の指揮を執りこの決起を反逆と断定し部隊の解散を命令し収拾した。海軍の私であってもこの現場を目撃してきた者として自戒の念から逃げるわけにはいかない。

皇道派は壊滅し統制派が陸軍の実権を握り戦争への道を歩むことになる。統制派は体制内で力をつけ陸軍の地位を向上させることを目的としていた。日中戦争下では彼らの頭は推進しか働かない。この硬直性が対アメリカ戦に突入になった。あとはお前の知っている通りだ。

俺の海軍での最後の仕事は軍事委員になったこと。そしてミッドウェー海戦の直後予備役に編入された。俺の兄貴が既に予備役であったとき侍従長にと申し出があった。謹んで受けて二・二六事件の後からサイパン島全滅まで陛下のお側で勤めている。陸軍が統一され横暴が罷り通るようになった。宇垣陸軍大将に大命が下ったとき、陸軍は彼が過去に軍縮をやった事実を取り上げて、彼の内閣に陸軍大臣を送らないことを決めた。結局組閣できずに宇垣内閣は流産してしまった。これも陸軍主流の戦争推進の論理。兄貴は、この陸軍の姿勢を許せないと周囲に隠さずにその怒りをぶちまけたようだ。その様子を見て天皇は『Hは血の気が多いようだ』と心配されたそうだ。兄貴は天皇の真意を察して、以後は出過ぎないことを誓ったそうだ。

弟よ、以上書いてきたことは戦後になって俺なりに考えをまとめたものだ。兄の漏らしたことも俺の私事も入っている。これを読んで俺が海軍軍人としてやってきたことを察してくれ。お前の小説に俺も登場することもあろうが一片の参考になれば幸いだ。俺のこれからは亡くなった先輩、同僚、多くの部下たちの霊を慰める日々となる。お前は健康を取り戻せて良かった。お前の作品が俺の毎日の生きる糧になることを分かってくれ。天皇は現人神から人間になられ、絶対権力者から国民統合の象徴になるだろう。弟よ、お前の時代だ。Hより」

Sは読み終わって涙が止まらなかった。Hの励ましに愛情を感じ嬉しかった。Hは兄を見習って海大を首席で卒業し二人とも大将にまで上り詰めた稀有な存在だ。またHの弟さんも終戦時陸軍中将だったと聞いている。

ＨはＳの知らない戦争に纏わる事柄をよく書いてくれたと、Ｓは感謝した。

Ｓは四女の末娘を地元の公立小学校に入学させた。次女三女のカトリック系の女学校にするつもりだったが、満員電車の通学は1年生には無理と判断したからだ。そのためＳはＰＴＡの会長を引き受けることになった。戦後は雨後の筍のようにできた出版社からの原稿依頼が多くなった。また戦前の在り方を反省して広く国民の中にも入るつもりで講演の仕事なども引き受けるようにした。そのうえアメリカ民主教育の象徴といえるＰＴＡの会長まで自分に回ってくるとは思いもよらなかった。校長から戦災に遭った学校の窮状を訴えられると父兄として逃げるわけにはいかなかった。そこで、地元の有力者からの寄付集めは外してもらうことと教員の父母の家での供応を止めてもらうこと、この２点を引き受ける条件にした。職員会議で了承され会長を引き受けることになった。

現在この小学校の生徒は他の小学校の教室を間借りしているが、４月から新校舎３教室で低学年の授業を行うことになる。机と椅子の調達の見込みが立っていなかった。その調達が新会長の初仕事であった。有力者から金を出してもらうわけにはいかなかったので区に相談する以外になかった。係の者は難色を示したが、区長にＰＴＡ会長の就任挨拶をすると彼はＳの小説の読者だったこともあって、区長は先の係の者を呼んで、教室に机と椅子がなければ学校は始まらないと優先するように云い渡してくれた。

当時、ＧＨＱは日本に民主教育を定着させるため、アメリカから教育者を招いて日本各地で先生を集めて講演会を開催していた。Ｓもそれに聴衆として話を聞いてみたが、アメリカの民主教育がそのまま日本の実情に合うとは思えなかった。そこでＳは学童が身の回りのことを観察し日本語で考える習慣をつけることそして将来日本人として誇りを持つためには作文指導が欠かせないと考えた。そこで作文の先生を採用することを校長に提案した。校長も賛成して確保に尽力してもらった。その後ＳがＰＴＡの会で学校に行った折に新任のその先生から2〜3の作文を渡され読んでみると、父親の戦死、家の焼失、給食費の未払い等、苦しい実情が書いてあった。こうした不幸な内容はどの程度か訊いてみると8割だという。校庭で無邪気に遊ぶ生徒からは想像できない現状だった。生徒が学校にいるときぐらいはそうしたことを忘れることができるように、Sは自分にできることは会長として一父母として何でもやろうと決意した。

新校舎には音楽室はもとより楽器もない。Sは自分の貧しい子供時代を振り返って、音楽の時間でオルガンの音を聞くことが一番好きだったことを思い出した。ピアノを新校舎のどこかに置けたらと頭に浮かんだ。この混乱期、探せばどこかに安い中古品がある筈だ。代金は、それを出せるものが出すことで寄付金を集めればよい。それで足りない場合は奇特者を探せばいい、Sは考えをPTAの役員会に諮って賛成を得た。

Sは娘のピアノの先生に事情を話して、さっそく安いピアノを求めることができた。PTA関係者の寄付と足りない分の奇特者（自分）負担で資金は集めることができた。リヤカーでピアノが校庭に運ばれたとき、子供たちはそれを取り囲んだ。音楽の先生がみんなの知っている〝ふるさと〟を弾くと子供たちは大声を張り上げて歌い出した。子供たちの表情から日常の不幸は消えていた。2曲続けた後、子供たちがピアノを校長室に運んだ。そこが音楽室を兼ねることとなった。

Sは作家以外の事柄にも忙殺されるようにもなったが、そんな中にもアランの会の学生たちが次々と生還したことを告げにやって来た。そして戦争を乗り切ったことを喜びあったが、彼らはE山、G木のようには戦争体験について語ろうとしなかった。生きて帰ったものの消しがたい戦争の惨な体験をこの先引きずらなければならない彼らの葛藤にSは適当な言葉が見つからない。また世の中が引っくり返るような変化のなかで彼らはどのように生きていけばよいのか、まだ模索が続いているようだ。

あの生来の詩魂の持ち主、詩情豊かだったC野は帰還してから詩が書けなくなって絶望を感じてSの前に出るのをためらっていると噂も届いた。このように戦争は若い心に癒やしがたい傷を残しているが、顔を見せるだけでも訪ねてくれればとSは残念に思った。殆どのものは取りあえず大学に復学するようであったが、彼らはようやく先生の時代が来たのだから存分に書いてください、とSは彼らに逆に励まされる始末だった。帰還しない若者は、フィリピンに渡って戦死のIと終戦直前に特攻魚雷回天の訓練中に死亡したW田の2名だけ。D原の消息はまだ掴めていない。

1946年5月、ポツダム宣言により東京裁判（極東国際軍事裁判）が始まった。11カ国の裁判官が日本の満州事変以来の侵略について追及し、戦争犯罪人を処罰する裁判で、どこまで明らかになるか、Sは注視した。

実父が死んだ。5月13日に亡くなり、翌日午前電報でその知らせを受けた。午後沼津へ。彼は棺のなかで穏やかで寝ている様子だった。Sは覚悟していた所為か特別感慨は抱かなかったし涙も出なかった。葬式を終えて帰りの汽車では、天理教教祖中山みきの研究を実父と約束していたのが重く圧し掛かっていた。

新出版社がいろいろ生まれて原稿依頼が多くてそのマスを耕すのも朝から夜寝るまでのこともあった。戦中は買い出しに野菜作りに時間を奪われ書くこともままならなかったりしたが、その反動というべきか書くことが押し寄せていた。長編を書きながら短編をいくつも引き受けても苦にならぬほど筆が動いてくれた。そんなとき天理教の月刊誌の編集長がお供と一緒に、天理教教祖中山みきの伝記を書いてくれ、と訪ねてきた。天理教団の批判は何度も書いてきたので自分にお鉢が回ってきたことに驚いた。ただ実父との約束があるのでいずれ研究して書かなければならないテーマであるが簡単に書ける代物ではないので、書かなければならない原稿の数を並べて暇がないと断った。それでも彼らは手が空いてからでいいと引き下がらない。そして教祖に関する資料はそれまでに揃えるからと動こうとしない。Sは根負けして、余裕が生まれたら書くという約束をして二人に帰ってもらった。その後暫くして、資料についての音信がないので問い合わせると、資料は真柱（教団の最高権威）がすべて持っているので彼に直接依頼してくれ、と云う。話が違う、と思いながら真柱は私が書くことに反対であることが分かって頓挫しかけたが、助け船を出してくれる人に出会ったり、信者からの資料の提供があったりして、これから完成まで10年の歳月をかけることになる。

Sは東京裁判中の報道から感じたことは、被告たちすなわち天皇の側近は側近の言葉で、政治家は政治家の言葉で、軍部は軍部の言葉でそれぞれが話しているので、互いに通じ合って開戦を決定したのか？　疑問に思えた。開戦については互いに理解に達しないうち決断時期が迫って断を下したのでないか？　だからそれぞれが彼ら自身の責任を回避するような発言が多く見られた。例えば、東条は「日本人で天皇に逆らうようなものは誰もいない」と一般論を発言したが、天皇の戦争責任を問う外国人判事には網にかかった発言であったろう。その後彼は発言の内容を変え、輔弼制度で受け入れるのが天皇の立場だから開戦の主体は軍部にあるニュアンスで語り、天皇の出廷は見送られた。でも戦勝国の論理でこの裁判は進行しているが、アメリカの日本国民への無差別攻撃、広島長崎への原爆投下を問わないのは片手落ちではないか？　今後も裁判を注視していく。

ある日、2階で仕事をしていると玄関でSさんと呼ぶ声がした。家族が出払っていたので階段を下りてみると、中学時代からの親友のJ（長男）の弟（三男）が笑顔を見せていた。Sの実父の葬儀の時顔を合わせたが話す機会はなかった。2階の仕事部屋に上がってもらうと、

弟：Sさんがこんな6畳の部屋で創作されているとは信じられないですね。（これについて異口同音に訪問者が云う）

S：そうかね、仕事、応接、寝室を兼ねているが、焼け野原の東京の住宅事情を考えれば贅沢は云えない。特に仕事には差し支えないので有難く思っている。

弟：東中野の家では書斎の蔵書の数に驚きましたが、ここでは小さな本箱と机のうえに本が積んであるだけで、それで仕事をされているから驚きです。作家は知識の量というより創造力なんですね、改めてそう思います。

兄も外交官を辞めてこれからいろいろと書きたいと云っています。でもＳさんも読んだと思いますが、兄が先年出版した本は若いころの感性は見られずただ理屈をこねているだけで興味は持てませんでした。それで作家の真似事をするより兄の今後についてＳさんにお願いがあって伺った次第です。

　とりあえずＪの弟を促して小さいテーブルに向きあって座った。この三男にはＳが聞きたいことがいくつかあったが、一先ず彼の話を聞くことにした。

Ｓ：どういうこと。

弟：今度の総選挙では婦人がはじめて参加します。それだけ厳しいということらしいです。沼津の地区はＨさんの地盤ですが戦争協力者として公職追放で空白になっています。自由党の静岡県支部からうちの兄に立候補の打診がありました。兄は外務省を辞めて収入はなく、うちも農地改革で土地を取られて収入の減少は目に見えています。今までのように兄を援助することは考えられません。兄は暢気ですからこんな事情は知らないで、売れるとは限らない本の執筆を夢見ています。家を継いだ僕から云うと角が立つので、親友のＳさんから立候補を勧めてもらいたいのですが。

Ｓ：彼の頭にないことを私から勧めるわけにもいかないでしょう。まずはＨさん陣営から兄さんに打診されるのが良いでしょう。

弟：そうですね。そうでないとＳさんにも迷惑ですね。そうしましょう。

Ｓ：ところで君の中学時代の同級のＮはどうしているか、聞かないかね。戦中は獄中に繋がれていたようだが。実父も自分の教会から共産運動に走ったものが出て責任を感じて面会もして転向を促したが、聞く耳を持たなかったようだ。戦後、釈放されて、故郷に帰ったと思うが。

弟：ええ、帰ってきました。同窓会では、非転向を自慢げに話して皆から喝采を受け、凱旋将軍のように鼻高々でした。占領軍を解放軍のように宣伝していた共産党でしたが、世の中に民主的熱が行き渡ってＧＨＱも共産党を対象に弾圧を加えるようになって沼津でも軍需工場は閉鎖されて労働者はいなくなり、それに今度実施される農地改革は自作農が増えて農民の意識が変わります。また漁業もイカ漁が盛んで食料不足のこの時期よく売れて漁師は箪笥に札束を貯めこんでいるぐらいです。彼にとって故郷であっても共産党は恐れられこそすれ歓迎される土壌ではなくなっています。代々木本部に活躍の場を求めて家族を連れて東京に移りました。本部では非転向の英雄として評価され偉くなると思います。

S：そうでしたか。弟も君も一時彼の影響を受けて実父も心配していたが、君も今では彼の影響下にはないということですね。

弟：私も大地主の息子ということで悩んだ時期がありましたが、農地改革のお蔭で大部縮小されます。屋敷は空襲で焼かれるし、自慢の盆栽も人手に渡り、家を継いだものとしては却ってすっきりと身が軽くなりました。これで兄も家に頼れなくなりましたから、繰り返しになりますが議員にでもなってくれたらと思います。私なんかにすれば戦後の世の中が民主的になって良かったと思いますが、親父とお袋は早く亡くなって天皇が人間宣言をすることを見ないで済んで本当に良かったと思います。沼津の御用邸から両陛下が我が家の庭、盆栽を見に遊ばれたことを親父は誇りにしていましたから、人間天皇を目撃したら寝込んで病気になったか自刃していたと思います。

S：天皇を崇めてきた人の中にはそういう人も多くいたでしょう。私は末娘の小学校のＰＴＡ会長を引き受けましたが、そこの校長も天皇の人間宣言、教科書の墨塗で国の教育観の１８０度の変更で辞職されていました。天皇主権から国民主権の変更で自己の人生観を否定されたと感じる日本人が少なからずいることは否めない。私は君と同じで戦後の民主化を歓迎する身だが、だからといって彼らを批判することはできない。

弟：そうですね。しかし腹が立つのは、東条は逮捕されたときピストル自殺を図ったとありましたけど急所を外したそうですね。ピストルの撃ち方も知らない男がよく戦争を指導してきましたね。

S：辛辣な皮肉だね。

弟：彼の戦陣訓「生きて虜囚の辱めを受けず」のお蔭で多くの若者が命を落としたと思いますが、東京裁判の判決で処刑されるまで捕虜の身で生きているわけです。その本人は虜囚の辱めを受けていることになります。そして、裁判で敗軍の将、兵を語っていることは男らしくないです。

S：私は陸軍の組織防衛のための戦争をやったと考えるから、もし天皇が輔弼を蹴って戦争の裁可を下さなかった場合、陸軍は大陸から撤退し満州事変以前の状態に戻ることでアメリカとの和平交渉が成立しました。そのとき陸軍の立場はどうなったと思いますか。

弟：陸軍が大人しくそれに従った場合は権威は失墜し、権力の座から転落しますね。

S：今になればいろいろと考えが及びます。そして具体的には、朝鮮半島でも独立の動きが増して、台湾とともに植民地も失うことでしょう。つまり明治以来営々と築いてきた大日本帝国が富国強兵以前に戻ることになります。それは陸軍の栄光の歴史も終止符が打たれることを意味します。

弟：そういうことになりますか。海軍もしかりですね。座して死を待つより彼らが組織防衛のため戦わざるを得なかった気持ちは分からないでもないですが、国民が戦争の犠牲を強いられたわけですからやはり彼らを許せないですね。天皇もしかりと云えますか？

S：天皇は明治天皇を尊敬していたので、明治天皇の代で築いたものを手放すのは断腸の思いだったに違いないですが、よく考えれば明治天皇が最初の日清戦争に反対だったことは知っているでしょう。でも大権の統帥権に縛られて戦争を裁可せざるを得なかったのです。明治天皇は薩長閥が作った箱から出ることはなかった。昭和天皇もしかり。

弟：また天皇の藩屏を自負しながら服毒自殺した近衛さんもまた男とは言えませんね。近衛家長年の藩屏の歴史を尊重してきたうちの親父はこの有様も見ずに亡くなっていて良かったと思います。生きていたなら自刃してあの世で近衛と渡り合ったと思います。

S：確かに天皇崇拝者には身を捨てる覚悟の人が多かったのも事実ですね。天皇も同じ人間という立場では生き方を考えるのが正しいと思います。

東京裁判をよく観察していこうと思います。実際の問題として警戒しなければならないのはA級戦犯でもすでに不起訴になる者が出てくるだろうから、彼らが出所後どのように振る舞うか、注意することです。戦後の風潮に同調する振りをして出てくることはまず間違いない。それを私たちは警戒しなければならない。軍隊は無くなったが、政界は存続していますから。

弟：その通りですね。逆にNなどは転向せずに思想を貫きましたから、政治的に期待したいですね。

S：そう願いたい。ところで君の2番目の兄（A新聞記者）の婚約者は気の毒だった。ジャワからまだ帰還しないようだが、何か連絡はあるかい。

弟：ええ、まだ日本に帰れぬが元気だ、とありました。それで彼女のことは手紙で知らせました。その返事では戦争中の事でやむを得ない出来事だったと自分で納得させているようです。Sさんにも彼女のことを親身にお世話いただいて感謝しています。

S：もう少し決断が早く君の家に疎開していればと考えないわけにはいかない。でも彼女の立場も考えると、残酷だがこれも運命と云わざるを得ない。

彼女はA新聞社の事務員で、Sの熱心な読者で、小説家志望で原稿をSに見てもらって指導を受けていた。そんなことが兄の次男と親しくなるきっかけとなっていた。

弟：次男の兄も戦地で様々な惨めな状況を目にして戦争が沁みついているようなので、個人の不幸だけを悲しんでいる場合でないことは理解しているようです。

S：それは安心なことだ。

弟：じゃ、これで失礼します。云われた通りＨ陣営に話してみます。その後のことはよろしくお願いします。

Ｓは Ｊの弟を見送りながら、戦後が彼の兄が国会議員になるような時代になれば日本も期待できると一人頷いていた。

（その後、選挙にはＨの馬鹿息子が立候補して、親友のＪは馬鹿息子の応援に回った。そして彼は応援演説中に倒れ亡くなってしまった。彼は外交官を辞めて、絵を描くことを第二の人生にしたいと希望をＳに語っていた。彼がこれからの人生を失ったことをＳは自分のことのように悲しんだ。Ｓにしても書きたいものはたくさんあるし、避けて通れないのが実父と約束を交わした天理教教祖の研究である。これらのことを残して死ぬことはＳには考えられないことであった。それだけに彼の心中を察すると無念さがしばらくはＳの心を捉えていた。）

７月に入り、Ｓは次女と三女を連れて沓掛に行った。妻は去年の暮れに東京に拘ったので長女と四女と東京に残った。今年の夏は野菜作りからも買い出しからも解放されて、以前のように規則正しく散歩、読書、仕事に日常が送れるようになった。対米戦争が始まる前までは体のためゴルフ場にも通ったこともあったが、捕虜の身である今は贅沢と控えることにした。アランの会の学生が生還して訪ねてくれることもあってそれを待ち望んでいた。そんな時末弟Ｔが沓掛にやってきた。会うのは実父の葬儀以来であった。Ｓに生還を知らせてきた学生たちがそれぞれ大学に復学していたが、Ｔは実父の天理教に賭けた人生を少しでも知ろうと亡くなるまで病床で父の世話をして、Ｔ大復学は果たしていなかった。学費の面倒はＳが見てきたので、復学する気はないのか、聞いてみた。

Ｔ：もう法学には興味が無くなりましたから、この秋から天理に行って教団の修養料に入って３カ月学んでみたいと思っています。自分には父のように布教する才能はないから信者にはなれませんが、そのあとはＫＹＯ

大で宗教史を学ぶのが目標です。生活費は天理大学の図書館勤めになりますので、学費は教団が出してくれるようです。これも父の教団への貢献のお蔭です。
S：そう、それは良かった。ここでのんびり英気を養いたまえ。
T：有難うございます。ここの空気を存分に吸いに来たんです。
そういって弟は散歩に出かけた。彼は夕飯に戻らず迷子になったかと心配してSは捜しに駅まで下りると登ってくる彼と出会った。彼は駅前で久しぶりに向こうの山に別荘のある一高時代仲の良かった友人Q野に会い別荘に行って長話して遅くなってしまった、と頭を下げた。弟とその友人はSの東中野の家によく来て二人でニーチェだリルケだとSをそっちのけで議論を始めたものだった。
T：彼は左足の膝から下を切断した傷痍軍人になっていました。偶然星野温泉で出会ったとき、彼は寂しそうに笑って松葉杖も慣れたと歩いて見せました。最初は松葉杖の青年を彼だと思いませんでしたが、向こうから声をかけてきたので驚きました。彼の家に行き、彼の父はB級戦犯になった官僚ですから別荘は立派で、高級ウィスキーが何本もありました。これなら君も飲めると云ってナポレオンを出してくれました。うまいと思いました。
SはTがここに来たのは彼に会うためだったと理解した。
S：それでまた二人で議論を始めたのかい。
T：それが議論にはなりませんでした。「足を切断して俺のツァラトゥストラは死んでしまった」と云ってリルケの詩の優しさに共感を持つようになっていました。僕も骨髄炎で松葉杖をついていたとはいえませんでした、治っていますから。彼はリルケをドイツ語で暗唱しましたから本物でした。
S：出会えてよかったと思うけど「俺のツァラトゥストラは死んだ」というのは気になるね。
T：一高時代は「ツァラトゥストラのように強い精神をもって超人として生きるんだ」と盛んでしたから、松葉杖の冴えない姿を見たとき、彼だと分からなかった筈です。そして「リルケは神に包まれていたような人だから彼の詩は神の言葉と思う」としんみり感想を述べていました。ツァラトゥストラが死んで神が生き返ったのでしょうか。明日は兄さんに久しぶりに会いたいからと云っていました。

Ｓ：そう、それは私も楽しみだ。

Ｔ：彼は空襲で母親が焼死して、そこに新築し父親と兄夫婦のところに彼は復員してきました。父親が巣鴨プリズンに行ったのでここの別荘に一人で来て住んでいると。でも別荘は売りに出しているそうで、売れたら行き場所がないとも云っていました。

Ｓ：この夏はうちの家族も少ないから当分の間ここに来ればいい。そう伝えてくれてもいいから。

Ｔ：でも人間一人でいることを好む場合もありますから。明日また迎えに行きますから直接云ってください。

Ｓは弟の他人行儀な云い方に不安を覚えた。翌日昼過ぎ弟は親友を迎えに出掛けた。2時間後一人で帰ってきた。

Ｔ：着いたら運送屋が家財道具をトラックに運んでいるところでした。お手伝いさんによると「3～4日前に別荘が売れて今日が引っ越しの日でした。友達が来るからと、あなたに手紙を預かっている」と渡してくれました。読んでみてください。

彼は会うつもりがないのに、今日Ｔが来ると云ったことになる。不信を抱きながらＳは手紙を手にした。

「Ｓ・Ｔ君へ

昨日は君に会えてよかった。僕がリルケに親しみを持つようになったため昔のように君と論戦ができなかったことが心残りだ。ツァラトゥストラは死んでしまった。君は片足をなくしたぐらいで精神まで死ぬことはないだろうと云ってくれた。親友の君には事実ははっきりさせておく。

愛する彼女（カフェの女給）が復員した僕から離れて、敵兵と腕を組んで銀座を歩いている。戦争に負けて片足を失い、その上愛する人まで敵兵に奪われた。これ以上云うまい。君は僕の分まで頑張ってほしい。僕のことは探さないでくれ。頼む」

S：これは遺書ともとれる。君はどうする。

T：駅で聞いたところ、朝松葉杖の青年を見かけて、上り列車を待っているように見えた、ということだった。これだけではよく分かりませんが、人間死にたくなることもあるので見守るしかありません。

Sは弟の淡白な対応に驚いたが、弟は昨日の段階で彼の死の感触を得ていたのだろうと考えた。Sは何とか思いとどまってくれることを祈った。そして話を戻した。

S：秋から図書館勤めになると、教祖伝を書くにあたっていろいろ資料を頼むかもしれない。

T：ええ分かっています、必要と思われる資料は送ります。

S：有難う。

T：実はここに伺ったのは、復員してから8カ月父の亡くなるまでそばで暮らしてみて、天理教を信じて生涯を捧げた父の考えを知って、次兄さんと父について話したいと思ったからです。その父の信仰人生に直接影響を与えたのが、次兄のあなたの存在であることが分かったからです。父が亡くなる前に枕もとであなたに話していた内容を僕も一緒に聞きました。そのうえでお聞きしたいのですが、あなたは作家になって、天理教団というもの、そして父が帰依して財産を放棄したことについて批判的に書いてこられました。でも父の帰依があなたの命と引き換えで神との約束だったことを知りました。あなたもそれを初めて聞いたと思います。それでそれを知った後で父をどのように思うようになったか、お聞きしたいのです。相変わらず批判的なのか、どうなのか。

S：今思えば運命的な出来事だったんでしょう。互いの意志とは関係なく互いに規定された人生を歩んだ気がする。

T：そういうことですか。運命とは随分すっきりした割り切り方ですね。結局は、父が財産を放棄したためにあなたは非常に苦労されたことへの批判だけが残ったのでしょうか。
S：そう思ってきたが。
T：でもそれは子供の頃で、兄さんは高等学校に入学してからは天理教を捨て離れたと書いています。それは父への批判ではなく自発的な意志だったのではないですか。
S：その通りだ。高校生になって自由に本も読むことができるようになって世界が広がり、それまで天理教に束縛されていた意識は一挙に解放された思いだった。
T：ベルグソンの影響が一番強かったのですか。
S：それもあるが、信仰を捨てるにあたっては広がった世界が信仰よりも現実でもあった。
T：兄さんの云う現実の世界とは科学的知識に裏付けされたものでしょう。それを知って「創造的進化」を僕も読んでみました。ベルグソンは哲学者とはいえ科学的要素をベースに思想を組み立てています。それは宗教とは別次元の話で、宗教を否定することにはならないと思います。
S：私は宗教を否定したのではないし、その能力はない。ただ信仰を捨てただけだ。君が二代目教祖親神から息吹きしてもらって骨髄炎が治った現象があったが、その現象は二代目の力というよりは人間にはもともと生命という根源的力があって治ったので、彼女の霊力ではないとそのとき君に話した筈だが。その時君は納得したものと思っていた。
T：分かっています。だから信仰とは現象的に病気を治すことではなく神の存在を信じることだと思っています。あるいはリルケのように生活のなかで神と触れ合えるような存在。つまり神を信じることは科学的次元のことではなく、科学の側から批判される覚えは無いと考えますが。
S：私の立場からすると、私はフランスで実証主義精神を叩き込まれた。だから説明も証明もできない信仰は問題にならない。
T：でもそれはフランスに留学経験した後の答えで、僕が質問しているのは高等学校のとき、なぜ信仰を捨てたか、です。
S：では私は子供の時になぜ天理教を信仰していたのか。それは叔父夫婦、祖父母が家庭の中で信仰していたので、それを見習っていたのだ。それは信仰と云えただろうか？　私は信仰という言葉に無自覚にその環境の中にいたのだ。高校生になって東京に出てきてその環境が無くなれば、信仰を捨てるというよりその必要性が無くなったと云えるのではないか。
T：それは信仰への侮辱になりませんか。
S：そうした意識は持たなかった。それ以前にいい思い出がなかった。小学校5年のとき血便が出るようになっても医者にかかる金もなく治らずにいると教団の先生から「信仰が足りないからだ」と怒られるし、中学進学の希望を捨てずにいると、「だから病気が治らないのだ」とまた怒られる。信仰の証しである勤めは毎日励行しているし、これで死ぬならそれでもよいと自分にいい聞かせたものだ。半年もすると血便は出なくなって治ってしまった。また中学進学も援助する人が現れて望みが叶った。だから子供のときから信仰よりも勉強に興味があったので君のいう信仰を捨てることも抵抗はなかった。
T：兄さんの主張は分かりました。しかし、そのとき病気は治り、進学は叶ったのですから神の存在を意識しても良かったのではないですか。
S：神に救われたというのか？　神も教団も区別はなかったように思うが、繰り返し怒られたから教団への不信感のほうが強かったと思う。
T：そこに僕は兄さんの強さを感じます。信者にとってましてや子供にとっては教団の先生は絶対的な神の代弁者です。僕が教団の先生に怒られれば怯んで反省します。教団に不信感を持つこと自体神への冒涜になり、とてもその勇気はありません。そういう意識にならぬ兄さんは子供のときから神をも恐れぬ強い人でした。

S：勇気があったわけではなく、教団の先生方は私の純粋な希望を無視されたので神の代弁者というイメージからは程遠かったと思う。

T：この年になれば神と教団の違いは分かりますが、その区別のつかない子供のときに自立的に振る舞った兄さんを立派と思いますが同時に恐れを抱きます。神をも恐れぬ兄さんは無神論者ですか？

S：無宗教だが無神論ではない。

T：どういうことですか？

S：この宇宙を動かす根源的な力あるいはエネルギーと云ってもいいがそれが神だと考えている。

T：う〜む、分かるような気もしますが、それが生命のもとでもあるわけですか？

S：そうだ。

T：今日は、長い間兄さんに抱いていた疑問に答えていただけて、ここに伺った甲斐がありました。

S：これで親友が元気なら云うことないが。

翌日、「また来る」と云って末弟Tは東京の兄の家に向かった。

戦時中の検閲のためSは書いたものを発表しないで溜めこんでいたので、戦後GHQの矢継ぎ早の民主政策でお上も腰が低くなってそれらが日の目を見ることができた。出版社も乱立し、Sの丁度いい受け皿となってくれた。末弟Tが帰っても訪問者は出版関係者の数が多かった。わざわざ沓掛まで彼らが来るのは、原稿料の持参と新たな原稿依頼だった。終戦直後は陸海軍が貯蔵していた物資が出回り、困窮度は戦時中に比べて酷くはならなかったが、このころになるとそれに代わって闇市が全国的に広がりそれを当てにしなければ国民の生活は成立しなくなっていた。そこで彼らは有難いことにコメ、味噌、醤油、砂糖、果物等を沓掛にも持参してくれた。Sは律儀にそれらを買い取った。それで彼らは帰りの汽車賃の倍も儲けていた。

ここではPTAの仕事もなくSは出版社の期待に応えるべく、戦時中からの長編の「懺悔紀」を書き上げその他の短編、随筆に健筆を振るっていた。出版社Aの記者は、

A：Sさんは元官僚だからGHQの改革指令をどのように受け取っていますか。

S：それは評価することが多いです。なかでも農地改革には頭が下がります。日本人の力では民主化になっても、地主の土地を一町まで削り小作農を自作農にする改革はできなかったでしょう。

A：そうすると農地改革は戦争に負けたからできた改革ということになりますが。

S：負けるが勝ちの現実とも云えます。でもこれは日本の富国強兵を否定して農業国にするGHQの方針とも云えます。そのために自作農の強化を図って民主化したと考えられます。同様に民主化の一貫として労働改革で団結権、団体交渉権も認めました。

A：財閥の解体はどうでしょう。

S：これも民主化の一貫と云えるかどうか？　アメリカは金融資本が資本主義の中核です。同様に財閥はその中にある銀行が中核です。財閥を解体すればそれぞれの基幹産業がばらばらになりそれだけ日本の資本主義は低下しアメリカは安心できるということです。

A：そうしますと財閥解体と農地改革はセットのGHQの政策なんですね。

S：矛盾していないと思います。

A：また強固な権力をほしいままにしてきた陸海軍があっさり解体したのには驚きました。無条件降伏とはこういうものか、と思いました。

S：その前の武装解除もそうだが天皇の力によるところが大きい。そして天皇が人間宣言されたように、占領下にある天皇の姿勢を国民が倣ってる感じだ。それが陸海軍の解体もスムーズにいった理由でしょう。マッ

カーサーもここまで占領政策がうまくいくのは天皇のお蔭だと内心感謝している筈だ。

Ａ：天皇の人間宣言は新憲法にも影響を与えることになりますね。われわれの現実としては検閲が無くなり新しく出版社も軒を連ね、私も就職できたのだから占領軍はまさに解放軍で感謝しなければならないですね。

Ｓ：確かに国民のマッカーサー人気は大したものだがいつまで解放軍でいられるか、我々も覚悟はしておいたほうが良いと思う。

Ａ：そういう心配も確かにありますね。言論の自由だけでなく集会・結社の自由もＧＨＱが保障しましたから共産党なども活動が盛んになっていますが、その勢力の拡大にはマッカーサーも神経を尖らせているのは分かります。

出版社Ｂでは、

Ｂ：昨年（１９４５年）の暮れに作家のＩ・Ｔの「生きている兵隊」がようやく世に出ました。この本は昭和14年（１９３９年）に出版されましたがすぐに発禁になっていたものです。Ｉ・Ｔは天津あたりから南京を陥落（１９３７年12月）させた軍に従軍して見た有様を書きました。Ｓさんも1年遅れぐらいに北支から上海、南京を回られて戦禍の跡を見て回られました。Ｓさんは「生きている兵隊」を読みましたか。

Ｓ：うん、読んだ。そこに書かれている生なましさは私は直接経験したことはなかったが、書いてある情景は読んでみて想像はできた。

Ｂ：日本兵は随分悪いことを中国人にしてきましたね。読んで驚きました。

Ｓ：戦争は国と国との戦いだが、直接戦うのは人間同士だ。その人間は国の指令のもとに戦うことは通常の感情を失い戦うマシーンになってしまう。人間をロボット化するそこに戦争のすべての罪悪がある。

Ｂ：確かに読んで、兵隊のいろいろの思考なり感情が死を恐れなくなっていく過程が書かれています。そこが怖いところですね。

S：人を殺すことで自分の命も殺した相手と同程度に軽いものになってしまうことが感じられます。

B：日本軍も満州防衛のため北支に留まっていたときには生活物資は地元から買っていましたが日支事変が勃発してどんどん南下してからは食料は行く先々の村から掠奪し、逆らうものは殺して調達していた、と描写がされています。日本兵が勝手な行動をとっても上官は見て見ぬ振りで、戦闘以外には軍紀は存在していない状態になっていたと云えます。東条英機はこの軍紀の乱れを正すために戦陣訓「生きて虜囚の辱めを受けず」を述べたと云われているが、どう関連するのか、分かりません。

S：物資が前線に届かなければ戦争はできない筈です。それを承知で戦争を強行したのは陸軍ですから掠奪が横行して軍紀が乱れるのは必然です。戦陣訓の云わんとするところは「捕虜になるぐらいなら自害せよ」ですから当然軍紀とは無関係な表現です。こんな状態で戦争しているから日本軍としてもお荷物になる中国人捕虜の扱いに困って殺したと書かれていますね。国際法違反です。ですから逆に日本兵が中国軍の捕虜になった場合殺されても日本は文句は云えない。でも日本兵の多くは国際法違反で自分が殺されるのは納得できないと思います。そんな空気が日本兵の間に広がったらその批判は軍上層部に向かいます。それを避けるために東条は「生きて虜囚の辱めを受けず」を戦陣訓にしたと思います。

B：それなら辻褄が合いますね。東京裁判で東条は、どう思っているでしょうか？

S：彼のように大東亜戦争の推進者であって首相の立場ともなれば気に障る人間をも排除したくなるものだよ。

B：いま東京裁判で南京虐殺が取り上げられていますが、A級戦犯の軍人は白を切っている感じですね。北支から南京にいたるまで所々で日本軍は掠奪、強盗、殺人を繰り返してきた。それに銃を捨て軍服を脱いで民家に隠れる中国兵を探索して処刑もしてきた。南京は大都市で人口が多かったのでそれが大虐殺になってしまったのは容易に想像できる。ただ「生きている兵隊」では虐殺のイメージはなかったように思います。

S：そうですね、日本軍は南京を四方から攻略して、城内では逃げ場を失った中国兵は至る所で掠奪、放火を日本兵が城内に入る前に行っていた。だから城内に日本軍が入ってもまともな戦闘は書いていないですね。城内の1カ所に20万ぐらいの中国人が固まって住むようになって、その中に千人ぐらいの中国兵が紛れ込んでいるという表現でした。戦闘は、場外に逃げた中国兵が揚子江を焼け落ちた家屋の瓦礫に掴まって向こう岸に落ち延びようとしたが、待ち構えていた日本兵に一網打尽にされた、という記述でした。著者のI・Tは南京は大規模すぎて書くことが手に余ったのかもしれません。

B：そうでした。でも南京で虐殺があってもそれは軍紀の乱れで戦争指導者が負うべきです。そのことは知らないとか直接命令を下してないとか云って逃げるのではなく、軍紀の乱れは当然A級戦犯が負うべきです。

次に、

出版社C：戦時中のSさんの作家としての苦労話を聞きたいのですが、文芸家協会に属されていて、近衛が新体制運動を唱えてからは報国作家協会みたいなものになってしまって、そこに属しているだけで辛い思いをされてきたんじゃないですか。

S：作家の同業者の中では正直苦労はなかったといえば嘘になります。その話は昭和15年に皇紀2600年ということで祝典が、東京オリンピックおよび万国博覧会を中止したにもかかわらず、大々的に行われた。そして直後に「祝いは終わった、さぁ〜働こう！」のポスターを至る所で目にするようになった。秋に文芸家協会も動きが出て、新体制運動に対応する議題で話し合うため理事が集まった。議長の作家が　文壇新体制準備委員会」をつくろうと口火を切り、一人ひとりに意見を求めた。そこで私の番で、

「文芸家協会は作家の職業上の権利を保護するもので、協会が新体制運動に寄り添う団体になれば将来会員の保護どころか権利を奪われることになりませんか？」

議長：例えばどんなところですか？

S：ナチスの文化政策を見てもその心配はあります。

議長：ナチスはナチス、日本は日本でしょ。
と議長が云うから、新体制運動から大政翼賛会が生まれて日本も一国一政党になってドイツと同じ制度になったではないですか、と反論しようと思いましたが、路線は既に決まっていてこの会は儀礼的なものと気づきましたから黙りました。その後「日本文学者会」が発足したが、私に連絡はなく嫌な思いに駆られました。
C：Sさんは勇気ある発言をしたのですね。精神衛生上は良かったかもしれませんが、仕事上に影響はなかったですか。
S：その影響かどうか知りませんが、久々にA新聞社に朝刊小説の掲載が決まっていて、その原稿十数回分を持って行ったとき、私の係の編集部員ではなく次長が出てきて「Sさんの小説は立派だが暗くてこのご時世には向いていない」と突き返されたことがあった。こんなことは初めての経験でした。A新聞社も大東亜戦争がはじまると戦争熱を煽る記事を書くようになったのを見ると、そうした社風に移行したので私よりそれに同調する作家の作品が必要だったのでしょう。
C：私が驚いたのは、真珠湾攻撃の成功が発表されると、大袈裟かもしれませんが多くの作家たちが歓喜の声を出したことです。私もその一人だったのですがこれには驚きました。Sさんはその中には入っていなかったと思いますが、どんなふうに見ておられましたか。
S：文芸家協会が新体制運動に協力の姿勢を見せていたので、さもありなんと思いました。思想的にどうのというより、単に日本が西洋に勝ったことが彼らには嬉しかったことと思う。
C：しかし、それは緒戦でしたよね。その後の展開が頭になかったんでしょうか。アメリカと日本の国力の差はインテリの作家の先生方は御存知だった筈ですが。
S：緒戦でも勝てば、その後は日本は神国で不敗信仰を彼らは信じたのかもしれません。私は聖戦だ、大東亜共栄圏だという文句に踊らされることはなかったので、早く戦争の停戦を念じていました。

Ｃ：Ｓさんのそうした認識はどこから生まれたものでしょうか。
Ｓ：どこからというより聖戦を信じなかったからです。これは戦争推進者たちの権力維持、組織防衛のための戦争と考えていたからです。
Ｃ：へぇ〜、東条は陸軍を存続させるために大東亜戦争に踏み切ったというのですか。
Ｓ：彼個人というより職業軍人の多くの者がと云ったほうが良いだろう、海軍も含めて。
Ｃ：そうすると大本営は国民をうまく煽って戦争に巻き込みましたね。
Ｓ：その意図を汲んで大政翼賛会は末端の隣組まで、在郷軍人会は青年会に至るまでその役割を果たしました。
Ｃ：バケツリレー、竹槍訓練、灯火管制の暗幕とか、国民は内心不満も多かったと思いますが、真珠湾奇襲でそれらが一遍に吹き飛んで歓喜に代わりました。作家の先生たちも大同小異であると考えれば納得がいきます。戦後は、国民は相変わらず空腹ですがマッカーサーの改革を支持していますから、国民は我に返ったということですか。
Ｓ：負けるが勝ち、ということです。
Ｃ：意味深長ですね。
　終わりに、
出版社Ｄ：新憲法は生みの苦しみのようです。なんでもポツダム宣言の解釈を巡って日本側にいろいろあって、正式の憲法草案を考える松本委員会がマッカーサーの新憲法への意図を考慮せずに考えたため齟齬を生じたと聞いています。松本委員会は天皇主権はそのまま、マッカーサーは国民主権、と根本的なところに相違があったようですね。マッカーサーが譲らなかったため天皇の位置づけは絶対権力者から国民の統合の象徴に変わったようです。Ｓさんはこれをどのようにお思いでしょうか。
Ｓ：最終的に収まるところに収まれば良かったと思います。起草された方々の苦労とＧＨＱの指導に感謝したい。

D：それに九条の戦争放棄は明記されます。これに一番驚きました。Sさんはどうですか。

S：ポツダム宣言で軍隊の解体を要求していましたから、どうなるか関心を持っていましたが戦争放棄が結論になるとは驚きです。論理的に正しいですが、これから防衛について論議があるようですが、見守りたいです。

D：この憲法に至ったベースには天皇の人間宣言があったと思いますが、具体的にはどんな認識を持ったと思いますか。

S：確かに天皇が神聖のままだったら新憲法は生まれませんでした。またポツダム宣言で戦争犯罪人を裁くとも明記されていたので、いま東京裁判が進行中ですが天皇が被告席に座るかどうか、人間宣言がどのように影響するかでしょう。

D：そうですか。明治憲法では現人神だったので軍部によって祀られて利用されたが、新憲法では人間になったから祀られることはないので権力に利用もされない、と云えますね。

S：今後のことは天皇を心配することはないが、過去の現人神時代の戦争責任を問われるかどうか。

D：いまのところ天皇は戦争犯罪人に名を連ねてはいません。大丈夫ではないですか。

S：終戦を導いた実績と軍隊の武装解除に絶大な権威を発揮し天皇の軍人マッカーサーの評価は高い筈、また天皇の正直さ、飾らない性格を人間マッカーサーは評価していると思う。ただマッカーサーの意見がいつでも影響力があるとは限らないので、戦犯たちの天皇への証言が鍵になるでしょう。

D：一番の焦点は東条の証言になると思いますが、捕虜になってもなお生き永らえているので尚更気になります。

S：それに宮内大臣の木戸幸一の日記も没収されていることも気になります。

ＧＨＱの影響下、11月３日の新憲法の公布、そして農地改革が行われ、民主主義の方向性は国民も確信を持ち始めていた。ところが年明けて昭和22年その流れが変わる出来事が起きた。制度改革はいろいろなされても国民のお腹は一向に満たされずにいた。ＧＨＱは農地改革の他、労働者の団結権、団体交渉権も認めていたが、物価の高騰で労働者はこれらの改革でも困窮を極めていた。大衆は皇居に「コメ寄こせ」デモをかけたり、日比谷公園に25万人の集会を開いて抗議を繰り返した。全官公労働者すなわち公務員、国鉄職員等が２月１日にゼネストを予定し、それをバックに政府との団体交渉を発表した。政府は打つ手なしの状況に追い込まれた。それまでは労働者の行動を支持（黙認）してきたＧＨＱは前日の１月31日に全官公労共闘会議議長を呼び出し、スト中止を命令した。議長はこれを呑みラジオで泣きながらスト中止を告げた。これよりＧＨＱの民主化政策の抑制策が始まる。

ヨーロッパにおいてソ連の影響下にある東欧の共産化、社会主義化が進み、朝鮮でも南北が分裂して、ＧＨＱは国際情勢の変化により日本の共産化を恐れるようになって、民主化方針を転換した。それは戦犯等の公職追放解除に象徴的に表れていた。

ＧＨＱの数々の改革は復員した日本兵の公務員受け入れがそれを可能にしてきたとも云える。警察関係に元特高、元憲兵も公務員に入れることを認めていたし、優秀な元軍人はＧＨＱに直接雇って利用した。しかしこの公務員の肥大化には金がかかるようになっていた。政府はインフレ政策をとってきたが国際情勢が緊迫を増すなかで、ＧＨＱは今までとは逆の経済の安定策すなわち緊縮政策を日本政府に示し、人員整理を要求した。そして日本の脆弱な体質を改めるため政府に初めて自前の予算を作成させ、税収の強化、工業振興による輸出強化等を指導した。

こうした状況で４月に行われた初めての改正普通選挙（婦人も参加）で社会党が第一党になり、５月党首の片山哲が総理大臣に選出された。これはＧＨＱが心配していたことが起こったと云える。この内閣は改革路線を進み、民法を改正して戸主中心の家族制度を解体させ、そして男女平等を謳った。一方で経済の安定化のためインフレ抑制の緊縮政策を実施したため労働者の期待を裏切り、昭和23年2月総辞職を余儀なくされた。後を継いだ芦田内閣もまた左より政権であったがこの政権も昭電疑獄事件のため10月には総辞職することになる。これはGHQの影の力が働いているようにSは感じた。実際、GHQは米国政府の意向を受けて日本を反共の防波堤にするための政策を実行に移していく。左派政権では都合が良くないということである。

社会情勢が目まぐるしく変わるなか、E山が訪ねて来てくれた。彼は復学してT大大学院で経済学を研究していた。

E：御無沙汰しました。先生もお変わりないようで安心しました。

S：アランの会の学生たちも戦後は殆ど顔を見せなくなり、君に期待をかけていたところだった。よく来てくれた。

E：W田は亡くなりD原とも疎遠になって、学業も忙しく先生の家の敷居も高くなって失礼しておりました。

S：それは君らしくない。遠慮しないでいい。ところでD原君はどうされていますか?

E：先生との約束で、あれから暫くして新潟に行きました。そうしたら長野にいるということを家族の方が云われるので、日帰りの予定だったのでその住所を聞いてそのまま帰りました。家族の話によると、彼は長野県の教育委員会で活動しているとのことでした。私も忙しくしているうちに時間が経ち、今年の3月末の休みに行くことができました。

S：それはご苦労様でした。君がそれほど気を使っているとは知らず申し訳なかった。

E：そんなわけで遅くなってこちらこそ申し訳ありませんでした。行ってみると想像はしてましたが選挙一色でした。彼は教育委員会の共産党候補を応援していました。委員会幹部として朝から夜まで走り回って、昼間は私も付き合っていましたので「応援演説どうか」と頼まれましたが遠慮しました。話す機会はその日の運動が一段落して夜遅く彼が私の宿に来て一緒に酒を飲んだ時でした。私の松葉杖に彼もショックだったようで戦争中の話から始めました。

S：彼の戦地は？

E：大陸に渡って華北、上海そこから南下してベトナムそして台湾で終戦を迎えたようです。

S：怪我などは負わなかったのですか？

E：上海とフィリピンで肩とか足に玉を食らったと云っていましたがかすり傷程度だったようです。華北から上海への行軍では私と同じように共産ゲリラの襲撃を度々受けたそうですが彼は本気になって反撃はしなかったそうです。「分かるだろう」と笑っていました。

S：彼は共産党のシンパだったからね。

E：そうではなく「親様の言葉」です。私も足を切断した顛末を話しました。二人とも生還して靖国のお世話にならず良かったと笑い合いました。

S：選挙については？

E：立候補する段階では当選するつもりでいたが、2・1ゼネスト中止以後流れが変わって保守勢力の妨害が顕著になったようでした。教育委員会は分裂選挙で保守系候補が当選したようです。社会党が第一党になりその影響もあり共産党は散々だったようです。日本の警察をコントロールするGHQの弾圧も彼は恐れていました。

S：彼は、なぜ共産党に入党したんですか？

E：彼は復員してから結婚したんです。戦争中に地元の名家に輿入れが決まっていた奥さんが相手方に水に流してほしいと云い出し嫌悪な状態になった。奥さんはD原が戦死しても独身を通すつもりでいたので理由を喋らなかった。終戦を迎えて彼女が復員のD原と結婚したため、相手方はカンカンに怒ってしまった。居づらくなった二人は故郷を離れ東京、京都と転々として組合活動が盛んで物価が安い長野に落ち着いた、ということでした。共産党へは復員して戦前とはがらりと変わった日本を見て直ぐに決めたそうです。でもそれは新潟の家族に話していないそうです。
S：D原君も苦労しているんだね。
E：先生への伝言は〝良き日本をつくるため頑張る〟と云っていました。
S：分かりました。君にはどんな忠告があったの？
E：アメリカに留学したいと云ったら〝これからの日本は経済だ、良き方向に導いてくれ〟と。そして〝俺は計画経済を研究する、ともに頑張ろう〟それで別れました。
（D原がE山に云ったことは実際とは違っていた。〝アメリカに留学？　日本はアメリカに負けたんだぞ。恥の上塗りをする気か！　敗色濃厚の日本に原爆を落としたんだぞ！　日本の本土決戦に怯んでアメリカはそんな汚い手を使ったんだ！　そんなアメリカに尻尾を振るようなことはやめろ！〟E山はD原とゆっくりするつもりで長野に来たが翌日東京へ戻った）
S：それから選挙は負けたんだね。それでも彼のことだ、元気に活動しているだろう。
ともかくE山はSに報告して責任を果たしたと、ホッとして、
E：話は変わりますが、これはW田から聞いたことですが、先生は作家と大学で教えることの両立を考えて出発したが、大学に二足の草鞋は認められずやむを得ず大学を辞めた、と聞きましたが、それは事実ですか？
S：事実だ。フランスでは大学教授で作家の人は何人もいたので自然と両方の道を歩むことに抵抗はなかったが、日本社会はフランスとは違っていた。どちらか一つに絞れと云われると高校時代から憧れていた作家を選択するのに躊躇はなかった。それに高原療養所の病友から学者より作家になるべきだと忠告をしてもらっていたので作家は天職だとそのとき決めていました。それで君がアメリカに留学するのに水を差すつもりはないが。

E：現在の日本の窮状を見ると人の役に立ちたいと思い経済学をやることに意義を感じています。

S：その通りだ。そしてアメリカは経済の先進国だ。大いに頑張りたまえ。

E：ええ。先生の場合、高校時代に作家になる夢を持ったと云われましたが、一方で信仰を自発的に捨てられました。ベルグソンの「創造的進化」の影響と云われていますが？

S：教祖中山みきが親神のことばを写したお筆先よりもベルグソンの哲学の方が私に生きる力を与えてくれたのでしょう。信仰と云っても子供の習慣でしたから捨てることができたのでしょう。東京に出た解放感もあったでしょう、高校に学んで自分の世界も広がり、将来の夢も持てるようになって、そんなとき学校で評判だった「創造的進化」に出会い彼の生命観から生きる勇気をもらいました。

E：私も読みましたが、理屈がよく分かりません。

S：生命は創造であり意志である、に当時は感動しました。どこまで分かっていたかは分かりませんが、単細胞でも生きるための意志は持っている、まして人間においてをやです。

E：持続時間とは何ですか？

S：これは私もよく分からなかった。君は経済学を学ぶ上で数学科の講義を受けていると云ったね。

E：ええ、ルベーグ積分、微分方程式、統計学です。

S：ルベーグ積分は聞いたことはありますが、どんな積分ですか？

E：普通の積分は x 軸を分割して関数 $f(x)$ との間の面積を求めますが、y 軸を分割して同様に面積を定義することができます。これがルベーグ積分です。

S：その利点は何ですか？

E：普通の積分では関数 $f(x)$ が連続であることで定義されますが、ルベーグ積分では不連続関数でも積分が定義されることです。

S：それは凄いことですね。ソルボンヌの貨幣論の指導教授は統計学者でもありました。それで数学の素養もあっていろいろ教えていただいたがルベーグ積分はなかった。ただベルグソンの持続時間についての認識のヒントをいただいたと思っている。

空間は分割しきれない、というのがあります。例えば区間［0.1］を有理数1／2、1／4、3／4、1／8、3／8、5／8、7／8……と無限に分割しましょう。でも［0.1］の中には無理数もあります。君は有理数と無理数とではどちらが多いと思いますか？

E：よく分かりませんが、無理数なんですか？

S：そうなんだ、無理数の方が有理数より圧倒的に多いことが分かっています。分割するということは上のように有理数の点を取ればできます。無理数との関係で云えば、［0.1］の中の有理数は無理数の微小な塊の間に点在しているのに過ぎません。

この事実により「アキレスと亀の逆理」は間違いであることが分かります。アキレスと亀、亀が先に歩きはじめます。アキレスの方が速く歩く前提で遅れて続きます。亀がいた位置にアキレスが到達すると亀はいくらか先に進んでいる。これを繰り返しても亀の方が少しだけ先にいてアキレスは永久に亀に追いつかないというのが古代ギリシャ時代からある逆理です。現実はアキレスが亀に追いつき追い越します。その説明は、両者の距離は段々小さくなってゼロに限りなく近づきます。亀は無理数の塊にぶつかって動けなくなります。この状態はアキレスが亀に追いつき追い越すことを意味します。歩いた距離は有限です。対応する時間も有限です。したがって、アキレスは亀に永久に追いつかないという結論は間違いです。どういうことかと云えば、空間は無理数の塊に埋め尽くされていて、すべての有理数はその塊の間に点在するに過ぎません。亀が有理数の点を歩いたとすれば無理数の塊を越えて進みますが、アキレスが亀に追いつき追い越す時点では亀は無理数の塊を越えることができないと考えればいいのです。そこで無理数の塊に対応する時間を無限小時間と考えればいいのです。この無限小時間をベルグソンの持続時間と考えていいと思います。ベルグソンの云わんとすることは、この持続時間は無限小で分割できませんから生命も過去現在未来も同居して分割できません。この連続性が持続時間で生命力と云えるでしょう。生命は、過去が現在を通して未来に既に存在しているのです。

E：そういう理屈ですか。ベルグソンも時間は分割できないという認識を持っていたのですか？

S：無理数が有理数より圧倒的に多いということは19世紀後半に発見された数学上の真理で、それは彼は知らなかったと思いますが、直感でそうした認識に至ってました。

E：確かに過去現在未来といってもよく考えるとそこに境目はないですからね。

S：そう現在はどんどん未来を取り込んで過去に流れていく。この持続時間の立ち止まらない動きが生命でそのエネルギーが生命力と云える。生命とは、動であり生きようとする意志です。

E：先生の云われることは分かりましたが、私もよく考えてみます。

ところで先生、弟が出征する直前に実地訓練をしていた病院から手紙を寄こして、〝先生の家に行っていろいろ話した〟と書いてありました。先生の作品そして鷗外の作品について伺ったと。それで私の場合は先生が漱石についてはどのように考えているのか、知りたいのですが？

S：高校生のとき図書館で「吾輩は猫である」と「坊っちゃん」を読んだぐらいで彼について論評する事柄はないが。

E：その2冊についてはどんな感想をお持ちでしたか？

S：幅広い知識の持ち主でそのうえ自分のものにしているという印象だった。だが彼は英語だろう、私は当時フランス漬けだったから興味を持つまでにはいかなかった。

E：そうですか。一般に、留学経験のある日本の学者、文学者はその国を必要以上に過大に評価して、それを自分の箔にしている傾向があります。先生の場合はフランスを客観的に捉えて書いていると思います。漱石も若干書いていますがイギリスというか西洋を評価しているようには思えません。そこを先生に聞きたかったのです。

S：読んでいないので済まん。でも君の漱石観を聞きたいが。

E：彼の初期のその2作とそれ以降の作とはとても同じ作家とは思えません。2作目「坊っちゃん」を書き上げてから数日休んで3作目の「草枕」を僅か20日ぐらいで書き上げています。2作と3作目が同じ作家の作品とは思えません。そして内容からして西洋を評価しているとは思えません。そこが偉いと思います。先生にそこをお聞きしたかったのです。

S：そうですか。興味ある話なので今後読んでみましょう。

E：持参したのでお読みください。今日は有難うございました。先生、またいずれ伺います。

彼は片足を失っても真面目に努力していることが分かって、彼らのような青年が戦後を造り上げてくれることにSは勇気づけられた。

戦時中から音信が途絶えていたフランスから手紙が届いた。一高時代からの親友Oからだった。Sも何度も手紙を送っても返信がないので心配していたがこれでOの生存が確認されて喜びに震えた。宛名はA新聞社気付でそこからSに転送されたものだった。これでOの宛名の工夫から何度もSに手紙を送ってくれたことが分かった。フランス文で「日本は占領下で検閲が厳しいだろうから、生きているなら絵はがきに署名だけ記して送るように。我が家は3人とも無事で元気だ。早く君に会いたい。講和が訪れることを祈る」と書いてあった。

Sは自然と涙が溢れていた。Sは早速云われた通り富士山の絵葉書にローマ字で署名だけして送った。1カ月後OからA新聞社気付でまた届いた。

「これで両者が文通できることになったことを喜ぶ。東京が焼け野原になったことも、日本人が皆飢えていることも聞いているが、日本人は決して絶望はしないと妻クララが私を励ましてくれている。また先日妻が脚本家・俳優のルイ・ジューベに会って、君が無事なことを伝えたら、〝ああ、ムッシュSが生きている？　あんな病気をして便りもないから10年も前に死んだと思っていた。そうか、生きていたか、それは良かった〟と喜んでいたそうだ。フランスの友人たちは皆君に会いたいと云っている。その日が待ち遠しい」

日本ペンクラブもペン本部と連絡を取り始めようとしているので、講和の前にでもペン大会に参加できるかもしれない、とSは返事を書いた。そして、ルイ・ジューベ、マリー・ベルによろしく、と付け加えた。

実際に日本ペンクラブは新会長に長老の志賀直哉氏を選出して動き出していた。今年スイスのチューリッヒで開催される国際ペン大会にスイス在住のA新聞社特派員K氏にオブザーバーで参加してもらい、そして来年のロンドン大会には日本ペンクラブも招待してほしい、と国際ペンに依頼した。国内的には新会長が、外相を兼ねていた芦田総理も訪ねてGHQに渡航許可の働きかけをお願いした。しかし芦田総理に骨を折ってもらったにもかかわらず、占領下で日本人が四つの島から外へ出ることは難しいとの返事であった。

それから3年後になるが講和前に渡航許可が下りスイスのローザンヌのペン大会に日本代表の一人としてSは参加することができた。そのときの彼の目的はその帰りにフランスに滞在して多くの友人に会うことだった。そして戦後を考えることだった。

出陣した学生たちの多くは生還を果たしたが戦中のようにSを訪ねることは減っていた。彼らに代わって、夏には沓掛まで来た出版社の記者たちは秋には世田谷三軒茶屋にやってきた。原稿に関する場合が多いが手ぶらで暇つぶしに来る記者もいた。彼らの目的は戦後の騒々しく変わる不安定な社会の動向をSと話すことであった。

出版社A：GHQと云っても実質はアメリカで、占領軍の立場でアメリカの勝手な振る舞いが目立っている。

それは今までは日本の占領政策をＧＨＱの民政局ＧＳが担ってきて日本の民主化に力を入れ左翼の活動も許容しましたが、昭電事件を発覚させたＧ２（参謀本部諜報部）がＧＳから実権を奪ってからは左翼に厳しくなって、その表れが芦田内閣の総辞職です。
Ｓ：そうですか。そうすると日本社会も保守勢力も復活してきますね。日本人全体が占領軍の捕虜ですからアメリカの政策には従わざるを得ないでしょう。
Ａ：芦田内閣が潰れたのは、中国、朝鮮における共産勢力の台頭でしょう。芦田が社会党に担がれているから反共政策に転換したいＧ２は芦田に我慢できなかったと云えます。言い換えれば芦田はアメリカの云いなりにはならなかったので立派だったとも云えます。
Ｓ：それで昭電事件で嫌疑をかけられてアメリカに引きずり降ろされたことになるわけですか？
Ａ：その通りで今の日本では無実であってもアメリカの意向には抵抗できません。
Ｓ：昭電疑獄は新社長が政界、ＧＨＱの高級将校に金をばら撒いた事件でしたね。
Ａ：総理、副総理が金を受け取ったと疑いを掛けられれば、それを否定したところでＧＨＱには歯が立たないから総辞職に追い込まれたんです。敗戦の日本を立て直そうと内閣を担った芦田総理、西尾副総理です、悪い噂もなかった彼らが名前も知らないような人物（新社長）から金を受け取る筈はないと思います。
Ｓ：ＧＨＱの内部争いのとばっちりが昭電疑獄だとすれば、確かにデッチ上げの可能性は否定できないと私も思います。
Ａ：アメリカ軍で大佐中佐クラスがＧＨＱの看板を背負えば日本の総理も辞めさせることができるということが悔しいです。
Ｓ：たしかにそうだね。総理大臣の首が飛んだということはこれからは日本人の誰でもが安心はできないことになる。もしこのような事態が続くなら日本の将来は由々しきものになる。

Ａ：左派政権を潰したので、ＧＨＱの次の狙いは共産党、労働組合への陰険な弾圧が始まる気がします。ＧＨＱは吉田内閣を思うように操縦してそれをやってくるでしょう。占領下の日本は食べるだけでも大変なのに、ＧＨＱのやり方は精神的にも良くないですね。

Ｓ：そうね、ＧＨＱが統治しはじめたころは占領軍は解放軍に思えて、これが第二の開国であれば今度こそ日本は失敗しないようにと願ったものだが、事態はアメリカの都合で曲げられる論理で妨害されてきたね。

Ａ：それは初めて聞く話ですね。Ｓさんはこの戦争の敗北を第二の開国と捉えていたんですか？

Ｓ：マッカーサーがパイプをくわえて厚木で飛行機から降りてくるときの印象は日本人を見下しているようで良くなかった。その後の矢継ぎ早の民主化に驚き、心の中で拍手を送ったものだ。で、この敗戦を第二の開国と考えれば今度こそ成功させなければと思うようになった。

Ａ：この敗戦を第二の開国と考えられるのは勝手ですが、幕末の開国は失敗だったと云われるのですか？

Ｓ：そうです。君には話していなかったが、薩長が幕府を倒しおっ取り刀で欧米を回り科学技術の差を見せつけられた結果、欧米を見習った富国強兵策を取り入れた。これが間違いのもとになった。

Ａ：どういうことですか？

Ｓ：最初は欧米の子分のような動きで実績を積み上げ重宝がられていたが、第一次大戦後国際連盟が発足してから溝ができてこの戦争に繋がった。

Ａ：う～む、だから富国強兵すなわち本を正せば開国が間違っていたと、おっしゃりたいんですか？

Ｓ：その通り。

Ａ：へぇ～、驚きました。占領軍は当初解放軍に見えて敗戦を第二の開国と考えるに至ったと。今度こそ第一の失敗は繰り返さぬよう見守っていたらアメリカの変身で雲行きが怪しくなった、と云いたいのですね。

Ｓ：そう、これから先アメリカの姿勢次第で講和以降も日本の主体性は危ういね。

A：日本はアメリカの属国になってしまう？
S：勿論程度にもよるが、世界の平和を考える時日本は自分の考えを持てなくなりそれはマイナスに働くことになる。
A：日本の主体性か？　敗戦したのだから世界平和よりも日本自身のことを考えればいいのでは？
S：負けるが勝ち、負けたからこそ軍隊は無くなり戦争放棄の憲法を獲得できた。日本はこの方向に進むべきだ。
A：アメリカとソ連が対立する中で日本は独自の道を歩むことができるのですか？
S：ソ連を中心とする共産圏は日本の脅威がなくなって平和条約を歓迎するだろう。アメリカだって平和条約を結ぶことで日本が防波堤ではなく緩衝地帯になることを反対はできないだろう。つまり原爆を落とした国を更にいじめるようなことはできない筈だ。日本は大きな犠牲を払って敗戦した。それに見合う平和を希求することで勝つことができる。
A：理屈とはいえSさんはよくそこまで考えた、感心する。
と云って彼は退散した。
出版社Bの記者は原稿料を持参してきて、
B：Sさんがこれから書こうとしているテーマは何ですか、聞かせてください。
S：短編については出版社の意向を聞いて書くから特にないが、出陣した学生も私も戦争をくぐって戦後を迎えた。そこでこの戦争をどんな気持ちで迎えそして今どんな反省があるのだろうか、を書いてみたい。
B：Sさんらしいテーマですね。長編ではどんなテーマですか？
S：今書いている「結婚」を除くと、直ぐにということではないが天理教の教祖中山みきの伝記を書こうと準備には入っている。でも資料が集まらずに困っているんだ。

B：Sさんが教祖伝ですか？　驚きました。

S：そうでしょう。私も頭の中になかったが、実父との約束でね。こんなことを打ち明けるのも君がキリスト教徒だからだ。

B：でもSさんは天理教というか教団を批判して書きましたね。私は熱心なキリスト教徒ではないがキリストの神は信じます。

S：実は教祖の生まれかわりという人物からも頼まれてキリスト教も研究してほしいと。その老婆が云うには、聖書には神さんの言葉が沢山詰まっている、と親神が云ってたから、それを研究して天国にいる自分に聞かせてほしいと。

B：へぇ〜、どうやって聞かせるんですか？

S：聖書の神の大切な言葉を考えて解釈すれば自然に天国に通じるのでしょう。

B：そうですか。でもその老婆は天理教の親神とキリストの神の関係をどのように考えているのですか？

S：その認識はないと思う。

B：ではSさんの認識はどうですか？

S：同一の存在でしょう。宇宙を創造した神は唯一の存在だからです。

B：そうなんですか。そうすると人間どんな宗教を信じてもいいということになりますね。

S：神は時代によって場所によって民族によっていろんな現れ方をしてきたからいろんな宗教が生まれても不思議ではない。ただなかには金儲けのいかがわしいものもある。戦後、雨後の筍のように新興宗教が生まれているが、多分にそうした類いのもののようだ。

B：Sさんは聖書は読まれていると思いますが教祖の研究はまだですね。にもかかわらず同一の存在と断言されるのは大したものです。それにSさんは無宗教ですね、神に関心があるとは驚きです。矛盾ではないのですか？

S：矛盾はない。私も神について考えは持っている。これ以上は迷路に進むことになるから止めよう。話を変えて、君はキリスト教徒として聖書に興味あるところは？

B：物心ついたときからキリスト教徒だったのでその自覚は無く聖書も精読したことはありません。そのうえで敢えて言うなら「山上の垂訓」のところです。

S：キリストの基本的な教えですね。そのどこに感銘というか影響を受けましたか？

B：凡人の私にはその教えを守ることはできないというのが第一印象でした。キリストの厳しい教えを庶民が彼の周りに集まって聞こうとする姿勢が、私には理解できませんでした。

S：その前に彼はいろいろな人々を助けて名声を博している。彼は既に神がかり的存在でした。その人が何を云うか、難しいとかの問題ではなしに、群衆はただそれを聞きたい、という心境だったと思う。

B：そう云われれば、神がかり的人間の話は聞きたいですね。

S：そうでしょう。彼は病身の者たちを援けて関心を惹いた、と思う。

B：さらに関心を惹くために十字架にかかったと云うのですか。

S：そう。でもそれで終わりなら敗北感が強いので、復活して不死身であることを示した。

B：彼は相当の役どころを演じたわけですね。それができたのも神の指令命令に忠実に従ったからですね。イエスはどうして神のしもべになれたのですか？

S：それはあるとき神がイエスの人間性を見込んで近づき（それは中山みきの場合と同じで）彼を神の虜にして神への関心を抱かせた。彼女の場合はよく分からぬまま受け身で神の話を聞き続けた。

B：何だ、Sさんは教祖のことも御存知じゃありませんか？

S：神がかりのところだけいくつか資料を読んでいるだけだ。

B：そうですか。でもキリスト教徒の私からしても今から出版が楽しみになりました。いつ頃になりますか？

S：何年先になるかわからない。話を戻して、君の「山上の垂訓」の印象はそれを実行するには自分には難しいということだが、具体的にはどういうことかね？

B：彼は「神の国」へ行けるものの条件を社会的弱者に限っていますね。私の家は中流で私を大学まで出していますから社会的弱者ではありません。実体の知れない「神の国」へ行くために敢えて貧乏になる勇気はなかったと云えます。

S：そういうことですか。キリストは二つの主に仕えることはできないと話しています。つまり神と金の両方に仕えることはできない、言い換えれば信仰と欲望は人間の心の中で同居できないと主張してると思います。

B：しかし人間は信じる気持ちもあれば欲望もあります。それを一つに絞れと云われても無理だと思います。

S：キリストが云っている欲望は他人を踏み台にして利益を独り占めにすることです。君の云う欲望はそれとは違うでしょう。

B：確かにそこまでの欲はありません。

S：欲望というのは客観（社会）に働きかける意識です。ユダヤの金持ちや律法学者たちはそれだけ社会を彼らの欲望で牛耳るだけの働きかけをしています。一方、庶民は彼らの欲望に支配されている弱者です。前者は金（欲望）に仕え、後者は幸いなるかな貧しきものとして「神の国」が用意されている。これがキリストの主張です。

B：なるほどそう云われれば分かります。キリスト教徒の生き方も示唆されます。

S：そのために命を省みずに彼はユダヤ社会と闘いました。この闘いはユダヤ社会に人間の原罪を知らしめる闘いでもあった、と私は考えています。原罪は欲望だと考えるからです。

B：そうなんですか？

S：原罪はカインの弟アベル殺しから現象化しています。しかしユダヤ人はアダムとイブの禁断の実と結びつけようとしません。それは彼らが禁断の実を食べて神の怒りを買いエデンの園を追放になった真の理由を知らないからです。

B：その理由は何ですか？

S：生まれたばかりで右も左も分からぬアダムとイブが禁断の実を食べて悪知恵にも通じる客観意識を手に入れたからです。それを実行したのがカインなのです。

B：半分分かって半分分からないです。

S：今は半分分かってもらえれば結構です。

B：そうするとキリストの闘いはユダヤ社会の原罪から続く欲望の体系の全否定と云えますね。どこからそのエネルギーが湧くのでしょうか？

S：神の子になった条件は神の思し召しには何でも従うことであったのでしょう。

B：彼が十字架にかかることも思し召しのうちになりますが、なぜ神は彼の死を十字架に選んだのですか？

S：神の意図はユダヤ教を世界宗教にすることです。キリストはユダヤ人だけでなくそれぞれの民族に「神の国」を説いています。ユダヤ庶民はダビデ、ソロモンのような建国をキリストに期待しましたが、神の意図は遥かに大きかったと、云えます。十字架だけではありません、神は3日後彼を復活させることも計っていました。キリストは不死身であることを示したのです。

B：もし本当ならインパクトは強かったでしょう。神の意図が窺えます。でも現代において欲望を否定した神の意図はどうでしょうか？　近代の科学技術は資本主義が牽引してきました。その資本主義は欲望の体系とも云われています。キリストはこの現状を「神の国」からどう見ているのでしょうか？

S：悲しんでいるでしょう。キリストの教えはユダヤからローマ帝国に広がり世界宗教になりました。帝国が滅んでもローマ教会は生き残りそれぞれの地域国家の権力者と結びつきました。つまりキリストが闘ったユダヤ社会がヨーロッパ全体に拡大したと云ってよいでしょう。

B：またキリストのような降臨が必要というわけですか？

S：そういうことでなしに、歴史的に見てみよう。キリスト教徒全部がローマ教会に従っているわけではないし、中世後期にその動きは顕著になった。イタリアでルネサンスの運動が起き、ドイツでは宗教改革そしてフランスでは近代哲学の父デカルト、イギリスでは近代科学の父ニュートンが出現した。これらはいずれも反ローマ教会あるいは非ローマ教会の立場と云える。

B：近代を導いた動きですがどこを基準にキリスト派と欲望の資本主義派の線引きをするんですか？

S：現代ではその色分け線引きは難しい。しかし資本主義は科学技術とともに形だけの民主主義も齎した。そこがユダヤ社会とは違うところだ。

B：益々分からない。大衆は機械文明も民主主義も支持していますよ。

S：民主主義と云ったが庶民がそう思っているだけでそれは建前で実際は資本家が支配している。

B：そのぐらいのことは大衆も分かっています。

S：分かっているだろうか？　産業革命以来、機械文明が日々われわれの生活を向上させているように見える。これは大衆の民主主義の成果だろうか？　そうではない一部少数の科学技術者の成果だ。

B：そうですが、それが問題ですか？

S：大衆は科学技術の発展の果実を与えられるだけで参加していない。社会の変化に大衆が参加しないで民主的と云えますか？

B：云われることは分かりますが、それで不都合があるのですか？　だから近代民主主義は建前なのです。

S：例えば核エネルギーを秘密裡に研究し広島長崎に投下しました。秘密裡ということは知られたら困るということです。つまり非民主的ということです。こんな例はいくらもあります。だから資本主義は大衆を蚊帳の外に置いています。そして大衆が資本家及びその論理に従う盲目の科学技術者に白紙委任をしているようなものです。資本家、科学技術者たちは大衆の欲望を先取りして製品を作り出しています。大衆は有難く思いますがこれが良くないのです。

B：その通りですがどうすればよいのですか？

S：資本主義の本質は拡大膨張です。地球は膨張しません。客観的認識としてこれ以上続けると危険と云えます。それは二度の大戦、世界恐慌が示しています。この一番の被害者は大衆です。

B：資本主義をやめたら科学技術も発達しません。

S：既に十分発達して便利だ。これ以上は望まないことです。私の家によく来ていたW田という優秀な学生がいた。彼は「科学は敵だ」と云ったことがある。その意味するところは、自分の関わりのないところで世の中がどんどん変わり自分の人生に悪影響を与えている。戦争がそうでしょう。本を正せば科学技術の発達だ。こういう社会で良いのだろうか？　人生は本来自分の責任で選択して歩むものにすべきと。

B：その考え方はキルケゴールに似ていますね。

S：そうかね。

B：ドイツ観念論のヘーゲルは近代を合理的に解釈して体系づけました。デンマークの思想家キルケゴールはそれを認めながらも私の生活人生には全く役に立たない、と云っています。また権力に結びついたキリスト教会にも批判的で、結局自分一人が神の前に露わに跪く単独者の道に到達した。そして当時デンマークでは絶対王政から立憲君主制に移行して自由、民主主義が叫ばれていたが、十把一絡げの風潮に単独（実存主義）者の彼は疑問を呈していたようです。こう考えるとW田君だけでなしにSさんにも似ている。

S：そうでもいいが話を戻すと、19世紀後半から西洋列強には地球が狭くなり、それが国家間の競争を生みだし戦争にもつながった。そしてそれが各国それぞれの国民に競争を強い人間を客観的に十把一絡げに支配してきた。これはキリストが闘ったユダヤ社会とは同じだろうか？　そのときには貧しき人は救われた。今は救われるか？

B：難しいですね、分からない。

S：ユダヤ社会でキリストの「幸いなるかな貧しき人」は税金を払い生活は律法に束縛されていて社会から得るものはなかったと云える。現代は能力と努力次第で出世できるし地位も得ることができる。そうした人間は一握りかもしれないが彼らのお蔭で科学技術が発達し生活全体が向上する。しかしさっきも云ったように戦争、恐慌のツケは大衆が払うことになる。それは大衆が科学技術の発展に何ら貢献しなかった上にその果実だけを無批判に手に入れたツケである。

B：云わんとすることは分かりました。では近代を導いた資本主義とはそもそも何ですか？

S：それはローマ帝国の辺境の地でローマ教会の影響が最も少なかったイギリスがスペイン艦隊を破って制海権を握ったところでその土壌は整いました。海外に進出するため東インド会社をオランダを真似て設立し株式を発行したのが始まりと云えます。東洋から珍品を安く買いそれをヨーロッパで高く売り利益の一部を株主に還元しました。そうした会社は対アメリカ、対アフリカにも創りオランダを抑えて利益を自国に集中させることに成功しました。つまりイギリスは都合の良い法律、条約を作り他国、植民地を従わせたのでした。そしてイギリスは七つの海を支配するまで発展した。他のヨーロッパ各国もイギリスの手のついていないところに進出したため世界が西洋に支配されることになりました。

B：そうですか、貿易するには元手が必要ですね。そこで株式発行を発明したのですか。

S：発明したのはオランダだがイギリスに敗れ後塵を拝することになりました。

B：ローマ教会の影響がイギリスは少なかったということは資本主義に抵抗がなかったことになりますか？

S：キリストは貧しき者こそ神の国に行ける条件としただけ金持ちを嫌っていました。金持ちというのは何時の時代でも不労所得が主な収入源です。株主は正に不労所得そのものです。ローマに不信のイギリスの地だからこそ抵抗なく株主が生まれたと思います。その底流にはローマ教会の告知通達を無視する風潮がありました。そうしたなかで理屈に合わぬ通達を批判して観察、実験をして自然科学の真理を自らの手で獲得しようとする動きも生まれました。思想的にも唯物論的な経験論が生まれ近代をリードしました。また神の存在は認めてもキリストの神は眼中にない理神論が生まれ、ニュートンなどその立場からローマ教会への批判を行っています。ヘンリー8世は離婚問題でローマ教会を脱退し英国国教会を創設しました。だから株主になるぐらいなんの抵抗もありませんでした。

B：でも日本人からすれば、西洋人は一方で資本主義もう一方でキリスト教の両刀遣いで狡いですね。

S：彼らは資本主義の矛盾を感じながらも何もしません。日本人は戦争に負けたことをバネにそれを検証することです。

B：私にとっては雲を掴む話ですが、Sさんが書くもの特に教祖伝を注目します。

Bを送り出してから、Sは今後教祖像を描くにあたってキリスト像とどのように関係を持つのか、楽しみと不安が交錯していた。聖書を読むきっかけとなった結核闘病時代を思い出してみた。

Sはスイスの高原療養所で戦友（結核の仲間）と自由時間にいろいろ話をする中で神が話題に上ることも度々あった。無宗教のSもそこに加わるため聖書、キリスト伝などの本を読んだが、キリスト教に興味を持ち帰国してからも暇な時に読んでいた。

キリスト教以外の人でも神の存在を信じれば、無宗教の人でも天理教信者でも唯一であるから同一の存在である、とSは考えるようになっていた。戦友である天才科学者J・Cも無宗教であったが冬の雪道の散歩でスイスの素晴らしい雪の連山の見える場所で、これは神の造った聖堂であるとその存在を信じて祈りを捧げていた。Sも他の2人も厳かな気持ちでそれに倣った。J・Cはユダヤ人であるから親の代か彼自身の意志でユダヤ教を離脱したことになる。無宗教になった彼が神の存在を信じているのはSは理解できた。S自身も教団信仰から離れたが神の存在まで否定したわけではない。教団を否定したと云った方が良い。そして神は唯一であるからキリストの神も親神も同一の筈である。兄が教祖の生まれかわりと崇拝していた親様からSが天理教の研究を頼まれた時、合わせて「キリスト教は立派な宗教であると親神は云っている。聖書には神の言葉が詰まっているという話ではないか」と親様は話した。その後この言葉はキリストの神と親神が同一の存在であることをアラーも含めて示唆している、とSは考えた。それでも歴史はキリスト教徒とイスラム教徒が戦争を繰り返してきたことを示している。宗教が権力と結びついているのか、それとも宗教そのものが権力となって政治そのものを動かしているのか、どちらかであろう。なぜ神はそれを許しているのか？　これらの宗教は神が人間を創造したことになっているが、なぜ神は人間を創造したのか？　まさに人間に不幸の体験をさせるために作ったとも考えられぬ？　そうではない。アダムとイブが神に背き欲望という悪知恵も働かせる原罪を身に付け、それが息子たちの兄弟殺しに繋がった。以来その子孫たちが受け継ぎ、それを鎮めるために神はキリストのような救世主を地上に送り込んだのである、とSは考えるようになった。時代、場所はそれぞれ違うが中山みきもその一人ではないか？

　教祖伝を書くことでそれらが解明されるであろうか？　同一の神のもとキリストと教祖中山みきの役割は？　また戦争に協力した天理教団への天にいる彼女の認識は？　これらを明らかにすることが実父との約束を果たすことになると。

　現実に戻れば、明けて1948年、この年朝鮮半島が南北に分裂した。アメリカの支援を受けた李承晩の支配する南朝鮮が大韓民国として、まもなくそれに対抗するようにソ連の支援を受けた金日成率いる北朝鮮が朝鮮民主主義人民共和国としてそれぞれ独立宣言をした。また中国では毛沢東の共産軍が蔣介石の国民党軍を大陸の南に追い詰める年となった。

仕事以外に、年初めから実父との約束を果たすための教祖の資料の整理に時間を割いた。また夏目漱石の小説に手を染め、ルソーと安藤昌益の思想も考えることにもした。夏目の西洋への認識をE山から宿題のように出されたので読んだ。ルソーはパリで追放されて行った先スイスからも追放され寛大なイギリスに渡っていたが、晩年自分の居場所はパリである思いに駆られ捕まることを覚悟で戻って来た。行政府、警察は彼の声望の高さから見て見ぬふりをしていたので逮捕は免れていた。ルソーは晩年になっても生き方に拘りその勝利と云える。また、昌益の無階級社会思想はルソーに通ずるところがあるので、Sの資本主義の行き詰まりの認識に、二人の思想家は力強い援けになっている。

そして時に復興が進む東京の街を娘たちと銀座を歩きながら食事して日比谷に向かうこともSは続けていた。また世田谷の間借りの家に訪問客は相変わらずであった。名も知れぬ出版社Eが来たのでSはいつものように仕事を中断して対応した。Cに座布団を勧めていつものようにテーブルを挟んで座った。彼は包みを横に置いて、

C：新出版社で初めて伺いましたが何か書いていていただけると有難いのですが。

Sが忙しい事情を説明して断ると、それにもかかわらず話しはじめた。

C：Sさん、アメリカとソ連の対立はこれから酷くなりますね。

S：そうなりますと困ったことですね。

C：第二次大戦後、ヨーロッパではソ連の影響下で半分が社会主義国家に、一方東アジアでは北朝鮮がソ連の影響下にあり、中国大陸では共産軍が勢いを増しています。東西で共産勢力が伸びています。アメリカの占領下にある日本は潰されはしないでしょうな？

S：昨年の2月1日のゼネスト騒ぎ以降、占領軍の日本政策は明らかに変わりました。保守勢力の復活と左翼勢力への弾圧に表れています。これはアメリカのソ連への対抗措置でしょう。

Sが話に付き合うと、今度は国内問題に。

C：東京裁判も今年は判決のようですが？

S：戦勝国の判事が敗戦国の戦争責任を裁いているわけだから、黙って見守るしかありません。

C：片手落ちのような気がします。

S：勝者の論理。だから戦争はしちゃいけないんだ。戦死した夫や息子、遺族、空襲で家族を亡くした戦災者、総動員令で苦労を強いられた全国民の気持ちは考慮されていません。戦争をはじめるのは権力者の都合ならば終戦はその後片けを全部国民が背負うことになる。だから戦争というものはしちゃいけないんだ。幸い日本は敗戦の見返りに戦争放棄の憲法を手に入れた。これを評価することだ。

C：Sさんは腹の底で戦争に反対だったからすっきりと総括されますが、私のように軍国少年から戦地で鬼畜米英と戦ったものは、どうすればいいんですか？

S：でも戦争はもう懲り懲りでしょ。

C：それはそうですが、簡単には割り切れません。戦争の体験は家族にも話せませんし戦争の個人的後遺症はこれからも続くでしょう。

S：それは一人ひとりが背負っていくものだから大変な重荷であることは分かります。

C：現地裁判で日本兵がB級、C級の戦犯として有罪、死刑判決を受けた者が既にいます。それ以外のB級C級と私のようにも放免されて帰国した者の中で、GHQの手足となるべく雇用されている者がいます。これが怖いことです。GHQが裏で糸を引いて事件を起こし、犯人として浮かび上がるのは関係のない日本人です。

S：例えば何ですか？

C：今年の1月に起きた帝銀事件はそうだと思います。私もジャーナリズムの一員ですから調べてみました。掻い摘んで云うと、御存知のように白衣で都の衛生局の腕章をつけた男が、帝銀に近くまでMPのジープで乗りつけて、近所で赤痢が発生したと帝銀行員に危機感を煽りました。彼は消毒と予防を行ってからきちんと飲み薬を説明し、まず自分が飲んで皆を安心させて16名の銀行員に毒物を飲ませて12名の命を奪いました。この数日前にも他の銀行で似た事件が起きています。その時は毒物は使用しませんでしたが、その成功体験で自信をもって実行したと思います。こうした計画を練った事件を一介の中年の絵描きが単独で起こせるでしょうか。なぜジープに乗って現れたのでしょうか？　薬物関係の組織の中の人間しか不可能だと思います。捕まった絵描きは虚言癖があり、以前銀行で詐欺事件を起こしていました。また狂犬病患者で精神不安定、記憶喪失の持病の持ち主でした。警察からすれば、反論も思うに任せず落としやすい人間を犯人に仕立て上げたものです。

S：組織と云うと、どんな。

C：薬品会社とかアメリカ軍の研究施設とかですね。GHQと云っても軍ですから爆薬、薬品の専門家はいます。下働きの部分は日本で補充したと思います。旧日本軍の薬物、毒物部隊所属の軍人は戦犯を外されたと云いますからGHQに雇用された筈です。

S：犯人はGHQに雇われたそうした旧軍人ということですか？

C：そうです。GHQもそうした認識で犯人を特定したと思います。それが世間に知られたら占領政策に悪い影響が出ますから日本の警察に圧力かけて事件を解決させたと思います。警察はカモを探せばよかっただけのことです。

S：日本の警察はGHQの言いなりということですか。

C：警察どころか云うことを聞かなければ内閣だって潰します。

S：そう云われればそうだ。

C：2・1ゼネスト前後、GHQ内で政策を巡る対立がありました。そこで旧勢力が負けたんですがそれは旧日本軍人を雇用していたGHQの公衆衛生課でした。勝った新勢力はGHQ内の陸軍諜報部です。これが日本の民主化に歯止めを掛けた責任部署です。

S：諜報部となれば、相手の組織の内部に手を入れて攪乱するのが仕事でしょう。

C：入れ替わった理由は昭電疑獄事件でした。GHQの将校たちと日本の会社との癒着はわれわれ業界では公然の秘密でしたが、昭和電工は政府の金融資金を得るために新社長がやり過ぎました。政治家、官僚はもとよりGHQの日本の窓口だった公衆衛生局の責任者までに金をばら撒きました。責任者は辞職し、諜報部が取って代わりました。

S：この事件は日本の総理、副総理まで嫌疑が及んで芦田内閣は総辞職したね。確かに芦田さんはGHQの言いなりにはならなかったからですか？　でも二人は無罪でしたね。

C：そうです。そこで与しやすい吉田内閣を仕立て上げました。そこから日本の民主化は後退していきました。これからどこまで後退するのでしょうか？　この類いの事件はこれからも起きます。

と言い残してCは包みを持って帰った。

Sは忙しいなか教祖の各方面からの資料の整理および創作に週2日割くことにした。それが半年も続くとモチーフが浮かび上がってきた。

自作農の娘みきが庄屋の家に嫁いだのは、父親の妹がそこに嫁いでいたからと考えられる。叔母が姑となる家に嫁いだことになる。夫が当主代替わりとなったため彼女は家事全般から庄屋としての仕事も朝早くから夜遅くまで働き詰めの日々を送ることになった。そのうえ愚痴をこぼさず舅の面倒もよく見て、誰からもよくできた嫁であった。夫は地主の旦那として何もせずただ女癖だけが悪いという男であった。嫁みきの負担はそれだけ大きかったが不満一つ云わずに周囲には優しく接していた。それは屋敷内の人間だけでなく困っている人を目にすると世話をした。その噂を耳にした乞食が門前に現れると食べ物を施したし、また赤ん坊連れである場合は自らの乳を含ませた。こうした尋常ではない献身的な彼女の振る舞いは将来を予感させるものがあった、とSは考える。

キリストはヨルダン川で預言者ヨハネから洗礼を受けることから彼の存在が聖書に現れるが、その直前にみきの場合のように神のほうから彼にアプローチがあったと考えられる。イエスは洗礼を受けたあと、40日間荒野で悪魔の誘惑とわが疑惑と闘う修行が強いられた。そのあと神の意向に従ってユダヤ社会の体制派と十字架にかけられるまで闘う。みきの場合も親神の試練の波に襲われる。最大のものは、預かっていた親戚の子供が死にかけたとき方々の神社仏閣にお百度を踏んだ。それでも快方に向かわないのでこの子が助かるなら自分の娘二人いや三人の命を捧げますと願を掛けた。その子の命は助かり数年のうちに二人の娘が亡くなり、まだ生まれていなかった娘も逝った。みきはこの試練を乗り越えて神の社の役割を与えられる。

それまでの中山みきは、彼女は13歳で23歳の善兵衛のところに嫁いだ。なかなか子供ができず19歳で初産、でも名前も付ける前にすぐに産屋で亡くなった。そして25歳で長男を産んで、その3年後長女まさを、その2年後に次女やすを産んだ。そのころ親戚で男の子が産まれて母親の乳の出が悪く、みきはやすを産んで乳の出は良かったので一時のつもりでその男の子を預かって育てた。その親戚では母親は5人の子供をもうけたが不幸にも次々と夭折した家であった。その子を育てる自信がないとその母親に泣きつかれて、夫善兵衛の反対にもかかわらずみきの優しい同情心から引き続き育てることにしたのだった。

そしてみきに試練が次々と襲ってくる。そのころ村々では疱瘡がはやっていた。長女と次女に続いてその男の子も熱を出して疱瘡に罹った。二人の女子はまもなく熱は下がったが男の子はなかなか下がらなかった。そして黒疱瘡と呼ばれる容態になり、黒になったら棺を用意しろという言い伝えがあり、医者も匙を投げてしまった。みきは狼狽した。夫は自分たちの子供なら諦めもつくが、人様の子では申し訳が立たない。だから預かるのに反対だったという。親戚の期待を背負って預かった子が死の淵を彷徨っている。彼女は近くの神社にお百度を踏み、男の子の助命を祈った。人様の子の命を奪われるわけにはいかないので、二人の子供のうち男の子を除いて娘二人の命と引き換えに助けてと神に祈った。自分の家族の大切な命を差し出し他人から預かった子供の命を優先させた究極の願掛けだった。そのうえ三年三月の間は月詣りするからと約束した。みきが祈願できることをやり尽くしたのち、男の子は徐々に快方に向かい1カ月もすると起きることができるようになった。諦めていた彼の両親は喜びみきに畳に頭をつけて感謝した。そのあとみきが神に約束したことが起こる。次女やすが4歳でなんでもない病で亡くなった。そしてその時はまだ生まれていなかった四女つねが3歳で亡くなった。家中悲しみに包まれたが、みきは神への祈願の秘密を守り気丈に振る舞った。みきのこの試練はキリストの四十日四十夜の荒修行に匹敵する。

このあとキリストは神によって与えられた霊力で人助けをしながら人気を集め神の言葉でユダヤ社会の権力者、律法学者を批判し対決を深めていく。一方、みきは娘を犠牲にして人助けしたことから神に見こまれてみきが神の社になる日がやってくる。長男善右衛門はまた左足が痛み出し、夫の善兵衛は目痛を訴え、みきまでも腰痛になった。それまでも長男の足痛のとき度々宮司を呼んで護摩焚きをしてきたが、そのときは加持台になる娘が都合で来れなかった。そこで宮司はそれをみきに指名、彼女は断ったが他にいないということでやむなく引き受けた。そうした護摩焚きが始まって祈願が進むにつれてみきの顔がおごそかな面持ちになり御幣を持った手を高く上げたかと思うと、体がぴょんぴょんと跳ね出した。これは宮司も初めての経験で驚いて「どなた様のおさがりでございますか」と丁寧に尋ねた。するとみきの口から彼女の声ではなく、「天の将軍」と発せられた。宮司は聞いたことのない神様だったので、「天のお星さまですか」と問い返した。今度は、

「元の神である。実の神である」と云って、続いて、

「みきの心をみすまして、世界の人を救うため天降った。この屋敷、親子もろとも、神の社にもらい受けたい……返答せよ」


善兵衛はじめ家族、宮司は顔を見合わせた。どう答えていいのやら、みきに聞こうとすると、彼女は依然として御幣を持ったまま加持台になって取り付く島もない。宮司は元の神とは聞いたことがないので、

「未だかつてお現れになったことのない元の神とは、どんな方でしょうか」と取っ掛かりを求めた。

「この世をつくった実の神である。この地、この土地、親子もろとも神がもらい受ける。異存はあるまい」と命令口調。


宮司はおろおろして、後は善兵衛に任すほかないと悟った。善兵衛にしても小さい子供を抱えて明日からどのように生活すればよいのか見当もつかず、とりあえず、

「うちよりも他の立派な家にお降りください」と断ったが、

「神の思惑通りにするのや、神の云うことを承知せよ」とみきの口調とは違って撥ねつけられた。中山家は庄屋を務める家柄なのでとても善兵衛一人で判断することはできないので親類縁者に集まってもらうことにした。みきの実家からも父と兄が来た。集まってもらったところで皆の考えることは同じで丁寧に断ったが、凛としてみきのまばたきもしないその目に出会うと誰もがその神々しさに頭を下げて天の将軍の言葉を待った。

「もし不承知ならばこの家を粉々にする」と彼女の表情とは違う厳しい命令が下った。それでも人々は答えが出ずにその日が暮れ、翌日になると近所の人も集まってきた。そして長男善右衛門の足痛、善兵衛の目の痛みも消えていた。依然親族は反対しているので善兵衛は決断できずにいたが、翌々日になると彼はみきの身体が心配になって、心の内を親戚に打ち明けた。彼らは相変わらず反対であったが彼の気持ちも汲んで不承不承認めた。そして善兵衛はみきの前に端座して、

「万事、仰せのままにお受けします」と云った。するとみきは、

「満足、満足」と云って、夢から覚めたように周囲を見回してにっこりした。しかし彼女は加持台になっていたとき親戚一同が額をつき合わせて二日二晩相談し苦渋のときを過ごしていたことも全く知らず覚えがなかった。そこで皆はその時の状況を代わる代わるみきに話した。実の神がみきに社になるように中山家に要求したというがその神はどんな神なのか、みきは知りたく思った。夜、夫婦が眠りにつくと大きな響きと音がして何かの気配がして善兵衛は目を覚ました。みきは寝たままであるが、何かと応対しているように感じた彼は眠れぬまま朝を迎えた。みきも起きたが虚ろな目をしてポカンとしているだけで床から離れようとしない。善兵衛は聞いた。

「昨夜はうなされているようだったが、何か夢でも見たのか。おまえは人間世界を助けるなんてできないと云っていたぞ。誰と話していたんだ」

「元の神と云っていました。この世が泥海の頃人間を創ったと。てんりおうのみことをお唱えしろ……」

みきは嫁いでから二十数年間朝使用人より早く起きて率先して家事全般を熟していた。でもこの日は何事もやる気がおきず、昨夜の神とのやり取りを反芻していた。中山家でみきの実の神の社を承諾したので、翌日からみきは社の役目を果たす行動に出た。家事一切を放棄して、朝食を済ませると彼女は蔵に入り、小さな机の前に座り線香一本を点して、てんりおうのみことの称名を繰り返した。それから3年の間、みきは仕事を一切しないで昼間は蔵に入り、てんりおうのみことの称名を繰り返し、夜床に入ると大きな音しとともに親神と名乗る存在が現れて、地球が泥海だったころ、人間の陽気な暮らしを見たいということで何度も人間づくりを試みたが何度も失敗した、という話を繰り返し聞いた。そしてお筆先を書き、それを人々に知らせ広めるため彼女は神の社になったということ。

イエスもヨルダン川で預言者ヨハネから洗礼を受ける前に神からアプローチされていたとSは考える。ナザ

レの大工イエスは少年のころから旧約聖書の詩編に詳しくその名は周辺だけでなくエルサレムにも届いていた。30歳近くなっても彼は結婚よりもアブラハムの神、モーゼの神に関心があった筈である。神はそのイエスの心情を見込んで彼の運命を決定すべくヨルダン川へ行くように指示したのではないか。神の子伝説はここから始まる。ここまで得た認識で二人の類似性と違いをはっきりさせることが重要であろう。

イエスは神に導かれて荒野で40日間の過酷な修行で悪魔を克服した。これは人間の欲望を抑えて神から与えられた試練に打ち勝ったことを意味している。そしてイエスは神の子になって地域宗教であるユダヤ教から世界宗教となるべくキリスト教を宣教することになる。

みきが二人の娘の命を召される覚悟で親戚の子供の命を救ったことは彼女がエゴを抑える気持ちを神が認めたことになる。二人は欲望を抑える点で似ている。またイエスは独身でみきは結婚しているのが違いである。イエスにすれば聖書の偉大な先人の後を継ぐには結婚は頭になかったと考えられる。ユダヤ社会と闘うことになってもそれを黙って見守ってくれる女性は母マリアだけという認識を彼は持っていた。一方、みきは庄屋同士親戚同士の習慣に従って結婚をした。その違いはあるが、神はイエスにもみきにもそれより大切なことすなわち欲望、望みを絶つ試練を与え見事に彼らは克服したのでこの世での神の代弁者の仕事を与えた、とSは考える。しかし神から与えられた役目が、キリストの場合十字架による死が世界宗教への道だったとすればみきの場合のそれは何であろうか？　Sにはそれは分からない。でも冷静に考えればキリストの死以後世界宗教になるのに３００年はかかっている。場所も時代も違う日本でのみきの存在意義もそれぐらいはかかるのであろうとSは自身に言い聞かせた。

そして、実父について、幼児のSの命を救うため財産放棄して親神に帰依することを約束したこともみきが庄屋の家屋敷、田畑を売り払ったことと同じ認識にSをさせた。これでSはみきの伝記を書くベースができたと考える。播州の親様、実父との約束も果たすことに最早躊躇はなかった。仕上げる見通しはついた。

第五章

戦後、生存が確認されようやく復員が叶って男女が再会できても戦時の心身の傷跡が大きくうまく行かないこともあるようだ。男は新聞社の記者Bで女はそこでタイプを打っていた。BはSのファンで時折S宅に訪れていた。タイピストもそうだと知り話しているうち意気投合して一緒に訪れることも度々になった。彼が出征してからも彼女は空襲の時などはSを案じて顔を見せる数人の一人であった。手紙で知らせてくる彼の様子をいつもSに話していた。戦後も彼の生存が確認できて嬉しそうに話していた。再会後は訪問は途切れていたが、突然彼女が現れて別れたいという。彼は以前の彼とは違った人間になってしまった。昼間は出社するが仕事をしているようには見えない。彼女も彼の心の傷を癒やすため仕事は辞めて家にいたが、突然帰って来て何も言わずに暴力的に体を求める。何か話そうとしても黙っているだけで獣的に体を求める以外関心がなくなっていた。そんな生活は耐えることができない、とSに涙を見せて覚悟を語った。

Sは窮しながらも、あなたは彼が傷痍軍人として生還したならば、どうだろう、彼を見捨てるだろうか、と彼女に問い返した。下を向いた彼女に更に、彼のことを傷痍軍人と考えて支えるつもりにはなれないだろうか、とSは提案してみた。彼女は泣きながら頷いて帰って行った。それから1カ月後、帰還して初めてその彼がSの前に姿を現した。彼女が彼のところから居なくなって心あたりはないだろうか、とSを頼ってきた。Sは彼女がSに連絡もなしに消えたことにまず驚いたが、心あたりがある筈もなかった。Bは彼女が居なくなって彼女が自分にとっていかに大切な人であることに気がついた。今までは彼女の云うことに耳を貸さなかったが、反省している。Bは彼女無しでは生きていく自信がないとも云って肩を落として帰った。しばらくしてSは用があってその新聞社に行ったとき、ついでに彼に会ってその後の話を聞こうとしたが彼は社を辞めていた。

Sは二人になんの力にもなれなかったことで彼自身も傷ついた。これも戦後の一つの現実であろうかと考えたが、彼女が中山みきの千分の一でも自分を捨てる気持ちがあったならと悔やんだ。戦争を乗り越えても地獄のような生活が待っている場合もと改めて戦争の惨さを知らされた。

E山がやって来た。アランの会で訪れてくれるのは彼だけだ。傷痍軍人であってもそれに負けない希望を彼に感じる。

E：先日、W田の死についても話したかったのですが、それを忘れて帰ってしまいました。それで先生、あれからW田の死について改めて考えましたが、彼は先生が云うように覚悟の自殺をしたと思うようになりました。

S：そうですか、どういう理由で？

E：回天の訓練に本来ならば必要のない身の回りの大切な日記とか本を艇に持ち込んでいたところに回天を棺に見立てたと思います。

S：私も君からそう聞いたときから覚悟の自殺と考えていました。

E：そうなんですか。先生はなぜそう思ったのですか？

S：学徒出陣壮行会の後だったと思うが、一人で訪ねてきて〝死ぬ覚悟ができない〟と訴えたことがあった。私は戦場に行っても死ぬとは限らないから、その必要はないと当然のことを云った。

E：そのとおりです。

S：彼は死について哲学書を読んでも読んでも納得いく答えが見つからずに私に打ち明けに来たのだ。

E：ということは、W田にとって戦争に行くことはイコール死ぬことだったんですか。だから特攻に志願したんですか。

S：W田君が特攻に志願したことを君が手紙で私に知らせてきたとき、それを止めるように私に依頼したね。

私も君と同じ気持ちだったので、順々と説いて書き送ったが、彼からの返事には軍隊訓練を積む中で〝死ぬ覚悟ができるようになりました〟だった。

E：そうでしたか。順々と説いたとは例えばどんなことでしたか？

S：今考えると馬鹿なことを書いたと思う。芭蕉の「奥の細道」の書き出し部分（旅人）を取り上げて、君はまだ旅立ってはいない、人生の旅はこれからだ、と。云わば一般論だ。そんなことで彼の改心を期待するほうが間違っていた。というのも自分も自殺を考えたことがあるからだ。

E：先生のように〝生への執着〟が強い人が自殺？

S：自殺もいろいろあるだろうが、自分が死んで責任を取るしかないという場合だ。小学校6年生のときだ、自分が読みたくてしょうがなかった少年雑誌を友達が貸してくれた。家に帰って夢中になって読んでいたら、祖父が怒って取り上げ竈に入れ燃やしてしまった。買って返す金もなく死んで償うしかないと思った。急に元気がなくなった僕に担任の先生が声をかけてくれた。事情を話すと〝私から友達に話してあげる〟と云ってくれて解決したことがあった。その後もその友達は気を悪くせず本を貸してくれた。

W田君の場合もそうだったら、彼が事情を話さない限り周囲の人間にそれを止めることはできない、と分かった。

E：分かりました。冥福を祈ることにします。W田はそのほかどんなことを先生に云っていましたか？

S：彼はこんなことも云ったことがある、〝科学は敵だ〟と。その意味だが、彼が云ったのかあるいは私が解釈したのか、忘れたが、近代における科学の進歩はわれわれの一般人の意志とは無関係に世の中を変えている。個々の人生もそれに従属し付き合わされている。自分の人生が自分で選択できない、ということだ。

E：彼はそんな認識を持っていたんですか。近代文明は科学技術によって齎され、各人の生活も豊かになり、戦争みたいな負の部分もありますが人々がこれに反対しているとは思いません。

S：今の時代は人間の顔を持たない「資本主義」という名が冠されている。一部の人間の欲望から始まった資本主義を今や多くの人間が支持している。そうした巨大な力の前に彼は自分の無力さを思い知らされていた、と最近私は考えるようになった。芭蕉の時代は世の中の動きが少ないから旅人は存在できたが、今の時代に旅人を訴えた私が馬鹿だった。

E：そうなんですか。でも僕は近代経済学を勉強していましたが彼から批判めいたことを云われた試しはなかった。僕からすると科学が敵だという認識が異常だと思いますので、僕なんかと議論しても無駄だと見くびられていたのでしょうか？　彼は訓練中に自殺したんですね。話を戻すようですがこれはどういうことですか？　戦いを拒否したことになりませんか？

S：そうかもしれない。

E：アランの最後の会で、親様という老婆が現れて〝生きて帰りたければ、敵と出会っても銃口を向けるな撃つな〟と私たち学生に説きました。この言葉は戦場でいつも僕の頭にありました。実際に敵と抗戦になったときは僕は当てずっぽうに撃ちましたが、W田はその言葉を真に受けて戦いを拒否したのでしょうか？

S：私に訴えたのは最後のアランの会の前だったから、それは違う。

E：でもそもそも学徒出陣で死ぬ場所を見つけたのでしょうか？

S：そうだね。そうかもしれない。

E山もSの気持ちを察してそれ以上問わなかった。「また来ます」と云って帰って行った。

Sは改めて考えた。W田のこれまでの半生を考えると彼は充実して幸せだった。学業は優秀で一高時代は音楽会で第一バイオリン奏者を務めたほどの腕前だった。応召も不自由なく育ててくれた日本社会の一員として当然のごとく受け入れていた。しかし、死ぬ覚悟が持てずに悩んだ。W田は戦うのが嫌なら、応召を拒否して刑務所に入る覚悟は持てただろうし、あるいは日本を脱出して外国で生活することもできただろう。W田の知性は自在であったから、もし彼が決断すれば周囲の者ははじめは驚くだろうがそのうち彼の行動にも理解を示すようになったに違いない。それゆえ周囲との人間関係に気を使わずにW田は自由に生きて人生を全うすることもできた筈だ。ただ彼は友人とのちょっとした軋轢にも気にする性格だった。普通の人間なら当然なこととして受け流すことでも、彼は気持ちの動揺を抑えるため寮から鎌倉の寺あるいは沼津の実家に帰ることがあった。そうした彼のデリケートな性格にSは合点がいかなかった。でも彼が亡くなった23歳までを比較するとSとW田では全く別の人生だったことに改めて気がついた。彼の自殺は極めて個人的なことで、第三者が口を挟むことではないと。

11月に東京裁判の判決がでた。死刑7名、終身禁錮刑16名、獄死2名、精神疾患で除外1名。この結果についてSは興味が持てなかった。

久し振りに日響の定期演奏会に上の二人の娘と日比谷公会堂に出かけた。日曜日は三人で家から出掛け有楽町で軽く食事して日比谷まで歩いた。会場ではよく知り合いに出くわしたが、その日はある出版社のSの担当Pと出会った。

P：明日伺うつもりでした。午後いらっしゃいますか。

S：いますが。

P：Sさんに紹介したい人がいるので誘ってお連れします。

と云って後ろのほうの席に移動していった。

翌日、Pは一人の男を連れて現れた。

P：Sさん、この人はRさんでNHKを首になりいま社会党本部に出入りしています。

R：Sさん、Rです、よろしく。PさんとはNHKの争議でストライキを取材に来られた時以来の付き合いです。Pさんとは組合活動以外でも話をするようになって、Pさんの勧めでSさんの本も何冊か読みました。日本の作家とは思えない作風で感心しました。

P：RさんたちはNHKで戦中の日本放送の反省から番組づくりを民主的に考え放送してきたんですが、2・1以降いろいろと上からの注文がうるさくなり、組合でそれを取り上げ団体交渉で経営者に圧力を止めるように要求したところ、第一組合員全員が首になったんです。

R：去年の後半からGHQの天の声で経営側の組合への圧力が強まり、今年になって組合でも運動方針をめぐって対立が起こり分裂しました。第二組合ができて8000人の組合員のほとんどがそこに移り、第一組合に残ったのは百数十名に過ぎませんでした。

P：それが全員首になったのです。Sさんも御存知か、と思いますが。

S：知らなかった。NHKの従業員はそんなに多いのですか？

R：復員兵の就職のため政府は率先して官公業、国鉄、NHKなどに定員を遥かに超えて採用しましたから。

P：私も全く他人事ではありませんが、何しろ私の場合小さい会社なので社員を首にする余裕はないと高を括っています。

R：GHQの方針ですからこれ以上闘っても無駄ということで、今は浪人の身です。

S：ご家族は。

R：妻と小学1年の娘一人の三人家族でしたが空襲で二人とも亡くしました。

S：それはお気の毒に。

R：私は中国の北支から上海、南京そしてベトナムのハノイと転戦しましたが、日本中が不幸でどこに怒りをぶつけてよいのか分かりませんでした。NHKに復帰して3年足らずの組合活動でしたが夢中でやることで幾分気持ちが軽くなったように思います。今は社会党本部に身を置いていますが、心身に染みついた組合活動の垢を落としている最中と考えるようにしています。

Ｐ：彼は組合には自分のために入りましたが、幹部になったりすると仲間の問題に絶えずエネルギーを費やすことになります。それだけ活動にも気合が入りますが、経営者と労働組合の力関係が変われば幹部は梯子を外されたりするので彼には程々に、と忠告してきたんですが杞憂が現実になったんです。

Ｓ：確かにこの1年、世の中の変わり方は１８０度転換したから対応は難しかったでしょう。戦中のそれなりの要職の者の公職追放が最近解除される否や元の職に復帰し、今度は共産党系、社会党系の労働者が狙い撃ちされて職を失うことは、占領下とはいえ納得できないでしょう。

Ｐ：朝鮮半島での南北の分裂、中国大陸では毛沢東の共産軍が蒋介石の国民党軍を追いつめている状況で、アメリカが日本を防共の砦にすることが至上命題になってしまった。占領下ではわれわれがどう藻掻いてもどうにもならないのが現実ですね。

Ｓ：ＧＨＱに左向け右向けと云われるままに動かなければならない日本人の全員が占領軍の捕虜であることを実感します。

Ｒ：そうですね。理不尽であってもＧＨＱには抵抗はできません。

Ｓ：憲法上保障されていることの活動を止めることはできないでしょうが、ＧＨＱの云うことを聞かないと内閣は難題を突き付けられて総辞職に追い込まれます。ＧＨＱは社会党系内閣から吉田内閣に据え替えました。これからＧＨＱの都合で更に日本を動かすでしょう。

Ｒ：Ｓさんの場合も不便を感じることもあると思いますが。

Ｓ：それはいろいろありますが、ただフランスの友人との文通ができるようになったので安否が問えたのが良かったと云えます。そのうちにフランスに渡りたい。

P：こんな世の中でも、Sさんは目標と云いますか夢があっていいですね。羨ましいです。

S：夢の話ではないんです。国際ペンクラブという組織は御存知だと思いますが、昨年、日本ペンクラブも参加しないかとペン本部から誘いがあったんです。志賀会長ほか2名の参加を決めて芦田首相にGHQの打診をしてもらったところ、難しいと返事がありました。占領下、日本人を四島から外に出すわけにはいかないということです。でもそう遠くない時期に行ける気がしています。私には行きたい個人的な理由があります。ペンの規約でもある思想の自由、表現の自由が戦争中弾圧で失われましたので、私も無力感に襲われたこともあり、文学の力にも疑問を持ちました。そのことについてヨーロッパの文学者たちと話し合いたいのです。もし彼らも同じように無力感を持っているならば、私は作家を辞めようとも思っています。

P：それは深刻ですね。もしそうなったら読者は失望するでしょうね。Sさんの作品は固定の読者に希望を与えてきたと思います。言い換えれば救われた読者も多いと思います。

S：有難う、そう云っていただいて。戦時中、検閲される度にどうしてこんな戦争が起きたのだろうと考えました。戦争は軍部だけが起こしたものではなくそれを支持した国民にも責任があり、そうした国民に私は目を配らずに作品を書いていました。私も戦争中は苦労しましたが、それも国民からのしっぺ返しの部分もあったと考えています。

P：その反省が「死者との対話」なんですね。

R：私も「死者との対話」は読みました。胸を打つ作品でした。

S：そうですか。死者は私の中学時代の後輩でT大生W田で学徒出陣しましたが、終戦間際に特攻回天の訓練中に死にました。W田君も含めて私たちインテリは大衆を省みなかった反省を書きましたが、でも彼は私と違って周囲の人たちの中に溶け込んでいたことが分かり、私の独断だったことを恥じています。

P：その辺の事情は分かりませんが、いい作品でした。高尚なテーマを分かりやすい文章で表現されていました。
S：そう感じてもらって嬉しいです。誰にでも分かるような文章を心掛けて書くようになりました。
R：Sさんは作家を辞められた場合、何をなさるんですか？
S：まだよく考えてないが、百姓が浮かびます。
R：Sさん、今日は貴重な話、有難うございました。このあと用事がありますので、私はここで失礼させていただきます。
P：あ、そう、もう帰るの。
R：じゃ、失礼します。
Rの帰る姿をPはポカンと見送った。そして、
P：実はRさんがここに来た理由は、近いうちに社会党本部からSさんに次期国政選挙に立候補の依頼があることを知らせるためだったんですよ。そのことを云わずに帰ったことは、どうしてなのかな。Sさんは立候補しないほうが良いと、彼自身は判断したんでしょうか？　国に帰って百姓でもしようかと言っていたぐらいですから、もう政治とか組合に関わりたくないと思ったかもしれません。
S：そうですか。それで良かった、Rさんにお礼を言いたいぐらい。
P：僕はSさんに少しは期待して彼を連れて来たんです。今年の1月の総選挙で社会党が惨敗したので、次回は社会党は人選を幅広く集めないと自由党と戦えないですから。GHQが扱いやすい吉田内閣に何を押しつけてくるか分かりませんから。それに自由党に集まる戦前の亡霊たちをGHQが黙認していることに納得いきません。何とか社会党に頑張ってほしいものです。
S：でもPさんの期待にはお応えできません。
P：ええ、それはSさんの判断ですから。ところで元陸軍少佐が書いた「敗因を衝く」という本をSさんは読

みましたか。
S：知らない本です。
P：Rさんから薦められて借りて読んだ本ですが、著者はT・Rです。
S：読んではいないが、東京裁判でGHQ側の証人として法廷に立った人ではないですか。
P：そうです。最近彼は自殺未遂を起こしました。この本を読んで太平洋戦争の開戦から終戦まで軍の上層部の考え方が手に取るように分かるだけでなく、軍が軍閥として力を持つところも明らかにしています。終戦直後に20日間で書き上げたということですから、若い頃から日記などに事実を書き留め、東条などとの具体的やり取りも記録していたのでしょう。Sさんにも読んでほしいので送ります。

後日送ってきたので一読したが、概ねSの認識を裏付けるものだった。東条内閣の戦争推進の司令塔軍務局長の依頼に対して兵務局長の彼は〝駄目なものは駄目〟と譲らなかった。首を覚悟で反東条を貫いたと云える。そのなかで特筆すべきものは〝東条首相が大東亜省を提案したとき、東郷外相はアジアへの侵略が顕著になると反対した。外相は彼に相談して、外相を辞任し内閣不一致で東条内閣を総辞職に追い込むことで二人は一致したと云う〟こんな軍人がいたとはSは驚いた。ところがこの案に聖上（天皇）は反対だったようで東郷外相はそれを汲んで一身上の都合で単独辞職、彼も兵務局長を辞職し軍から離れた。東条も大東亜省を強行することはできなかったとSの知らないことでもあった。

この本は終戦直後に書かれたもので、東京裁判を意識したものではなかった。彼は裁判で国民に戦争遂行の事実を証言したのだが、仲間内の事柄を暴露したことでもあり、元陸軍からの批判に晒されたらしい。裁判後は誰とも会わず隠遁したが、未遂に終わったが自殺も責任の取り方なのであろう。

1949年（昭和24年）が明けた。末弟Tから封書の年賀状が届いた。珍しいと思い開けてみると、型通りの挨拶のあとにQ野の消息について書いてあった。

　Q野は意味深長な手紙を残してTのまえから姿を消したが、自分の気持ちを整理するため八十八か所巡りで四国に渡った。松葉杖で歩くのはゆっくり自分のペースで歩くので抜かれることはもとより覚悟していた。しかし、親切心からQ野のペースに合わせて歩く人が出てきた。いろいろ話もできて有難くも思えたが、次の日もまた次の日もそういう人が現れる始末。こんな毎日が続くと思うと何のための四国巡りなのか、分からなくなった。傷痍軍人でも人の助けを借りないでも生きることを考えようと5日で切り上げて東京に戻った。駅頭に立つのは抵抗があったが実行に移した。朝から晩まで立っていると巡礼と同じ疲労が来たが、遠慮のない仲間に助けられた。そこで厚生省に出掛けて傷痍軍人の仕事の斡旋とか相談所の設置などを話し合ったりした。そして場所は厚生省に斡旋してもらって上野で居酒屋を仲間と開いた、とQ野が手紙で知らせてきた。ついては君にもS先生にも店に来てほしいと付け加えてあった。

　SはQ野が生きていたことに感激した。是非上野で会いたいと思った。

　また正月早々、G木から電話があった。F沢が入院しているが、先生と是非会いたいと云っている。ついては明日にでも駒込のXX病院まで来てほしい。良ければ明日午後お迎えに上がる、と。Sは詳細を聞かずに〝分かった〟と返事した。翌日、G木は昼前にやって来た。

G：先生、申し訳ありません、急に呼び立てて。実はF沢は先が長くないんで。で、先生と話がしたいと云うもんで。

S：そうですか。連絡してくれてありがとう。F沢君の容態は？

G：先生と同じ結核です。先生のように真面目に療養しなかったものですから末期です。

S：そうなの。どうしてまた？

G：彼のその後を先生に前もって話した方が良いと思って昼前にやって来ました。

S：そうだね。下で昼飯でも食べながら聞こう。未だに食糧事情は悪くてうまいものはないが。

G：私は三軒茶屋の蕎麦屋で食べて来たんで、お腹は空いていません。

S：そうか、ではコーヒーにしよう。

　下に降り茶の間でテーブルを挟んで飲みながら、

G：先生、僕は医療器具会社に就職しました。人を攻撃する機械から人を救う機械に転職です。毎日勉強が大変です。

S：そう、それは良かった。飛行機と医療とは全く違うから、戦後出直すには恰好なことだ。

G：先生にそう云っていただけると有難いです。ところでＦ沢ですが、彼は学徒出陣でアランの会のメンバーと意見が合わず、田舎に帰って父親と縁切りして金を手にして、中国語辞書と文法本を持って満州に渡ったそうで。学徒出陣の拒否行為を自覚して日本脱出を図ったものの、関東軍が現地人（満州人）に威張りちらしているのを見て、同じ日本人と思われたくなくて北京に行ったそうです。金もなくなったので小さな中国飯店に皿洗いで潜り込んで、片言の中国語で皿洗いから下準備、後片付けまで働いたそうです。でも北京の現実は満州と同じでそのうえ高級将校は日本料亭で毎晩ドンチャン騒ぎを見て、憤慨したそうです。軍隊に入らなくて良かったと。日本人のイメージを少しでも変えるため懸命に働いたようです。そしてその飯店の女給と仲良くなると、彼の気持ちも揺れて急にその生活に疑問を持つようになり、出征した学生仲間が羨ましくなったそうです。それは思いもかけない心境の変化でした。そうして出した結論が日本を脱出したのが間違いで招集拒否で刑務所に入るべきだったと。彼女にその心境を話したところ理解してくれて帰国したということです。東京で自首したところ本籍の市町村に申し出ろと云われ、故郷に戻り○○村の役場に出頭して仙台刑務所に入ったということです。

S：そうですか。それからの取り調べが酷いものだったと想像しますが。
G：そのようです。それは医院で本人から聞いてください。
S：そうだね。

　医院でのやり取り。

F：先生、病院までご足労いただきありがとうございます。お見舞いまで、恐縮です。
S：君の生還した姿を見て感無量だ。
F：そう云われると恥ずかしいです。でもこれで良かったと思っています。M先生は獄死されました。M先生は終戦後の活躍に希望を託されていたので、終戦を知らされていただけに無念の獄死だったと思います。僕は生きて獄を出られました。先行き短いとはいえ良かったです。
S：気の弱いことを云わず精進してくれたまえ。君が大陸に渡って、帰国した顛末はG木君から聞いた。立派な振る舞いだったと思う。
F：先生にそう云われると生きてて良かったと思います。でも先は長くないんです。
S：そんな弱気じゃ駄目だ。まだ若いから生命の力はある筈だ。
F：有難うございます。先生にこうしてお会いしたのは一つ質問があったからです。
S：そう、聞かせてくれたまえ。
F：先生、私は結核の末期と云われています。（時々咳をする）

　Sは病室に入ってF沢の顔を見たときにそう感じていたが、

S：結核はいまでは死病ではないからね。
F：先生、僕は覚悟していますし、出征した連中に全く恥じない行動をとったと自負しています。刑務所に入って拷問に耐えたことでそう思えるようになりました。

S：どうして拷問を受けたの？

F：赤紙を逃れて大陸に渡った理由を問われて〝私は共産主義者だから〟と答えたんで。

S：君は共産党員だったの？

F：シンパシーを感じていただけで党員ではありませんでした。

S：どうしてそんな嘘をついたの？

F：戦争に反対だから戦場に行くわけにはいきませんが、学徒出陣で命を賭けて戦っている彼らと同じ状況に自分を追い込みたかったからです。

S：私は何と云ったらいいか分からないが、彼らは認めてくれる行為だと思う。

F：でも死を覚悟していると云いながら、死後の世界が気になるようになりました。先生はどうお考えですか？

S：考えたことがない。ただ私の場合壊れやすいヒビの入った肺の持ち主だったから死の覚悟はして50まで持たないと考えていた。でも今年53になってしまった。分からないものだ。

F：先生は考えたことがないというのは幸せですね。僕は人間が出来ていないからでしょうか？

S：人間、誰しも出来上がった人間はいない。君はW田君が亡くなったのを知っているだろう。

F：ええ、E山から聞きました。彼も見舞いに来てくれたんで。

S：そうなら話しやすい。彼は死ぬために戦場に赴いたと私は思っている。

F：どういうことですか。

S：回天の訓練中に事故を起こして亡くなっている。状況から自殺した、としか思えない。海底に突っ込んで艇が壊れればそれまでだが、流されて砂浜で発見されたとき、艇は壊れておらず空気が無くなるまで彼はそこにジッと座っていたことが、分かった。

Ｆ：それもＥ山から聞きました。
Ｓ：彼が事切れるまで少なくとも数時間、彼は死後の世界を考えただろうか？
Ｆ：分かりません。
Ｓ：私は考えなかったと思う。彼は生を断つことに全エネルギーを費やしたから余計なことを考えずに、反省して振り返ったか瞑想にふけってそのときを待ったと思う。
Ｆ：そうかもしれません。
Ｓ：だから君にも全力で結核に立ち向かってほしい。生を全うすれば死後の地獄極楽なんてどうでもいいことだ。
Ｆ：Ｗ田とはアランの会での付き合いだったけれど彼は立派な男と思っていました、思想は違っていましたが。今でも僕も死を覚悟していますが、先生に質問するようでは全力を尽くしていないということでしょうね。
Ｓ：彼は死を目的化して出征したが生きたいという欲求も同時にあってそこで苦しんでいた。君にもそこを分かってほしい。
　Ｆ沢は黙ってうなずいていた。
Ｓはそこまで云って、黙って聞いていたＧ木を残して医院を出た。これ以上Ｆ沢と話しもＭの話も避けられないと判断したからだ。ＳはＭの無念さを考えながら歩いていると、Ｇ木が追ってきた。あのあとＦ沢は〝俺は恰好つけ過ぎた〟と泣いたそうだ。Ｇ木も彼を一人にした方が良いとＳに続いた。
Ｓ：Ｇ木君、住まいはどこですか。
Ｇ：品川です。新築の下宿屋に住んでいます。会社が川崎なんで近いんで。
Ｓ：そうですか。実はこれから上野に行こうかと思っているんですよ。上野は通り道だね。
Ｇ：そうなります。美術館ですか？

S：そうではなくて居酒屋なんだ。
G：えっ飲み屋ですか？　戦後、僕は上野で飲んだことないですね。
S：アランの会の一高生だったQ野君を覚えていないかね？
G：先生の弟さんの同級生の人ですか。話したことはないですが覚えています。元気の良い高校生でした。
S：彼は傷痍軍人なんだが上野で仲間と居酒屋をやっているんだ。よかったら君もどうですか？
G：是非、先生と飲みたいです。

それは駅から鶯谷寄りの歩いて5分程度にあった。バラック造りのいろんな店の一角に「みんなの居酒屋」の看板があった。ここだと店に入ると左手にカウンターがあり右手に四人掛けのテーブルが三つあった。カウンターには箸と取り皿がありその向こうにいくつもの料理がそれぞれの大皿の上に盛られていた。お酒はカウンターの中の傷痍軍人に注文する仕組みだ。カウンターは椅子もあるが殆ど立ち飲みだ。そしてカウンターとテーブルの間に天井からゴム紐で笊がぶら下がっている。

SとG木を見つけるとQ野がカウンターの奥から出てきた。二人に会釈しながら、

Q：やぁ～先生、来てくれましたか。有難うございます。
S：君の職場を是非見たいと思ってね。こちらG木君、知っているね。
Q：ええ。アランの会で生意気を云ったことを覚えています。料理は10品に届きませんが存分に食べて、お酒はお銚子一本とビール一本に限定しています。腹を満たすのがこの店の方針です。料理は小皿にとって自由に食べてください。飲み物はまず酒にしますかビールですか、ジュースもあります。
S：折角だからお銚子一本お願いする。G木君は？
G：僕はビールで。
Q：こちらのお客さん、お銚子一本、ビール一本、ただいま持ってきます。料理は御自分でお取りください。

Q野はカウンターの中へ、SとG木はそれぞれ料理を選んで取る。Sはコンニャク、大根の煮つけを一皿に、G木はイカ、大根の煮つけ、枝豆を二皿に。そして空いていたテーブル席に向かい合って座った。酒が届いて互いに相手の酒を注ぎ乾杯した。

S：アランの会の君とこうして酒を飲めると幸せに感じる。それも君たち生還組とこうして再会できたからだ。

G：有難うございます。戦後は先生の家の敷居が高く感じられていたので、こうして先生と酒を飲めるのは望外の喜びです。Q野君も一緒に飲めるならいいけど。

S：お店も混んでいるし彼は無理でしょう。ところでF沢君の病状は実際はどうなの？

G：医者には、あと1カ月と云われているらしいです。本人は岩手の実家で死にたいらしいですが、それは実家に迷惑が掛かるからできないと云っています。実家にも詳しいことは云っていないので、そのときは私が彼の実家に知らせることになっています。

S：君も大変だね。

G：彼とは意見も違うし親友のつもりもないですが、県人会からの腐れ縁で逃げるわけにはいきません。彼はM先生から聞いた話では、S先生は立派な人と云っていました。

S：そういう話になるから私は質問をうけただけで病室を出たんだ。君は何を聞いたか知らないがM先生のことは話すのはよそう。

G：僕はそれ以上何も聞いていませんから、何もないです。

S：それならいいが。君も空襲のことは手紙で知らせてくれているが、具体的にはどうだったの？

G：空襲は初めに中島飛行場はターゲットにされました。陸軍の戦闘機での迎撃と高射砲でB29に抵抗しましたが、届きません。この緒戦で敵わないことを実感しました。

S：そうだったの。

G：B29は高度1万メートルからの爆弾投下では狙いをつけられるはずもなく、はじめのうちはそれでも民家攻撃で燃えますから目的は達していたのでしょう。

S：だから血も涙もないアメリカの攻撃は真珠湾攻撃で日本軍が軍事施設だけでなく民家を攻撃した復讐だと思っていた。しかし日本軍は軍艦と飛行場を攻撃しただけと戦後知って、アメリカの戦争にはフェアーな精神はないことが分かった。

G：そうらしいですね。でも東京が焼け野原になって目標が少なくなってくると当てなければ爆弾が無駄になります。B29は高度を下げてきました。我が軍戦闘機は機銃で撃ち落としたり特攻のように体当たりを敢行して撃墜が成功することがありました。その場合でも向こうの飛行士は落下傘で脱出して捕虜になりましたが、我が軍の飛行士の身体は空中に雲散霧消の運命でした。

S：アメリカは兵士の命は大切に扱っていたと云える。

G：私のような新入社員は新兵と地下の穴掘りが専門の仕事になりました。終戦の頃には地下の工場、地下の格納庫、縦横の地下道路で防備が完成し、敵さんも無駄な攻撃は減りました。

S：そうか、君は戦争中比較的安全だったのか。私なんか空襲の度に逃げ回っていたが。

G：先生、国民に苦労を強いていながら内地の軍人は特攻を除いて戦っていません。本土決戦などと威勢のいいことを吹聴しながら、結局終戦です。

S：この戦争は考えさせられることが多過ぎます。

G：そうですね。新憲法で戦争放棄を謳っても信用できませんから。この戦争の反省は欠かせません。ところで先生、あのぶら下がっている笊はお金入れですね。帰りの客がお金を入れています。このお店には値段表がありません。代金はどう決めているんでしょう？

S：そうですか、気がつきませんでした。

G：客が帰る時笊に入れる額をそれぞれ自分で決めているようです。それに全く入れないでカウンターに会釈だけで帰る人もいます。代金はどうなっているんでしょう？

S：そうかね、酒に制限があることも不思議だね。Q野君を呼んで聞いてみよう。

　Q野の話では、代金は客自身が決める。持ち合わせがない場合はそれでも結構。日雇いが多いのでつまみで腹を満たすのはいいが、酒に制限を設けないと毎日の客は体に障るので制限している。Sは感心して聞いていたが、

S：それで赤字にならないの？

Q：当初はなりましたが、店の方針に賛成してくれる客の中にはそれ以上の代金を払ってくれる場合もありますので、今ではトントンです。

S：Q野君、立派な事業をはじめたね。感心した。ツァラトゥストラは死んでいないね。

Q：有難うございます。先生にそう云われると励みになります。

S：僕は酒はあまり飲まないから丁度いい。都心に出てきたときはできるだけ寄らせてもらう。

Q：お願いします。

S：君も時間があったら以前のように家に来てくれたまえ。

Q：ええ、また行きたいです。T君にもよろしく。

　Sは50円を、Gは10円を笊に入れ店を出た。歩きながら、

S：戦後、アランの会員は堂々と生きていて私も励みになります。戦争を引きずらず良い時代になることを期待したい。

　このようにSが思うのも、イギリスで開かれた国際ペンクラブ大会に2名の日本代表を送ることができたこと、また検閲も緩くなって外国からの郵便がフランスの友人たちからだけでなく戦前に沼津からベネズエラや

ブラジルに移住した知り合いの移民からも届くようになっていた。

G：先生、僕も今の命に関わる仕事は気に入っていますので頑張ります。

Sは G の手を握った。二人は省線の秋葉原で別れた。

そんな時天理教本部の図書館に勤めている末弟Tが教祖の資料を持って訪ねてきた。Sは九男二女の兄弟で九男の弟Tが来たのである。Tとは沓掛で会って以来であった。そのときから彼は兄に協力して資料を探す役割を進んで引き受けてくれた。

T：今日は中山みきの神がかりから天理教が宗教法人になるまでのY先生の資料を持ってきました。天理時報の第一回の教祖様では、兄さんは資料がないのであれば送ってくれるように読者に呼び掛けていました。貴重なものは集まりましたか。

S：並べ替えればみきの年譜みたいなものは出来上がると思うが、彼女の内面的な動きも、結局は点と点を結んで自分で線を引くとか三点で面をつくるとか想像力を事実に即しながら働かせねばならないと腹を据えることにした。

T：そうですか。その意味では僕の持ってきた資料もどうですか？　でもそうした資料でも読んでみるとみきの特別な性格なんかも自然に分かる気がします。

S：例えばどんなことで。

T：みきは自ら望んで宗教人になっていたら高僧になっていたでしょう。

S：そのことは私もそう思う。彼女が13歳の中山家から結婚話があったとき、尼になりたいので結婚するつもりはないと固辞していた話を聞くと、確かに普通の人間の心情の持ち主ではない。まだ少女と云える年齢で世間への独自の認識を持っていたと考えると、孤独のうちに修養を積んでいたとも云える。ただ宗教的に早熟というより純粋な心根から身の振り方を尼しかないと考えるようになったのだろう。
T：確かに。親神からすればこれ以上ない最高の社になる候補者を発見したことになるのでしょうか、それとも前もって彼女と決めてからこの世に送り出したのでしょうか。
S：君の考えに沿えば後者でしょう。偉大な宗教家はいずれも天の使命を覚えていると思えるから。
T：彼女は偉大ですか？
S：偉大かどうかは100年か200年後に分かることだ。ただ彼女は神がかりになる前に親神から与えられた厳しい試練にパスしていた。そして運命の日彼女が加持台になったとき、天の将軍が彼女の体内に入り込み心も支配して家も家族も神の社にもらい受けると命令していることは神の予定の行動と言える。
T：中山家は代々熱心な浄土教の信者です。だから天の将軍と名乗る新しい神、聞いたこともない神の社になることに仰天したことは分かります。
S：そうだろう。
T：なぜ社になることを承諾したんでしょうか。
S：善兵衛はもとより親戚縁者は皆反対であったが天の将軍も命令を譲らない。そして二日二晩黙ったままみきはジッと加持台に端座している。善兵衛は次第にみきの身体が心配になって、夜が明けし我慢の限界が来て彼はそのことを親戚に告げた。もしみきが亡くなったらこの家は駄目になる。どうせ駄目になるなら天の将軍の言い分を聞いてみきの命を救いたい。親戚縁者も善兵衛がそう云うならと不承不承承知したのだと思う。
T：僕も復員してから病床の父を世話をしながらいろいろ話を聞きました。教祖中山みき同様父も財産を放棄しました。兄さんも僕も貧困のうちに育ちましたが、父自身は満足な信仰生活を送りました。中山家もみきの神の社の時代は極貧で、宗教法人になってから普通の貧しさになりました。その曾孫である現在の真柱は今金集めに奔走して豊かな生活を送っています。一般に新興宗教では信者に財産を放棄させることで自らが金持ちになる手段が横行しています。今の天理教は悪徳新興宗教と変わりないと思いますか？

S：真の宗教は信者に金を求めない。金を求める新興宗教は教祖が霊力みたいなものを見せているだけで偽物だ。教祖が亡くなって教団が維持費欲しさに金を集めるようになるがこれも間違いだ。

T：でも教団が維持できなくなればその宗教は消滅しちゃうでしょう。

S：真の宗教ならば教団が消滅しても信仰に厚い人々の中には教えを継続し信仰は守られるでしょう。

T：そうなると今の大宗教も褒められたものではないですね。

S：そうなるね。

T：父は亡くなる前にどうしても兄さんに会って話したいことがあるというので兄さんに沼津までわざわざご足労願いました。そのときその場に僕も立ち会わせていただき一緒に話を聞きました。

S：そうだったね。

T：父は兄さんに、自分が親神の思惑に従って生きてきたことに悔いはない。ただ自分は学がないせいか天理教を研究することができなかった。父はそれをあなたに託したいと云われました。それで兄さんは教祖伝を書くことで父に応えて、天理教の研究も併行させていると思いますが、宗教と学問は水と油の関係ともいいます。その間には越えがたい溝があると思いますが、教祖様を書くことでそれを埋めることはできるのでしょうか。

S：もともと真理とは神の性質です。それを未熟な人間は猿知恵を働かして勝手な理屈を並べたり迷信を作り出したりして一人相撲を取ってきた。近代において科学の力で一部真理を把持できるようになって迷信も減ってきたが、だから科学は神の性質と矛盾するものではないと考えている。

T：ずっと兄さんに聞きたかったことですが、兄さんは作品のなかで自分を無宗教家として描いていますが、神の存在は信じているのですか。

S：あ〜、存在は信じている。

T：無宗教家が神の存在を信じるならば宗教上の神とは違うことになりますね。

S：違うか同一かは分からない。

T：兄さんが信じるのはどんな神ですか。

S：この宇宙を動かす根源的な力、エネルギーのようなものと考えている。

T：それはキリストの神とか天理教の親神とかは人格神のようにも考えられますから矛盾しないのですか。

S：親神はみきに人間を創った理由を、人間の陽気な暮らしを天から眺めて楽しみたいから、と説明している。そしてみきに神の社になってもらったのは、人間は欲深く間違った暮らしをしているのでそれを正すための使命だと云う。

T：そうですね。父が財産を放棄したことも親神と金（欲望）の二つを同時に信仰することはできないので分かります。それで父は網元の地位を失って舟子の気持ちが分かるようになって心が通じ合うようになった、とそのとき苦しさのなかにも目を輝かせていました。財産は失ったけど人の心を獲得できて自分が欲深かったのが分かった、と反省の弁を述べました。

S：網元と舟子では心は通じ合わないが、上下関係がないところでは通じ合う、と陽気な暮らしをしたからであろう。実際、人から請われればどこへでも出かけて、病を治したり相談に乗ったりして頼りにされた父の人生だった。そこで心の交流が何ものにも代えがたいものだったのだろう。

T：父の人生が陽気な暮らしの一端を示しているとすれば、人々の間に分け隔てのない心の交流が大切なのですね。

S：そう、人を色眼鏡で見ないこと、それが大切なことを人生の体験を通して父は学んだと思う。人はその人間を知る前に門地、財産、職業等でまず判断しようとする。つまり人に順位をつける相対化された社会で、その人間のランクを問題にする。

T：そうすると原始の階級のない社会のほうが人間にとって良いということですか。

S：というか悪知恵が働きやすい社会は良くないということだ。旧約聖書によれば、人類最初の人間であるアダムとイブが罪を犯し神の怒りを買ってしまった。そのため彼らはエデンの園を追放される。おそらく痩せた土地に追いやられたと想像できる。そこで兄カインが弟アベルを殺してしまう。

T：これをキリスト教徒が原罪と云うのであれば、それは欲望になります。

S：その原因は神から禁じられていた木の実を食べたことにある。まずイブが食べ勧められてアダムも食べた。神は二人の前に現れると二人の様子から禁断の実を食べたことを見抜く。どうして神は二人がそれを食べたことが分かったと思いますか？

T：見当がつきません。

S：そのとき二人は木の葉で恥部を隠していたからだ。

T：食べたことと恥部を隠したことは結びつきませんが。

S：食べる前は恥ずかしくなかった裸の二人の心が食べた後恥ずかしく思うようになったことになる。アダムは自分が女イブを意識する男になって、イブは自分は男アダムを意識する女になった。アダムとイブは互いに相手を見ることによって二人の違いを意識した。これは客観的に自分の存在を認識したことになる。

T：なるほど。でもそれがどうして神の怒りを買ったのですか？

S：私が思うに、二人は生まれたばかりだ。いろいろ失敗もあるだろうしそれらを重ねることで心も成長していく赤子と同じだ。ところが主観的な心を成熟させる前に、客観的な見方を覚えてしまった。欲望は客観的な意識だ。悪知恵を働かせるのも欲望だ。神は彼らには客観意識はまだ早いので禁断の実を食べるなと教えたのだ。神は自分の方針を狂わせた二人を怒りに任せてエデンの園から追放したと考える。

T：具体的な原罪の解釈ですね。人類二代目で悪知恵を働かし欲望を満たした事件は近代の資本主義まで引き継がれているように思います。

S：キリストは、金持ちと宗教家（律法学者）が支配するユダヤ階級社会に現れてそれを批判した。神と金の両方を同時に敬うことはできない。ユダヤ社会の体制批判だ。

T：具体的にはどういうことですか？

S：病気を治したり神の国を語るキリストに群衆はついて回った。その一人の金持ちが弟子にしてくれと頼むと、財産を無くしてから来てくれとキリストは云われたという。信仰（主観）と欲望（各観）が両立しないことを示している。これがキリストの体制批判の口火である。人間の原罪（欲望）を払拭する動きでもあった。そのためにキリストはユダヤ体制派に殺害された。

T：う〜む。そうするとキリストはユダヤ社会の変革には失敗したが西洋人をキリスト教に帰依させ世界宗教にすることには成功しました。しかしその西洋人が欲望の体系である資本主義を発明したことはどういうことになりますか？

S：ローマ帝国が滅んでもローマ教会は残りました。それは各国王権と結びついて自分たちが決めた教義をヨーロッパの教会に通達し支配しました。中には理屈に合わないものもありました。ガリレオ裁判がそうです。イタリアではルネサンスが、イギリスでは反ローマ的思想が生まれ資本主義も生まれたと思います。

T：そうするとキリストは敗北したのですか？

S：それは分からない。でも資本主義が行き詰まっていることは二度の大戦で明らかだ。人間が反省してやり直すかあるいは資本主義が自滅するか？　私は前者を期待したい。

T：そもそも神はアダムとイブに何を期待したのでしょうか？

S：「良心の育成」でしょう。これは主観的な心です。そこまで主観が育つことを願って神は禁断の実を指定したと思います。

T：良心が主観で、欲望が客観。良心が育まれると主観の働きは具体的にどうなりますか？

S：「譲る心」。欲望が削られて小さくなる。

T：兄さんのキリストへの認識は完璧ですね。でももう一つあります。キリストの言葉「隣人を愛せよ」はどう解釈すればいいことになりますか？

S：周囲にいる人も自分と同じように愛せよ、ということは主観と客観との間の壁を取り除くものと考えられる。これもアダムとイブが作った人間の原罪である欲望を解消するため主観客観合一の生き方を示した、と考えられます。

T：科学技術が発達し戦争も大規模になり憎悪に駆られる人間も増えて、これもキリストの意図からかけ離れていますね。

S：これは自滅の道です。

T：主観と客観の壁がなくなる生き方は、兄さんの云われる主観客観合一に繋がる思想でしょう。いつか話された宮沢賢治の詩「雨ニモマケズ」の最後の部分がその例だと云われました。

S：覚えていましたか。私はそれを心掛けて毎日を生きているつもりだ。

T：話は変わりますが、父は真柱さんとも友達になるように兄さんに頼んでいましたが、彼は普通の人間で真柱という立場に胡坐をかいて生きているような存在です。信者から金を集め信者に依存する客主合一の存在です。兄さんと真逆な真柱さんと友人になれると思いますか？

S：実父との約束だから誠を尽くして友達になるよう努力する。それが彼に通じなければ仕方がないが。

T：僕の修養科での3カ月の滞在費はタダでした。今度KYO大の史学科で教えを乞いたい先生がいるので宗教史を勉強するつもりです。それを本部の人に告げたところ、学費、下宿代を出してくれることになりました。これも亡き父の人徳だと思いますが、おそらく真柱さんの計らいだと思います。あるいは兄さんの教祖伝執筆を知ってのことだと思います。だから兄さんとの距離を縮めている気もします。

S：君の大学への復学はどうするのかと気に掛けていたが、目標ができて良かった。

T：上京したのはT大への退学届を出すためで、世話になった落合の兄さんにもそれを報告するためでした。

S：今後とも教祖のことで分からないことがあったら教えを乞いたい。

T：兄さんはキリスト教を肌で感じるほどだからその程度には達しませんが。

S：最近考えるようになったが、20年前にフランスに留学したときにはまだ第一次大戦の傷跡が残っていたが、憧れる文明に包まれている毎日で本当にパリに来られて良かったと思っていた、妻との葛藤は抜きにして。でもこの第二次大戦が起こって辛い経験をした身にとっては、戦争もわれわれが文明と呼んできたものから引き起こされていることを自覚しなければならなくなった。改めて近代ヨーロッパ文明を考えなければならない。つまり、われわれ一人ひとりが競争社会の中に埋没して生きているがそのため国同士の競争を引き起こし、それが高じると戦争に行きつく。われわれはこれを繰り返してきた。講和になったらもう一度ヨーロッパに渡ってこの文明が信じられるものか、確かめたいと思っている。

T：兄さんは実証主義を自認されていますが、そのとき文明が信じられないと結論が出た場合はどうされるのですか。

S：文明というものを信じて小説を書いてきたが、文明と思っていたものがそうでなかったとしたらペンを捨てるしかない。

それを聞いてTはSの覚悟のほどを知った。少し立ち入ったことを聞いてしまったと反省した。少し間をおいて、

T：何をなさるつもりですか？

S：百姓しか頭に浮かばない。

T：それは大変ですね。体力は大丈夫ですか？

S：そのときはそのときだ。財産を整理し田畑を買っても一家が食べるコメを生産できるまでは5～6年かかるだろう。

T：そこまで考えているとは驚きました。兄さんの生き方に拘る考え方に脱帽です。

S：そうか、有難う。でもね教祖みきの人生を考えるとき、今になって分かるんだが人生は与えられているようで、人間一人ひとりが選択できるようなものではないと考えるようになった。

T：みきのように神に指名された人間ならそうでしょうが兄さんが人生を与えられたものと考えるのはあなたがみきに近い人間だからだと思います。

S：君はそう思うのか。

Sは人生についての認識をTに話したことを反省した。実は誰にも話さないで秘密にしていることがSが教祖伝を書くようになって起こった。赤い着物に赤い頭巾を被った老婆が書斎にいつの間にか現れるようになった。机を挟んでSと向き合って正座して見守る様子からして、彼はこれは教祖みきが聖体で現れたのであろうか、と驚いた。そのうち老婆は執筆中にSに内容について指示することもあった。

みきの神がかりの承諾したのちを振り返ると、みきは昼間は蔵で〝天理王の命〟を繰り返し唱えて、夜は寝つこうとすると地震のような響きで現れる親神の話を聞いた。隣で寝ていた夫善兵衛も驚いて目を覚ますがみきがうなされる独り言は分かるが親神の声が聞こえない。翌日彼はみきからその話を聞くと、はじめは泥海には魚のような生物が棲んでいたので、親神は泥海古記にあたるように泥をこねて人間を造ろうとするが失敗を重ねながら苦労した話であった。

詳しくは、赤い着物の老婆は親神がみきに話したその部分を次のように語った。親神は広大な宇宙の中で青く光るきれいな星地球を発見した。海の中には既にいろいろな生き物が棲んでいた。そこで親神は人間を造って彼らの陽気な暮らしを見たいと考えた。でも造っても造ってもすぐに死んでしまった。そして親神は泥海古記とは違った形でも、いま老婆が話したように書けと指示しているのだとSは理解してそのまま書くことにした。そして生き物が陸上に進出してからも親神は人間を造り続け、ようやく世間でいうイザナミがこの中山家の土地で人間を生んで3年間暮らした。それゆえ親神は中山家を神の社に選んだ。親神が人間を造りはじめて九億九千九万九十九年目に人間は誕生したのであった。そのイザナミとはあるサル集団の最後の生き残りの老メスサルであった。その後もSの頭に浮かばない事柄については老婆が現れて彼の筆を動かした。

S：教祖に近い人間という意味はどういうことかね。

T：純粋でありこの社会にあっても俗物性に染まらない意志の強い人間と云えます。

S：教祖は13歳で尼になろうと決心していたほどこの世俗から離れようとしていたので、その純粋さには遠く及ばない。私は出家しようと思ったことはない。

T：兄さんは無宗教であっても神が魅力を感じる人間だと思います。

　Sは一瞬ギョッとしたが、

S：親神は私が迷惑がることを知っている筈だ。50過ぎていつお迎えが来ても覚悟している私によりつく筈がない。

T：そうかなぁ。もう一つ聞かせてください。教祖伝はどこから書き出されるのですか。

S：教祖は神の社になる前は農村の普通の女子婦人たちと同じ習俗の中で育ち成長してきたと思う。孤独が好きだったようですが、それが神がかりになって、それまでは家庭のことを一から十までこなしてきた主婦みきが一切家事をしなくなって食事の時以外は蔵に入って線香を一本立てて〝天理王の命〟を繰り返して唱えることが日常になりました。今までは資料集めの苦労を訴えてきましたが、教祖伝は彼女が神がかりになるところから書き始めるつもりだ。

T：それはインパクトがありますね。

S：それはインパクトを考慮したわけではなく、天理教を世間では狐憑きと噂していますから、なぜそう云われているのかとそうではないことをまずははっきりさせておきたかったからです。神がかりのとき彼女は加持台で家族親戚が神の社に反対するとピョンピョン跳ねますから狐の霊が取り憑いたように周りには見えたのでしょう。その後彼女は3年間の長きに亘って親神から教えを伝授されてようやく神の社になれたので、そんな単純な話ではなかったことを書くつもりです。

T：最後に確認したいのですが、金集めをする新興宗教は本物じゃないと云われましたが、それは新興宗教だけに限らないと思いますが？

S：私もあらためてそう思う。伝統のある大きな教団は維持するだけで金がかかるが、真の宗教ならば教団は無くしても信者は絶えないと思う。それが本来の在り方と思うが信者のほうから教団は存続してほしいと要望があればその限りではない。しかしこの場合でも徐々に縮小はしていくだろうが。

T：分かりました。兄さんとは教祖についても話をしたいと考えていましたが、今日は念願が叶いました。考えていた以上の機会に恵まれました。有難うございました。今日はこれからQ野のところへ行きます。

敗戦によって、日本人の心から様々な神々が死んだはずなのにGHQは日本を弱体化させるため宗教法人として届ければなんでも新興宗教を承認してきたのでそれらが雨後の筍のように出てきた。教義は殆どが仏教、大本教、天理教等を真似たものである。Sは国民が前近代性に戻るのは生活の不安定さから何かにすがりたい気持ちの反映であろうと考えた。これらの新宗教は明らかに金儲けを目的に教祖を祀りたてている。天理教でも新たな信者が増えて本部に新たに大教会の建設を始めるため寄付を集めている。外から見れば天理教も新興宗教と何ら変わらないこの事態を教祖中山みきはどう見ているか。これも避けては通れぬ課題とSには思えた。

出版社も新しく林立したがどんどん潰れている。多くの新興宗教もそのあとを追うことになるだろう。そう思うと、天理教の信仰と大建築についての乖離がＳに見えてきた。

教団としての天理教は戦時中弾圧をおそれて軍国主義に協力してきた。満州に開拓団を送り天理村を建設したりした。これを指揮したのはみきの曾孫の真柱である。でも天理教団が権力に弱いのは初代の真柱のときからでこの場合四代目真柱の所為とばかりは云えぬ。みきの霊力が世間に広まってお布施も届くようになって中山家の生活も軌道にのったとき、みきの書いた親神の言葉の掛け軸を祀り、その前の棚に蠟燭、線香、お布施を置いた祈りの部屋を造ったが警察に踏み込まれ滅茶苦茶にされた経験は何度もあった。その後少しの間信者は集まるのを控えたがまた集まりだすとまた警察に繰り返し踏み込まれた。怪しげな宗教を名乗って村民を惑わして集めているというのが警察当局の言い分である。土足で入り込み乱暴狼藉を働く警官たちに夫善兵衛、長男善右衛門をはじめ信者たちは震えあがったが、みきは泰然自若としてそれをただ眺めていた。夫と長男はこれでは中山家が崩壊してしまうことを恐れて、役所に宗教法人として天理教を承認するように申請した。みきは反対であった。親神のお筆先には権力に頭を下げるようなことは書いていなかった。また弾圧を受けることで信仰は強くなることを知っていたからであろう。却下されても二人は宗教法人申請を続けた。家族は極貧生活に戻ることを恐れてのことがみきは分かったので何も云わなかった。そして晴れて宗教法人となるわけだが、このように教団は創設時から権力に頭を下げてきた歴史があった。宗教法人となると教団は大きくなり続けた。現真柱が信仰とは無関係な大教会の建設に意欲を持つことも彼自身の責任だけだとは云えない。有名な宗教法人が大伽藍を誇示するのはそこに集まる修行僧のめんどうを見るためと信者を一堂に集めて法要をするのが経営上お布施を集めるのに都合がよいからである。でも信仰と経営は本来無関係であることをみきは認識したからこそ田畑を売り土塀も壊した。だから信仰に生きているみきは狼藉を働く官憲を恐れなかった。

一神教の宗教はたくさんあるが、神が存在すると信じるならば唯一の筈だからそれらの神は同一でなければならない。キリストの神もイスラム教のアラーも天理教の親神も存在すれば同一の筈である。宗教対立はいろいろ原因があるだろうが一神教である限り対立はあってはならない。例えば教義の解釈の違いから生まれる対立は、解釈がそれぞれあることは人間の解釈のなせる業でどれも絶対ではない。対立するのは政治性である、信仰心ではない。また神の属性、様態は無限なので時代と場所が異なれば神の言葉、表現が異なるのは当然で、どちらが正しいかは人間が判断できるものではない。またSの神の認識である宇宙を動かす根源的な力も神の属性の一つと云える。だからキリストの神の属性と考えれば同一の存在である。

教団が大きくなれば確かに代表者は必要だろうが、それは世俗的事務的なことだから宗教人あるいは教祖の血統よりも運営能力、事務能力の人材に任せればよい。それで代表者が不正などによって運営がうまくいかぬ時には取り換えられるし、あるいは教団を解散することも考慮すればよい。信仰が主で組織が従だからいずれにしても恐れることはない。Sは以上の認識は以前から持っていた。教祖は親神という唯一の神を信仰した。それは一神教の宗派を超えた存在であって一天理教の神のみではない。そのこともSは意識してみきの伝記を書くうえで心しなければならなかった。官憲に踏み込まれて祭神を滅茶苦茶にされて家族は宗教法人の認可に向かって目的を果たしたが、彼女は教団よりも信仰が大切であることを実践していた。このように伝記を書く準備をしながらSは多作で短編、長編も同時進行で書いていた。

Sは今年も7月中旬に沓掛に長女と出かけた。日常的なことは長女が引き受けてくれたので仕事ははかどり読書も楽しくできた。安藤昌益を読むとルソーと比較したくなるので倉庫からルソーの本も探して持ってきて読んでいる。

そんなときD原がE山から聞いた住所を頼りに沓掛を訪ねてくれた。戦後はじめての再会だ。彼についてはE山を通して聞いていたが矢張り直接会いたかった。

S：E山君から聞いたけど結婚されたそうじゃないか。E山君もそれをご家族から聞いたということで新潟で君には会えなかったようだね。

D：E山には連絡も取っていなくて申し訳なかった、と思っています。先生にもご無沙汰していて申し訳ありませんでした。復員してからもいろいろありまして。

S：戦後はみんな大変だったからお互い様だ。

D：腐れ縁で結婚しましたことをご報告します。

S：お祝いしなければならないね。

D：その心配はしないでください。先生、最後のアランの会の後、私の下宿でE山、W田、G木の四人で飲んで語り明かしました。

S：うん、E山君からも聞いている。今生の別れかもしれないという心境で語り合ったそうじゃないか。

D：運よく生還しましたけど、忘れられない飲み会になりました。翌朝、皆が帰った後で長岡に兵役のため帰りました。そこで小学校の6年間一緒だった彼女に再会しました。彼女は高等科卒業の後、新潟へ奉公に出ていました。近く嫁ぐので僕の家に会いに来たのです。積もる話もあって感情も高ぶり僕たちはその日のうちに結ばれました。それで彼女は決まっていた結婚を破談にして、私を待つ決心をしました。私は事情もよく分からないまま〝分かった〟と約束して別れました。嫁ぎ先が名家だったものですから直ぐには聞きいれられず、わけを問われました。彼女は私を待って戦死した場合でも結婚はしない覚悟だったので何も答えずに逃げるように遠い佐渡に渡りました。復員して私は彼女の動向が気になりましたが、さっそく私の前に現れてくれました。そしてすぐに結婚しましたので名家は黙っていません。泥を塗られたということでしょうか、古い土地柄で非難に同調する家も出てきて、親父は私たちの気持ちを考えて東京に逃がしてくれました。その後は大阪に行ったり金沢に行ったり転々としてようやく長野に落ち着きました。これが私の結婚の顛末です。

S：そうでしたか、大変でしたね。

D：しかし、家内は長野で結核に侵されてしまいました、過労と心労で。

それを聞いてSは言葉に詰まってしまった。

D：長野で入院治療を受けていました。退院したら是非軽井沢で療養を考えていましたが先日亡くなってしまいました。この足で今日長岡に帰ります。

Sは彼のリュックと白い風呂敷包みに目をやって、二の句が告げなかった。

D：先生が今頃沓掛にいらっしゃることを思い出して途中下車しました。

S：それは有難う。沓掛にいて良かった。

D：W田も亡くなって残念でした。彼とは意見が合わないことがありましたが、あんないい奴はいませんでした。残念です。E山は手紙で、最後の訓練での事故死は信じられないと書いていました。最後に私の下宿で朝方まで飲んだことがいい思い出になりました。

S：そのとき彼はどんな話をしたの？

D：先生も御存知の「死ぬ覚悟ができていない」でした。これは僕には未だに意味不明です。そして先生のデカルト観を話していました。

S：私もW田君の死については分かりません。

D：彼が進歩主義者じゃなかったことは意外でした。科学の進歩を毛嫌いしていたことは僕には理解できないことでした。この近代に生を受けて進歩を拒否するとは尋常な考えではありません。でもそうした考えの彼を羨ましく思ったりもしました。もしかしてそうした考えが死にやったのではないでしょうか？

S：私は彼が死を目的化して戦争を踏み台にしたようにも思います。

D：ということは彼の死は自殺ということですか？

S：彼が回天特攻を志願したときから、そう思うようになりました。

D：理解できません。

S：ただ彼の死を知ったときから、全く彼の個人的な事情なのだろうと思って深入りはしないことにしました。

D：反科学的な人間はそれなりにいると思いますが、近代を形成してきた科学のどういうところにW田は反対だったのでしょうか？　その点突っこんだ議論は彼とはしていないので。

S：彼はこういうことを云ったことがある。

「母校の中学校は自分が在籍していた時と比べ校友会雑誌のレベルが低くなった。にもかかわらず上級学校への進学は増えている」。これは教育の在り方についての批判だと思うが、君はどう思うか？

D：そんなことを云ったんですか。科学が社会に影響を与えるのは当然で、学校教育にもそれは反映されます。そうした社会の動きを反科学の立場で人間性の堕落のように考えるのでしょうか？

S：そうですね、学校教育が人格の涵養から人間のエゴイズムの発露に代わったことを敏感に感じていたんだろうね。

D：彼とは一高時代の音楽部から大学まで付き合いがありましたが、成績も良くバイオリンの腕も素晴らしく、将来どんな職業に就くつもりか、興味があって聞いたことがあります。そしたら、公務員と答えるのでがっかりしたことを覚えています。

S：どうしてがっかりしたの？

D：国家公務員は政治家の下請け業務でしょ。政治家が立派な人種なら分かりますが、彼らは特別な才能の持ち主でもなくスケベ根性が人一倍の人種ですから彼らの面倒を見る気がしれません。彼は先生が官僚を辞めた理由も分かっていながら、なんでと問い詰めたら顔を背けて翌日から講義に欠席でした。後で知ったことですが実家に帰っていたとか。

S：それぞれ人格が違うから彼の人生、考え方は尊重すべきでしょう。私は生き方が主客合一、彼は客主合一だったことが最近理解できるようになった。

D：そういう意味では僕も客主合一ですが彼を理解できません。

S：E山君から聞きましたが、君の場合は共産党に入党したからそうなんでしょう。

D：ええ、復員後直ぐに人民のため頑張ろうと結婚と同時に入党しました。2・1ゼネスト中止以来、GHQの圧力が我々のところまで下りてきて活動がしにくくなりました。でもこの前の総選挙では社会党は減って政権の座から転落しましたが、共産党は4議席から31議席に増えました。

S：君は共産党候補を応援したそうだが、その候補はスケベ根性はなかったのかね？

D：先生も人が悪いなぁ～。共産党は最高幹部会で候補者を決定するので自由党とは違います。

S：あ～そうなの。

D：ええ。だから社会党に加えられた弾圧が今度は共産党に向いています。国鉄総裁下山の死はそう云えるでしょう。自殺は不自然であることが段々はっきりしてきました。他殺であるとすれば経済安定本部の国鉄職員の大量首切り案に難色を示した総裁をGHQが裏で糸を引いて自殺に見せかけて始末した、と思います。下山総裁は国鉄の生え抜きです。経済安定本部から国鉄は10万人首を切って20万体制にしろと命令されても下山さんにはそれはできません。国鉄労組は勿論反対です。そして彼は国鉄全体を愛していましたから前日に3万7000人に絞って苦汁の決断で解雇通知を出した仕事をしています。その人間が列車に飛び込んで自殺しますか？　他殺の場合は3万7000人の首を切ったということで国労が疑われます。その後労働組合の交渉力は落ちました。後継総裁は10万人の首切りをやりました。国鉄労組は共産系が強いのでGHQの狙いは達成されました。また追い打ちをかけるように三鷹駅無人電車暴走事件も起きました。共産党系の労組員が9名、非共産党系1名が逮捕されました。9名は無罪を主張し、1名が自白しました。でも1名で暴走させるのは無理があるようで、これも裏でGHQが仕組んでいると思います。事件当日の朝、中野線区で「共産党が電車を暴走させるらしい」という噂が流れていたことと事件直後に警察が来る前に20〜30名のヤクザ風の男がロープで規制線を敷いていたということです。共産党員が自分の首を絞めるような事件を起こす筈がありません。（その後の裁判結果は9名は無罪、1名は自白を取り消し無罪の主張に転じたが一審で無期、二審三審死刑。その後再審の請求を続けるが棄却。そして獄死）

S：そうですか。国際情勢からすれば日本が共産化すればGHQの占領政策は完全な失敗になるから、彼らは焦りからデッチ上げは十分考えられる。でも日本は共産化しないからGHQの認識は間違っている。デッチ上げとすればGHQも役人根性で責任が降りかかるのを避けるための騒動だったのではないか。

D：そうするとGHQの狙いは当たったことになりますね。

S：ただわれわれ日本人は捕虜の身だから、無理はしないようにしなくてはならない。

D：ええ、先生に心配かけるようなことはしません。安心してください。先生、前から聞きたかったことがあったんです。マルクス主義を先生はどう評価されますか？

S：共産主義の概念は評価しますが、革命論の論理には必然性があるというより恣意的な感じがして反対です。

D：先生が弁証法を論理として評価しないことに関係ありますか？

S：それもありますが、資本主義社会の矛盾が資本家側と労働者側の階級対立が激化して革命が起こると云いますが、矛盾とは何ですか？

D：生産手段の所有者と無所有者の立場の違いによって無所有の労働者が搾取される構造が矛盾です。これが資本主義社会に特有に表れる対立構造で、それがインフレあるいは恐慌によって対立が深化し社会の復元を不可能にするための革命です。

S：その革命とは、生産手段の資本家側からの労働者への暴力的な移管を意味しますね。

D：そうです。

S：その暴力装置は何ですか？

D：武器を持った人民です。赤軍と云ってもいいです。

S：赤軍は日本は憲法上軍隊を持たないとすれば警察予備隊と戦うことになりますね。

D：ええ、そうなります。

S：分かりました。では革命が成就したとして労働者側の生産手段の奪取だけでは終わりませんね。資本主義社会から共産主義社会への変更ですから、新しい仕組み造りは暴力以上に難しい課題となりますが？

D：そうですが、ソ連という見本がありますから。

S：プロレタリア独裁の中でもその上に少数精鋭の指導部を造りそこが考えたことを指令し徹底化を図るというレーニン主義ですか？

D：そういうことになります。

S：その指令が絶対であればプロレタリア独裁というのは名ばかりではないですか？　つまり資本家はいなくともプロレタリア社会を抑圧する官僚の仕組みになります。この官僚の組織は当然巨大なものになります。プロレタリアートの自由を制限する代わりに彼らの誕生から死ぬまでのプログラムを作り実行しなければなりませんから。云わば巨大な官僚組織とプロレタリアの新たな階級社会です。

D：そうなんでしょうか？

S：暴力で革命を成し遂げるということは資本家、大地主の財産を奪うことですからその反発は覚悟しなければなりません。それを抑え込むために革命後も自由は制限しなければならない。

D：革命後のソ連は計画経済で順調に発展していると聞きますが、実際は、人民は指令で動くだけで自由ではないのですか？

S：旧資本家、旧大地主勢力を抑え込むためには人民が寝返ることのないように自由を制限せざるを得ません。これに巨大なエネルギーを官僚組織は使っています。フランス留学時代、複数の者からそれがソ連の実態だと聞きました。

D：それがソ連の実態なら自由な資本主義のままでいいという話ですか？

S：資本主義社会は西洋人の原罪すなわち欲望をそのまま認めているので、これもどうなのかなと思う。これが崩壊するのは革命ではなく天罰だと考えている。

D：天罰ですか。その後の社会はどうなりますか？

S：歴史的に資本主義の発生を振り返れば、教会束縛からの脱却、欲望の保障がイギリスで封建体制を打ち破ったと云えます。そして欲望を突き詰めれば金だった。それが資本主義です。イギリスを倣ったヨーロッパでは大国を目指して国同士の競争が激しくなった。それが植民地主義なり20世紀の2度の大戦に繋がる。人類は反省することだ。反省すれば知恵が生まれる。その知恵で株式市場を閉鎖することだ。

D：成程。僕も行き詰まっていますから生き方を考えなきゃならないですね。

S：欲望は客観的な意識だ。これより主観的意識を鍛えるようにすることだ。

D：それはどういうことですか？

S：古代ギリシャにおいてソクラテスは魂を世話することを第一義に挙げた主観哲学だった。「無知の知」は主観だ。ところが弟子のプラトンはイデアを第一義に挙げ客観哲学を体系づけた。ソクラテス派はそのうち消えて、プラトンの創立したアカデメイアは千年続きそれがヨーロッパの中世に影響を与え近代にも語り継がれている。これが間違いのもとだ。その自覚があればソクラテスの主観哲学を尊ぶ時代になっていることが分かる。また資本主義の行き詰まりに備えるためには西洋キリスト教徒はキリストの教えに忠実になるべきだ。

D：近代の西洋支配の批判ですね。

S：日本は戦争を放棄した。云わば頭を丸めた。色気抜きで率先してそれを考えることだ。資本主義にしても共産主義にしても西洋の思想だ。日本人は独自に日本人の心情に合った思想を考える時代が来た。
D：主観哲学ですか。実は私も田舎に帰って頭を丸めるつもりです。先生に云われたことを肝に銘じて坊主の修行やります。

Dは汽車の時刻を気にしながらリュックの中から野菜を取り出して駅に向かった。

8月半ば夜中、松川事件が起きた。青森発上野行き、福島県松川駅付近で枕木、レールを取り去った大がかりな列車転覆脱線事件。機関士3名死亡、負傷者多数。政府は早朝早速「思想案件事件」と発表。Sは事件の概要を聞いてD原の考えが当たっているように感じた。僅か3カ月の間に国鉄関連の下山、三鷹、松川事件が起こったことは尋常ではない。S一家が東京三軒茶屋に戻ってから、別件逮捕の10代の少年の口から芋づる式に国鉄労組10名、東芝松川工場労組10名の逮捕者が出た。GHQが日本の共産化潰しに起こした事件とD原の云うことが頷けた。10月になると中国は毛沢東率いる共産党が政権を奪取、国民党の蒋介石は台湾に落ち延びた。日中戦争時代から国民党を援助してきたアメリカにとって面子が丸つぶれである。これが今後の占領政策にそして講和に影響を与えなければ、とSは目の前が暗くなった。

GHQも日本政府もこれを予測して共産党に壊滅的な打撃を与えるため国鉄三大事件を起こしたと考えるのが自然だ。ソ連は第二次大戦の占領地域の東欧諸国と東ドイツを共産国に仕立て上げた。アジアではソ連の影響の強い北朝鮮と中国が共産化した。こうした状況下アメリカは台湾とともに日本を共産化から防ぐためなりふり構わぬ挙に出たのであろう。これからはアメリカ中心とする資本主義圏とソ連中心の共産圏の対立が現実のものとなることを覚悟しなければ、Sは厳しさを覚えた。

（松川事件のその後顛末は、検察は逮捕者のアリバイを隠したまま起訴。翌年昭和25年12月一審では全員有罪、死刑5名。二審では17名が有罪、死刑４名、無罪３名。最高裁では二審に差し戻し。昭和36年再審でアリバイが明らかになり全員無罪。昭和38年再上告を棄却し全員無罪。この間共産党は殆ど議席が得られずＧＨＱ、政府の思惑の勝利）

明けて１９５０年、Ｓにとって一時的に靄が晴れた年になる。春に広島で日本ペンクラブを開く。Ｓは初めて広島の地を訪れた。復興中途の広島は活気に包まれていた。参加した作家たちは日本復興、被爆者支援に意気込みを語る。Ｓは表に出なかったが、いろんな被爆者と会って話を聞く。その後、作家たちは各々広島について書いた。小説では井伏鱒二の「黒い雨」、Ｓの「サムライの末裔」（その後「一つの世界」に改題）が出版された。

Ｅ山がやって来た。久しぶりだが複数回来てくれるのは彼だけだ。

Ｅ：先生、まだ博士課程ですが今度コロンビア大学から招聘されて7月に渡米することになりました。今日はその報告に来ました。

Ｓ：研究はアメリカが環境が良くそのうえ自由だからすぐれた学者が沢山でている。若い学者にとっては理想郷だ。頑張り給え。

Ｅ：ええ、頑張ります。アメリカに渡るとしばらく先生に会えないので今日はいろいろと先生に伺うため来ました。アランの会の出席者はＷ田の事故死を除いて全員生還しました。先生はこれについてどうお思いですか。

Ｓ：良かったと思っている。

Ｅ：それだけですか。

Ｓ：うん、そうだが。ここには来ない、君だけだ。

Ｅ：アランの会の最後のとき先生も覚えていると思うんですが、突然老婆がドアを開けて「学生はん、生きて帰りたかったら敵兵を見つけても銃を撃たんことです。命が惜しかったら敵に銃口を向けないことや」とそれだけ云ってドアを閉めて出ていきました。最後の会だったのでその後D原の下宿で四人で飲みましたが誰もそれを気にしていませんでした。みんな老婆の言葉を守ったと思います。戦場で襲撃されたときは僕は当てずっぽうに撃ちましたし、実際に敵兵に遭遇したときは咄嗟に「ノー・シュート、ノーモア・シュート」と英語で叫びました。そうしたら中国人の相手も了解してくれて撃ち合いにならないで済んだこともありました。老婆の話を聞いたわれわれは彼女の言葉を絶えず意識していたと思います。

S：私は彼女に関心がなかったが、最近中山みきのことを調べて教祖伝を書きはじめて老婆のことも無視できないと思うようになった。みきと老婆の共通点は身を捨てても優しさを他人に伝えたことです。老婆も同じように天理教の神に憑かれて、嫌だと云っても神は聞き入れず、教祖と同じように神に従うようになったと兄から聞いたことがある。兄は彼女を二代目教祖として信奉している。

E：先生は信者ではないですが、老婆の言葉をどのように思いますか？

S：事実は尊重しようと心掛けているだけだ。

E：事実はW田の事故死を除いて全員が生還しました。これは全員が口にこそ出さなかったが老婆の言葉を信じて敵に発砲しなかったからだと思います。

S：でも君は全員からその証言を取っていないだろう？

E：5〜6人には確かめました。

S：母集団が15人ぐらいで少ないからほぼ全員の証言を取らないといけないね。

E：では先生は老婆の言葉を信じないということですか？

S：信じるも信じないも分からぬということだ。ただ兄は彼女を教祖の生まれかわりと信じていたが、私もそうした霊力の持ち主であることは認めている。

E：その霊力は神から与えられたものでしょ。彼女は神の言葉をわれわれに伝えたと思います。先生はそれを信じないのですか？

S：霊力と云うが、それは程度の違いはあっても誰でも備わっているものだと思っている。実証主義の私としては信じるに足る材料がないということだ。W田君も発砲はしていないが亡くなっている。神も全能ではない。

E：それだけにW田の事故死は残念でなりません。彼は生きていれば社会に貢献できた人間です。神はどうして私たちを救って彼を救わなかったのでしょうか。

S：彼の意志は変えられなかったということだろう。自殺は彼の意志によるものだ。

E：彼はやはり自殺ですか？

S：彼の物心ついたときから赤紙を貰うまでの彼の人生の心の体験は私にも知る余地はない。

E：でも彼は先生の後輩でしょ、ともに優秀で互いに信頼し合っていた先輩と後輩でしょ。それだけ先生への相談もあっての「死ぬ覚悟ができない」の告白だったと思います。

S：表面的にはそうだが、23歳までの二人を比べれば、彼は幸せな生活を全般的にエンジョイしてきたし、私は貧乏で絶えず生活に追いまくられて心に余裕がなかった。だから私と彼の心の軌跡は違うと云っていい。

E：そう云われればそのようですね。分かりました。では次に、先生にこの前お願いした漱石論を聞かせてください。

S：私が感じたことを述べるにとどめる。一般に日本人が西洋に留学するとその国の悪いところは伏せて良い所だけ吹聴するきらいがある、と自戒を込めてそう思う。その点漱石は日本人と西洋人を客観的に見比べる自覚と素養がある。彼は留学中大学の講義にはほとんど出席しなかったそうだ。そこに日本人というより人間漱石の気概を感じる。

E：その代わり詩人を雇って下宿で詩の勉強をしたことはどういうことですか？

S：彼は先端のイギリスの大学に興味が持てなかったのだろう。彼は漢詩とか俳句に素養があったから、留学期間無為に過ごすのも政府に申し訳ないと考えて英詩を学んだと思う。

E：確かに自分の意志と云うより箔をつけるのが目的だったと云えるでしょう。熊本から東京へ戻ること（転勤）を望んでいたようですから。

S：その通りだと思う。ただ日本人としてイギリスを観察していたと思う。科学技術の先進性は認めても空気、河川の汚染、下町にたむろする乞食等日本より悪い面も沢山見た筈だ。最たるものは日本人とイギリス人との気質の違い。そうしたものが帰国して彼の中で熟成されて作家となって生かされたと思う。

E：そうですか。それは作品の中でどう生かされたのですか？

S：私は芭蕉もそうだが夏目漱石も思想家だと思う。芭蕉は俳人になる前に、漱石は作家になる前に思想家だったと思う。つまり、人生を主体的に選択できる能力を育んでいた。芭蕉が深川に引っ込んだのはその現れだ。芭蕉の「奥の細道」の書き出しは、

「月日は百代の過客にして、行きかう年も又旅人也。舟の上に生涯を浮かべ、馬の口とらえて老いをむかえるものは、日々旅にして旅を栖とす」

これは芭蕉が日ごろから人間、自然をよく考えよく観察してその洞察が反映している。「光陰矢のごとし」のような単純な詩情のものではない。こうした深慮の上に言葉遊びの俳諧に飽き足らず俳句という文学に昇華できたと思う。

また、君から推薦のあった漱石の「草枕」の書き出しだが、

「智に働けば角が立つ。情に棹させば流される。意地を通せば窮屈だ。とかくに人の世は住みにくい」

漱石は近代人の生態を一刀両断に切り捨てている。この痛快さは思想家漱石の面目躍如と云える。この小説では西洋人と日本人の詩の違いについても主人公の画家にしゃべらせている。

E：そうでしたね。確か、日本人の詩、俳句は世俗を離れて創作することができるが西洋人の詩は世俗から離れることはできない。

S：この表現には悩み不安を感じさせないから一刀両断なんだ。芭蕉の句も世俗を感じないものが多い。一般に詩歌の世界には他の単語と入れ替えても成り立つことは多い。芭蕉の代表的な句には十七文字の一字でも替えたらその俳句は台無しになるように感じてしまう。その完璧さが読むものの心を捉えて離さないので自然に暗唱してしまう。

E：そう云えば確かに。漱石については「坊っちゃん」を脱稿した後、間を置かずに「草枕」を書き始め僅か20日間で書き終えたそうです。こうした芸当は彼の頭の中から単なる知識の集積ではない思想の一部をとり出したように思います。

S：そう、彼は思想という塊の持ち主で「吾輩」ではその表面を隈なくなぞったものが「草枕」ではテーマに沿ってその一部分を切り出したと云える。

E：なるほど、確かに。

S：それに時代を捉える鋭い認識は思想家そのものだ。

E：どんなことですか？

S：日露戦争に勝って日本人が西洋列強に肩を並べたと精神的に高揚していたとき、小説「三四郎」で主人公が東京に向かう列車の中で、向かいに座る中年男が「日本は間口（軍事力）を広げ過ぎて大国のように振舞っている。国のサイズに見合った間口にしないと。」と警鐘のようなことを語らせている。彼は今度の敗戦を30年前に予言していたとも云える。

E：鋭いですね。漱石は日露戦に勝っても浮かれずに冷静でいた思想家ですね。日本のこの敗戦も「だから云ったことじゃない」と草葉の陰で嘆いているかもしれません。そう考えると先生と漱石の近代史の認識は似ているように思います。今次の敗戦で日本の領土は日清戦争以前に戻りました。つまり明治政府の富国強兵策が間違っていることを漱石は指摘していたことになりますから。

S：結論から云えばそうかもしれない。ただ私は日中戦争がはじまってから日本史を勉強したものだ。思想と勉強は違うように思う。

E：でも先生は芭蕉も漱石もいい意味で一刀両断ですね。芭蕉論、漱石論は先生には書けないですね、2〜3ページで終わってしまいますから。

Sはそれには答えず、

S：君も知っての通り、日本が木の文化とすれば西洋は石の文化。日本の家屋は木であるから再生させて自然を壊さないし農村は自然に溶け込んで一体感がある。西洋の石造りの建築は自然の中で目立つように人間を誇示して造られている。長持ちするかもしれないが石切り場の自然は破壊されたままだ。

E：日本人は自然に馴染んで生活しているのに西洋人が目立って誇示して生きているのはなぜですか？

S：フランス人は知らぬ間柄でも、ボンジュール（今日は）、パルドン（済みません）を連発する。なぜか、と考えたことがある。日本と比べて彼らは異民族国家と気がついた。歴史を遡れば先祖たちは互いに戦争してきた者たちだ。平和になったとき「私は悪いことは考えていません」、「武器は持っていません」と表現する必要があった。そのとき先人たちは腰を低く下手に出てボンジュール、パルドンを繰り返した、と考えた。それに石造りの家となると外敵から襲われても焼かれないで石であれば生存できる先祖からの知恵。いずれにしても外敵への恐れからの習慣と考えました。日本人は縄文から弥生に移る時異民族の戦いは起こりましたが、それ以外はなかった。それだけ日本人は幸せだったと云える。

E：それだけ日本人は互いに主客合一に向いていることになりますか？

S：思想的にソクラテスもキリストも殺されて西洋の思想哲学は客観哲学だから客主合一と云えるが日本の場

合はどうかな？　仏教も儒教もいろいろある。仏教の自力更生あるいは他力本願、儒教の体制哲学あるいは知行合一と複雑だ。安藤昌益はこれらをすべて書いたり唱えたりしているだけで肝心の実践がないと批判している。彼の場合は結論の無階級社会がまずあって逆算して既にある思想理屈を批判している。つまり度重なる飢饉でその生産元の百姓が多数飢え死にした現実から逆算しているように思う。彼は医者としてその厳しい現実に対峙しなければならなかった。それで仏教、儒教に既に疑問を感じていた彼は「自然真営道」を書いてこれらを批判し無階級社会を主張した。彼は自分の思いを勇気を持って書物に纏めた。彼は東北弁で漢文で書いている。それは東北人が対象だが、江戸でも関西でも読まれ知る人ぞ知る思想家になった。自分の切実な思いを公にした主客合一の日本人の一人とは云える。

E：仏教、儒教に疑問を持つことは飢え死にする百姓の役に立たない思想ということですか、具体的にはどう批判したんですか？

S：私が考えるには、仏教はあの世とこの世がある。二つに分かれている。この世が悲惨ならあの世に希望が持てれば良いのじゃないか？　極楽を餌にこの世の苦しさに耐えさせる仏教は間違っている。この世がある以上それはこの世で解決するしかない。それは人々が助け合うことができる税金の取り立てのない無階級社会となる。だから坊主は無用の長物でお経を読むより鍬を持てとなる。

E：確かに理屈ですね。先生はこの考えをどう評価します？

S：仏教に限らず宗教は権力と結びついてきた。大袈裟な教えは坊主だけのもので民衆には縁がないからそのために極楽で民衆を利用してきたと云える。昌益に賛成だ。無階級社会には自然宗教が相応しい。

E：仮に神仏が存在しても、普通の坊主神父よりも無宗教の先生のような人間を神仏は評価すると思うので、先生の意見に賛成します。儒教についても何かありますか？

S：儒教については徳川幕府も取り入れた通りの体制哲学で、彼はこれを微に入り細に入り批判している。だから泥仕合を云っていいほどで重要な理屈はない。理屈で批判する部分があるとすれば易経だ。陰陽二元論に対して進退の一元論を主張している。私から見ればこれも批判のための批判で大した理屈ではない。敢えて云えば易経の二元論は階級社会に通じ彼の一元論は無階級社会を云わんとしているように思う。とにかく彼は歴史に現れる文化、人物を総なめにしている。評価するのは自ら食べ物を生産している百姓だけだ。

E：理論的にはともかく、徳川時代の絶対的階級社会を根本的に批判する度量は大したものです。戦後民主主義ですからそうした人物が現れ易いと期待したい。

S：そうだね。漱石に話を戻すと、日本人は明治以降資本主義に移行するなかで徳川の士農工商から商人だけが増え続けてきたことになる。それが留学にも及んで舶来趣味の世の中が出来上がった。そうした世俗を横目に見ていた漱石がイギリスで講義に出席しなかったのは日本以上に現実的な英国に興味を持てなかったとも云える。彼は漢詩とか俳句に興味を持っていたので英国でも詩だけは学んだと思う。そして日本人と西洋人の自然観の違いを認識できたし、先の大国と小国の認識を併せ持ったが劣等感ではなく違いとして認識したことが大きい。知識ではなく自立心が留学の最大の成果を得たと云える。帰国後一高とT大で教えることになったが、それが大学教授に昇格して教えるかあるいは朝日新聞社に入社して小説を書くか、で後者を選ぶことになる。英国での留学経験から主体性を確立し思想を鍛えた結果だと思う。

E：主体性ですか。それで講義を受けなかった彼が正解だったとすれば、これから留学する僕はどんな心構えでアメリカに行けば良いのでしょうか？　僕は日本の復興に合わせる形で留学を考えました。主体性があるかどうか？

S：それは気にしないでやりたいことを勉強すればいい。人にはそれぞれ人生があるから。

E：それを聞いて少し安心しました。最後にもう一つお願いします。まもなく占領が終わります。日本はどんな国になればいいとお考えでしょうか？

S：資本主義陣営と共産主義陣営の対立がはっきりしてきました。幸い日本は戦争放棄の憲法を持ちました。どの国とも講和を結んで自立国家を目指すべきです。軍事費がかからないので十分やっていけます。

E：軍事力を持たなければ他国からの侵略の心配はないですか？

S：日本は焼け野原になりました。原爆も落とされました。そんな国にどこが攻めようとするのですか？　軍事力のない日本を他国は歓迎するでしょう。周辺国と平和条約を結び世界に平和外交を展開するのです。今がチャンスです。

E：先生が資本主義に批判的なことは存じていますが、それはどうなりますか？

S：株式市場を閉鎖すること。それは時間が解決するでしょう。それより今必要なことは世界から暴力を無くす努力をすることです。経済は徐々に自国で賄うようにして成長よりも安定を重視すべきです。日本人は戦争中の飢餓状態を潜り抜けて生き延びましたからできるでしょう。

E：日本は西洋近代からの自立を目指すことになりますね。

S：日本も目先のことより主体性を重要視することです。

E：科学技術、教育についてはどうなりますか？　他国と差はつきませんか？

S：科学技術は発達すればいいというものではありません。それより人間の生き方として自立心を確立することです。キリスト教の原罪を思い起こすことです。

E：改めてお聞きしますが、キリスト教と欲望を肯定する近代とは矛盾するということですか？　どうしてキリスト教国の西洋で資本主義が発生したのでしょうか？

S：その西洋人と云えばイギリス人でしょう。それは矛盾ではない。ブリテン島のイングランドはローマ帝国時代、辺境の地でその頃から抵抗が強く、スコットランドとの境界に城壁を構えたほどでした。中世後期にイタリアではルネサンスが、ドイツでは宗教改革が起こりイギリスではローマカトリックのスコラ哲学を信用せず実験、観察で真理を獲得する方法を見出した。こうした自立性はヘンリー8世が離婚問題でローマカトリックと喧嘩して脱退し、自ら英国国教会を創立したことに繋がる。

E：更にローマ教会はガリレオを宗教裁判にかけますね。これは当時のインテリには評判が良くなかったのではないか。

S：そう、そうした権威の横暴によってイギリスでは理神論（神は宇宙を創造したがそれ以後のことはあずかり知らぬ、カトリックの教条主義だ）が生まれる。ニュートンはこの立場からローマ教会を批判している。この立場ではキリストの存在も認めないから、利益追求の資本主義もイギリス人にとっては抵抗がない。

E：今日は考えさせられることが多く、有難うございました。また伺います。

E山は自身の留学に疑問を持つようになって玄関を出たが門で松葉杖をひっかけて転んでしまった。

S家では7月に長女万里子を嫁にやることが急に決まった。彼女は戦争中から戦後の困難な時代まで一家の為、身を粉にして働いてくれた。Sは彼女に報いることもなく嫁にやることに申し訳なく思い、せめて父親らしくできることをその日までやろうとする。彼女を音楽会に誘った。すると彼女にピアノの面倒を見てもらっている6年生の四女の末娘も行くと云うので三人で日比谷に出掛けた。四女玲子がいたのでSは長女と話もできなかったが、有楽町を降りて蕎麦屋に入った。娘はそれぞれ天ぷら蕎麦を、Sがざる蕎麦を注文して顔を見合わせると、

万里子：お父様、私お父様の娘で幸せでした。お父様が心の広い人でしたので四人姉妹がそれぞれが仲良く有難うございました。中でも私はパリで生まれてからお父様と一番長く生活できましたので心残りなくお嫁に行けます。

Sは改めてこのような言葉を聞いて返答に窮していると、

玲子：お父様は私の小学校のPTAの会長を務めていたから私も幸せだった。私も6年生になって、お父様も会長はあと9カ月ね。

　と四女が話を継いでくれたので、

S：それはあなたのためというより学校に頼まれたからだった。それでもあなたにそう云われると嬉しくなる。

万里子：お父様に云いたいことが一つだけあって今話してよろしいでしょうか？

S：構わないよ、云ってごらん。

万里子：お父様は人から頼まれるとPTA会長もそうですが何でも聞き入れてしまいます。それがお父様が少年時代から大人になるまで貧しい生活を経験した人とは思えないんです。貧乏した経験の人たちは皆金持ちになったとしてもその根性は治らないと聞いています。お母様のお父様がそうです。だからお父様のことは尊敬してきました。この際だから云わせてもらいました。

　長女は滅多に自分の思いを口にするタイプではなかったが、ピアノの件とこれとで2回目である。ピアノは今では四女が毎日練習しているので個人的な要求ではなかったが今回は自分の考えをSに述べた。彼は驚いたが腹蔵なく話してくれたことに有難く感じ、彼女のためにパリを自戒を込めて振り返る。

S：生まれたばかりのあなたは誰にでも同じようにあやされ幸せそうで、それをいいことに生まれて数週間後に国際託児所に預けてしまった。私は卒業論文に忙しく、お嬢様育ちのお母さんは育てる自信がなく私が卒業試験から解放されるまで一時のつもりで預けてしまった。その天罰で私は肺炎に倒れそして結核と診断されてスイス療養することになってあなたを託児所に預けたままになってしまった。あなたには申し訳なかった。

玲子：お姉さんがパリで託児所育ちとは知らなかった。可哀そうな気もするけど赤ん坊だから分からないから良かったわ。

万里子：その通りね。それより私はお父様の小説によく出てくるの。万里子という名前はパリは日本から遠く万里も離れているからつけられたのよ。お父様の愛情が感じられて読んでいるときは宙を飛ぶ思いだったわ。
玲子：それは羨ましいこと。お父様の小説は難しいからまだ読んでいないけどこれからが楽しみ。
　Sはそう云われて焦った。玲子のことは通行人程度しか書いていない。将来彼女から断罪されるかもしれないと。そのとき蕎麦がきた。
　日比谷公会堂まで歩きながら、
玲子：この前の図画の時間に「PTA会長さんから頼まれて、学校のことでも家庭のことでも遊んでいることでもいいから絵を描いてください」と先生に云われたわ。お父様はどうして先生に頼んだの？
　国際ペン本部から日本ペンクラブに招待状が毎年届くがGHQから占領下を理由に許可が下りなかった。しかし、来年のスイスのローザンヌで開かれる世界ペン大会にはGHQも軟化して、講和の如何にかかわらず承認すると文部大臣から伝えられた。日本ペンでは三人の代表を送ることを決め、そのうちの一人にSは選ばれた。そこでSは次のようなプランを立てた。4月のローザンヌ大会に出席した後、フランスの夏休み前から旧友芸術家と旧交を温め、秋には戦後日本の子供たちに支援をしてくれたローマのバチカンに行ってお礼に子供たちの絵を渡すため法王に団体謁見するのが概要であった。Sにとってこの旅行はたんなる物見遊山ではなく、友人、文学者等と話し合ってこれからの戦後世界に希望はあるのか？　それを質すのが目的であった。叶わなければペンを折ることも覚悟のうえの旅と位置付けていた。
S：それはね、来年3月に玲子が小学校を卒業して私もPTA会長を辞めた後、4月にヨーロッパを旅行しようと考えているの。そのとき戦後日本の子供たちがお世話になったローマ教会に行ってお礼に日本の小学生の絵を捧げるつもりなの。
玲子：法王様は天皇様のように偉いんでしょ。そんな偉い方に会うお父様も偉いね。
S：法王様は希望すれば誰でも会えるんだ。

玲子：お父様が会ったなら私も将来会ってみたい。
　日比谷公会堂ではまたクラシック好きな出版社のPとまた会った。近く原稿料をお持ちすると云う。来るための口実だ。演奏は名前も知らないピアノ演奏だったのでSは興味を持てなかったが一人の娘は満足気だった。帰りの東京駅で山手線から中央線に乗り換えるところで兄と出くわした。やぁ、と云って彼は急いで去った。
電車の中で、
万里子：お父様のお兄様もおじい様と同じですわ。お母様がよく腹を立てていらっしゃったから。それをお父様の所為にしていたからお母様もおじい様と同じでしょ。お父様はお母様を良く書いていらっしゃらないからそう思います。
S：そんなふうに思っていたのか、困ったものだ。（Sは作家の業を感じた）
万里子：でも心配なさらないで。私はおじい様お母様の血を引いていますが心はお父様にありますから。
S：今日はあなたから思いがけない話を聞いて穴があったら入りたい。
万里子：もっと私と話していれば良かったなどと思わないでください。お父様が忙しいことは家中の者が知っていることで、私たちの幸せな生活はそれで成り立っていましたから。

　7月下旬、一家は長女を嫁がせて沓掛に出掛けた。妻は家事を長女に頼っていたのでそれを次女と三女に振り分けるまで時間がかかった。Sは雑誌の連載が終了し来月から新聞の連載が始まる。その仕事の合間に安藤昌益を読みながらルソーの晩年の作「夢想家」を読み比べている。三軒茶屋の家には現れなかったPが休暇を軽井沢で過ごしていると、講和について話したいと沓掛に現れた。
P：Sさんも来年のスイスのローザンヌ開催のペン大会に出席されるそうで。
S：君は相変わらず地獄耳だね。

P：「生きている兵隊」の作家I・Tさんから聞きました。一緒だそうですね。Iさんは嬉しくて黙っていられず打ち明けてくれました。でもSさんはヨーロッパは二十数年ぶりでしょう。もっと嬉しいでしょう。

S：戦争を生き抜いたからそのご褒美と考えています。

P：会いたい人も沢山いるでしょう。どんな人がいますか？

S：いるにはいるが、ヨーロッパ行きの目的は今後を考える参考のためだ。

P：そうですか。今後と云えば、Sさんは講和についてどう考えていますか？　二分されていますが。「単独講和」がアメリカ自由主義陣営、「全面講和」がアメリカ陣営だけでなくソ連共産陣営とも締結する、Sさんはどちらですか？

S：勿論「全面講和」、政治性を抜きにして。

P：でも政治力学は働きます。現実にはGHQが日本の政治の方向に口を出しています。一方で、昨年中国は共産党が政権を奪取しましたし、今年になって朝鮮戦争が勃発しました。アメリカは日本を防共の砦にしています。

S：日本は軍隊を持っていません。防共という立場になると共産国家のターゲットになります。軍隊を持たないことと全面講和は表裏一体です。

P：それをアメリカは認めると思いますか？

S：日本が全面講和で纏まることです。アメリカは民主主義を標榜している国だから承認せざるを得ないでしょう。

P：Sさんが現実より理想肌であることはよく分かります。しかし、軍隊を保持せずに侵略への脅威はないですか？

S：日本はアメリカとも周辺国とも平和条約を結びます。アメリカは日本に原爆を落とした国です、侵略はしないでしょう。また中国にしても北朝鮮にしても日本が軍隊を持たないことは歓迎の筈です。
P：でも北朝鮮は韓国に侵略しています。北朝鮮が韓国に勝利した場合、その次は日本ですか？
S：同じ国が西洋の異なる二つのイデオロギーで分裂したのが不幸でした。これには日本も責任があります。西洋のイデオロギーのどちらかが勝つか負けるかでは解決しません。この近代において初めて東洋の知恵を創造することです。今の国際法は西洋列強の都合で創られたものです。日本人が先頭に立って国際的に尽くすことです。
P：非現実的のようなことでもSさんの主張は力強いですね。感心します。
と言い残して封筒を置いて帰って行った。

8月下旬に三軒茶屋に戻るとE山からハガキがあった。E山はその後のアメリカ行きを取り止め、文学部に編入するつもりだったが、それも中断して東北に徒歩旅行に出た、と手短に書いてあった。また末弟Tからの手紙には、

〝前略、この前はいろいろ伺って有難うございました。これまでは何かと兄さんには抵抗ありまして距離を置いていました。一高で仏文でなく独文にしたのもそうでした。そこで詩人のリルケを知ったことは信仰上有難いことでした。尤も正反対のニーチェ信奉者のQ野とも出会いましたが。また一高、T大の学費は父の長い間の天理教への貢献から本部から出ていたものと思っていました。父を看病しているうちに兄さんからの援助と分かりました。礼もしませんでしたが、改めて御礼申し上げます。

今は本部からの援助を遠慮するため天理教図書館を辞めました。京都で下宿しながら中学校で補助教員をして家庭教師もして、休日には土木現場にも出てます。援助を受けず、兄さんと同じように自立しています。ですから来年の4月にKYO大の史学に入るのは無理のようです。大学ではアルバイトはできるだけ避けて奨学

金だけで済ませたいのでやむを得ません。教祖の資料を求める場合は云ってください、本部にもよく行っていますから。またお話をお聞かせください。　草々〃

9月1日、始業式で挨拶。来年ローマに行って法王に子供たちが夏休みに描いた絵を持っていくことを話す。職員会議で、来年4月にスイスのペン大会に出席するので、ついでにフランス、イタリアを回ることを話す。その後図画の先生と子供たちの絵を見るが選択するのが難しいことが分かった。何度も学校に足を運ぶことを覚悟した。

その結果、12月の終業式までに各学年3〜4枚の絵を選ぶことができた。式で生徒には20枚法王様に持っていくことを告げた。生徒たちは誇らしげであった。

年が明けて1951年（昭和26年）、新年早々に日本ペンの新年会があった。日本代表の作家のI・Tと雑誌編集長J・Nと挨拶を交わした。三人でGHQに行く日を事務局にGHQと連絡をとるよう依頼した。まもなく期日が決まったと事務局より連絡があり、その日に3人でGHQ本部（日本生命ビル）を訪れた。1時間待たされたあと、日本相談係と日系人通訳の2人が現れた。持ち出しのドルは1人往復の飛行機代と滞在費プラスアルファであった。I・T氏は夫人も同行するので1人追加分をお願いした。Sは耳を疑った。日系人は即座に拒否をして、どうしても4人で行きたいならば3人分を4人で分けろと云う。I・T氏は困った顔でSを見た。SはJ・N氏に目配せして「分かりました。4人で行きましょう」。Sはヨーロッパで長期滞在するので友人たちに借金の申し入れをしていたからいいが、J・N氏には申し訳なく思った。そして通訳から「あなた方は占領軍の捕虜であることを忘れずに。外国での政治的発言は慎むように。もし発覚すれば日本に戻れなくなることを覚悟すること。ビザを取ることもそれぞれの大使館で自ら行うこと。ドルの換金はここに来ること」等細々と注意された。

3学期はPTA会長の後任人事で学校に足を運んだ。そして最終的に20枚の絵を先生方と決めた。四女玲子も無事卒業した。

4月上旬、4人は羽田からインド回りスイスに旅立つ。サウジアラビア上空で飛行機がエンジントラブルを起こす。機体がブルブル揺れている。機長の機内放送で故障を告げられると、乗客は墜落するのではないかと不安を覚え騒然となる。後ろの席のI夫人は子供たちに遺言を書かなければと夫Iに紙とペンをカバンから探し出すよう金切り声を上げる。隣のJ氏は「日本を代表して乗った飛行機がこんなことになるなんて」とつぶやいている。Sは結核既往のため50までは生きられぬと覚悟して生活してきたが、50も過ぎて生き永らえているのは天からのご褒美と考えて日々充実した生活をモットーにしていたのに、こんな結末は納得がいかなかった。

「この飛行機は長く飛べないのでテリアビブ空港に緊急着陸します」と機長の放送。

「なら助かるの？」、「テリアビブってどこ？」ホッとしたような声があちこちで囁かれる。テリアビブとは新国家イスラエルの首都で、3年前の建国と同時に近隣のアラブ諸国と戦争した、とSは記憶を辿った。イスラエルはキリスト誕生の地でもある。その意味では興味があった。後ろでは「あなた、助かるかしら？」「大丈夫だ、安心しなさい」と夫婦のやり取り。砂漠から海に出て旋回しはじめた。海は地中海だろう。まもなく陸地の空港が見えた。

無事に着陸して、修理には2〜3日かかると云う。それまで一行は航空会社で用意したホテルに移る。Sは翌日朝食を済ませてエルサレムに行くことにした。タクシー代も会社払い。航空会社の損害も大きいと想像する。運転手は青年、

青年：空港は新しい良い空港でしょう。イスラエル国家もできたばかりで新しいです。だから僕はアメリカか

ら祖先の地に移住して国家建設に貢献するつもりです。お客さんはどこからですか？

と英語でまくし立てるのでよく聞き取れないがおおよその意味はつかめた。留学時代、英米の知人もいたので、Sも英語を思い出しながら、

S：日本から来ました。飛行機のトラブルでここに緊急着陸しました。

青年：でもエルサレムは世界中から人が集まるところですから、ここに立ち寄れて良かったと思います。右手を見てください、ブドウ畑です。砂漠に土を入れて植えました。来年には収穫できるようです。

青年は新しいことと古いことを交えて話すが、Sは英語について行くのが苦痛になって、相槌を打つことだけにした。1時間弱で着いた。神殿跡を見て回るとこれがローマ軍との攻防、またキリスト教徒とイスラム教徒との争奪戦。争いに争いを重ねてきた土地がなぜ宗教の聖地になっているのか？　Sには理解を超えている。神殿は破壊されているので外壁に回ると「嘆きの壁」としてユダヤ信仰の対象になっている場所がある。イスラエル人が入植し新国家を建設したため在住のパレスチナ人との間で今も争いが起きている。イスラム教の始祖モハメッドも元はキリスト教徒と聞く。キリスト教もイスラム教もそれぞれ内部で分裂している。それぞれの地域あるいは教義の違いによって分派ができている。結局、宗教はそこの住人、その教義によってそれぞれのボスに政治的に利用されている。個人の信仰の自由が侵されている。主観（信仰）が客観（教団の政治性）に蹂躙されている。キリストの神もイスラムのアラーも唯一の存在とそれぞれ主張しているから同一の筈である。同一の神のもと争いが起こるのは最早宗教とは云えない。宗教が教団政治的ボスに利用されているのが現実である。真の宗教は各個人の真の信仰によって守られるべきことで争いの教団は解体すべきとSは考える。無宗教の自分も教団からあれこれ云われなかったら今でも天理教信者でいたかもしれぬと思う。

ローザンヌ世界ペン大会でのSの期待は今後の世界に希望が持てる話し合いができているか？　文学者はそ

れぞれ意義ある持論を展開するが噛み合わない。彼らのバックの政治性を考えないわけにはいかない。そんな中で事務局長と話す機会があった。彼は第一次大戦後の1921年の創設以来その職にあると云う。日本は戦争中離れていたがよく戻ってきてくれたと彼に握手を求められた。占領下にもかかわらず毎年招待していただき、今年ようやく念願かなったとSは頭を下げた。局長は「私は各国の文学者の交流と世界情勢への連帯に心を砕いてきたが、第二次大戦を防げなかった」と無力感を話された。そして「背中が曲がったことだけが空しい努力の結果だ。これからもどれだけ曲がるか努力を続けます」と笑って肩を抱き合った。

大会終了後、レーザンの高原療養所に向かった。結核都市も人の姿が少ないように感じた。主治医と固く抱き合った後、

主治医：ムッシュSは我慢強いサムライ魂の持ち主だから日本に帰っても療養の規則は励行して治ると確信していた。元気な姿を見せてくれてありがとう。

S：先生に「結核は必ず治る病気」と云われて、私も希望が持てるようになりました。先生のお蔭です。

主治医：私は患者が下山できるよう治療してきましたが、今度は自分が下山することになりました。

S：「一生、この高原から抜け出せないだろう」と云われていましたが？

主治医：感染症に効く新薬ができたんだよ。ペニシリンという新薬が。

S：そうですか。それは良かった。結核は死病ではなくなったのですね。

主治医：前から死病ではなかったが、事実君は20年経ってもここに生存している。

S：確かにその通りです、失礼しました。でも世界の結核患者のためにも先生のためにも新薬は良かったです。

それを聞いて一つ希望が持てました。

主治医は我が家に一晩泊まって乾杯しようと誘ってくれたが、パリの友人と約束があると辞退した。

療養所の最寄り駅で予約を入れていたパリのホテル、ソルボンヌの近くのオデオンに取った。翌日朝に着いて、シャワーを浴びて着替えをしてベッドに横になったら眠ってしまった。気がつくと夕方6時、パリはこれからだと飛び出した。5月のパリ、空が青々して何十年ぶりかの解放感だ。これがフランスだと思う。カルチェラタンのサン・ジェルマン・デ・プレから盛り場サン・ミッシェルを歩いた。セーヌ沿いに屋台の本屋が並ぶ。人通りは多い。あの強者Pが日本に帰らぬ理由も分かる気がする。それにパリは戦争の傷跡を感じさせない。それでいいのだろうが何か物足りなさも感じながら歩いて、路上の席は一杯の喫茶店に入った。中もほぼ満席。カウンターにする。小さい日本人には座るのも高い椅子だ。明日の予定をビールを飲みながら考える。すると後ろから肩を叩く者がいる。振り返るとフランスの青年だ。日本人か、と聞いてくる。確かめてから一方的に喋る。

彼はベトナムで共産ゲリラと戦っていた。そこへ日本軍が進駐してきた。なぜ彼らと戦わないのか？　不思議だったが、フランス本国がドイツ軍に占領されていた関係だと知った。

青年：それから第二次世界大戦になった。日本は大変なことをやらかした。そして原爆を落とされ負けた。日本の指導者は何を考えていたのか？

Sはその通りと云おうとしたが、頷くだけにした。

青年：俺は日本人に頭の上がらぬフランス軍に愛想を尽かしてフランスに戻りパルチザンに参加した。そしてドイツに勝った。日本にも勝ったことになる。敗戦国の日本人がどうしてここにいるんだ？

Sは面倒と思いながら、スイスのペン大会に出席した後、20年前留学していたのでその友人に会うために来た、と説明した。

青年：でも日本はまだ占領下だろう？

パルチザン崩れだけあってその辺の事情に詳しい。細々としたことを説明しなければならないと思うとうんざりしていたが、「パルドン」と後ろから声がして仲間が彼を呼び戻してくれたので助かった。這う這うの体で店を出てホテルに戻った。翌日、朝食を済ませてからリヨンのOに電話した。パリに着いたことを報告し、いずれ伺うのでその時また連絡すると切った。彼はドイツにパリが占領されるのを恐れてリヨンに引っ越したままだ。次にロベール・ラフォン社にかけた。J・M氏をお願いしたところ、副社長は会議中とのこと。M・Sジャポネと名乗って厚かましくも午後伺うと伝言を頼んだ。Sは「彼は副社長か」とつぶやきながらホテルを出た。ソルボンヌ辺りの本屋を見て回り歩いてリュクサンブール公園に行った。昼食用に買ったパンの一つをちぎってハトに投げる。するとスズメも寄ってきてハトと争奪戦をはじめる。日本では見られぬ光景だ。日本ではスズメは害鳥扱いで人間に寄りつかないし、また何倍も大きいハトと戦うことは見たことがない。フランスではスズメもハトと同じように大事に扱ってきたことが分かる。フランス人の優しさというより動物の生きる権利を認めているからと思えた。オデオンのホテルに戻りラフォン社の位置を確認してから少し休んで、サン・ジェルマンに出てモンパルナスに向かって歩いた。歩くことは日本で日課なので苦にならない。ホテルマンの云う通りのところでラフォン社はあった。

　名前を云うと小さい応接室に通された。暫くしてドアが開き、

J：ムッシュS、久しぶり。再会できてうれしい。

S：モァ・オッシ、J。こうして再会することが私の夢だった。君が副社長とは驚いた。

J：叔父が社長なのでその関係だ。君は何しているの？

S：作家になった。

J：そうか。われわれは病棟で自由時間によく将来について話し合ったね。君ははじめ学者になると云っていたが、下山する頃には作家になりたいと変更していたね。そうか、作家になったのか。

S：よく覚えてくれたね。あの天才物理学者のJ・Cが学者より作家が向いていると勧めてくれて、決心がつ

いた。

J：そうだったの。冬のオートビルで４人の散歩の時間、J・Cは雪山の連山に祈りを捧げていた。この素晴らしい雪の宮殿は神自らが造ったに違いないと。彼は無宗教だったが神の存在を認めていた。そう云えば君も無宗教だったね。

S：そう。宗教的信仰をもつかどうかより神の存在の有無の認識のほうが大切だと思う。

J：神の存在を信じるものにとっては宗教、無宗教はどちらでも構わないということ？

S：そうだと思っている。また無神論者でも立派な生き方をしていればそれでも構わない、という考えだ。

J：君もJ・Cも強い人ね。

S：ところでJ・Cはどうしている？

J：J・Cは亡くなっている。君には云い辛いが本当なんだ。ドイツがポーランドに攻め込んで占領した後、電撃的にオランダ、ベルギー、フランスの順に攻め込んできた。オランダでJ・Cはドイツ兵に家に踏み込まれ銃で即死した。でもそれを知ったのは昨年だ。

S：彼に会ってお礼を云いたかったが残念だ。もう一人のH君はどうしている。

J：官僚になって保健局にいる。政局が流動的なので落ち着かないようだ。

S：日本もGHQの占領政策で振り回されてきたが、それに比べるとパリは爆撃の跡もないし落ち着いているように見えたが。

J：フランスは民主的なだけに政局は革命以来の混乱と云ってもいい。ただし武器は手にしていないが。でも折角作家がわが社に足を運んでくれたのだから、私としては営業の話をしても良いか？

S：それは有難い。（「巴里に死す」と「明日を逐うて」をとり出して粗筋を説明する）

J：わが社も仏本を日本語訳にする翻訳家を知っているので、彼らに読んでもらって、良ければ契約しよう。

S：それで結構だ。有難う。
J：目鼻がついたら食事でもしよう。ホテルの電話番号は？
Sは外に出てホッとしていた。9月までヨーロッパに滞在したいので友人の何人かに借金を申し入れなければならなかったがその一人がJ・Mだった。契約が成立すれば大分楽になる。

25年前の思い出の地を巡るため美術館、本屋を見て回り、時に有名なルーブルやロダンにも足を延ばした。そして家族知人に手紙ハガキを書く。区切りがついたところで電話帳を調べてルイ・ジューベの事務所に電話を入れる。いまルイ・ジューベはアメリカ公演で、8月に帰国するという。
Sの安宿のホテル暮らしは人生で初めてののんびりしたものになった。毎日散策して退屈はしなかった。
J・Mから電話があった。土曜日サン・ジェルマンで食事が決まった。レストランの店キで指定してきた。翌日、Sは場所を確認した。自分には払えそうにない高級レストランだ。店には5分遅れてはいった。J・Mともう一人が既に席についていた。Sは遅れたことを詫びると、二人は立ち上がって握手を求めた。もう一人は高原の病歴仲間のH・Fだった。
S：H、君の噂はJから聞いたが会えてよかった。君も元気そうだ。私もすっかり健康体に。
H：君がパリにいることをJから聞いて是非会いたいとやって来た。病の戦友というものも格別だ。会えてよかった、J・Cがいればもっと良かったが。そうそう、君たちは仕事の話があるようだ、それを先に済ませて。
J：では早速だが、フランス人と日本人の翻訳家に「巴里に死す」を読んでもらった。フランス人女性は激賞していた。日本人思想家のほうが今までの日本人作家にはいないタイプだと云っていた。もう一人読んでもらうつもりだが、いずれにしても君と契約したいと思っている。
S：それは有難う。

Ｊ：契約書はこれだ。あとは金額と二人の署名だけだ。よく読んでくれたまえ。次に会社に来てもらう時に契約しよう。

Ｓ：有難い、それで結構だ。

Ｈ：作家だって、良かったね。でもフランスは厳しいからとＪから聞いている。そのＪが契約するというのは君の実力を読む前に評価したからだ。こんな前例はないだろう。

Ｊ：そんなこともないが、日本の小説はフランスではほとんど出版されていないからそれだけでも意義があると思っている。

Ｈ：そういうこともあるね。Ｊもいいところあるよ。ところで君も戦争中は大変だったろう。よく生き延びてきてくれた。

Ｓ：振り返れば確かにその通りだ。国の政策で私の知る学生たちも卒業を早めて戦場に駆り出されたので戦争中は私も死を覚悟して生活した。空爆に家も焼かれ食料不足にも耐えて家族を守ることができた。

Ｈ：いま日本は講和問題で揺れていると聞くが、どうなんだ。

Ｓ：ＧＨＱの統治と云っても実質アメリカの統治だから結論は決まっているようだ。（Ｓはアメリカ批判にならぬよう心がけている）

Ｈ：朝鮮戦争も起こってしまったからアメリカ連合国と講和を結ぶのもやむを得ない。それだけ独立国の威信、誇りには欠けることになる。日本もついていない。

Ｊ：だから国際的に文化の交流を深め精神的にそれらを維持することが大切だ。だからわれわれはその先陣を切ろうとしていると思う。

Ｈ：そうだな。その自覚をもってやってくれ。ところでＪは独身なんだ。本来ならば嫁さんと同伴の筈がその役を僕が務めている。君はどう思う。

S：独身のことか？　第三者が云うべきことじゃない。それとも何か云うべきことがある？

J：ノン。独身主義じゃないけど、ただ相手がいないだけ。

H：実はJは結核にかかったとき恋愛中だったそうだ。パリとオートビルと離れ離れになって彼女が離れていったんだということだ。

J：事実だが昔のことはどうでも良いことだ。Hは人のことより自分のことを話せ。君は政治が不安定だから俺より苦労が多い筈だ。

H：そうだが不安定に対応するしかない。できるかどうかは分からないが。

J：いっそ政治家になったらどうか？

H：権力がいろいろ代わっても人民にとって大切なことは政府があることなんだ。だから役人は権力が保守党だ社会党だ共産党だと云ってもそれに対応する政府があることが一番大切なことだ、政策の良し悪しは別にして。

S：なるほど。私は政府に希望が持てずに役人を辞めたけど考えさせられる意見だ。

H：これは役人しか能のない人間の独り言として考えてくれ。

　このあと料理がフルコース。三人とも腹を空かせてきた所為か、食べるのに夢中になった。デザートになってJがここでJ・Cがいたならと云う。皆高原療養所の話題に花を咲かせて思い出に残る会合を終えた。

　後日SはJに呼び出されて会社に行く。この前の部屋に通され、コーヒーが三つ出されるとJと担当者らしき二人が入って来た。二人と握手を交わし座るなり、

J：この前は楽しい時間だった。まもなくバカンスの時期になるが君の予定は？

S：もう少しパリの街を見て回って、リヨンに高校時代の友人Oを訪ねるつもりだ。

J：それで？

S：そのあとはシミアン教授の指導で同級のL君に誘われて、彼の母親の別荘があるモンペリエでバカンスを楽しむつもりだ。両方とも日時がまだ決まっていないが。

J：そうなるとイタリアにも行きたいだろう？

S：実は9月にローマに行って法王に集団謁見を希望している。

J：それはヨーロッパに来た甲斐のあるバカンスだ。金もかかるだろう？

S：君との契約金と友人に借金を依頼して、是非ともローマまで行きたい。

J：そうか。では契約金は5000フラン（日本円で100万）でどうか？（横にいる彼に目配せして同意をとる）

S：それは高過ぎるだろう。1000フランにはいかないと思っていた。

J：もう一人の翻訳家にも読んでもらって太鼓判を押された。だから高くはない。借金するより自分の金で旅行した方がいいだろう。

S：それはそうだが。君の言葉に甘えてそうしてもらう。

J：じゃ署名だ（金額の欄に5000フランの数字が入っていた）。これで契約が終了した。仏文に翻訳するのはパリ在住で日本の思想研究家だ。彼も勉強があるんで、出来上がるのは再来年になるらしい。

S：名前は？

J：日本の初代文部大臣の孫でA・Mという。

S：そうですか。学者なら安心だ。

部下に用意してきた5000フランの小切手帳を出させ、Sに渡しながら、

J：5000フランはできるだけ使わせたくない。

S：メルシー。

J：Hとも話したんだが、7月になったらわれわれの別荘でバカンスを楽しまないか？　まず私の別荘のボルドーで、次にHの別荘のナントで過ごすのはどうか？

S：それは有難い、お言葉に甘えてそうさせてもらうか。

J：日時は三人でよく相談して決めよう。

　握手して部屋を出たSは涙が溢れた。そのあと、コメディー・フランセーズでマリー・ベルの舞台を見る。彼女は大物舞台女優で映画にも出演していた売れっ子でもあった。終演後、楽屋に訪ねるとSを覚えていてくれた。ルイ・ジューベが帰国したら一緒に食事でもしようと約束して別れた。（8月に帰国したルイは稽古中倒れ2日後に息を引き取った。食事会は流れてしまった）

　7月上旬、車でJの別荘ボルドーに行く。ラスコーの洞窟等を見学。中旬Hが迎えに来て三人でナントに向かう。昼間は海岸に行ったり読書したり、夕食後は高原療養所の思い出に花が咲き、フランス思想を語る。そして最近の実存思想が広まっていることを聞く。またアルジェリア問題に至るとHの目は曇った。それを除けばSにとってはこの上ない至福のときであったが。8月に一人Sはパリに戻る。

　数日後、今度は約束のOの家に向かう。パリのリヨン駅を早朝に出て南部リヨンには夕方着いた。予約しておいた安宿に落ち着いた。翌朝Oに電話、彼は夕食は自宅で、夕方リヨン駅に迎えに行く、と云う。午前ベッドで疲れを取りながらOと久しぶりに会って話すことを思い浮かべる。そして子供たちの絵を持参して見てもらうことにした。午後リヨンの街を見て歩く。美術店、古書店に立ち寄り流石フランスのパリに負けぬ街並みと感心する。Oがここに居を構えたことも納得する。時間通りに駅に着くと互いに手を上げ駆け寄りフランス流に抱き合う。彼は一高卒業後芸大に進学したので、連絡は取り合っていたが大学時代も留学したときも不思議に会う機会を設けなかった。だからそれ以来の再会だった。家ではクララの手を掛けたフランス料理が待っていた。食後クララが娘の写真を見せてくれた。小学校を卒業してグルノーブルの祖母のところで毎年夏休みを過ごしている。

K：あなたの末の娘さんと同じ年齢だったかしら？

S：うちの娘は4月に中学生になったからそうなりますね。今度O君が里帰りするときには一緒に来てください。

K：私も日本には行ったことがないので一度一家で伺いたいですわ。

O：俺も里帰りしたことがないので一度はしたい。神戸も相当爆撃を受けたようだから元のように復興すればよいが。

S：見た目には復興しているが講和がまだだからGHQの支配下にあるのが現状だ。思えば苦学生だった僕を君は神戸に招いてくれたね。切符も用意してくれて、初めての旅行だった。残念なことに妹さんがスペイン風邪で亡くなられてしまった。

O：よくできた妹で恨めしいことは云わずに覚悟していた。君の見舞いは嬉しかったみたい。本の話をしていたね。俺は絵のことで頭がいっぱいだったが、君とは話が合っていた。彼女も思い残すことはなかったと思う。あのように静かな心境で死を迎えられたのもキリスト教徒だったからだ。家は母がキリスト教徒だったから全員がキリスト教になった。そのお陰でクララと結婚する時にも全く抵抗なかった。

K：私はあなたが無宗教でも結婚したわ。

O：そう云ってくれてありがとう。S、君は無宗教だったね。

S：うん、そうだ。高校時代に信仰を捨てて、それから無宗教だ。

O：無宗教は無神論者とは違うと思うけど、君はどちら。
S：無神論者ではない無宗教だ。神の存在を信じるから本質的には君らと同じだ。なぜなら神は唯一の存在だからだ。
O：そういう見方をするんだ。でも宗派によって教えも違うだろう？
S：親父が天理教に一生を捧げた人だから、天理教もキリスト教も考えた。教えに違いがあっても結局同じ存在だった。だから無宗教の僕は後ろ指をさされない生き方をすればいいと考えを落ち着かせた。
O：戦後、フランスは無神論者が幅を利かせている。最近の思想もそうだ。それだけキリスト教徒も教えに遠ざかっているように思う。これも時代の流れと思うが、それでは駄目なのか？
S：そういうことを意識していればそれでいいと思う。
O：分かった、よく云ってくれた。それにしてもGHQの支配下でよくヨーロッパに来れたね。
S：GHQも世界の目を意識するようになってきたので条件付きでOKになった。
O：条件付きとは？
S：政治的発言はするな。ドルの持ち出しも自由でなくギリギリだ。
O：そういうことか、もしかしたら、借金の申し出か？
S：そうなんだ、でも必要は無くなった。
Sはラフォン社との契約の顛末を話した。
O：それは良かった、おめでとう。2年後が楽しみだ。ところで今日本では全面講和か単独講和か、割れているようだが？
S：与党が単独講和、野党が全面講和のようだ。去年朝鮮戦争が勃発して南朝鮮が押されっぱなしでマッカーサー率いるアメリカ軍が加勢して盛り返している状態だ。与党の吉田内閣の腹も西側陣営の防波堤に日本がなるしかないと考えている。いつ調印するかだと思う。

O：君はどう考えているの？

S：このヨーロッパ旅行では、政治的な発言は一切するなとGHQから脅かされていることを念頭にそれでも喋ると僕は全面講和だ。

O：そんなにはっきり云っていいのか？　中国、北朝鮮は共産国だ。軍隊を持てぬ日本はそれで大丈夫か？

S：日本の侵攻に苦しめられてきたから彼らは歓迎するだろう。問題は寧ろアメリカだ。占領政策の転換で日本を共産化から防いだが、アメリカの傘の下に入れば従属国だ。しかし、アメリカは原爆を落とした弱みがある。民主日本を無下に拒否することはできない。こうした状況をチャンスと捉え日本は全面講和し平和外交の先頭に立つことだ。さすれば軍事力ではない日本の外交が頼りにされる日が必ず来る。

O：君の考えは目から鱗が落ちる話だ。高校時代と変わらないね。

S：そうかね。そんな自覚はないが、僕はフランスに留学したときに日本人とは付き合うなと云われて君とも疎遠にしてきた。長い間会わなかった君からそう云われるとどう答えて良いのか分からない。

O：そう云えば佐伯祐三君の見舞いに行ったと手紙に書いてきたことがあった。そのときは事情を聞かなかったが、彼は芸大の西洋画の1年先輩だ。君は彼とどうして知り合ったのか？

S：大正14年留学のとき白山丸で弟さんと出会った。マルセイユで佐伯祐三氏が弟さんを出迎えていたので紹介された。そのとき列車でパリまで一緒に来るなかで親しくなった。そして折に触れて会うこともあった。そのうち僕は結核と診断され高原療養所へ、彼は結核と診断されたがパリで入退院を繰り返していた。昭和2年彼は日本の家族から帰国するよう強く云われたので春に帰国したが8月にはパリに戻って精力的に絵筆を握ったそうだ。翌年僕はオートビルとレーザンにまた厄介になったが帰国の許しをもらった。秋僕が帰国するため体力づくりにイタリア、ギリシャ旅行を予定していたが、その直前彼の弟さんから電話で兄の容態が良くないと伝えられた。僕は彼が日本にいるとばかり思っていたので驚いた。見舞ったとき、廊下病室に彼の仲間、崇拝者が何人も集まっていた。彼はやせ細ってもう意識は無く手を握って〝佐伯さん〟と呼びかけただけだった。まもなく彼は亡くなった。

O：そうだったのか。死に場所をパリに求めたようであるが、彼にとってパリが画家としての自覚が持てた芸術の地であったと云える。だから客死とは云えないと思う。

S：うん、そうなのだろう。同じ芸大の同窓として彼をどう見ていた？　当時は二人ともモンマルトルに住んでいたんでしょ。

O：彼は中学卒業して芸大に入ったから1年先輩で年は一つ下だ。パリには俺が2年先に来た。彼は君と同じぐらいに来たと思う。

S：うん、彼が半年先だ。二人とも結核を患ったが、僕は医師の指示で高原に行ったが彼はパリに留まって悪化させてしまった。君が云うように画家として死を越える情熱を見せた死だった。君の目にはどんな画家だったのか？　前から聞きたいと思っていた。

O：彼の死も君からの電話で知ったぐらいで、生前殆ど付き合いはなかった。それは画風の違いか人間の肌感覚の違いか、分からぬが、彼はブラマンクに画を見せて〝アカデミック〟と評されショックで画風を変えたという話だ。俺はそういう意味ではアカデミックのままだ。そう云うしかない。君は彼をどう思っている？

S：純粋さは彼の個性だと思う。彼の生き様からそう思う。なかなか彼の画に賭けた壮絶な死に方はできない。

O：なるほど、そういう目で彼の作品を見るんだ。

S：絵に素人の僕にはそうした表現しかできない。勘弁してくれ。9月になったらバチカンに行く話をしたね。そこで法王に団体謁見を希望して子供たちの絵を寄贈しようと思う。その連絡は既にしてある。（風呂敷包みを解いてOに見てもらう）

O：これが君のPTA会長の最後の仕事になるんだ（Oは一枚一枚手に取り丁寧に見る）。一生懸命に書いているのがいい。いかにも法王に伝わるように書いていることが窺える。この子の自画像は手に花を持って元気なところを表現しているが、それだけに悲しみが伝わっていい絵だ。他の絵もそれぞれ個性があって法王も感動すると思う。君は良いプレゼントを用意してきた。

翌日、Oの助言でSは絵をバチカン公国に送り、夫妻とともにグルノーブルに向かった。

8月中旬、Sはグルノーブルからマルセイユで途中下車した。この地は白山丸で神戸を立ち1カ月の船旅の末初めて降り立った地であった。佐伯氏と知り合った地だ。昔のまま古い港町であった。青年より老人の姿は目についた。フランス革命時、この地の青年が革命を成功させるためパリまで隊列を組んでラ・マルセイエーズを歌いながら行進したというが、そうした溌剌としたイメージはなかった。翌日モンペリエに向かった。駅にはソルボンヌで同じ釜の飯を食ったLが出迎えてくれた。車で別荘に向かう。小高い丘の上の別荘には彼の母親が待っていた。

母：本当によく来てくれました。こちらへどうぞ。どうぞお座りください。コーヒーを入れます。
S：有難うございます。お世話になります。
母：汽車の旅は疲れたでしょう。寛いでください。
S：景色の良い所だ。招いてくれて有難う。
母：お疲れでしょう。コーヒーと甘いものを召し上がって。背広を脱いでネクタイも外して夕食までゆっくりしてください。
L：何年ぶりかな？　君が肺炎に倒れたときだから、僕の博士論文のときの1926年、今年は1951年。25年ぶりだね。中国の諺〝友あり遠方より来る〟だ。でもこの25年間苦労が多かったと云える。

S：戦争中は僕もそうだった。君はどうしていた？
L：その通りだ。ストラスブールで教えていたらドイツ軍に占領され、パリに戻ると高齢でユダヤ系のベルグソン先生も避難先から戻られその勇気に感銘を受けた。そこでイギリスに渡りド・ゴール将軍の自由フランスに参加した。ノルマンディーの上陸作戦以降は自由フランスとパルチザンとの連絡役でロンドンとパリを行ったり来たりしていた。

日はまだ落ちずに明るく、夕食は海の見えるベランダに母とお手伝いさんで用意された。LとSは応接からベランダに移動した。

母：さぁ〜召し上がれ。お話は食べながらしましょう！
S：僕は空襲で家は焼けて疎開して、食糧難で早朝に一番列車で出掛け夜になって帰宅する生活だった。自分の体がいつ壊れるか前線の兵隊のように命を賭けている生活だった。戦争が終わっても食糧難は続き、東京に住む家もなく苦労は続いてしまった。ようやく再会できてよかった。留学中、君がベルグソン先生の門弟だと知って一緒に伺うことができて思い出が一つ残せた。先生は僕の人生の恩人とも云えたから君に感謝している。
L：君はベルグソン哲学で信仰を離れたと云っていたね。
S：信仰は納得できないことが多く、先生の本を読んで生きる力を得た気がした。生命とは動であり生きようとする意志であることを認識できた。彼の持続時間で空間では生の飛躍が起こる。君は覚えているだろうか、シミアン教授は数学にも造詣が深く、区間〔0.1〕には有理数と無理数が混在しているが無理数の塊の間に有理数は点在しているに過ぎない、と話されたこと。
L：無理数のほうが圧倒的に多いと強調されているね。
S：アキレスと亀の逆理は、アキレスが1メートル先の亀を倍速で追う。アキレスが1メートルの地点に到達すると亀は1・5メートルの地点にいる。アキレスが1・5メートルの地点に到達すると亀は1・75メートルの地点だ。でも差は縮まり、0に近づくことが分かる。亀がこのように有理数1、1・5、1・75……の点を辿るとそのうちに無理数の塊にぶつかり越せないから亀はストップする。逆理の仮定では2メートル以上の先には亀は進めないことになる。距離2メートルなら対応する時間も有限である。したがってアキレスが亀に永久に追いつかないということは間違いとなる。だから時間も分割できない無理数の塊があってそこには過去現在未来が同時に存在している。それがベルグソン先生の持続時間だ。僕はそう考えて先生の正しさを再認識した。

L：なるほど。持続時間は未来現在過去が同居するから生命に〝生の飛躍〟が起こることになる。先生が直観で認識した持続時間を君は数学で裏付けたわけだ。そうするとわれわれの空間時間はほぼ無理数の塊で埋め尽くされているが、われわれの日常はものを数えることから始まってほぼ有理数で賄っている。ということはわれわれは近似値で生活していることになる。

S：そうなんだ、数だけではなく言葉も有限個しかない。この言葉をどんなに組み合わせても近似的にしか表現できない。だから論争に決着がつかない場合中国の諺〝五十歩百歩〟を自覚すべきだ。

L：絶対ということはないということか、分かった。では〝はじめに言葉ありき〟をどう解釈する？

S：確かヨハネの〝創世は神の言葉からはじまる〟だったね。言葉、ロゴス、論理と解釈すれば神の無限の真理の塊から世界は創られたと解釈する。だからわれわれの有限の言葉言語で真理を掴み取ることはできない。

L：君はそう考えるんだ。

S：でも先生は信仰から無宗教へ導いてくれたことが重要なんだ。

母：Sさんは無神論者ではないですか？

S：ええ、神の存在は認めていますから。

母：でもキリスト教の神とは違いますね。どんな神ですか？

S：この宇宙を動かす根源的な力、エネルギーと考えています。
母：キリストの神は人格的な神、愛の神ですから違いますね。
S：でも神の能力は無限ですからいろんな性格を持っています。そして神は唯一の存在ですから同一の筈です。
母：初めて聞く話です。それなら安心しました。
L：S君、最近フランスでは無神論者のサルトルという哲学者が注目されている。御存知か？
S：知らない、初めて聞く名前だ。
L：「存在は本質に先立つ」というのが無神論のゆえだ。これを前提に論理を展開する。逆に「本質が存在に先立つ」が有神論になる。
S：意味が分からない。
L：彼の主張は、まず人間という存在があって生きていく成長過程でその人間の本質が形成される、ということだ。
S：その説明は当たり前のようにも思えるがどうしてそれが無神論になるのか。有神論のほうは？
L：有神論は、人間は神によって本質が規定されている存在だ。
S：なるほど、でもこれでは無神論も有神論と並列で並存していて、選択の問題になっている。
L：そうなんだ。共産主義にコミットする彼の政治意識が多分に影響しているように思う。
S：でも唯物論者のマルクスは宗教を阿片だと批判しているが、自分を無神論者とは云っていないと思う。共産主義を曲解しているのではないか。
L：そうも云える。ただベルグソン哲学が真理の追求だったとすればサルトルはそれよりも人間の生き方を問題にしていると思う。存在が先で本質は自分で創り上げるものだという。どのように創るか、その事由は人間に与えられている。言い換えれば人間は自由から逃れられない。本質を形成する義務がある。自由の逆説的な云い方だ。その他にも無理な論理を使用することもあり哲学としては評価しない。人間というものを新たな視点で見つめようとしている所に青年を引き付けている。だから現代風だ。

S：そういうことだと僕には意見を差し挟むところがなくなるね。

母：新しい哲学についても結論がついたようね。デザートにしましょう。お手伝いさん！

　寒くなってきたので応接に戻り、三人の有神論者たちのイスラエル建国で起こった中東戦争の話になった。

S：さっき君はベルグソン先生はユダヤ系と云ったけど、どういうこと？

L：父親がユダヤ人で母親がイギリス人で、イギリス生まれ。一家はフランスに移住して教育もパリで受けた。高等師範学校出身だ。サルトルと同じだ。

S：そう。ドイツ軍の手から逃れていたが占領軍支配下のパリに戻って来たという話だが、パリでのゲシュタポのユダヤ人狩りは免れたの？

L：ゲシュタポもそれは掴んでいたと思うが、高名な学者でもあるし抵抗運動をするわけでもなく静かに暮らしていたから見逃していたと思う。晩年のルソーの状況と同じと思う。

S：分かった。インドからスイスに向かう時飛行機のエンジンの具合が悪くイスラエルの飛行場に緊急着陸したんだ。そこで新国家建設にヨーロッパだけでなくアメリカからもユダヤ人が集まっていることを知った。でもそのために3年前に中東諸国連合がイスラエルに戦争を仕掛けた。イスラエルが勝って建設は継続中だが、そうした事情を説明してくれないか。

L：実は僕も父親はユダヤ人、この母はフランス人。だから母も僕も中東の争いには心を痛めている。パレスチナ人には申し訳なく思っている。ただホロコーストで数百万人のユダヤ人が殺されたことで英国委託統治のパレスチナへのユダヤ人移住の願いが強くなったのは事実だ。そこでイギリスは「ユダヤ人の建国を認め」同様に「パレスチナ人の国家も認めた」、いわゆる二枚舌を用いた。双方から反発されイギリスは問題を国連に放り投げた。ここでも国連はユダヤ寄りの裁定を下す。例えば領土イスラエル57%、パレスチナ43%、これは人口比に反する裁定だ。欧米が仕切る国連の在り方が問題だった。だから中東戦争が起こってしまった。だからこのまま争いが終わるとは思えない。

S：なぜ欧米はイスラエルに肩入れするのか？

L：表向きにはユダヤ人をヨーロッパから追い出したことへの負い目、ホロコーストへの同情と考えられるが、実際はユダヤ人の金の力だ。

S：でもその金は欧米に払うべきでなくパレスチナ人に払うべきでしょう。そうした当たり前のことが行われない国際社会を造り出した責任は欧米にある。

L：その通りだが欧米自身でも解決する力はない。本を正せば政治家が金の力に弱いからだ。

S：それは近現代だけを見ているからでそれを覆すには2千年前の原点を思い起こすことだ。キリストに関する本を読んできた者からすると、ユダヤ人はパレスチナ人に頭を下げてパレスチナの地で共存することをお願いすべき立場だった。

L：私もそう思うがユダヤの悪い伝統だが金で権力と結びついたりして政治を動かしてきた。勿論、アインシュタインとかホロコースト発覚以前のロスチャイルドのようにパレスチナ人との共存を望んでいた人はいたんだ。

S：キリストの死後、40年でローマ帝国の版図拡大でユダヤ人はローマと戦って敗れて国を失った。その時金で権力に結びついていたサドカイ派は消滅したと云われている。それは彼らがパレスチナの地を捨ててアラブ諸国、ヨーロッパに逃亡したからと考えられる。それが近代になってヨーロッパは民主化の流れで国民の力が増して権力と結びついていたユダヤ人がイジメられるようになった。そこで彼の地に帰るシオニズムが生まれたんでしょう。彼らがサドカイ派の末裔と考えれば、ローマの支配が嫌で逃亡したものが2千年を経て今度はヨーロッパの大衆にイジメられて彼の地に戻る。パレスチナ人にしてみれば頭を下げて来るならまだしも、土足で入り込まれて家も土地も何もかも奪われたことにこの世で地獄を見る思いだったと思う。イスラエル国民も共存を望んでいる者も多い筈だ。少数の強硬派の前では遠慮してきたと思う。彼らに立ち上がる勇気が欲しい。

L：君からそう云われれば、そうだと云うしかない。

Sはそれには答えず、GHQから政治的発言を止められていたことを思い出したが、勢いで喋ることもあると自分を納得させていた。

Sは昼間は自由時間で読書をしたり散歩をしたり仰臥にあてた。夕食以降にいろいろ話し合った。アルジェリア、講和問題等、Sには過ぎたバカンスになった。

8月下旬イタリアに入った。実はSにとってイタリアも二十数年ぶりであった。この前来たとき、フローレンスの美術館のミケランジェロの奴隷像の前でパリで診てもらった教授に偶然会った。彼に空気の良い高原療養所を紹介されそれに従って生き延びることができた云わば命の恩人であった。先生のお蔭でこの度日本に帰国できることになったと礼を云って冷や汗をかいた。彼には自分のほうから会いに行くべきですっかり忘れてしまっていたから。今度もフローレンス、ミラノ、ローマと回るつもりだったから、もう一度その美術館で奴隷像を見ることから始めた。でも建築物、芸術を見て回っても心に感ずるものが無い。これはパリでもそうであった。二度目だから感動がないのかと考えたりしたがそんなことは可笑しい。どうしたことか、分からない。そこで思い当たったことはパリで最も古いとされるサン・ジェルマン・デ・プレ教会でのことだった。讃美歌を丸く太い柱に手を当てて聞いていると、柱に巻いてあるくすんで模様もよく分からなくなった布から伝わるものがあった。それは何世代にも亘る信仰にすがるフランス農民庶民の汗と涙の結晶をそこに感じた。それは洋の東西を問わず人間の共通な営為の痕跡を発見したからだった。どこに行っても大きな建築物のそばには土産売りがずらっと並んでいる光景にそれは対照をなしていた。

バチカンには指定された日時に行った。ピオ12世の団体謁見を希望者と一緒に待っていると日本人の係の方から〝あなたは個人謁見になる〟と告げられた。団体謁見の後その部屋に入った。法王は立ったままSを迎え入れて係の日本人は後ろに控えていた。

法王：あなたのことはこの日本人Hから聞いている。Hはあなたの読者で、日本人作家には珍しいキリスト教徒的作風と聞いて彼の薦めもあって個人的に会うことにした。

S：それはまことに恐れ多いことで有難うございます。

法王：日本はまだ占領下だそうだが日本人の生活はどうですか？

S：日本は世界中の国と戦って負けました。戦後はそれらの国を含めてバチカン公国からも援助をいただき何とか立ち直りつつあります。ただ生還した復員兵も家族も心の傷はまだ癒やされておりません。それはまだまだかかると思います。

法王：私もそれを心配して祈りを捧げています。

S：また日本の隣国朝鮮で戦争が起きました。将来の世界の雲行きが心配です。

法王：あなたのおっしゃる通りです。私は世界の宗教指導者たちとよく話し合って努力しています。絵を描いてくれたあなたの子供たちが希望を持てる世界を目指します。

S：お目にかかれて望外の喜びです。

法王：Hから「巴里に死す」の内容を聞きました。どうしてあなたはキリスト教徒になられなかったのですか？

Sは涙が溢れて言葉が出てこない、ようやく、

S：グラース（恩寵）が無かったから。

法王：分かりました、これからもいい作品を残してください。

法王はSに近寄り肩を抱いた。

パリに戻りあとは帰国するだけとなった。ビストロで一人コーヒーを飲んでいるとラジオから日本がアメリカ等と講和条約を結んだと流れてきた。カウンターにいたフランス人がSのテーブルまでやって来て〝これで日本は独立国ではなくなった。アメリカの従属国になってしまった〟と話しかけてきた。Sはただ何度も頷いた。その晩、レストランでJ・Mと会った。

S：おかげで充実した生活をフランス、イタリアで過ごすことができた。有難う。

J：こちらこそ。元気な姿で作家になった君に会えて人生の楽しさを味わうことができた。今後の君に期待している。

S：期待に応えたいが、フランスはアルジェリア独立戦争を抱え、日本は隣国の朝鮮で南北で戦争。その上のアメリカとソ連の対立がある。将来に希望が持てる世界だろうか？

J：だからこそ君は頑張るべきだ。出版記念の2年後にまた会おう。

（了）

あとがき

1951年、半年におよぶヨーロッパ旅行から帰国したSの実際の作家活動の概略を描いてみよう。ヨーロッパ旅行の目的は今後の世界に希望が持てるかどうかであったが、フランスの友人及びアランの会の生還学生たちの期待を考えてペンを捨てるわけにはいかなかった。

直後はパリを題材にしたものを中心に書いていたが、2年後ロベール・ラフォン社から出版された仏訳「巴里に死す」がフランス各紙に絶賛され受け入れられた。その影響はスイス、ベルギーにおよび、更に2年後には「サムライの末裔」をラフォン社から出版した。「巴里に死す」はフランス、スイス、ベルギーで数々の出版賞を取り、台北市でも出版された。そして1959年「フランス友好国際大賞」を受賞し、続いてスウェーデンアカデミーからノーベル文学賞の候補に挙げられた。受賞はならなかった。この暮れ念願の「教祖様」を出版することができた。

翌年、自伝的大河小説「人間の運命」を構想し執筆を始める。これはSの小学校高学年からローザンヌのペン大会に旅立つまでを書いている。毎年1巻書き下ろしで計14巻を完成させた。その後はこれを補完するように彼の幼児のとき、彼の晩年の作家活動を描いた。そんなとき、夜書斎でペンを執っていると、赤いチャンチャンコを着た教祖が聖体で現れるようになった。(本文での教祖の登場は創作)

教祖：Sさんや、「教祖様」をよく書いてくれた。礼を云う。

S：父との約束でしたから。

教祖：資料にない所もわしのことを考えてよう書きなはった。

S：有難うございます。

教祖：お前は天理教を離れるとき、わしが書いたお筆書きは中身がないと云うた。

S：……。

教祖：確かに学がないからうまく書けへんかった。そこで学のあるお前に相談がある。

S：……。

教祖：お前は最近「物言わぬ神に代わって言葉を与えるのが文学者の使命」と書いているではないか。

S：そんなこと書きましたか？　覚えていませんが。

教祖：それはお前が本に書いているから読者も知っていることやないか。

S：記憶にないです。

教祖：それなら最近のお前の本をお調べ、書いてあるから。

S：……。（何冊か読み返してみると、確かにそう書いていた。しかしSには覚えがなかった）

教祖：今の世の中人間はお前が書いているように勝手なことばかりしよって親神は怒っている。自分の造った人間をだ。このまま滅ぼしてしまうか？　とも親神は考えた。それでは可哀そうな人間もいる。そこで親神は世直しをすることにした。この地上を平らにすることにした。格差が酷い。上を削って下を厚くする。威張っている独裁者などは一掃する。確かにお前の云う通り親神は物言わぬし、わしは学がない。そこで親神の思うことを書いて本に表してほしいのや。

S：それは困ります。書きたいことがまだまだありますからそんな時間はありません。

教祖：お前の寿命は90歳だったがそれを伸ばして１００歳にすると親神は云うとるぞ。

S：親神が思われることはその通りと考えますが自分には自信がありません。自分の文学テーマ以外は書く気がありません。

教祖：そうか、また来る。よ～く考えなされ。

Sは云えずにいたこともあったが自分でも自分を通したと思った。暫くして教祖が現れ、
教祖：親神の世直しを考えなされたか？
S：お断りする考えに変わりはありません。
教祖：そうか。まだお前はわしの云うことを信じておらん。分かるように話そう。お前はキリストに大いに関心があるのじゃろう。
S：はい。
教祖：キリストと話をさせよう。わしはキリストとは身内じゃ。前世ではわしは聖母マリアだった。前々世では仏陀の母マーヤー夫人であった。
S：……。
教祖：親神は仏陀やキリストのような人間を何人もこの地上に送り込んできた。歴史に名をとどめていない者もいる。今度は親神自身が直接世直しをするのじゃ。協力せぇ〜。
S：私には尚更できません。
教祖：それなら天国にいるキリストと話してみるか？ 話したいだろう。聞きたいことを考えておけ。
S：……。
教祖：わしが期待し育てているI青年に霊媒を務めてもらうことにする。
　次のとき、Iが現れ亡き妻の部屋に案内すると教祖が既に着座していた。Iは何か集中するものが欲しいと棚の上にあった妻の写真を取り目の前に置いた。Iは目を瞑り何かを唱え始めた。Sは録音のスイッチを入れた。Iは口を開きIの声とは違う人間が日本語で喋りはじめた。
キリスト：Sさん、私が天にいるキリストだ。あなたは何事によらず私のことをよく考えてくれて礼を云う。それでも分からぬことはあった筈だ。聞きたいことがあったなら聞いてくれ。

Sは感激で言葉が出ない。絞り出すように、

S：あなたは十字架にかけられたとき、神に命乞いをしたと伝わっていますが、事実でしょうか？

キリスト：事実は旧約聖書の詩篇の一節を口にしていた。それを見物人が誤解してそのように伝わったのだ。これが事実です。

Sが知るキリストの直接の言葉に彼は涙が溢れて言葉が出なかった。次に仏陀が登場した。彼は自分の生涯を詳細に語った。そしてインドで仏教が普及しなかったことについて「仙人に反対された」と無念そうに語った。（後日宗教学者にテープを聞いてもらったところその通りで間違いがないという。このテープの声は誰か？　と不思議がっていた）

教祖：もうわしの云うことを信じてもらえたと思う。実証主義者のお前のことだ、お前の疑問に応えるため二つだけ望みを叶えようと親神は云っている。

後日、教祖に、

S：天国があるなら、私を連れて見せてほしい。もう一つは長年寝たきりの弟がいる。これを治してほしい。

後者は、数日後親類の法要で沼津に出掛けたところ、その弟が喪服姿で参列していたのでSは吃驚してしまった。前者は、天の将軍と名乗るものが現れて、

将軍：お前の寿命を90から１００まで延長するので体内を掃除する。

と云って、Sの口から何かが飛び込んだ。長い間彼の聖体は見なかったが姿を現して、

将軍：これでお前は１００まで生きられる。天に上るなら今度は体を鍛えなくてはならない。わしの云う通り体を動かせ。

90を前にした老体を少し動かすだけで方々の骨、関節が痛い。30分から1時間夜寝る前に行う。翌朝起きると節々が痛い。これを続けて半年近く大分スムーズにこなせるようになった。これで天国に行けると将軍は云

う。

将軍に云われて無意識のうちに直ぐに天に着いた。そこは日本でいう西方浄土、成層圏にあった。地上では聞いたことのない美しい音楽が鳴り響いていた。歓迎されているのだろうか。建物、人は地上と同じようだ。

J・Cが現れる。

J・C：ようこそ天へ。会いたかった。地球上を現象世界とするとここは実相世界で互いに影響し合っている。アメリカが月へロケットの打ち上げに成功したとき、僕のここでの研究もそれに貢献していたように。

S：君のように才能ある人ならばここでも有意に過ごせるだろうが、普通の人たちはどうしているの？

J・C：彼らも思い思いのことをして充実している。ここでは格差差別を感ずることはない。

S：あの建物に人が並んでいるが？

J・C：あれは地球でもう一度生まれ変わりたい人たちの行列だ。

S：そうか。たしかにそういう例は聞いたことある。君はその気はないのか？

J・C：その気はない。そのうち聖体では行けるようだ。

S：そのときは会いに来てくれ。

次に、生前知り合いだった大手会社の社長Cに会う。

C：君がここに来た事情は聴いている。

S：地上とここは互いに影響し合っているということだが、ここはいろんな人が平穏に過ごしているのに、地上はどうして争いが絶えないのだ？

C：俺が俺がという意識が強過ぎる。バブルが崩壊したろう。会社責任幹部は責任を取らずに居座っている。アメリカが良いというわけではないがアメリカなら首だ。

S：日本では住宅公社、一部銀行が取り潰しに遭うようだが。

C：そんなことぐらいでは日本は再生しない。古い体質が生き残るからだ。

S：具体的に話してくれないか。どうしてバブルが生じたのか？

C：日本中が土地、株に躍ったのがバブルだ。その先頭にいたのが大企業だ。彼らは儲けた金を拡大再生産に使わずに借金までして土地、株を買いまくった。（資本主義の行き詰まり）当然バブルは弾けた。土地、株の暴落。大損した会社の幹部は責任を取る筈だった。ところが政府は金利を大幅に引き下げたために借金のダメージは少なくなって幹部は生き残ってしまった。古い体質が生き残り新しい感覚の経営者は生まれてこないのだ。

S：そうか分かった。戦中軍人は責任を取らなかったが、戦後高度成長で経済を大きくした経営者も失敗しても責任を取らないのか。この先思いやられるわけだ。

その他会って話した人はいるが省略して、Sは天から戻って親神の云う通り本を書かなければならない立場になったが抵抗なく受け入れることができると思えた。それは約束でもあるが、それよりもキリストも仏陀もモハメッドも同一の神から使命を託されて地上に降りた存在であることを確信できたからである。

すると大きな地響きのような音がして姿は見えないがある存在をSは認めた。

教祖：わしが親神の言葉を取り次ぐからそれを聞き入れよ。

教祖の口から人間とは思えぬ機械音が発せられた。

親神：わしは人間を造ったが最近のあさましい人間の行為を見ておれぬ。いっそ根絶やしにしてしまおうかと考えたが、最後のチャンスをやることにした。そこでわしの云うことを書いてほしいのじゃ。

S：約束ですから。

親神の云ったことのはじめは、

宇宙の中でほかにはない輝くきれいな星を親神は見つけた。それが地球であった。そのとき海の中には既に生物、魚がいた。そこで親神は人間を造り、人間の陽気な暮らしを見て楽しもうと考えた。実行に移したが造るたびに直ぐに死んでしまう。そして九億九千万年以上かけてようやく成功した。ある猿の群れの最後の生き残りの老メス猿に人間を孕ませた。その人間が生まれ死なずに現在の人間に繋がることになった。

親神が語った以下は本の中で。その中でSが怒りに任せて親神に喰ってかかった箇所がある。それは親神が「地獄というものはない」と言明したときである。それは人間を宗教に縛りつけておく手段と考えられたから、Sは怒った。彼自身も小学生中学生の時は散々それに苦しめられてきた。高校生になって「地獄に落ちる覚悟」でようやくその足枷を自ら壊した。地獄がなければ自分もそこまで苦しむことはなかった。

S：それは御自分で創った人間を信用しない卑怯なやり方だ。

親神：お前には悪かった。お前の場合はどこへ行くか分からない心配があった。結核にしたのもお前の意識行動の自由を抑えるためだった。しかし、こういう事実がある。アメリカの宇宙飛行士は大変女性にもてる。地球を何回も周回するうちに欲が無くなっておごそかな気持ちになる。地上へ帰還すると牧師になるものが多いという（「宇宙からの帰還」立花隆著）。地上で悪いことをした者が天に昇れば同じような気持ちになる。さすれば彼の心の中に何が起こるか？

S：……。

親神：地上で犯した悪行の悔やみだ。それが長い間彼を苦しめる場合もあるだろう。それが彼自身が作り出した地獄と云えば地獄だ。

Sは親神の真意が分かって、もうそれ以上云わなかった。彼は忠実に親神の意向に従って書く作業を完了した。それらの本は順次１９８６年（昭和61年）から１９９２年（平成４年）にかけて8巻出版された「神の微笑」、「神の慈愛」、「神の計画」、「人間の幸福」、「人間の意志」、「人間の生命」、「大自然の夢」、「天の調べ」。

これを書き終えたとき親神は、これは百年後の聖書になると喜んだ。Ｓは神の命令で書いたものだから出来に心配したが、充分自分の文学になっていたので満足だった。役割を終えたように、Ｓは１９９３年（平成５年）３月23日に96歳10カ月で永眠した。

２０２４年　２月１日

二関文宏

自由主義作家と出陣学徒

2024年7月11日　初版第1刷発行

著　者　二関文宏
発行者　中田典昭
発行所　東京図書出版
発行発売　株式会社 リフレ出版
〒112-0001　東京都文京区白山 5-4-1-2F
電話 (03)6772-7906　FAX 0120-41-8080
印　刷　株式会社 ブレイン

ISBN978-4-86641-772-1 C0095
Printed in Japan 2024